U0152517

# 第二野战军

# 十虎将

张国辉　杨家祺／著

中共党史出版社

**图书在版编目(CIP)数据**

第二野战军十虎将 / 张国辉,杨家祺著.—北京:
中共党史出版社,2006.9
ISBN 978-7-80199-523-0

Ⅰ.第… Ⅱ.①张…②杨… Ⅲ.第二野战军-将军-生平事迹
Ⅳ.K825.2

中国版本图书馆 CIP 数据核字(2006)第 087661 号

第二野战军**十虎将**

作　　者:张国辉　杨家祺
责任编辑:春　秋
出版发行:中共党史出版社
地　　址:北京市海淀区芙蓉里南街 6 号院 1 号楼
邮　　编:100080
经　　销:新华书店
印　　刷:北京楠萍印刷有限公司
开　　本:787×1092　1/16
字　　数:320 千字
印　　张: 22.75
印　　数:1-10000 册
版　　次:2006 年 9 月第 1 版
印　　次:2009 年 5 月第 2 次印刷

ISBN　978-7-80199-523-0
定　　价:38.00 元

# 前　言 QianYan

在中国人民解放战争时期和新中国成立初期，人民解放军编制序列上存在过一支威震四海、名冠九洲的主力部队——第二野战军。这支野战军由中原野战军改编而成，拥有数个兵团。解放战争时期，她转战于华北、中原、华东和西南地区，共歼灭国民党军 221 万余人，其中接受起义、投诚 60 万人，保卫和扩大了老根据地，解放了广大新区，完成了中国共产党和中国人民赋予的伟大使命。

在这支英雄的部队里，涌现了成千上万个智勇双全、能征善战的骁将，他们或从南昌、井冈山历经千难万险拼杀而来，他们或从抗日峰火中百炼成钢。他们是千百万战士的代表，他们是时代的骄子、人民的英雄。诸如：司令员刘伯承、政委邓小平、副政委兼政治部主任张际春、参谋长李达、后勤司令员兼政委段君毅，第 3 兵团司令员陈锡联、政委谢富治、副司令员王近山和杜义德、政治部主任阎红彦，第 4 兵团司令员兼政委陈赓、副司令员郭天民、副政委兼政治部主任刘志坚，第 5 兵团司令员杨勇、政委苏振华、副政委张霖芝、政治部主任甘渭汉，第 10

军军长杜义德、政委王维纲，第 11 军军长曾绍山、政委鲍先志，第 12 军军长兼政委王近山，第 13 军军长周希汉、政委刘有光，第 14 军军长李成芳、政委雷荣天，第 15 军军长秦基伟、政委谷景生，第 16 军军长尹先炳、政委王辉球，第 17 军军长王秉璋、政委赵健民，第 18 军军长张国华、政委谭冠三，第 19 军军长刘金轩、政委汪锋，第 58 军军长孔庆德、政委方正平，特种兵纵队司令员兼政委李达等等。

这些知名的骁将，在解放军将领传、人物传记、史料中曾有过记载，也曾从不同的侧面作过宣传。本书为了纪念中国人民解放军诞生 80 周年，我们仅从这些骁将中选择 10 位进行记叙。这 10 位不是二野中官职最大、军衔最高的，也不全是二野中军功最显赫的，但他们都无一例外的具有睿智、英勇、坚毅、果敢的品格和气质，他们都对党忠心耿耿，为人民舍生忘死，他们都曾指挥过千军万马、所向无敌，极富传奇彩。他们成长的故事、战斗的历程无不动人心魄、感人之深。因此，他们身上所折射出来的人性光辉，至今依然闪耀，他们所表现出来的那种划时代精神，今天依然需要发扬光大。需要特别说明的是，本书与此前由编译出版社出版的《中国人民解放军十大将军》、《中国人民解放军十大司令员》、《中国人民解放军十大参谋长》等书为同一系列，内容上互为补充并尽量减少重复。

本书的编写力求客观、准确；既突出这十位将领的最精彩人生片断，又注意反映其一生的经历；既有趣味性和可读性，又有科学严谨性。当然，究竟如何，还待读者评判。

# 目 录

## 勇气慑敌胆:杨勇

要做小"石头",砸反动派的大"水缸";他从战壕里一跃而起,端起刺刀,带头冲向敌人;婚礼前,杨勇还以为林彬是一个"小伙子"呢;他的为人令他的对手十分叹服;杨勇对许世友说:"算了吧,我刚一伸手他就瘫了,哪能经得住你那双'铁沙掌'哟";他从蒙哥马利手中接过枪后,二话没说,猛地举枪,向百米以外的钢板连发9枪……

## 主席称之勇将:陈再道

不要媳妇要革命;他不顾一切挤到报告的桌子边;他率领部队一口气追出60余里;他领着那位科长向老百姓道歉,主动请罪;计擒匪首;“打下去,送到嘴边的肥肉不能扔了!”;要我一晚上就交出几十只几百只老虎,我又不是养老虎的,上哪里去找?……

## 大胆名将:郭天民

孩子头率百姓与恶霸对簿公堂;他对李亚芬说:"我不是共产党,我不过是脾气暴,声气大";坚持"错误",拒绝检查;关键时刻,他主动请缨指挥一个团充当前卫;张国焘撤了他的职,毛泽东为他平了反;"郭铁匠"之名并非因为铁匠出身……

## 刚直忠勇:阎红彦

不符合招兵条件的他,被破格录取;他时而以国民党军官身份出现在太原,时而以富商大贾的身份出现在汾阳;在莫斯科,他时刻眷念陕北的小米和窑洞;拿枪打仗的手,做起婆姨们纺线的活;他的批评不是盛气凌人,而是和颜悦色地讲道理;陈锡联估计阎红彦不是被炸死,也一定炸伤,便带着担架……

## 胆识过人:王近山

他叉着腰往前一站,把子弹咬在嘴里对准了土财主;他昏迷醒

来，不仅头上留下了一道伤疤，还多了一个伴随他一生的绰号——王“疯子”；被敌人包围了，还喊“抓俘虏缴枪不杀”；拼血本，组织机关人员和炊事员、饲养员投入战斗；养伤一年，好了身体，长了智慧；不断指挥后卫部队袭击、牵住敌人，唯恐敌人“掉队”……



## 有勇有谋：杜义德

他带头参加了农民协会，还写了一幅对联；徐向前哈哈大笑：“好一个杜义德，让反革命坐棺材！”；他“噌”地一下，跳出了掩蔽工

事,抽出驳壳枪,大吼一声:"共产党员跟我上!";我没有办学经验,恐怕挑不起来;他吩咐老乡上去对日军说:"八路大大的有";上甘岭创造了奇迹……

## 英风傲骨:周希汉

新郎借送客之机,远遁山林;张国焘的手随便朝一个方向指了指:"处决,马上!"周希汉便被反剪双臂押出了院子;一夜打了四次胜利仗;和陈赓打赌戒烟,他跑到厕所开了戒,陈赓当即追到厕所;火速的结婚决定,漫长的洞房之夜;杀鸡焉用牛刀?部署停当,众人以为周希汉要下达总攻命令,他却大声说:开饭……

## 政工行家：王辉球

他感到痛苦和迷茫，无罪的好人为什么惨遭杀害；他满腔怒火，高呼“为连长和1排的同志报仇”，指挥2、3排向敌人阵地冲击；长征途中搞宣传，他发动大家就地取材，到老乡家刮锅灰，买白灰；采用办“飞行学校”的办法培训干部；对政治工作建设，倾注满腔热血……

## 从红小鬼到大司令:秦基伟

他掂了掂手中的斧头,平静地问:“我就带上这家伙?”;他“啊”了一声,半天嘴巴没合拢;他一脚踹开营长的门:“这个岗老子不站了,老子的连队要打仗!”;一个战士递给他一件东西,两头弯弯,黑黑的,光光的,他问:“这是什么玩艺儿?”;他抱一挺轻机枪,打一阵子换一个地方……

## 勇往直前：肖永银

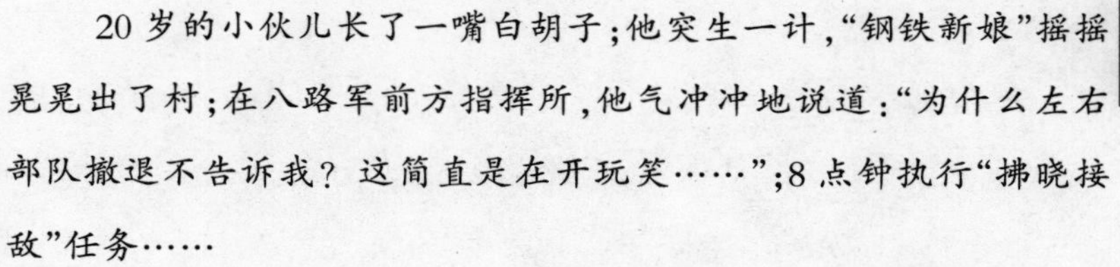

20岁的小伙儿长了一嘴白胡子；他突生一计，“钢铁新娘”摇摇晃晃出了村；在八路军前方指挥所，他气冲冲地说道：“为什么左右部队撤退不告诉我？这简直是在开玩笑……”；8点钟执行“拂晓接敌”任务……

# ★勇气慑敌胆：杨勇★

杨勇(1912–1983)，原名杨世峻。湖南省浏阳县文家市人。1927年加入中国共产主义青年团，1930年参加中国工农红军，同年转入中国共产党。土地革命战争时期，任红8军政治部宣传大队长，红3军团连、营政治委员，红3军团5师14团政治处主任，4师10团政治委员，红1军团第1师、第4师政治委员。抗日战争时期，任八路军115师343旅686团副团长、团长兼政治委员，115师独立旅旅长兼政治委员，鲁西军区副司令员兼343旅旅长，鲁西军区司令员兼教导第3旅旅长，延安军事学院高干队队长，冀鲁豫军区副司令员。解放战争时期，任晋冀鲁豫野战军第7纵队司令员、第1纵队司令员，中原野战军第1纵队司令员，第二野战军第5兵团司令员。建国后，任贵州军区司令员，贵州省人民政府主席，总高级步兵学校副校长，第二高级步兵学校校长，中国人民志愿军第20兵团司令员，志愿军副司令员兼参谋长，志愿军司令员，中国人民解放军副总参谋长兼北京军区司令员。沈阳军区副司令员，新疆军区司令员，中国人民解放军第一副总参谋长，中央军委副秘书长。1933年荣获三等红星奖章。1955年被授予上将军衔和一级八一勋章、一级独立自由勋章、一级解放勋章。是第一、二、三届国防委员会委员，第五届全国人民代表大会常务委员会委员，中国共产党第八届中央候补委员，第十、十一、十二届中央委员，第十二届中央书记处书记。

勇气慑敌胆：杨勇

## “小石头”打碎“大水缸”

xiaoshitoudasuidashuigang

1913 年 9 月 29 日，杨勇生于湖南省浏阳县文家市，父亲为他取名杨世峻，小名统伢子。

1927 年 9 月 19 日，对杨世峻来说是最难忘的一天，他第一次见到一直想见的毛委员。

早晨吃完饭后，突然听到从团防局方向传来几声清脆的枪声，各家的人都走出屋，站在家门，有的小孩还爬到高处，看发生了什么事。不一会儿，就听到有人一面敲锣一面高喊：“乡亲们，快出来，我们是工农红军，咱们穷人自己的队伍来了！……”

杨世峻一听，特别高兴，立即跟着一支队伍往自己读书的里仁学校走。他边走边两眼盯着队伍，见队伍中有穿灰军装、背长枪、挎短枪的；也有穿破旧蓝色衣服，背套筒枪或钩镰枪的，还有不少扛梭镖或背大刀的，都向学校里集中。

☆里仁学校操场。毛泽东同志曾在这里对秋收起义部队作了鼓舞人心的讲话。

部队进入学校后，在操场上集合。大家在聚精会神地听一位身穿蓝布制服，瘦高的中年人讲话，那湘潭口音很洪亮："蒋介石、汪精卫、唐生智叛变了革命，正在疯狂地屠杀革命的同志和工农群众，革命已经转入低潮。我们的革命受到挫折，是吃了没有抓住枪杆子的亏。现在我们有了自己的武装，以后事情就好办了。这次暴动，虽然打了几次败仗，受到了一点挫折，但算不了什么。"

讲演者两眼紧盯着全场，杨世峻趁讲演者暂停讲话的机会，问旁边的人："讲话的人是谁?"那人自豪地回答："是毛委员。"

杨世峻听说是毛委员讲话，便踮起脚引颈而听，只见毛委员更加严肃地说，"有些人经不住考验，从队伍中跑了，这也没什么了不起，少些三心二意的人，我们这支队伍只会更纯洁、更巩固、更坚强。常言说，失败是成功之母。拉武装，我们没有经验，万事起头难嘛。只要我们善于从失败中吸取教训，咬咬牙，挺过这一关，革命总会有出头的一天!"只见毛委员说到这儿，突然伸出一只手在半空里划了个大圆圈，比喻说，"蒋介石好比一个大水缸。"这时，毛委员又举起右手的拇指，说，"我们好比一块小石头。"只见毛委员用右手不停地撞击着象征蒋介石政权的左手，说："我们这块小石头，不断地打他那口大水缸，总有一天会把蒋介石那口大水缸打碎的！"

这比喻多么形象生动，大家一听就懂，顿时，会场上的气氛活跃起来，大家纷纷说："我们一定要做'小石头'，我们一定要做'小石头'。"

杨世峻虽然还在上学，从这次听了毛委员讲演后，他决心长大跟毛委员当红军，做一块坚硬的小"石头"，去打碎反动派的大"水缸"。

但令他没有想到的是，不久，红军就走了，一走就不见踪影。14岁的小世峻，想红军，盼红军，就是见不到红军。

1928年夏，杨世峻与好朋友周政财在常德打听到鲁道源第50师招兵，于是，他两个去了鲁道源国民党第50师学兵团当了学兵。

不久，杨世峻得知彭德怀率领独立团在平江举行了暴动，闹得很红火。

杨世峻认识到要做小“石头”的机会来了，于是他和周政财商量逃离了学兵团，经长沙返回浏阳，到处寻找红军和游击队。他们要去做小“石头”，砸反动派的大“水缸”。一直到1930年5月，终于找到了彭德怀领导的红5军，这时红5军正成立一个随营学校，他和周政财想当红军做小“石头”的愿望终于实现了。

为了激励自己当一名好兵，杨世峻决定将自己的名字改为“杨勇”，这样，好时时刻刻激励自己当一名忠诚、勇敢的好兵，去打碎蒋介石和反动派的这口大“水缸”。

勇气慑敌胆：杨勇

## 突破敌人封锁，渡过湘江

tupodirenfengsuoduguoxiangjiang

杨勇的忠勇果敢，使他在红军队伍里进步很快，1934年红军长征时，他已经是红3军团第4师第10团的政委了。

红军撤离苏区时，由于李德的错误指挥，长征开始十分被动，所以当红军连续突破敌人三道封锁线，来到湘江岸边时，又遭到国民党重兵阻截，形势非常严峻。

☆过湘江(黄镇作)。

1934年11月25日，中革军委和总政治部分别发出“突破敌人之第四道封锁线，并渡过湘江”的作战命令和政治训令。规定

红军分4个纵队前进。红3军团和军委一部、红5军团一部为第3纵队，经小坪、郑家园向灌阳前进，直扑湘江。

红3军团政治部主任向杨勇和团长沈述清下达命令："你们10团作为先头部队，过江后迅速修筑工事，坚守阵地，掩护中央纵队和红9军团、红5军团渡江。没有命令不准撤退。"

杨勇深知此命令的含义，即不管战斗多么惨烈，也要坚守阵地，誓与阵地共存亡。杨勇和团长沈述清率部星夜急进，于28日抵达湘江岸边，立即同3营营长张震一起在界首、兴安之间选好渡河点，迅速地进行渡江准备。

他就要求战士们克服一切困难抢修工事，要求每一发子弹、每一颗手榴弹都要发挥作用，不能浪费。

正当10团在奋力抢修工事时，桂敌第7军独立团和第45师已向他们扑来。

"轰，轰轰！"敌人开始炮击了，炮火密集猛烈，大有炸平红军占领的山头之势。就这样，一场空前未有的恶战，在湘江两岸展开了。

一阵炮轰后，敌人一排排地向10团冲来，等敌人进入有效杀伤距离，杨勇一声令下，红军战士奋起猛打，枪声，手榴弹声顿时响成一片，敌人纷纷倒地，但打倒一批，又上来一批，再打倒一批，又上来一批，敌人仗着人多势众和武器好，突入了10团前沿阵地，红军战士用雨点般的手榴弹炸死一批又一批敌人，迫使敌人暂时停止进攻。

敌人调整了兵力，又一次发起进攻。红10团团长沈述清率1营顽强反击，虽然打退敌人，但沈团长却壮烈牺牲。

沈述清同志牺牲后，上级立即派红4师参谋长杜中美接替团长职务，不幸的是，在当日下午与敌反复争夺阵地时，杜中美亦壮烈牺牲，一天内，10团先后失去两位团长，许多优秀战士倒在了阵地上。

眼看敌人又一次冲了上来。杨勇从战壕里一跃而起，端起刺刀，带头冲

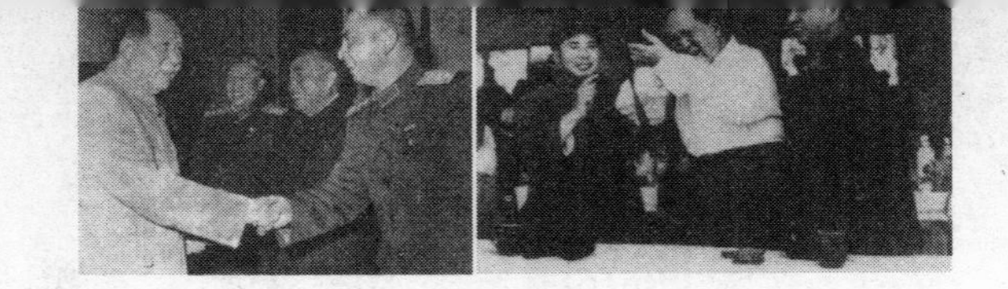

向敌人,经过一场白刃战,又一次杀退了敌人的进攻。

杨勇大喊"为战友报仇"、"为团长报仇"的口号,率部队与敌人浴血奋战,一直坚持到中央纵队全部渡过湘江,他才奉命撤出阵地,带着部队继续西进。

勇气慑敌胆:杨勇

## 老爷庙战斗中身先士卒

laoyemiaozhandouzhongshenxianshizu

抗日战争全面爆发后,红军改编为八路军和新四军,奔赴抗日最前线。1937年8月,杨勇所在的红4师被改编为八路军第115师343旅686团,李天佑任团长,杨勇任副团长。

8月下旬,115师奉命向灵丘开进,阻击日军的进犯。由于国民党军不战而退,115师尚未赶到灵丘,灵丘就已被日军攻占。因此,115师决心利用平型关的有利地形,进行一次伏击日军的战斗,激励全国人民的抗日精神,振奋抗日军队的士气!

杨勇所在的686团的任务是在老爷庙附近设伏。

☆平型关战斗中第115师前线指挥所。

9月 23 日黄昏，在李天佑和杨勇的率领下，部队出发了。经过急行军，于当夜赶到距平型关大约 15 公里的冉庄驻扎下来。经过深入的战前准备、动员，指战员们明白了打好与日军交锋的第一仗的重要意义，大家准备认真，情绪高昂，都表示要在战斗中冲锋在前，退却在后，要给日本鬼子一点厉害看看。

杨勇和李天佑安排部队休息后，也想抓紧时间休息一下，他们俩已经两天没有好好休息了，可是躺在铺上怎么也睡不着。

杨勇看了一眼辗转反侧的李天佑，开玩笑地说："都身经百战了，怎么还这么紧张！"他话虽然这么说心里很清楚，自己的心情何尝不一样。

"不是紧张。"李天佑转过身子面对杨勇，道，"咱们这头一回与日本鬼子交手，别哪儿想到不全，误了事。"

"是啊，这第一次交手很重要，我们的胜利会对全国产生影响，千万不能出任何纰漏！"

夜静更深，部队按时出发了。经过艰难的行军，部队按时赶到了设伏地。这时天蒙蒙亮了，雨也停了。部队进入一条山沟里隐蔽。

部队严阵以待，指挥员抓紧时间观察了解各种情况。李天佑和杨勇伏在一个土坡上，四处观望。李天佑举着望远镜观察了一会儿递给了杨勇。杨勇接过望远镜观察了一阵后，对李天佑说："部队隐蔽得很好，要想捕住狡猾的野兽，就要善于隐蔽好。"他望了一下周围，接着说，"这儿真是一个伏击敌人的好地方，你看，地势狭长，公路那面山高坡陡，很难爬上，我们这边山低坡小，便于隐蔽。有利于出击，真是天赐我歼敌战场！"

李天佑点点头道："现在我们拉好了网，张好了口袋。687 团在东侧，685 团在西边，单等敌人来了。到时候，攻击令一下，他们斩头砍尾，我们拦腰狠切，鬼子算是死定了。"

说到这，李天佑微微皱了一下眉头，指一下对面的山头："不足的是老爷庙目标太明显了，不能在那边山头上埋伏我们的人，只能在战斗打响后，再去抢占它了！"

太阳升上山头丈把高的时候，山沟里传来了马达声，随着声响越来越大，只听有人小声地说了一句："快看，来了！"

杨勇往远处一望，隐约看到百余辆汽车载着日本兵和军用物资在前面，两百多辆大车和骡马炮队在后，接着而来的是骑兵。车鸣马嘶，一片张狂。随着车队越来越近，能看清日本兵头戴钢盔，斜背着枪，叽里呱啦的，十分骄横。

杨勇观察了一下自己的部队，周围很平静。战士们紧握手中武器，睁大眼睛，只听着一声号令就杀奔出去。

在战士们急切的等待中，位于石灰沟南山头的师指挥部，终于发出了冲击敌军的信号。

顿时，部队埋伏的半边山岭，吼声四起，杀声震天，机枪声、步枪声、手榴弹声、迫击炮声响遍了山冈。各种武器一齐向敌人开了火。因为都在最佳距离射击，命中率很高，杀伤力极强，日军旋即倒下一大片。

八路军勇士们随即向敌人发起了冲锋，从山坡上、从公路旁杀向公路，杀向敌阵……

日军坂垣师团是经过严格训练的部队，虽然遭到突然打击，一时有些混乱，但很快清醒过来，其指挥官立即组织部队一面利用汽车与沟坎进行顽抗，一面指挥一部分人抢占老爷庙的高地。

敌人的这一手，李天佑早已想到了，他立即命令3营："不要怕伤亡，一定要拿下老爷庙！"

"保证完成任务！"3营长带领一群战士冲了出去。

"老李，你负责这里；我跟3营一起去！"杨勇没等李天佑回话，拔腿就跟着3营冲上前去。

山沟里炮声隆隆，硝烟弥漫，杀声震天。3营官兵穿行在枪林弹雨中，他们越过山沟，冲上了公路，不与公路上的敌人纠缠，只顾往老爷庙冲。部队一到老爷庙附近就与敌人展开白刃格斗。战士们与敌人扭在一起，只见枪托飞

舞，刀光闪闪，杀声震耳。

在3营向敌冲击的同时，李天佑命令12连副连长带领部下抢占东面公路拐弯处的一座土地庙，控制了有利地形，阻击后面跟进的敌大车队。12连将敌人两头的大车打瘫痪了，中间的全都卡在那里动弹不了了。

这一边杨勇指挥3营占领了老爷庙，居高临下，利用有利地形狠狠打击敌人。

突然，杨勇觉得一股力量袭来，将他扑倒在地。他想爬起来，左臂却怎么也不听使唤了。

警卫员惊叫一声："副团长，你负伤了！"

杨勇厉声制止："别喊了！一点小伤，算得什么！"他叫警卫员拿出急救包，简单地包扎了一下伤口，又立即投入指挥战斗。

我军占领老爷庙后，直打得沟里的敌人满地乱窜，无处藏身。日军指挥官看部队左冲右突难脱罗网，深知老爷庙制高点的重要，又组织了几百名鬼子，以密集队形朝山上进攻。

鬼子的进攻被一次次打退。

日军飞机赶来助战了，嗡嗡嗡贴着山头盘旋。面对山沟里的混战，日机不敢投弹了，害怕炸了自己人。从入侵中国以来，他们从没见过像八路军这样勇猛的部队。

战斗持续到当日下午1时，我军终于将兴庄至老爷庙之间的日军全部消灭了。十几里长的山沟公路上，除了留下大批的汽车、大车、军用物资外，还留下了1000多具日军尸体。

这次战斗的胜利受到了115师聂荣臻副师长的表扬，他在看望部队时说："同志们，这一仗我们打胜了，大家打得很好，打得漂亮。同志们的浴血奋战，对稳定华北地区的抗战局势作出了很大的贡献，我向同志们表示感谢！"

勇气慑敌胆：杨勇

## 汾离路三战三捷

fenlilusanzhansanjie

1938年9月，侵入我国华北的日本侵略军向山西增兵1万余人，并且兵分两路，南路侵永济、风陵渡，觊觎西安，从侧翼配合其正面战场作战；西路则犯离石、柳林，企图威胁陕甘宁，蹂躏吕梁山抗日根据地。日军来势汹汹，妄想一举消灭华北地区的抵抗力量，解除其后顾之忧。

西路日军的先头部队动作较快，不久便侵占了军渡—碛口一线，指挥这次行动的是日军108旅团长山口少将。他亲率指挥机关进驻离石县，并在汾阳城内集中了大批弹药、粮秣、渡河器材等物资，随时准备起运，支援侵入离石县的日军。

根据日军的动态，活跃在吕梁山区的八路军115师在陈光、罗荣桓的指挥下，主动出击敌人。师首长命令杨勇率686团迅速进至汾(阳)离(石)公路东段，伺机打击西犯日军。

一天，杨勇带着各营的干部出去观察地形。天刚麻麻亮，一行人便登上了西公岭，隐蔽在半人高的蒿草丛中向公路上望。只见西公岭四周峰峦重叠，沟壑鳞比，汾离公路顺着山势，由东蜿蜒而来。公路在西公岭下爬过一段陡坡之后，便进入凹地。凹地一带并排平列着四条山沟，每条沟里都长满了齐腰深的茅草和杂乱的灌木。

杨勇正看得出神，一个跑得气喘吁吁的侦察员送来师部的一份紧急命令：敌人20辆满载弹药和渡河器材的汽车，将从汾阳起运，请相机截击。大家知道了这个情况，指着那段凹地异口同声地说：“团长，这儿就是个好战场，就在这儿干吧！”

干部们七嘴八舌地议论，唯有侦察队长刘善福坐在一旁没有吭声。他在

一个星期前就来过四公岭，情况数他最熟，可他为什么偏偏不说话呢?作战中一向注意倾听部属意见的杨勇，头脑里不禁打了一个问号。

“刘善福，你的看法怎么样?”杨勇问。

“这里的地势好是好，就是那个碉堡讨厌！”刘善福指着对面山包上的一个碉堡说。

原来日军对这段凹地也是十分警惕，他们在对面的制高点上专门修了一座高大的碉堡。每当运输车队到来时，总是先派巡逻队搜索一下山沟，然后控制碉堡，掩护汽车通过。如此看来，这座碉堡对攻击部队来说，倒真是一个十分讨厌的障碍!

怎么办?有人提议干脆提前拔掉碉堡，但很快就被人家否定了，因为那样会“打草惊蛇”。讨论来讨论去仍没个结果。

这时，一直低着头在一块石头上画来画去的迫击炮连连长吴嘉德蛮有把握地对杨勇说：“这个任务交给我吧！保证三炮消灭碉堡。”原来他刚才在那里计算炮兵射击诸元。看着吴连长的神态，杨勇放心地点了点头。

9月 14 日清晨，浓雾渐渐散去，金黄色的朝霞映照着苍翠的群峰，吕梁山脉显得分外雄伟。杨勇和团政治处主任曾思玉站在西公岭南山上的一棵高大的核桃树下，用望远镜仔细地观察周围的情况。7 点多钟，活动在汾阳城附近的侦察员通过各村情报站送来了报告：日军的汽车已经出城了。

两个小时之后，汽车到达了西公岭前十多公里的王家池，在那里加了水，添了油，半小时后又上路。据守在王家池据点里的日军，先派出了一队巡逻兵出来开道，以掩护其车队安全通过西公岭。

汽车队行至东山脚下时又停了下来，巡逻队上前搜索。敌人未发现与往常不一样的情况，便“叭！叭！”两发信号弹升上天空。日军车队看到“平安无事”的信号后，便一辆接一辆毫无戒备地开进了 686 团伏击地。

杨勇也就是在这时向作战参谋说:“立即通知各营,准备出击!”

当第一辆车快行到山坳时,时机成熟了。

杨勇毫不迟疑地向炮兵连长吴嘉德发出了开炮的命令,只听“轰”的一声,第一发炮弹不偏不斜恰好落在那个碉堡跟前。曾思玉禁不住说:“好!打得好!”紧接着又是两炮,也都打中目标,碉堡里的敌人差不多全都报销了。埋伏在北侧山坡上的连队迅速冲了出来,占领了碉堡前的阵地,一面截住了汽车西行的去路,一面向离石方向警戒。隐蔽在南侧山坡的指战员们则向行驶在公路上的车队扔出了一排排手榴弹。

狭窄的路面上,着了火的汽车“呜……呜……”地挣扎着,相互挤撞着。车上的日本兵,有的跳下车来搏斗,有的趴在车厢里胡乱射击,企图顽抗。又是一阵轻重火力猛烈地压了下去,直打得日本士兵抬不起头来,一个劲地“哇啦,哇啦”乱叫。

嘹亮的冲锋号音震撼了山谷。686团的指战员们端起明晃晃的刺刀,个个像出山的猛虎,冲上了公路,与残余的日军展开了白刃格斗。不到一个小时,战斗就结束了,200多个日本官兵除3名投降外,全部就歼。

兴高采烈的686团的指战员们,挑选了两辆还能发动的汽车,满载着胜利品,开到了驻守在公路南侧山后的团后勤部门,并把其余开不动的汽车就地烧毁。

汾离公路上,一连几天不见日军的汽车。这下可苦了在黄河边上的鬼子兵。因为他们得不到后方的支援,粮秣和弹药就发生短缺。出来抢粮,又经常遭到游击队的袭击,粮食抢不到反而闹个损兵折将、丢盔卸甲。后来,日军108旅团长山口少将出于无奈,只得让部下杀马充饥,固守待援。

“不到黄河心不死”的日军,为了挽救其在黄河边上的部队又开始了运输。不过,这回也学乖了,他们先派一个中队分乘几辆汽车,押送一车粮食试探前运。为了避免“打草惊蛇”,杨勇决定先给敌人一个甜头,把这一车粮食

送了“人情”。

第二天，日军的“胆子”果然大了起来，香月军团司令部无线电队一、五分队的20辆汽车，满载着通信、渡河器材和粮食从汾阳出来。当天下着瓢泼大雨，200多押车的鬼子，个个浇得像落汤鸡。

汽车在坎坷不平的公路上整整颠簸了一天，好不容易通过王家池，爬过西公岭，眼看走过了三分之二的路程，不料却在油房坪一带较旷坦的地方遭到了343旅补充团的伏击，补充团在彭雄团长的指挥下，冒着滂沱大雨，把敌人车队挡在公路的拐弯处，经过激烈的战斗，除先头的11辆汽车逃窜外，后面的9辆全被击毁，车上的100多鬼子又作了“泉台客”。此外，还缴获了许多通信器材。

日军在汾离公路上连续被歼400余名，108旅团原有的50辆运输车也被搞掉了近五分之三。在这不断的打击下，鬼子损失惨重，坐卧不安，特别是后方补给线被切断，更使侵占离石的108旅团心惊胆战，动摇了西渡黄河的决心，出于无奈，山口旅团长只得带着他的部队顺着公路向汾阳撤退。就在这时，115师代师长陈光通知杨勇：“西犯之敌正在撤退，要不怕牺牲，不顾疲劳，迅速准备再战。”

为了狠狠地教训日军，陈光还把685团2营和师部特务连临时配属给杨勇，一起迎敌。686团的同志们高兴地说：“这下我们的力量就更强了，胜利也就更有把握了。”

屡遭打击的山口已成惊弓之鸟，他们估计在撤退中也可能遭到袭击，因而特别小心。

9月20日拂晓前，686团及配属部队分头悄悄地摸到了王家池附近，迅速进入指定位置，隐蔽起来。2营及兄弟部队埋伏在公路北侧的薛科里一带，1、3营埋伏在公路南侧的铁剪沟附近。

太阳当头的时候，敌人的骑兵出现在公路上。紧接着，辎重、炮兵、步兵，前拥后挤、吵吵嚷嚷地来到了王家池山谷。杨勇命令2营首先发起攻

击。紧接着其他各营也冲了出来。霎时，冲锋号声、呐喊声震荡山谷。

伏击部队一下子把日军切成了几段,并拦腰抓住了山口的指挥机关死死不放。头尾两段日军拼命反扑,想给他的指挥机关解围，双方胶着,厮杀激烈。在这紧要关头,杨勇把685团2营撒了出去。这支生力军一投入战斗,很快帮助各营把敌人一段一段地吃掉了。

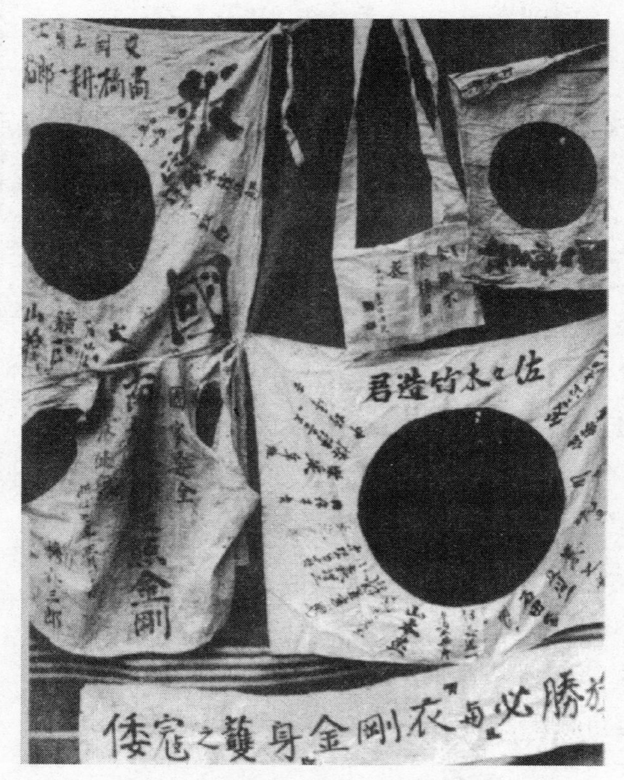


☆1938年9月,115师343旅在汾(阳)离(石)公路打击西进之敌,于9月14日至20日先后在薛公岭、油坊坪、王家池三战三捷,毙敌旅团长山口少将以下1200余人,俘敌19人,缴获战马100余匹,击毁汽车40余辆。这是343旅在汾离公路战斗中缴获的日军“出征旗”和“金刚衣”。

这第三次大捷歼灭日军近千人,不久前还在叫嚣要一举渡过黄河的山口少将也作了战死鬼。

胜利轰动了整个吕梁山区，大大激励了吕梁儿女们抗击日本侵略者的决心,也打击了日寇企图一举消灭一切抗日力量的狂妄嚣张的气焰,粉碎了他们西进的企图。

侵华日军前线指挥官冈村宁次大为恼怒,破口责骂山口旅团无用。

汾阳城烟雾弥漫,臭气冲天,接连几天日军都在焚烧战死鬼的尸体,最后还开了个“慰悼”大会。差不多在日军开“慰悼”会的同时,吕梁山区也召开了一个盛大的祝捷大会。

勇气慑敌胆：杨勇

# 义释伪军团长刘玉胜

yishiweijuntuanzhangliuyusheng

陈光、罗荣桓奉中央军委命令，于1938年12月率领115师师直属队与686团东进。由晋西开赴冀鲁豫平原，开辟新的抗日根据地。

686团在杨勇的指挥下，过了汾河后，从两渡与义棠之间偷越了同蒲铁路的日军封锁线；到达绵山脚下的静村、延安村一带做翻山的准备工作。

尽管做了各种准备，由于正值严寒的冬季，山上天寒地冻，雪窖冰天。部队朝发夕至，翻越绵山，全团冻伤近百人，有冻坏手脚的，有冻坏耳朵的，还有冻坏鼻子的。虽然动员时向大家说了，受冻了，不能用热水泡、洗，但一些人不听，也不信，偏用热水洗脚、烫脚，还认为越热越好，图舒服和一时的痛快，结果懊悔不及。

部队又经过半个月的长途跋涉，到达了夏店镇，在这里迎接了1939年的元旦。朱德路过这里，专门看望了部队，对686团的工作

☆1938年12月，115师东进山东前，朱德总司令亲临部队召开干部会。这是到会干部的合影。

给予了表扬和鼓励。

1月中旬,部队到了黎城县东,西黄须村时,彭德怀副总司令也来686团视察。因为这个团是由彭德怀平江起义的老部队发展起来的。彭德怀对这个团格外关注,对优点进行了充分的肯定,对于存在的问题也严厉地毫不客气地指了出来,这对部队后来的发展起了很大的作用。

3月1日,东进支队到达鲁西郓城以北地区。

杨勇根据侦察到的敌情,决定奔袭郓城西北的重镇樊坝。这里是日伪军的一个重要据点,驻着伪军一个团。

在战前的动员会上,杨勇说:"我们686团是主力部队。什么叫主力?就是别人攻不下的,我们能攻下!别人守不住的,我们能守住!过去我们686团在山西打出了威风,朱总司令表扬我们是模范团,是干部团。现在我们到了山东,也要打出威风,使山东的敌人一听到686团的番号就头疼,就心惊胆战!"

部队在做好充分准备的条件下投入了战斗,经过一夜的攻城战斗,攻入了敌阵,生俘了500余名伪军。有几个战士押着一个头上负了伤的像是当官的伪军来到杨勇面前,经过审问,这个俘虏原来就是伪军的一个团长,叫刘玉胜。

杨勇要卫生员给他包扎好伤口后,问他:"那边小村庄驻扎的是谁的部队?"

"那是我的一个营。"刘玉胜低着头回答。

"是你的部队,那好,你马上写信,要他们放下武器,立即投降。我们保障他们的生命安全!"杨勇说话声音虽不大,但话中带着威严,是不可抗拒的命令。

刘玉胜知道站在自己面前的就是赫赫有名的杨勇,也不敢多想什么了,立即趴在桌子上写信。

杨勇看了刘玉胜写好的信,派人送了去。并对刘玉胜晓以抗日救国大

义，劝他改邪归正，重新做人。

"是！是！"刘玉胜一个劲地说。

刘玉胜在鲁西曾作恶多端，民愤极大，杀了他也不冤，是其罪有应得。但杨勇从增强抗日统一战线的力量考虑，认为做好他的工作影响大，对抗日有利，于是积极做他的工作，用党的抗日政策感化他。

经过各方面做工作，刘玉胜终于觉悟了。他表示要与自己的过去决裂，还郑重地发表了"告同胞书"，那里面说："玉胜不才，身为中华民国之军人，乃受敌伪之迷诱，沦为卖国求荣之汉奸……樊坝之役，幸被生俘，得蒙不死，倍享优待，并晓以救国救民之大义，教诲良深……玉胜扪心自问，愧悔交集，今日获释，恩同再生。誓当重整旗鼓，投效抗战，将功折罪，以雪吾耻，以谢国人之恩……"

杨勇义释刘玉胜，并委任他为东进支队的一个团长，要他到济宁敌占区去扩军。半年后，他给杨勇写了一封信，说他已召集旧部拉起了一支200多人的队伍，并有枪200多支，希望八路军给他派干部加强领导。

杨勇派吕儒琦去改造刘玉胜的部队，经过吕儒琦的深入工作，这支部队在抗日斗争中表现不错，后被正式命名为鲁西独立团，扩充到500多人在抗日战争中发挥了自己的作用。

在当地群众中，曾流传着这样一段民谣：

正月里来正月正，
东进支队到山东，
罗荣桓陈光领兵马，
杨勇将军是先行。
二月里来杏花红，
奔袭樊坝是杨勇，
活捉伪军五百七，

义释团长刘玉胜。

……

勇气慑敌胆：杨勇

## 婚礼前，杨勇还以为她是一个“小伙子”呢

hunliqianyangyonghaiyiweitashiyigexiaohuozini

1940年3月，杨勇率686团东渡黄河，挺进冀鲁开辟抗日根据地后，一个勇敢，开朗、朴实、直爽的姑娘闯入了他的生活。这位姑娘就是林彬。林彬祖籍山东冠县。1938年加入了中国共产党。

杨勇与林彬第一次见面时，出现在杨勇面前的林彬简直是一个年轻后生，留着短短的头发，穿着男人的衣裤，腰带上还别着个小烟袋，一开始，杨勇还真的认为她是一个“小伙子”呢。

1939年底，运西专署建立后，为了加强对干部的培养，运西党校正式开学。在寿集、王芝茂村、杨楼、肖庄一带开展党的工作的林彬带领着部分党员参加了党校学习，并听了兼任运西专署专员的杨勇讲第一课。学习结束后，杨勇和林彬已经很熟悉了。他们在共同的战斗生活中建立了深厚的友谊。

新娘子林彬是由运西专署宣传部长申云浦送来的。林彬参加革命工作后即在申云浦的领导下开始工作，她很敬重这位像大哥一样的领导。这次由申云浦亲自送亲，林彬心里很高兴。

说来也好笑。往日，黄河支队支队长彭雄总喜欢与杨勇同住在一个房间里，因为这样有利于组织战斗和抓部队建设。可今天，欧阳文当然要把刚从前线回来的彭雄安排在另外的房间里。彭雄老大的不高兴，找到欧阳文劈头就问：“你这个政治部主任是怎么搞的，你不知道应该把我和旅长安排在一个房间里吗?”

“你别嚷嚷嘛！今天有特殊情况。”

“什么特殊情况也不行。”

“真的不行?”

“不行！”

“你看见屋里那个女同志了吗?”

“看见了。”

“你猜她是谁?”

“谁?我猜不着。”

“她就是林彬同志,今天就跟旅长结婚了。你还能跟旅长住在一个房间里吗?”

“真的?你怎么不早说呢！”

“你还没等我说明白就嚷嚷起来了,我有什么办法。”

“嗳,欧阳,今晚有什么仪式,咱们可得好好闹闹洞房。”

“那就看你的本事了。”

杨勇与林彬的婚事办得简朴、大方,朝夕相处、同生共死的战友们聚在一起,可热闹了。好在林彬也是见过大世面的人,落落大方,有问必答,大家开心极了。

新婚燕尔的日子是甜蜜的。但是不久,两位新人就要分手了,因为各自都有自己的工作要做。后来就成了习惯,他们每次短短的相会之后,就是生死莫测的长长期待,谁也不知道下次是否还能重逢,还能相会……

起初,林彬也曾为此苦恼过。但作为一个革命军人的妻子,林彬心甘情愿地把苦恼留给自己,把温暖和深情给予自己的爱人。一个晚上,杨勇从前线回来,浑身上下沾满了灰土泥垢,军装褴褛不堪。林彬赶忙烧水让杨勇洗澡,两人还没说几句话,杨勇就已经躺在热炕上睡着了。林彬心疼地给丈夫盖好被子,然后找出自己的衣服,撕开作补丁,一针一线地将杨勇那被荆棘划烂、被弹片擦破的衣服补好、洗净,又就着炭火连夜烤干,整整忙了一夜。

第二天,天还没有大亮,杨勇又穿上军装走了,只有火盆中的余烬知道这千针万线里缝进了林彬多少情和爱。

杨勇也是个感情丰富、细腻的人。他知道林彬对自己的惦念,无论是在战火纷飞的疆场上,还是在紧张繁忙的公务中,他总是对林彬“报喜不报忧”,为的是让林彬少为他操心。在日常生活中,杨勇也很体贴和尊敬林彬,尽量减少林彬的烦恼。两人相敬如宾,情深意浓。

勇气慑敌胆:杨勇

## 坚决执行毛泽东的指导思想

jianjuezhixingmaozedongdezhidaosixiang

抗日战争胜利后,1945 年 11 月,晋冀鲁豫野战军第 7 纵队成立,司令员为杨勇,政治委员为张霖芝,副司令员为赵基梅,副政治委员为张国华,参谋长为吕炳桂,政治部主任为王辉球,下辖第 19、20、21 旅和直属骑兵团,全纵队 16000 余人。杨勇率领部队全力投入了肃清根据地残余日伪据点的战斗。

12 月 30 日至 1946 年 1 月 2 日,杨勇指挥部队,以英勇顽强的战斗作风,4 天内连克郓城、巨野、嘉祥 3 城,荣获军区刘伯承司令员和邓小平政委的通令表扬。接着,1 月 9 日再克济宁,歼伪军 7000 余人。

1946 年 4 月开始,国民党公开撕毁国共停战谈判达成的协议,首先向东北解放区发起大举进攻,在关内则积极向各解放区周围调集军队,进行局部性的进攻和蚕食推进。从 6 月底开始,国民党军以大举围攻中原解放区为起点,发动了对解放区的全面进攻,掀起了空前规模的内战。

为了进行自卫战争,自 1946 年 8 月至 1947 年 3 月,在晋冀鲁豫军区司令员刘伯承、政治委员邓小平的统一领导下,杨勇率领的第 7 纵队,坚决执行毛泽东关于歼灭国民党军有生力量为主,而不是保守地方为主的战略方针和集中优势兵力各个歼灭敌人的作战指导思想,在敌我力量悬殊的情况

下，活跃在冀鲁豫战场，英勇拼杀。

首先，参加了陇海路汴徐段自卫反击战。在战斗中，杨勇把运动战和大规模的交通破击战结合起来，这在当时是对付国民党军的最有效的作战法。战场变化是无穷的，对一些具体情况，采取不同的战法，如对沿线分散守备的敌人，采用宽正面有重点的反击作战。

杨勇率部经过13天的奔袭，攻克砀山，并协同晋冀鲁豫野战军第3纵队围歼国民党军181旅及29旅1个团。为粉碎敌人的进犯，在定陶战役、巨野战役、鄄南战役中，发扬勇敢战斗、不怕牺牲的战斗精神，同兄弟部队一起，歼灭敌整编第3师和41师、47师各1个旅，接着进行大踏步辗转，参加滑县战役，巨金鱼战役、豫皖边战役，歼灭了大量敌人，粉碎了国民党企图攻占冀鲁豫、打通平汉路的计划，有力地配合了山东、苏北我军的作战。

1947年3月，第7纵队与从晋察冀热辽区归建的第1纵队合编为新的第1纵队，杨勇为司令员、苏振华为政治委员。

经过调整和部署，晋冀鲁豫解放区军民的力量增强，在作战上已处于主动地位，转入战略性反攻的条件成熟。杨勇率第1纵队参加了晋冀鲁豫军区统一组织的豫北反攻作战，历时两个月，攻克了原武、阳武等城，歼敌8000余人，有力地策应了陕北、山东解放军粉碎国民党军的所谓重点进攻。

进入7月份，战局发生了变化，解放军由战略防御转入战略进攻。晋冀鲁豫野战军主力于6月底突破黄河防线，进行了鲁西南战役。

杨勇率领1纵强渡黄河后，按预定计划将郓城驻敌包围，于7月7日黄昏时发起总攻。由于总攻前杨勇做了深入侦察，掌握了敌情，便选择了敌人防御薄弱的西门作为主攻方向，采用集中兵力、火力先突破一点，尔后扩大战果的战法。经一夜攻击，全歼了国民党军的2个整旅，生俘敌副师长理明亚以下8500余人，毙伤敌2000余人。

郓城战斗的胜利，为正在进行的鲁西南战役取胜创造了有利条件，1纵

☆1946年10月28日，国民党民一部进犯山东鄄城地区。我军主力由鄄城东南及西南向敌迂回包围，至31日将敌全歼于鄄城以南。这是在鄄城战役中被我军炸开的南黄庄突破口。

获得军区通令嘉奖，并记大功一次。

在部队向大别山挺进时，杨勇率领1纵和中原独立旅，经过22天的长途艰苦跋涉和激烈的战斗，粉碎了大量敌人的前堵后追，经过9次战斗，攻克7座县城，跨越陇海路、黄泛区，渡过沙河、淮河等8条河流，行程500多公里，于1947年8月底到达大别山北麓——河南的罗山地区。

9月，1纵和2纵等部队在商城、光山一带作战3次。杨勇指挥的1纵在商城以西的中铺歼敌58师1个团2000多人，并将国民党军的机动兵力吸引到大别山北麓，有力保障了3纵队、6纵队

☆进军大别山的晋冀鲁豫野战军在鲁西南战役结束后，于1947年8月7日挥师南征，横跨陇海铁路，涉越黄泛区，强渡涡河、沙河、颍河、洪河、汝河、淮河，跃进千余华里，粉碎了敌人沿途的阻击，于8月底胜利到达大别山区。这是1947年8月11日，我军跨过陇海铁路，向大别山地区挺进。

在大别山南麓皖西、鄂东地区的快速展开。进入10月份，1纵和2纵主力乘虚出击鄂东。杨勇指挥1纵攻克新县、武穴，并在柳子港、李家集地区歼敌新17旅大部和52师的1个营；在竹瓦店歼敌青年军203师第2旅的2个营。

1947年10月，杨勇统一指挥1纵、中原独立旅和6纵队主力，在2纵4旅协同下，于广济地区的高山铺一带，组织伏击战，全歼尾追的国民党军第40师师部及3个旅，共计12600余人，击落飞机一架。这一战役的胜利，极大地振奋了大别山区军民的情绪，提高了军队在无后方条件下作战和山地作战的信心，解决了部队的过冬物资，对大别山区斗争局面的好转和重建根据地工作起了重要作用，为在大别山区站稳脚跟打下了很好的基础。

12月中旬，杨勇率1纵挺进淮河以北、沙河以南的淮西地区，协助豫皖苏军区开辟息县、临泉、正阳等10余个县的工作，成立了豫皖苏第四分区，使大别山区和豫皖苏区连成了一片，扩大了解放区的活动范围。

1948年,杨勇率1纵,掩护兄弟部队进军桐柏山,掩护野战军领导机关北渡淮河,随后参加宛东战役,并和兄弟部队3次阻击国民党军胡琏兵团、吴绍周兵团北援,歼敌7000余人,有力地保障了华东野战军豫东作战任务的完成。

淮海战役开始后,杨勇指挥1纵在张公店地区歼敌181师5000余人,俘敌55军中将副军长兼181师师长米文和,后又率部阻击国民党军黄维兵团的进攻,激战3天3夜,迟滞了敌人近12万人的猛攻。后又参加围歼黄维兵团的激战,与中原野战军各纵队及华东野战军一部一起,付出巨大代价将黄维兵团全歼。部队因战斗减员4次缩编,全纵队编为12个营,每一个营只剩下几十个人,仍前仆后继地同敌人进行殊死的搏斗,直至战役取得全胜。



## 宋希濂对他十分叹服

songxilianduitashifentanfu

1949年2月,杨勇任人民解放军第5兵团司令员,第5兵团下辖16、17、18三个军。4月21日,杨勇率第5兵团参加渡江战役,在安庆以西望江段突破了国民党军的江防,接着勇猛进军,解放了安徽、江西、浙江的许多城镇。9月,杨勇、苏振华率5兵团向西南进军,解放了贵州。

11月30日,杨勇和副参谋长潘焱率领5兵团前线指挥所,从贵阳市出发,入川作战。兵团所辖的3个军,第17军留驻贵阳,杨勇令第18军军长张国华率部协同16军入川作战。

12月7日,第16军从川南江安、纳溪地区全部渡过长江。第18军沿镇雄、洛表、珙县向宜宾疾进。10日宜宾守敌第72军起义,第18军以一部入宜宾接管,主力迅速渡过长江,沿泯江北上。

进军中,第155团团长阴法唐获悉国民党湘鄂绥靖公署中将主任宋希濂正率7000余人逃窜。杨勇指示部队立即迂回敌人。迂回部队于15日将敌

包围，经过1小时激战和追击，歼敌4000余人。宋希濂带领余部3400多人向龙池溃逃，由徐仲禹率领的第139团日夜兼程追歼，终于追上了逃敌。除击毙的外，余敌均被俘虏，该团2连在生俘的敌人中查出了宋希濂。

对于这一段经历，宋希濂有一段精彩的回忆：

“我在大渡河沙坪被俘之后，随俘虏队伍经峨嵋又被送往乐山县集中。一路上，思前想后，万念俱灰。一想到自己数十年横枪跃马，未曾战死沙场，却落到了今天这种可悲的境地，心里便感到一阵阵痛楚。

☆部队抢渡岷江，包围成都之敌。

……当我们拖着无力的脚步踏进乐山县城时，远远就看到有不少解放军战士站在城门外，大约有一连人，等我和身后十几个将官到他们跟前时，押送我们的排长，让我们十几个人站在这一连人前面，这时，一个身背照相机的解放军干部出现在队前。

我一看，立刻明白这是要给我们这些将官拍照，目标自然要以我为主要对象。我思想上很反感，心里极为不快，心想：反正你

们把我抓来也难以活命了,还照什么相!如果你们拿去报上登出,人家看到我们这些人这副狼狈样子,昔日的声威岂不荡然无存了。要死也要死个骨气,决不能丢这个脸!……待照相的青年干部举起相机,对好镜头,就要按动快门时,我突然转身扭过头去,使对方没有照成。

如此反复了四五次,气得这个干部毫无办法,最后还是没有照成。……青年干部气呼呼地走到我面前,冲着我说:'宋希濂,我是奉命执行任务的,你竟敢破坏我的工作,我枪毙你!"

宋希濂继续回忆道:"第二天早上8点多钟,门口开来了一辆吉普车,点名叫我一人单独上车,说是司令员找我谈话。我部下一听,个个都感到发慌,又为我担起心来。当时,我也感到事情有点蹊跷,默默地看了看这些跟我出生入死、南征北战的部属,心里一阵发酸,深感对不起他们。我向大家点了点头,算是最后的道别,然后猛地转身向院门口的汽车走去。

汽车经过一阵行驶,开进一所中学中停了下来,我被领到一个年轻军人面前。这人穿着普通战士服,脸上露着笑容。他一见我进来,便放下手上的公文,指着桌旁的椅子说:'请坐。'我打量着对方,猜测着他的身份。就在我满腹狐疑,胡思乱想时,一个为我倒开水的战士对我说:'这就是我们兵团杨勇司令员。'兵团的司令员杨勇?"

"坐下谈,坐下谈。"杨勇司令员和蔼地笑着说,"宋将军,我可以坦率地告诉你,我们在长沙时就曾研究过,估计并非没有争取你起义的可能。有几个人,一是你的大哥,还有几个是你的朋友,其中有个姓段的,还有个姓刘的,他们当时准备到湖北恩施去找你。但还没等他们到你那里去,你们已向西退,解放军也已经前进了。此后,大家彼此赛跑,联系不上,也只好听任事情的自然发展了。"

说到这里,杨勇停了一下,看到宋希濂听得很入神,便又接着说,"话说回来,现在事情既然已经这样,对过去的事,你也就不必太计较啦,现在你先安下心来,考虑一下怎样度过自己的后半生,好好改造一个时期,将来到北

平去，看一看我们共产党掌握政权以后，是怎样治理这个国家的。……”

杨勇和宋希濂谈了一个多小时，耐心细致地讲了共产党对待战俘的政策，要他相信共产党的政策，好好改造。最后，杨勇送他出来时又诚恳地说：“宋将军，我们的工作人员很年轻，不太懂事，请你不必计较。”

宋希濂一听这话，就知道是指昨天照相时发生的事，想不到这么点小事，很快就传到兵团司令员耳朵里了，本来是自己不诚心，可杨司令员却检查他们自己，宋希濂心里很感动，觉得解放军确实了不起。

杨勇的为人这样坦诚，连他的对手都十分叹服。



## 吃掉讨厌的“馒头”

chidiaotaoyandemantou

自从1950年中国人民志愿军入朝作战后，杨勇统率过的老部队16军和38军都入朝参了战，他多次请缨，昔日的老战友一个个都上前线闻到了硝烟，可他却一点动静也没有。

朝鲜战争爆发时，杨勇正在南京军事学院高级速成系学习，快毕业时调任南京总高级步校副校长，半年后到石家庄任第二高级步校校长。他不相信自己会和炮火连天的朝鲜擦肩而过，每天都要面对军用地图一站就是半天，久久思索。他一边熟记朝鲜地名，一边在图上画出各种标记，为上战场做准备。

果然，久久盼望的命令到了。杨勇在步校工作了半年后，1953年4月18日，毛泽东签发了中央军委的命令，他被任命为中国人民志愿军第20兵团司令员。又要领兵打仗了！接到去朝鲜的命令，杨勇兴奋极了。

在杨勇入朝前，20兵团司令员杨成武因病回国后，由19兵团副司令员郑维山代理司令员。所辖的67军和68军在三八线金城北侧担任防御。杨勇和20兵团政委王平到任时，夏季反击战已经开始了。因为战役的原则是稳

☆归国代表团回到朝鲜前线后，向彭德怀司令员（后右）和金日成首相（后左）汇报中国人民抗美援朝运动情况。

扎狠打，所以反击规模较小，主要是对敌人的连排班发动攻击。

夏季战役的第二次攻击，志愿军先后对敌 51 个团以下阵地进行了 63 次进攻作战，共毙伤敌 4.1 万余名，给了伪第 5、第 8 师以歼灭性打击，扩大阵地面积 58 平方公里。

美军似乎怕了，拖了一年多的战俘遣返问题获得了解决。这样，朝鲜停战谈判的各项议程全部达成了协议，剩下的就是重新划定军事分界线和拟定停战协定的细则了。

志愿军司令员彭德怀从北京回到朝鲜，准备参加签字仪式。

没想到节外生枝，李承晚狂言反对任何妥协，要单独打下去。他指使武力劫走 2.7 万中朝被俘人员，补充到李伪军中去了。

这样，进行了两年的板门店谈判停战协定还是签不下来。此举激怒了中朝两军。

杨勇对王平说："为什么美国主子要和，而李承晚还要继续

打？他有什么本事继续打下去？是他自己单独打？还是另有目的？恐怕还是有美国在背后支持。”

以往的战斗都是去个班，去个排，顶大不过一个连。零敲牛皮糖，占个有利地形，捉上一两个俘虏。但这样怎么是个完呢？敌人态度这么强硬，不就是因为我们没从根本上摧毁敌人的斗志吗？

在战场上，谁军事力量强，谁就有力量。杨勇司令员第一天上班就搬了一个凳子坐在大地图前，看地图上的那些红蓝标记，个把小时一动不动。以后只要有时间，就是坐在地图前，那两只大眼睛直直地望着五次战役后形成的三八线，尤其是金城以南、北汉江以西 20 兵团正面鼓出的馒头式的敌人阵地，苦思冥想。

杨勇说：“这个‘馒头’太难看了，三八线一条线，怎么到我们的防区就鼓出来？起码应该拉平三八线，想办法收复这块失地。”这一带敌人是李承晚的伪首都师和第 3、6、8 师，都是他的精锐部队，尤其是伪首都师，是他的一张“王牌”。要打，肯定是一场硬仗！怎么样大干一场？该定下怎样的作战计划？要让敌人屈服，只有大打，要把敌人打痛，让它不得不求饶。

杨勇决心打大仗，上 3 个军，后来在杨得志的支持下，增加到 5 个军。

开始好多人都不理解，说朝鲜这情况行吗？没把握。有人说你初来乍到，这么个组织法，搞三个集团军？有些人干脆反对，还有人在一边冷笑。连以大胆著称的 3 兵团司令员许世友都说要慎重，说根据解放战争的经验，歼敌一万，自损三千，我们一定要慎重。

不久，彭德怀回到朝鲜前线，他赞成杨勇的看法，认为如果不在军事上给予李承晚集团惩罚性痛击，不仅会拖延朝鲜停战，而且会影响朝鲜战后和平的长期稳定。，彭德怀致电毛泽东，建议给李伪军以严重打击，再歼敌 1.5 万人。

第二天，毛泽东回电同意，表示停战签字必须推迟，推迟至何时为宜，要看情况发展才能做决定，再歼灭伪军万余人极为必要。

许世友来了，杨勇抢上一步要跟他握手，许世友却把杨勇抱起来抡了一大圈，为他的勇敢和气魄叫好。原来，志愿军总部考虑到其他兵团暂时没有更大的任务，便指定一些将领到20兵团参观助战，其中有许世友、杜义德、李天佑等著名战将。

1953年7月13日深夜10点，杨勇将军一声令下，志愿军炮兵1000门大炮一起怒吼，几平方公里的敌人阵地在大雨中燃烧起来。炮火刚刚延伸，20兵团3个突击集团在友邻配合下，向李伪军4个师25公里的防御正面开始突击。一小时后，敌人的前沿阵地全面突破。

☆1958年10月29日，杨勇(右一)、王平(右三)率志愿军归国后，受到毛泽东（右四)、朱德(右二)的亲切接见。

名扬神州的“奇袭白虎团”故事就发生在金城反击战期间。68 军 203 师 609 团一个加强营作为穿插营，向敌军纵深穿插。尖刀连先头班化装成伪军，由副排长杨育才带领，沿 522.1 高地以东公路向纵深急进，骗到了敌人口令后，一举插到了伪首都师白虎团团部的所在地二青洞，仅几分钟，就干净利落地结束了战斗，还活捉了伪首都师副师长林溢淳。

敌人吃惊地了解到指挥这场战役的，是年仅 40 岁却身经百战的新任 20 兵团司令员杨勇；还发现杨勇指挥过的“嫡系”部队装备现代化的 16 军也调上来了，看样子还要大打。

美国不得不停战。许世友又打来电话，说：“怎么要停了？我还想上去摸摸李承晚的骨头有多硬呢。”杨勇说：“算了吧，我刚一伸手他就瘫了，哪能经得住你那双‘铁沙掌’哟。”

战后统计，金城反击战役中，我军 20 兵团共歼敌 52783 人，其中俘敌 2836 人，超过预定计划的 5 倍。击落敌机 85 架，缴获飞机一架，坦克 34 辆，汽车 231 台，各种火炮 245 门和大量弹药等战利品。志愿军通过抗美援朝中的这最后一战，向前推进了 192.6 公里，给了敌军以致命的一击，拉平了金城东南 14 公里至西南 16 公里的一条弧线，那个讨厌的“馒头”终于被吃掉了。



## 与蒙哥马利比试枪法

yumenggemalibishiqiangfa

杨勇将军凯旋归国后，出任北京军区司令员。

1960 年 5 月 26 日，在北京军区一座对外开放的军营里，士兵的喊杀声、轻武器的射击声、手榴弹的爆炸声响彻云霄。为了迎接大名鼎鼎的英国元帅蒙哥马利来访，这里正在进行军事表演。

蒙哥马利元帅在解放军副总参谋长李达的陪同下来到军营，杨勇奉命

接待了元帅。

杨勇站在猎猎飘扬的“八一”军旗前，以典型的军人姿态和蒙哥马利握手。蒙哥马利说：“久仰杨将军，中日一战，你们打胜了，朝鲜战场你们又打胜了，令人钦佩。”

话虽这么说，这位北大西洋公约组织最高司令部的副司令，曾因指挥北非战役击溃隆美尔、率部参加诺曼底登陆而闻名于世的元帅，其实并不那么服气。

随后，杨勇陪同蒙哥马利元帅走上观礼台参观军事表演。

表演场上，只见翻字靶：一枪一个，靶子翻转，“欢迎英国军事代表团”9个大字瞬间出现在人们的眼前；气球靶：五颜六色的气球漂浮在空中，士兵们枪响球炸，弹无虚发；精度靶：百米开外，枪枪命中靶心，又快又准；擒拿格斗，龙腾虎跃；刺杀操练，吼声震天……各种表演一幕比一幕精彩。

在观礼台正中央端坐是蒙哥马利元帅显然被士兵们的表演吸引住了。他犀利的眼睛没有忽视每一项表演的细节，并不时起立鼓掌，发出喝彩之声。

看到刺杀表演时，蒙哥马利眼睛直了，望着500名士兵组成的气势磅礴的刺杀方队，郑重提出，能否允许我到刺杀行列里看一看？

杨勇问：“您要看什么呢？”

“能不能请士兵脱帽？”

蒙哥马利提出一个怪问题，杨勇同意了。

在毫无准备的情况下，500名士兵还是齐刷刷一个动作，右手持枪，左手脱帽。蒙哥马利走进士兵中，用标准的军人目光在每个士兵的额头上审视着，小声说了一句“将轻兵少”。

忽然，元帅果断地从一名士兵手中拿过一枝半自动步枪，送弹上膛，立姿举枪，向远处一块钢板靶扣动了扳机。枪响靶落。

列队的士兵们对老元帅精妙的枪法报以热烈的掌声。蒙哥马利在二战

1964年6月15日，毛泽东在观看训练尖子汇报表演后，用神枪手使用过的步枪瞄准。

期间担任非洲战区地中海战场指挥官，因指挥北非战役、击溃德国隆美尔、率部参加诺曼底登陆作战而闻名世界。除其指挥才能卓越超群外，他的一手好枪法在英军也是广为称道的。

蒙哥马利打完后，从容地把枪交给了身旁的杨勇，并看了杨勇一眼。对这一眼，列队的士兵们可能不会想到什么，但杨勇却是心领神会。在抗美援朝战场上，杨勇作为中国人民志愿军20兵团司令员及后来的志愿军司令员，曾给包括英军在内的15国部队以沉重的打击。蒙哥马利这时正想看一看这位在朝鲜战场

令对手闻名丧胆的杨勇将军到底是不是值得他佩服的优秀军人。

杨勇从蒙哥马利手中接过枪后，二话没说，猛地举枪，向百米以外的钢板“当、当、当……”连发9枪。9个钢板靶应声落地。整个动作一气呵成，干净利索。尔后，将军和元帅相视大笑，同时元帅的大拇指也竖得高高的。

三天后，蒙哥马利到了香港。在记者招待会上，记者们纷纷让他谈谈访问中国军队的观感。蒙哥马利郑重地说：“在这里，我要告诫我的同行，不要同中国军队在地面上交手，这要成为军事家的一条禁忌，谁打中国，进得去出不来！”

勇气慑敌胆：杨勇

## 将军是个种菜能手

jiangjunshigezhongcainengshou

杨勇从来没有忘记他是农民的后代。他没有别的爱好，业余时间就是喜欢种菜，是个种菜迷。孩子们说，爸爸在延安种，在敌后种，在朝鲜前线种，在北京军区当司令员时种，关牛棚时也种。杨勇在被关押的小楼门口种了四五棵西红柿，尽管周围是难见阳光的树林，可西红柿还是结出了红红的果实。

“文革”中，杨勇被“解放”后担任新疆军区司令员，住在乌鲁木齐五星路一号的平房里，有一个占地十几亩的大院子。管理局陪杨勇来看，一进院他就连声说好。杨勇每次搬家，从不管房子好坏，就看院子里有没有菜地，只要有种菜的地方，房子好坏无所谓。

他到北京军区任职时，搬到航空胡同，据说解放前是国民党市长的房子。杨勇连房门都没进，就看上了里面的一大块房基地，说好，就这里。他和一家人连清地基带筛土，费了很大劲开出来一块地。当时还觉得挺大，但和新疆一比，真是小巫见大巫。

在杨勇手下，菜地无论种什么，都长得水灵灵的。

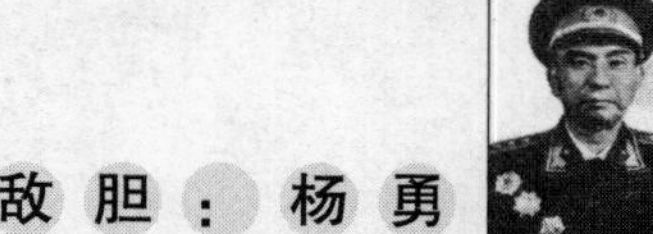



更有意思的是，杨勇喜欢吃苦瓜，他种的菜，不是苦瓜也苦。大概是苦瓜的花粉把所有的菜都传染上了。

院子里的果木都是杨勇张罗栽的。冬天下了大雪，他就要孩子们滚雪球，玩够了，大家齐心协力把雪球推到树下。

他说："将来不能工作了，就回老家种菜，也算是为人民做事，至少能自食其力，不给组织增加负担。"

早在延安时代，杨勇就是种菜能手。那是1942年，国民党对陕甘宁边区进行封锁，党中央号召大生产。杨勇星期天一大早跑到兵站，去找何德全要工具和种子。何德全是参加平江起义的老同志，比杨勇大十几岁，杨勇称他"老头子"。当天，杨勇就扛着锄头上了山，他一个人就开出了5亩荒地。

种的菜吃不了，杨勇和警卫员换上便衣，把菜挑到市场上卖。延安那时南方人多，都吃不到家乡菜，所以他们的新鲜蔬菜一下就被抢光了。

大生产的第二年夏天，杨勇特意捡了满满一担辣椒、苦瓜、苋菜等南方菜和一个大南瓜，给毛主席送去。

毛主席惊奇地问："你从什么地方搞来这么新鲜的菜呀？"

杨勇说："都是我种的湖南菜，你最爱吃的。"

毛主席称赞道："你呀，能当生产模范了吧？有人向我反映，你在党校又能学习，政治思想作风又好。还能劳动，文武双全，是个好同志。"

传奇虎将：杨勇

## 林彪急于要拉拢的重要对象就是不听使唤

linbiaojiyuyaolalongdezhongyaoduixiangjiushibutingshihuan

1959年8月，林彪当上了国防部长后，深知要在政治舞台上长期站稳脚跟，必须做好两个方面的事情：一是要研究毛泽东，以特殊的方式和手段，博

取他的信任和支持;二是要多培养个人的势力,这样才能为谋取更大的权力打下基础。林彪是个不善公开交际,但善于闭门思事的人,他深思后认为:在战场上有强大的兵力,会令敌人害怕;在和平时期,要搞阴谋,也得有自己的实力。

为了达到他设想好的目的,他对许多身居要职、过去和自己有过上下级关系的人进行拉拢。他的眼睛首先盯住北京军区,北京军区位置重要,于是,北京军区司令员杨勇就成了林彪急于要拉拢的重要对象。

杨勇不仅一向在战场上是一名草木知威的骁将,而且与林彪有过上下级关系。那是在抗日战场,林彪是115师师长,杨勇则是他领导下的686团副团长(后来升任团长、旅长),因此,林彪自认为杨勇是好拉拢的对象之一。

林彪做事向来讲究方法,他想拉杨勇上船,先让叶群出面做工作,1965年5月,在军委作战会议期间,林彪指使叶群找到杨勇,放风说:“林总很愿找你和北京军区的同志谈谈,他让我给你传个话。”

杨勇思想敏捷,组织纪律性很强,心想,北京军区的工作,按照军委的分工是由贺龙元帅和罗瑞卿秘书长负责,立即意识到叶群的举动不寻常,是林彪的意思,因为叶群已经多次暗示,用意十分明显。在这种原则问题上,杨勇始终把握住了尺寸,没有越过分工管自己的领导去向林彪献殷勤。

那时的林彪一天比一天红得发紫,一些搞政治投机的人,千方百计想巴结林彪,然而杨勇却一直没有登过林彪的大门。聪颖的杨勇知道这样会引起林彪的不悦,但他万万没有想到这样却埋下了祸根。

中共中央政治局于1965年12月8日至15日,在上海召开了政治局常委扩大会议。平时声称“怕光、怕风、怕水”的林彪,突然出现在会议中,他伙同吴法宪、李作鹏等人,以突然袭击的手段,无端诬陷罗瑞卿总参谋长“篡军反党”,并整理了他的黑材料。

杨勇听了传达上海会议精神后有自己的看法,他对军区常委一位同志

说："这个事情我想不通"，"我对罗瑞卿是了解的。"他还对海军的一位负责同志说："罗瑞卿同志有什么问题？还不是有人向毛主席告状，说罗要夺他的权……"

林彪在上海会议得手后，野心越来越大，手段越来越隐蔽，总是以极"左"的面目出现。在这种形势下，杨勇只好采取静观以待的办法，但他坚持按自己认准的方向走，保持冰清玉洁。

对于重大问题，杨勇从不随声附和。林彪在 1966 年的全军政工会议上，说 1964 年抓军事训练、搞大比武是犯了"方向性的错误"。

杨勇敢于同他唱反调，他在北京军区党委第四次全会和军区机关团以上干部会议上，主动为下边的同志承担责任，他说："北京军区在具体工作中的问题，责任由常委集体来负。我作为党委书记和军区司令员责任更大些。军区的比武从决定到具体做法上，都是经过党委讨论的，大家意见一致，没有人反对，我拿的主意更多。"他这么说，既稳定了军心，又使林彪无法从某一个人下手，因为是经过党委讨论，大家一致同意的。一再告诫参加会议的干部，在肃清罗瑞卿所谓"错误"时，要接受庐山会议的教训。他提醒大家："反右给我们留下的后遗症，使一些同志的认识问题，被戴上了机会主义帽子，在相当的时间内没有给他们平反，给这些同志造成思想负担，给工作带来不少麻烦，这次会议要避免出现这种现象……"他的讲话，使会议方向明确了。

林彪利用 1964 年军委扩大会议压杨勇。杨勇在军区常委会上，检查 1964 年和 1965 年两年工作教训的发言时，仍坚持 1965 年的"三次现场会是必要的"。他面对极大的压力，冒着极大的政治风险，坚持自己的看法。杨勇始终认为，越是在不正常的情况下，越需要有人敢于坚持真理，哪怕为真理而牺牲。他认为坚持真理的人越多，不正常的情况才有可能被制止。

林彪对于杨勇的表现又气又恼，但想拉拢他的念头一直在脑子里涌现。

于是，他一面私下派人劝杨勇去见他，表示一下自己的态度；一面放出风，说什么“其他军区的情况都了解，唯独北京军区的情况不了解。”言外之意，我是国防部长，你杨勇不向我汇报情况，这是什么问题?这话传到杨勇耳朵里，他感到压力很大，他清楚这是林彪向他发出的最后通牒，预示着将要发生什么……

“文化大革命”中，杨勇果然受到林彪、江青反革命集团的诬陷和残酷迫害，被监禁了6年。直到林彪垮台后，他才于1972年重新工作。1978年，他被林彪、江青一伙诬陷的所谓“问题”彻底平反。

# ★主席称之勇将：陈再道★

陈再道(1909–1993)，湖北省麻城县乘马岗区程家冲人。1926 年参加农民协会，1927 年参加黄麻起义。1928 年加入中国共产党。土地革命战争时期，任红 4 军 1 师 3 团排长、连长，11 师 12 团营长，11 师 11 团团长，11 师师长，红 4 军副军长、军长。抗日战争时期，任八路军 129 师 386 旅副旅长，独立旅旅长，东进纵队司令员，冀南军区司令员。解放战争时期，任晋冀鲁豫野战军冀南纵队司令员，第 2 纵队司令员，中原野战军第 2 纵队司令员，河南军区司令员。建国后，任中南军区副司令员兼河南军区司令员，中国人民解放军武装力量监察部副部长，武汉军区司令员兼湖北省军区司令员，福州军区副司令员，中共中央军委顾问，铁道兵司令员。1955 年被授予上将军衔和一级八一勋章、一级独立自由勋章、一级解放勋章。1988 年被授予一级红星功勋荣誉章。是第一、二、三届国防委员会委员，第五届全国人民代表大会常务委员会委员，中国人民政治协商会议第六届全国委员会副主席，中国共产党第十一届中央委员，1982 年当选为中央顾问委员会委员。

# 不要媳妇要革命

buyaoxifuyaogeming

1909年1月24日,陈再道出生于湖北麻城程家冲的一个贫农家庭。在这个20来户人家的村子里,陈再道家是最穷的。3岁时,父亲得痨病而死。此后7年中,姐姐与母亲相继去世。11岁,陈再道就与叔父相依为命,他为人家放牛,下田干活,学篾匠手艺,在苦熬苦挣中,陈再道长成了17岁的青年。

1926年秋季的一天早晨,叔叔叫他吃完早饭去王福店割几斤肉,准备给他说媳妇。在那个兵荒马乱的年代,很多穷苦人连媳妇都娶不上,对于陈再道来说,说亲娶媳妇也不是一件容易的事情。

陈再道在去王福店集市的途中,路过石河寨,忽然从石河寨上传来了一阵嘹亮的歌声,那首歌的名字叫《农民快快觉悟醒》。

听到这歌声,陈再道便爬上了寨顶看起了热闹。

等大家唱完歌, 被派到乘马岗区发展农民武装的共产党员王树声站在一个台阶上说:“乡亲们,我们要成立自己的队伍,组织义勇队,举起手中的刀枪,同敌人进行斗争。”王树声说着说着,挥动起了双臂:“现在,自愿参加义勇队的就到前面来报名! ”

王树声的话音刚落,一大群年轻人往前挤,争相报名。这时,陈再道觉得王树声讲得很有道理,他想,如果我们有自己的队伍,消灭坏人,打天下,或许能过上好日子,否则还会一辈子受穷。想到这里,他把割肉要媳妇的事抛到了九霄云外,不顾一切挤到报名的桌子边,喊:“我要报名! ”

负责登记的那个青年人看了看陈再道,问道:“你叫什么名字?”

“程再道。”

“年龄多大?”

“17 岁。”

接着，那人又问了地址，家庭情况，陈再道都一一做了回答。

谁知，登记填表的那位同志把“程”误写成了“陈”，后来等发现时，陈再道已是红军的一名营长，为了少给组织上找麻烦，干脆就姓了陈。陈再道报名参军不久，他唯一的亲人叔叔也去世了，从此以后，他坚定地跟着共产党，开始了自己金戈铁马的壮丽人生。

主席称之勇将：陈再道

## 以少胜多，彻底粉碎敌“三路围攻”

yishaoshengduochedifensuidisanluweigong

1927 年，陈再道参加了秋收暴动后，又参加了黄麻起义，随农民自卫军编入工农革命军鄂东军。反随部队到黄陂县木兰山地区坚持游击斗争。1928 年加入中国共产党。同年夏天起，陈再道任中国工农红军第 11 军排长、连长、第 4 军营长，参加了鄂豫皖苏区反“围剿”作战。1932 年冬红四方面军主力由鄂豫皖边向川陕边转移途中，总指挥部于陕南彷徨镇附近遭国民党军堵截，陈再道率全营急速回援，与兄弟部队掩护总指挥部安全转移。1932 年底任红 11 师第 31 团团长。

1933 年正月初一刚过，蒋介石即任命田颂尧为川陕边“剿匪”督办，并拨给军费 20 万元，子弹 100 万发，飞机 4 架，令其乘红四方面军在川陕边根据地立足未稳，迅速进行“围剿”。正月初三，田颂尧在成都宣布就职，并通电全川，要诸军阀“通力合作”。

田颂尧的 29 军，有 5 个师、3 个旅、一个军属独立旅，共 60 个团。他就任“督办”以后，立即将其在嘉陵江以西的部队大部东调，以 38 个团约 6 万人的兵力，编为左、中、右三个纵队，准备分三路围攻红军，妄图把新生的川陕边革命根据地扼杀于摇篮之中。

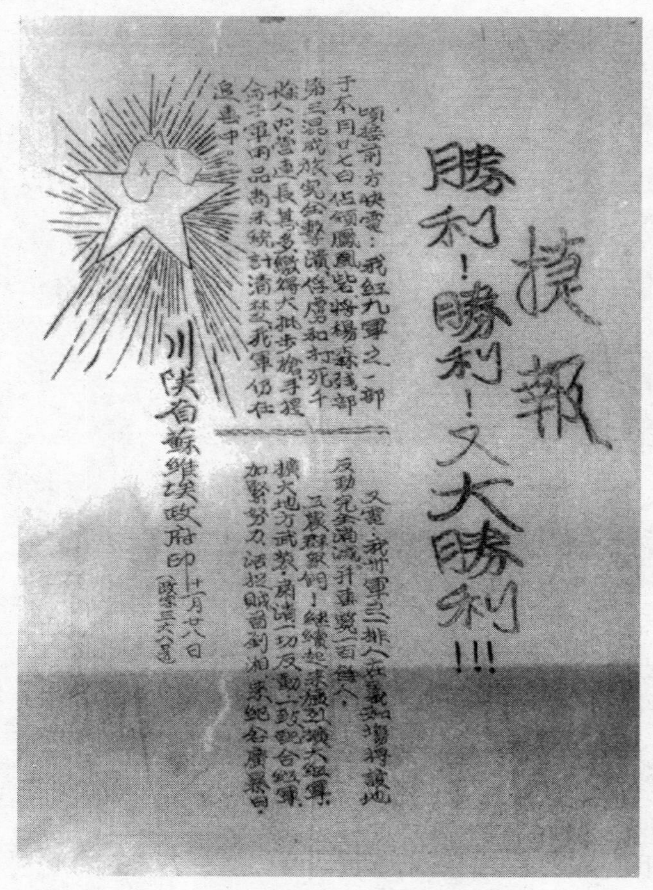

捷報

勝利！勝利！又大勝利!!!

川陝省蘇維埃政府印

☆1933 年至 1934 年间，红四方面军先后粉碎了国民党军的三路围攻和六路围攻，保卫了川陕苏区。图为反六路围攻的胜利捷报。

此时，红四方面军入川不久，部队尚未扩编，根据地又属初创，作战回旋区域小，敌强我弱。方面军总部在正确分析敌我情况和川北的地形特点以后，决定采取“收紧阵地，诱敌深入”的作战方针。要求各个部队利用险要地形，构筑必要的防御工事，以运动防御给敌以大量杀伤，然后逐步向收缩，达成兵力的集中，待反攻时机成熟时，集中力量粉碎敌人的围攻。

根据部队分兵发动群众所处的位置，红四方面军总部决定以 73 师和 11 师位于南江的三江坝、木门、长池地区，对付敌左纵队；以 12 师位于巴中地区，对付敌中、右纵队；另以 218 团位于南江东北的碑坝地区，向陕南方向警戒；红 10 师位于通江东北的洪口场，对付敌刘存厚、杨森两部，保障方面军侧后安全。

这时陈再道任红 10 师师长。

1933 年 2 月中旬，田颂尧率领白军向川陕边苏区发动全面进攻。

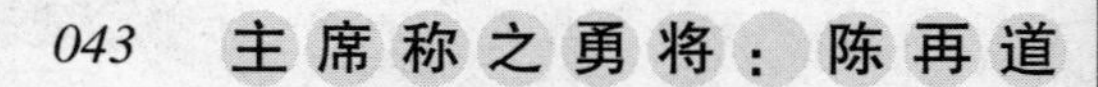


红10师的当面之敌先以一个团的兵力,分三路向发起进攻。当敌人进入我军火力区后，陈再道精心配置的轻重火力一齐开火，打得敌人无处躲藏,丢下一大堆尸体逃了回去。

激战过后的战场暂时出现了沉静。阵阵北风吹得人连打寒噤。炊事班送来了热气腾腾的午饭,战士们津津有味地吃着,仿佛正在参加一次丰盛的美宴。

饭碗一丢,战士们立即开始加修工事。不一会儿,敌人把3个团全部拉上来,再度向红10师阵地发起攻击。在炮火的掩护下,敌人向我阵地步步逼近。他们虽然遭到了大量杀伤,但是仗着人多势众,仍然一步步地往上爬。情况变得越来越紧张了。前沿阵地已经被敌人占领，陈再道立即将预备队调出,直插敌人翼侧。我正面部队乘势发起反击,把突人前沿阵地的敌人赶了下去,并以密集的火力追击敌人,一直把敌人赶到了山下。

第二天，敌刘存厚一个旅另两个团的兵力再度向红10师阵地进犯,双方激战了整整一天,红10师阵地岿然不动。

在我一线部队给进攻之敌以重大杀伤后,红四方面军总部根据预定的作战方案,命令一线部队逐步收缩阵地,诱敌深入,尔后再集中兵力消灭敌人。

激战后的两军对垒,是向下一次激战过渡的紧张时期。敌人一面整顿补充,准备发动新的攻势,一面在其后方大肆搜刮民财和食粮,以充其所谓“剿匪”之需。我军则积极开展冷枪杀敌活动,并经常派遣小分队和游击队袭扰敌人的后方。

田颂尧的部队经过一个月的休整补充后,于4月中旬又在全线发起猛攻。我军充分运用前一段的作战经验,继续以少数兵力,依托险要地形与工事,创造了许多以少胜多的战例。在三天中,我全线部队又毙伤敌3000余人。

两个多月来,我军虽然大量消耗了敌人,但是从总体上来讲,敌人在数量上仍然占有很大的优势,而红军主力的反攻条件还没有具备。为了高度集中兵力,进一步消耗敌人,造成和发现敌人的过失,我军于4月29日主动撤出通江城,再次收紧阵地至平溪坝、鹰龙山、鸡子岭、九子坡一线。

田颂尧占领通江后，以为红军不堪重兵压迫，无力还击，于是便通电全川，说："匪自2月中旬至今伤亡过半，此乃总崩溃。我不待旬日之间，即可奏凯回师。"其骄矜之气，溢于言表。

于是，田颂尧再次组织部队展开全线进攻。其担任主攻的左纵队集中13个团的兵力向东猛扑；中央纵队、右纵队则向通江以北推进，企图歼灭我军于苦草坝地区。

一场生与死的决战迫在眉睫!

这时的形势看来十分严重，其实已经发生了有利于红军的根本性的变化。经过3个月的战斗，敌军连遭打击，伤亡愈万，其发动的最后一次总攻，已是强弩之末。我军主动放弃通江，造成了敌人的错觉和失误。其左纵队13个团冒进至空山坝以南的柳林溪地区，补给困难，人员疲惫，士气沮丧，又处于崇山峻岭、峡谷深壑之间，步步涉险，没有回旋余地。我军虽已退到方圆不到百里的空山坝地区，但战线缩短，主力集中，士气旺盛，战斗情绪极高；空山坝地区海拔高，境内群峰林立，树木参天，退可以据险固守，进可以居高临下，是一个非常有利于作战的地区。

红四方面军总部认真分析了敌我优劣之势，决定首先歼灭进占竹峪关之敌，尔后迅速回师，集中兵力消灭柳林溪之敌。

歼灭竹峪关之敌的任务又交给了陈再道指挥的红10师和红11师。

5月15日深夜，红10师和红11师主力一举占领竹峪关西北、东北和东南的险要阵地，对敌人形成包围之势。次日，竹峪关之敌全线崩溃，陈再道率领部队一口气追出60余里，从而解除了我军反攻作战的后顾之忧。

为了干净彻底地歼灭柳林溪之敌，红四方面军总部确定以4个师的兵力迂回包围敌人。陈再道率领的红10师由空山坝以东及长坪地区攻敌右翼，尔后与其他部队一同聚歼敌人。

总部会议结束后，我们担任反攻的部队立即进行政治动员和物资准备。而我军正面坚守的部队中，以誓死不退的精神，顽强坚守阵地，打退了敌人

的一次又一次的疯狂进攻，为反攻的准备赢得了宝贵的时间。

5月21日凌晨4时，总攻开始了。密集的枪声、震耳的炮声、红军战士们的呐喊声、白军士兵的嚎叫声以及骡马的嘶鸣声，汇合成一支激动人心的战斗进行曲，鼓舞着红军战士奋勇杀敌。从睡梦中惊醒的敌人，不知所措，乱成一团，有的赤条条地乱跑，有的朝着自己的人马开枪。红军勇士挥着明晃晃的大刀，把负隅顽抗的敌人一个个砍倒在地。

天亮时，红10师和红11师切断了敌人的后路，红军正面部队随即发起猛攻，将敌13个团大部分割包围于余家湾、柳林溪地区。经过三昼夜激战，红军全歼敌7个团，击溃其6个团，毙伤俘敌旅长杨选福以下官兵近5000人，缴获长短枪3000余支，机枪20余挺，迫击炮50余门。

空山坝大捷后，敌已陷于全线崩溃。我军穷追猛打，不断进击。陈再道率领着红10师乘胜前进，进抵土地堡。红11师收复长池、木门，逼近苍溪。红73师收复通江后，又收复了巴中城，威逼仪陇。白军在后撤中，人慌马乱，溃不成军，完全失去了抵抗能力。红军沿途又俘敌6000余人。

历时4个月的反围攻作战至此胜利结束。红军不但收复了失地，而且使根据地扩大一倍以上。总计毙伤俘敌24000余人，缴枪8000余支。白军损失近半，余部退守到嘉陵江沿岸。



## 组建八路军东进抗日游击总队，开辟冀南根据地

zujianbalujundongjinkangriyoujizongduikaipijinangenjudi

1937年12月，陈再道率部在山西娘子关、黄崖底等地连续取得伏击日军的胜利以后，从山西省榆次县的下黄彩出发，去辽县(今左权县)城西约5里的西河头村的129师接受新的任务。

陈再道到达师部后，刘伯承师长和张浩政委正在和一位身着军装、个头

高的人在谈话,见陈再道来了,忙叫坐下,张政委指着那位同志说:“这是晋冀边区党委书记李菁玉同志,不认识吧?今后你们就要搭伙,在一起战斗了。”

刘伯承接着说:“是这样子,我们决定抽调五个连队组建一个东进纵队,由你担任司令员,菁玉同志当政委,去开辟冀南平原抗日根据地。菁玉同志原是冀南党的领导人之一,熟悉那里的情况。”

刘伯承把一幅军用地图在陈再道面前展开,并不时地指指点点。从地图上看,冀南的地理位置大体上是在平汉路以东,沧石路以南,津浦路以西的平原地区,刘伯承指着地图对陈再道说:“再道同志,你看清楚了没有?”

“看清楚了,是一片大平原。”陈再道答道。

刘伯承点点头,语重心长地说:“开辟冀南平原抗日根据地,对我们来说是头一次,对我党我军来说也是个新问题。因为那里没有山地依托,是光着屁股洗澡,全部露在外头啊。”

刘伯承的幽默语言使大家都笑了,接着,他又充满信心地说:“在平原创建根据地要比山里困难得多,我们大概计算了一下,敌人总兵力一半以上分布在整个华北,但这是不够的,是敌人致命的弱点。敌人不可能在几个地方同时集中兵力作战,这是我们开展游击战争的有利条件。冀南有三四十个县,到处可以打游击,有很大的回旋余地,那里又有广大的抗日民众,特别是有地下党的工作基础。应该说建立根据地的客观条件是完全存在的。当然,最重要的是政策对头、指挥适当,主观指导上不要出大纰漏。”

陈再道一边听,一边从心里暗暗佩服刘伯承的雄才大略。最后,张浩政委说:“据我们了解,现在冀南的情况很复杂,社会秩序极混乱,处理问题一定要慎重。菁玉同志熟悉那里的情况,你们好好谈一谈。”

陈再道怀着惜别的心情与两位领导告别,刘伯承紧紧握着他的手,亲切地说:“我们等着你们的好消息,有机会我也准备到冀南去看看。”

在回部队的崎岖小道上,陈再道感到肩头上好像挑了一副重担。他虽然做过军师的领导,指挥过不少的战斗,但承担独当一面的工作还是

第一次，深感责任重大。

回到部队，陈再道把关于组建东进纵队的情况向陈赓旅长作了汇报，建议组建新部队主要由769团抽调，并提议从全旅抽调些骑兵，组成1个骑兵连，因为骑兵在平原可以充分显示威力。陈赓表示赞同。李聚奎立即打电话向师部作了报告，领导同意陈再道的意见。最后，抽调1个步兵连，1个机枪连，1个骑兵连，组成八路军东进抗日游击总队，简称东纵。东纵组建后，进行了十多天的动员教育，陈再道和李菁玉便率领大家下了太行山，开赴冀南。

冀南的局面极为混乱、复杂。

敌人已于10月15日占领邢台，17日占领邯郸，11月14日占领了德州。冀南腹地大部分县城，曾一度被日军占领，后因日军进攻武汉，大部南下，仅威县、平乡、临清、馆陶、大名等少数县留有日军守护，其余县城都组织了伪政权或维持会，驻有大量的伪军，有些地方的保安团也被编为伪军。

☆八路军某支队在冀南平原上开展抗日游击战争。

在日军大举进犯时，国民党的专员、县长携带财物闻风而逃，以致整个冀南地区陷入混乱的状态。土匪、游杂武装、会道

门打着“抗日”、“保家自卫”的旗号，乘机蜂拥而起，一时司令如毛、土匪满地。

各种会道门如六离会、白极会、地坎会、大刀会、红枪会等处处设坛摆场，几乎遍及冀南各地。有的与日伪军勾结，有的为扩充自己的势力，互相兼并。他们到处烧杀抢掠，无恶不作，闹得广大群众不得安宁，苦不堪言。

1938年1月15日，陈再道率东进纵队经过一天的行军到达隆平县(今尧县)的魏家庄。

魏家庄有百余户人家，部队刚进村时，群众有些惊慌，但一经说明部队是红军改编的八路军，加之指战员说话和气，举止端正，很快取得了老百姓的信任。到了下午，部队为晚上宿营进行准备，司令部的一位科长为一块铺板同老百姓发生了争吵。

陈再道知道后，当即狠狠地批评了那位科长，并且领着他向老百姓道歉，主动请罪。老百姓看到司令官亲来请罪，非常感动，称赞东进纵队纪律严明。事后，陈再道立即命令部队露宿村外，部队驻扎了几天，给老百姓挑水扫地，干农活，宣传党的主张，军民沉浸在一片欢乐的气氛中。

部队住下后，陈再道到村外的高坡上，用望远镜眺望远方，只见漠漠原野，阡陌纵横，村镇棋布，连个土丘也难看到，真是望不到边的一马平川。陈再道立刻意识到：在平原上开展游击战争，地形条件真是个大问题。

第二天下午，东纵与先期到这里的挺进支队会合了。挺进支队是1937年11月初，从129师教导团调出300余人，由孙继先任司令员、胥光义任政委组成的，在这里做了不少工作。陈再道和李菁玉听了他们的汇报。

翌日上午，侦察参谋领着一个衣衫褴褛、面带倦容、年约30岁的人来见，不等参谋介绍，这人紧紧握住了陈再道的手，眼里含着泪花，兴奋地说：“可找到你们了，可把你们盼来了！”说着急忙撕开衣襟，从里面取出一封信交

给陈再道。李菁玉一眼认出了他，两个人紧紧地拥抱在一起，来人名叫张子衡，是地方党派来的联络员，他告诉陈再道，以巨鹿县保安团为一方，土匪刘磨头、邱庆福等为另一方，正在火并，已经打了十几天了。

听了张子衡的汇报，陈再道和李菁玉等都认为：巨鹿县是我军进入冀南的一个门户。保安团和土匪火并如果不解决，或解决得不好，不仅会阻挡东进纵队的去路，影响预定计划的实现，而且还会给今后的工作造成困难。因此，解决好巨鹿火并的问题，对于争取他们走上抗日的道路，具有重大意义。

于是，陈再道一面派人去刘磨头指挥部、巨鹿城保安团劝说他们停火；一面将部队移驻紧靠火并地区的任县邢家湾。邢家湾是滏阳河畔的一个重镇。陈再道住紧靠河岸的一座房子里，远处不时传来一阵阵枪炮声。

果然不出陈再道所料，派到刘磨头那里的代表当天就回来了，经过劝说，刘磨头答应停火；巨鹿县王文珍第二天也复信欢迎东进纵队代表到巨鹿城进行商谈。张子衡熟悉巨鹿的情况，自告奋勇，经过两天的谈判，张子衡义正辞严地指出他们的行为是不顾民族大义、国家危亡的行径，王文珍才软下来，答应东进纵队开进巨鹿城。

1月25日，陈再道率部迎着朝霞由驻地出发，中午到达巨鹿城西关。城门口站着一堆人，有的穿着长袍马褂，有的穿着西装革履，还有几个戎装整齐的军人，见陈再道下了马，都急忙过来，哈腰鞠躬，拱手作揖，连声说："欢迎贵军！欢迎贵军！"东进纵队在巨鹿积极宣传抗日，发动群众，进行整编工作，鼓舞了人民的抗日热情。

主席称之勇将：陈再道

## 计擒匪首，智取环水岛

jiqinfeishouzhiqvhuanshuidao

在冀南根据地迅速发展的时候，原来被东纵收编的一些土匪头子，如邱庆福、刘磨头等本性不改，不仅不执行东进纵队提出的要求，而且暗中与日伪军勾结，继续危害人民，影响了社会安定和群众的抗日情绪。在群众的要求下，东纵决心以武力铲除之。

邱庆福，是原来盘踞在隆平一带的土匪头子，被东纵收编后，依仗其人多武器好，积极扩大地盘，竟带着部队到南宫县城附近烧、杀、抢、掠，群众恨之入骨。陈再道多次令他返回原驻地，不得扰害百姓，他却置之不理。那时，在南宫只有东纵两个连，如不解决邱庆福，不仅引起群众的不满，而且还全严重威胁着东纵司令部的安全。于是，陈再道召集东纵一团团长程光启及两个连的干部一同制定了一个比较巧妙的办法。

一天上午，陈再道以检阅部队为名，邱部在南宫城北樊家庄一个大场子里集合。这个场子旁边有条干壕沟，是个天然战壕，东纵的两个连站在壕沟的前边，邱庆福的部队在场子另一边，其身后也有一条壕沟，但有一人深，难以徒涉。

樊家庄村北有一栋高房子，东纵在房子顶上隐蔽了几挺机枪，当程光启团长站在场子中间一个方桌上给邱部讲话时，陈再道令邱庆福到司令部开会。司令部驻在一座三进的院子里。邱庆福带着十多个护兵一进司令部大门，陈再道事先布置的人员就告诉他，里面屋子小，不能来这么多人，留下他的几个护兵。

他们进入第二道门时，又对护兵说，今天陈司令要同邱司令商谈军机要事，只请邱司令一人进去。邱庆福无可奈何，只得只身进后院，他迈步进来，

埋伏的几名战士一跃而上，将其捆住。接着，陈再道让邱部中队长以上的人员前来司令部"开会"，缴了他们的枪。这时，邱部中的汉奸、特务和个别死硬分子，见状感到事情不妙，就高声喊"打"。东进纵队迅即退到后边的壕沟里，抢先射击，房上的机枪也同时开火。邱部后退无路，乱作一团，到处乱窜，有的跳进水里，有的被打死或打伤，有几个匪头跑到东纵司令部跟前，做了俘虏。邱庆福和他的部队就这样全部被解决了。

解决了邱庆福，南宫地区的群众欢欣鼓舞，杀猪宰羊，慰劳东纵。这时，宋任穷和陈再道决定4月初进剿刘磨头。

刘磨头率领的土匪盘踞在任县地区，县城东北10余里的环水岛，是刘磨头的老巢。该岛四周被水环绕，与滏阳河相连，东南北三面水深三尺，水面宽阔，不易徒涉，犹如一个小小的"梁山泊"，易守难攻，刘磨头在这里盘踞已有20多年，抗战前国民党29师派部围剿均被击退。要彻底消灭该匪，必须首先捣毁刘磨头的巢穴——环水岛。

陈再道决定由骑兵团、东纵一部和当地武装共同完成这一任务。当即召集参加作战的领导干部分析情况，研究作战方案，大家认为，最好智取，不要强攻。

参战部队到达隆平、任县地区后，地方党的同志一听说要打环水岛，端刘磨头的老窝，高兴极了。地方党的负责同志说，刘磨头手下的一个头头在这里，我们可以让他帮忙。这个头头名叫刘福子，东进纵队到达冀南后，他以探听虚实为由自环水岛出来，想与我地方党建立联系。大家认为这是一个可以利用的人物。打算由他乘船带路，直捣环水岛，刘福子开始有些犹豫，怕我们消灭不了刘磨头，自己反而受害，后经说服才接受了这一任务。

4月4日拂晓，大雾弥漫，陈再道率东纵首先以骑兵大队一部用几挺机枪封锁了环水岛通滏阳河的水面，防止敌人乘船逃跑，同时以一个排为突击队，乘船在刘福子引导下向环水岛西岸疾进。突击队距岛100米时，岛上的哨兵高声问话，刘福子回答："我是刘福子，外出回来了！"哨兵一听是刘福子的声音，再也没有吭气，东纵部队亦随即赶到，立即发起攻击，将土匪围在一

个四合院内，经过激战和政治瓦解，土匪全部被歼，毙伤匪徒百余人，俘200多人。

与此同时，东纵骑兵团亦将驻在永福庄、郑家庄一带的刘磨头部消灭，歼匪500余人，缴获轻重机枪8挺，长短枪400余支。但是，在俘虏和击毙的匪徒中却没见刘磨头，经过多次搜查，仍未找到其踪迹。被审讯的匪徒有的说："刘磨头在三天前，带着他的姘头不知到哪里去了。"有的说："他向邢台跑了。"

在消灭邱庆福、刘磨头两股土匪部队的同时，陈再道对冀南其他地区一些坚决与我为敌的土匪、伪军也进行了打击。在威县南里村，消灭了赵山峰部；在曲周县消灭肖耀成部；在临清之唐园消灭了张义等部。还有不少小股土匪慑于东纵的强大威力，有的投降，有的销声匿迹。自此以后，社会秩序大为安定，群众的抗日热情更高了。

☆1938年春，刘伯承（左）、邓小平（中）在129师干部会上作报告。

短短几个月里，东纵协助冀南党组织建立了20多个县的政权，纵队也由500多人发展到一万余人。由原来的5个连，逐步发展到3个团，东纵政治委员改由宋任穷担任，政治部主任是胥光义，参谋长是卜盛光。

为统一领导冀南各方面的工作，1938年4月15日在南宫县召开了有各界代表和友军代表参加的代表会议，正式成立了冀南抗日军政委员

会筹备会，巨鹿名绅乔铭阁被选为主任委员。军政委员会制定了敌后抗战的施政纲领，建立了县级政权以及游击队、自卫队的组织，冀南抗日军政委员会的成立，对于全面开展根据地的工作起了积极作用。它标志着我党我军已经在冀南站稳了脚跟，冀南已形成了平原抗日根据地。

主席称之勇将：陈再道

## 领导冀南人民坚持抗战

lingdaojinanrenminjianchikangzhan

1940年初，陈再道率冀南军区八路军部队与冀鲁豫兄弟部队一起，先后两次实施讨顽战役，给予破坏抗战的顽军石友三部以毁灭性打击。

根据抗日斗争形势不断发展的需要，1940 年 5 月冀南军区部队实行整编，冀南军区和东进纵队的领导机构合并，撤销了东纵番号，所有在冀南区内我党领导下的抗日武装，统归军区领导，陈再道出任军区司令员，宋任穷任军区政委。冀南军区所辖主力部队按照 129 师统一编制序列，分别编为新 4 旅，新 7 旅、新 8 旅和新 9 旅等四个野战旅。军区还向兄弟部队输送了 5 个建制团。整编后，冀南军区所辖部队即投入轰轰烈烈的军事和政治整训，经过整训进一步提高了部队的军政素质。

为打破日军对抗日根据地实行的“囚笼”政策，冀南抗日军民于 7 月份开展了声势浩大的破袭德石路战斗，连续 10 余天时间，破坏公路 180 华里，铁路 25 华里，在此期间，军区所属第 25 团在苏区地区设伏，仅经十余分钟战斗，即歼日军数十人，缴获枪炮战马一批。129 师首长高度评价这次战斗“是创造了平原地区迅速、干脆消灭敌人设伏战的范例”，并受到第 18 集团军总部的通令嘉奖。

这一年，还曾发生军区所属第 5 军分区司令员葛贵斋率部投敌未遂事件。

葛贵斋在抗战初期，拉起了一支3000余人的“抗日义勇军”，接受东进纵队改编后，名义上成了八路军，但他在国民党军队当兵时养成的痞子恶性丝毫未改。不断违反军纪，偷向敌占区运销粮棉，排挤和打击军区派来的部队政工干部，还曾扬言要将所属某团政委胡炳章装进麻袋扔到河里。

党组织以极大的耐心对他进行批评教育，但他非但不改，反而萌发投敌念头。他的言行引起了陈再道、宋任穷等军区领导同志的警惕。陈再道亲自到五分区驻地景县附近了解情况。

一天拂晓时分，陈再道突然接到报告，说五分区部队有异动，他顾不上集合部队，便带着几十名骑兵朝五分区疾驰。到了分区院里，空空荡荡不见人。陈再道判断，葛贵斋很可能带部队向连镇月军据点跑了。于是，他又立即带领骑兵朝连镇方向追去。

这时，葛贵斋带着400余人到了龙华以东的一个干河床处，距连镇日军据点很近。葛贵斋做贼心虚，担心我军追赶，难以抵抗，便命令部队朝着来路架起机枪，遇有来人，不问青红皂白，只管开枪射击，他自己则带领几个心腹去日军据点联络接应事宜。

陈再道追到河床不远处，天已放亮，他望见对面有部队，枪口都朝着追击部队的方向。他判断这是五分区的部队。他不顾危险，勒住马头大喊道："我是陈再道！"

对方一听是军区陈司令员，都面面相觑，收起了枪支。

陈再道又喊道："葛贵斋要带你们投降日本当汉奸，你们不要上当，要抗日的现在就跟我回去，要当汉奸的我今天放你们走，以后咱们战场上见！"

骑兵们也都随着喊起话来。这时，被骗的部队才知道事情的真相，于是有人扛着枪朝这边走来，接着越来越多的人都朝这边走动，结果，整个部队潮水一般涌来，跟着陈再道返回驻地。而葛贵斋，则因策反失败，被日军处死，落了个可耻下场。

☆抗战初期在冀南创建抗日根据地时组织起来的儿童团。

1940年8月，陈再道、宋任穷率冀南军区10个团参加百团大战。

1941年8月至9月，在半个月的时间里，冀南军区的部队又进行了大规模的秋季破袭战役。陈再道、宋任穷等军区首长将部队分成南北两线，发动群众，破击敌交通线，并伺机攻克、摧毁沿线敌据点和碉堡，致使北线南宫大高村至清河王官庄的王高路，南线成安至大名的公路陷于瘫痪，从而隔断了敌人在成安、临漳、大名各县之间的联系。这次战役，冀南军区部队作战百余次，歼敌近2000余人，攻克据点、碉堡128处，有力打击了敌人分割“吞食”冀南抗日根据地的阴谋，大大鼓舞了全区抗日军民坚持斗争的决心。

1942年，冀南抗日斗争进入了最残酷的阶段。这一年，敌对冀南根据地“扫荡”合围和袭击达730次，一次出动兵力2000人以上的合围就达13次。其中，“4·29”、“6·11”、“9·12”三次大合围，敌使用兵力都在万人以上，有的一次多达三万。面对严峻的斗争形势，冀南党政军领导机关和部队虽蒙受重大损失，但仍能依靠广大人民群众，机智灵活的与敌周旋，坚持斗争。冀南区党委于这年10月份召开扩大会议，向冀南人民宣布：冀南区的党和八路军部队誓与冀南人民共存亡。会议还决定在冀南党政军群各界发起签名宣誓活动。

会后，冀南区党政军主要领导人分头到各地委、分区、专署布置贯彻落实会议精神。军区政治部主任刘志坚在六分区召集会议时，突遭敌包围，腿负枪伤，不幸被俘，被关押在大营敌据点。

消息迅速上报，刘伯承、邓小平等首长和冀南军区领导人陈再道、宋任穷都十分关心和焦急，并立即实施营救。不久，我军即从内线情报中获悉，敌不久将把刘志坚押送至枣强县城。陈再道立即命令六分区司令员易良品组织营救，陈再道对易良品说："营救任务必须完成，你回来，志坚就要回来，志坚回不来，你也不要回来！"

易良品接受任务后，选派第20团副团长楚大明率2个连实施伏击营救。由于情报准确，计划周密，行动突然、勇猛，楚大明部将押送刘志坚的30余日军和数十伪军分割击溃。救出刘志坚，出色地完成了营救任务。

正当冀南区党政军民同仇敌忾与强敌进行艰苦卓绝的斗争时，冀南又出现了几十年未遇的大旱灾。

从1943年入春开始，旱情持续长达8个月时间，884万亩耕地不能下种。9月初，又连下七场大雨，许多地方尽成泡泽。祸不单行，紧接着又是蝗虫和冰雹，富饶的冀南平原顿时出现一片饿死人的景象，外出逃荒人数达百万以上，因饥饿、疾病死亡者在30万人左右。

面对严重的天灾人祸，冀南党政军民始终团结一心，生产自救，实行精兵简政，和人民群众同甘共苦，共度灾荒。作为冀南最高军事首长，陈再道一方面指挥部队积极打击敌人。另一方面，他和广大军民一样，参加春耕，主动节约口粮，投身生产自救。

有时行军打仗肚子饿了，警卫员要弄饭，陈再道怕惊扰艰难度日的群众，予以劝止，他要求大家做到能少吃就少吃，能不吃就不吃，给乡亲们留下活命粮。就是凭着这种精神，凭着各兄弟根据地的大力支援，冀南军民终于彻底战胜灾荒，迎来抗日斗争形势的好转。

1943年4月，陈再道奉命前往太行山北方党校学习。鉴于沿途敌情严

重，上级要求领导干部行动应着便装，由部队护送。当同志们将便衣送给陈再道时，他却扔给夫人张双群，叫她改了给小孩穿。他对同志们说："我是八路军的军区司令，天天打鬼子，怎么还要在鬼子面前装成老百姓，简直活见鬼嘛！我就不信这个邪，我就要穿着军装从小鬼子眼皮底下过！"他不顾劝阻，带着护送分队，用担架抬着伤未痊愈的刘志坚，一起踏上了行程。沿途他们灵活机智，突破了敌人的道道封锁线，进入太行抗日根据地。在北方党校学习期间，陈再道向前来探望他的彭德怀副总司令汇报了冀南的斗争形势，彭德怀对冀南军民不畏艰险、坚持斗争、勇于胜利的气概，表示钦佩和嘉许。

为了准备参加中国共产党第七次全国代表大会，1943 年 10 月，陈再道离开太行前往延安，进入中央党校一部学习。在这里，陈再道多次聆听毛泽东等中央领导同志的报告，参加整风学习，回顾了冀南抗日根据地的战斗历程，总结了许多极其宝贵的经验教训。同时，他还结合学习回顾和总结了自己参加革命以来的经历和体会。

在党校，陈再道从理论和实践的结合上，系统学习马克思列宁主义理论，克服文化低的困难，虚心求教，刻苦认真，受到同志们的好评。平时，他自觉以一个普通士兵的身份严格要求自己，生产劳动中，他主动率先跳进齐腰深的粪池掏大粪。他自己开了一块荒地种瓜种菜。冬天木炭不够，他利用学习空隙，挎着竹篮到处拣炭屑。

1945 年 7 月，陈再道出席中国共产党第七次全国代表大会。这次全党大团结的盛会，使陈再道深受鼓舞。不久，日本帝国主义宣布无条件投降，延安和全国各地一样，万众欢腾、喜气洋洋，在充满胜利喜悦的日子里，陈再道却焦急的坐卧不安，他屡屡向领导要求，希望早日返回冀南，指挥部队大反攻。在陈再道脑子里只想着一件事：回前线去攻！反攻！

主席称之勇将：陈再道

## “打下去，送到嘴边的肥肉不能扔了！”

daxiaqvsongdaozuibiandefeiroubunengrengle

抗日战争结束后，久经战乱的中国人民渴望和平民主，重建家园。但以蒋介石为首的国民党统治集团，违背人民意志，在与中国共产党谈判的掩护下全力进行内战准备。准备就绪后，公然撕毁停战协定，调集重兵，于1946年6月26日向中原解放区发动大规模进攻，接着又将战火扩大到其他解放区，发动了全面内战。中国共产党领导解放区部队奋起自卫，解放战争全面展开。

1947年7月，晋冀鲁豫野战军强渡黄河后，向国民党守敌发起了进攻。刘伯承、邓小平两位首长发出歼灭巨野东南至金乡西北国民党军70师、32师和66师三个整编师的命令。陈再道奉命率领第2纵队围歼金乡城西北的羊山集守敌66师。国民党军队参谋总长陈诚曾在这个师任过职，现任中将师长宋瑞珂是黄埔军校第三期学生，部队装备精良，在羊山集筑有坚固的工事。

担任攻打羊山集主攻任务的是晋冀鲁豫野战军第2纵队，司令员陈再道。与2纵协同作战的是第3纵队，司令员陈锡联。陈再道和陈锡联商量后，决定7月16日晚向羊山集之敌发起攻击，2纵从西面攻；3纵从东面攻；冀鲁豫独立旅在南面打援。

16日，下起了大雨，进攻推迟了一天。

17日黄昏，各路突击部队同时向羊山集和羊山展开攻击。炮声、枪声和手榴弹的爆炸声响成一片。

然而，敌66师的抵抗异常顽强。我军每前进一步，都要付出很大的代价。经过一夜激战，2纵只攻占了羊山集西端部分民房，3纵只占领了羊山东

面一些山头和羊山集东街部分民房。

第二天一早，敌人就开始反击了。由于我军暴露在敌火力网下，加上队形密集，遭到重大伤亡。竟有十几个旅团干部负了伤。无奈，我攻击部队大部撤了下来。

第一次攻击未奏效，主要原因是战前准备不足。战斗发起后部队进展情况掌握得也不够准确。

羊山集的鏖战引起了远在陕北的毛泽东的注意。23日，中央军委和毛泽东给刘邓发来电报，明确指示：羊山集若是一时拿不下来，就不再打了，调整部队赶快南下。

在这急需做出决策的时刻，刘伯承、邓小平决定征询一下一线指挥员的意见。

刘伯承打电话给陈再道："你如实说，是想继续打？还是想撤下来？"

"打下去，送到嘴边的肥肉不能扔了！"陈再道斩钉截铁地回答道。

陈再道和纵队几个领导下到前沿阵地，火线侦察地形，总结了前几次攻击失利的原因，制定了新的总攻方案，刘伯承、邓小平很快下达了总攻命令。

7月27日下午6时半，我各路大军开始向羊山发起总攻击。

榴弹炮、野炮、山炮和迫击炮朝着羊山山头不停地轰击，整个羊山硝烟弥漫，炮声雷鸣。战士们随着炮火延伸，向羊山主峰和羊山大街发起冲击。战至22时，我军攻克羊山，占领了羊山制高点。国民党军虽多次进行反冲击，企图夺回羊山主峰，均被我们攻占主峰的部队打退。

与此同时，陈再道纵队的第6旅3个团从西关冲进西大街，逐屋逐院向东发展，13团的部队也从羊尾冲进羊山集。陈锡联的3纵部队从东面攻进东大街。整个羊山集的敌人被我军攻击部队分割包围。

但是敌人仍在顽抗，巷战激烈。我军每占领一个碉堡都要经过激烈拼

搏。6旅18团攻到大街中心，一座坚固的地堡出现在眼前，地堡内4挺机枪封锁了我军前进的道路。团长李开道当即命令1连连长刘茂盛将这座碉堡干掉。2班的战斗小组姜金城、于树贞两人带上许多手榴弹冲向碉堡。开始他们从射击口夺敌人的机枪，由于枪筒打得火烫，夺了几次没有成功。最后他们把8个手榴弹捆在一起从射击口塞进碉堡，"轰轰"几下爆炸声，碉堡里的机枪不响了。

这样的争夺战，敌我两方伤亡都很大。仅18团营以上干部就伤亡好几个，1营的营长、副营长都倒下了。

7月28日上午，羊山集的枪炮声渐渐稀疏。陈再道从掩体里走出来，想到羊山大街看看情况，作战参谋一把拉住，不让陈再道出去。因为金乡城内的国民党军的榴弹炮正盲目地向羊山集发射。陈再道刚回到掩体，外边的炮弹就爆炸了，尘土溅了他一身。

☆在羊山集战斗中，我军占领制高点。

打了整整12天的羊山集战斗，最终以我军胜利而结束。此战歼敌1.4万余人，加上羊山外围作战共歼敌2.3万余人。

许多年以后，当陈再道回首往事时，万分感慨地说："羊山集这一仗，是我打得最艰苦的一仗！牺牲的战士也最多！"

羊山集之战结束后，不常做诗的刘伯承高兴之余欣然命笔，赋诗一首：

狼山战捷复羊山，
炮火雷鸣烟雾间。
千万居民齐拍手，
欣看子弟夺城关。

主席称之勇将：陈再道

## 剿匪、“打老虎”、参加大练兵

jiaofeidalaohucanjiadalianbing

1949年2月，陈再道调任河南军区司令员，领导河南的剿匪工作。

陈再道一到河南军区工作，便按照上级要求，组织指挥十余万部队坚决彻底清剿匪霸，到1950年，即剿灭伏牛山、桐柏山、大别山土匪及国民党军的散兵游勇十余万，为稳定中原大局作出了重要贡献。

1950年，陈再道担任中南军区副司令员同时兼任河南军区司令员。在河南军区工作期间，他十分注意发扬中国共产党实事求是的优良传统。在“三反”、运动中，部队开展了“打老虎”。所谓“老虎”，即为贪污受贿千元以上者。上级有关领导亲自打电话，订指标，要河南军区打出相当可观的“老虎”数字，对此，陈再道幽默地说：“打老虎，我一定不手软，但是，要我一晚上就交出几十只几百只老虎，我又不是养老虎的，上哪里去找?”在整个“打老虎”过程中，河南军区一直比较注意掌握政策，根据事实予以区别，没有轻易伤害同志。

1955年3月，武汉军区成立，陈再道任军区司令员，王任重任政治委员。

在武汉军区工作期间，陈再道和军区党委一班人，坚决贯彻执行党中央、中央军委的各项决策和指示。1958年，陈再道响应毛泽东主席的号召，带头下

☆1958年，陈再道（中）与毛泽东（右）在武汉。

连当兵，受到中央军委及总政治部的肯定和赞扬。他在“黄继光连”当兵期间，坚持和战士们一起摸爬滚打，烧砖割稻，挑水劈柴，虽已年近五旬，仍和年轻战士们一起参加单双杠训练。他还经常结合自己的亲身经历和黄继光的英雄事迹，向指战员们进行革命传统教育。在连队，他被评为模范标兵、特等射手。当他离开连队时，指战员们拉着他的手，依依不舍，送了一程又一程。

陈再道在工作中，敢于坚持原则，主持正义，刚正不阿。1958年反教条主义时，有的领导抓住管训练的军区副司令员不放，要把这位副司令当“活靶子”批。陈再道坚决反对这种做法。他在军区常委会和军区机关干部大会上他多次强调：“不要动不动就整人。抓训练，不是一个副司令员说了算，而是我们党委集体定的。要说有什么责任，那么责任首先由我司令员负！”由于他的廉明和公道，在武汉

军区反教条主义中没有造成伤害大批干部的局面，部队训练的热情始终高涨。事隔30年了，当年武汉军区的一些干部在给陈再道的信中，仍然感人肺腑的提及此事而念念不忘。

1959年庐山会议，彭德怀无端遭受批判，被错误定为反党集团主将。陈再道对此深为不满。他敢想敢发，曾对人说："彭德怀是好人！"

1960年，在军委一次讨论战略方针时，陈再道仗义执言，针对林彪"南顶北放"的方针，他在大会发言中指出：还是毛主席的方针好，成龙配套。他因此在会上遭到黄永胜等人的围攻，被指控反对林副主席。但他据理以争，毫不退让。

1964年，全军掀起大练兵大比武的热潮，陈再道以欣慰的心情和冲天的干劲，投身于这场提高我军战斗力的热潮之中。他不畏中原地区酷暑炎热，冒着三十多度的高温，下部队，上训练场，抓典型，搞示范，总结经验，指导全面。有时还和战士们一起训练。在各级领导强有力的带动下，军区部队的练兵运动搞得轰轰烈烈，军区所属某部"硬骨头6连"还在全军大比武中获得了总分第一的优异成绩。1965年错误地批判罗瑞卿时，大比武也被诬蔑为单纯军事观点，资产阶级军事路线的产物。陈再道没有看风使舵而与此苟同，他义正辞严地说："对大比武的成绩要讲够。大比武，毛主席也看了，没有说不好。"他的这句话，在"文化大革命"中竟被列为"罗陈勾结"的"罪状"。

由于陈再道和军区党委一班人能坚决贯彻执行党中央、中央军委的各项决策，坚持真理，实事求是，认真负责，因而使部队上下一心，团结奋进，心情舒畅，形成合力，加强了革命化、现代化和正规化建设，出色地完成了各项任务。

☆1964年，陈再道深入基层检查伙食情况。

主席称之勇将：陈再道

## 主席称勇

zhuxichenyong

陈再道在几十年的戎马生涯中，出生入死，打了很多胜仗，战功赫赫，毛泽东主席曾经称他为一员勇将。

那是在1961年9月间，在武汉视察的毛泽东应邀来我国访问的英国元帅蒙哥马利乘坐汽艇游览长江沿岸风光，陈再道同省里的负责同志也陪同他们登上汽艇。

毛泽东见陈再道走过来，便向蒙哥马利介绍说：这是武汉军区的司令员陈再道。

当蒙哥马利握住陈再道的手时，毛泽东接着介绍说：他是农民出身，没有读多少书，打仗很勇敢，是一员虎将。

蒙哥马利听了以后，奇异的目光中带有几分敬意。

后来，广泛流传出了“再道之勇”的说法，但陈再道从不居功，当人们问起这件事时，他只是说：我是放牛娃出身的普普通通的人，带兵打仗那是以前的事，当了将军也是人民的公仆，是为人民服务的。



## 受周恩来保护

shouzhouenlaibaohu

1967年1月，造反派夺了湖北省委的权，党政领导机关陷于瘫痪。武汉军区派出支左部队介入以后，受到广大群众的欢迎。由于军事机关屡遭冲击，解放军遭到诬蔑、谩骂、围攻，甚至绑架，武汉军区根据“军委八条命令”，宣布解散造反派组织“工人总部”，逮捕了其头目朱鸿霞等人。后来，根据“军委十条命令”，武汉军区释放了朱鸿霞等主要头目以外的其他被捕人员。

4月16日，江青在人民大会堂接见军内外造反派时说武汉“问题比较严重”，“可以冲一冲”。正在北京参加军委扩大会的陈再道给周总理打电话，希望把武汉的真实情况向中央汇报，以便把出现的问题处理好。

很快，在周恩来的主持下，陈再道向中央文革小组汇报了武汉的情况，文革小组表示尽快安排接见一次武汉造反派。不料，第二天陡生变故，中央文革小组表态，不再帮助武汉军区做工作了。因为陈再道前几天在军委扩大会上的发言触怒了江青。也因为这，陈再道和武汉军区第二政委钟汉华被取消了参加北京庆祝五一节活动的资格。

当4月底陈再道和钟汉华回到军区时,武汉的形势已混乱不堪。“彻底粉碎带枪的刘邓路线”、“打倒陈再道”等标语举目皆是。造反派已明目张胆地把矛头对准了武汉军区。

5月16日,支持武汉军区的群众组织“百万雄师联络站”成立。武汉地区两派之间的冲突日益加剧,武斗逐步升级。

7月14日,谢富治、王力以“中央代表团”的名义从四川到达武汉。他们违反周恩来关于中央代表团暂时不要公开露面的指示，四处活动，支持一派,压制一派,加剧了两派群众对立情绪,引起了“百万雄师”和支持“百万雄师”的军队同志的极大反感。7月20日早晨,“百万雄师”的少数群众和驻武汉独立师的少数战士出于义愤，将王力从东湖住所拉到武汉军区大院进行质问。上午,“百万雄师”出动数万人在武汉游行,武汉军区、省军区、市人武部和省军区独立师近千人参加了示威游行。这就是后来被弄得震惊中外的所谓“7·20”事件。

林彪把“7·20”事件定为“反革命暴乱”,决定分两步处理:第一步,以中央名义调陈再道、钟汉华进京;第二步,起草关于处理武汉问题的中央文件,开一个百万人的欢迎大会,并通知各地举行集会和游行示威。

24日凌晨,陈再道、钟汉华等人到京。25日下午“欢迎谢富治、王力回到北京,支持武汉地区无产阶级革命派”的百万人大会在天安门广场举行。大会呼喊的口号中重复最多的是两句“打倒陈再道！”“打倒军内一小撮走资派！”

此时,毛泽东指示周恩来,把陈再道“保护起来”,并在中央给武汉军区党委的复电中在“陈再道”名字后面加了“同志”二字,还让周恩来向陈再道转达三句话:“有错误就改。注意学习。注意安全。”

早在“7·20”事件发生之前,毛泽东就曾对周恩来说:走,到武汉保陈再道去。毛泽东到了武汉,住在东湖宾馆梅岭一号,找陈再道谈话时,拉着他的手说:他们要打倒你陈再道,我要他们不打倒你。毛泽东离开武汉去上海,一

天晚上散步时还对陪同人员说，陈再道不会反对我，他如果反对我，我就从武汉出不来。

26日下午，扩大的中央常委碰头会在京西宾馆召开。这次会议名为讨论中央给武汉军区常委的复电，实则变成了对陈再道等人的批斗。

谢富治、吴法宪轮番上场，气势汹汹地为陈再道扣了一大堆骇人听闻的“帽子”，什么“反革命暴乱的罪魁祸首”啊，什么“镇压、屠杀革命群众的刽子手”啊，什么“中国的苏哈托”、“现代的张国焘”、“今天的蒋介石”等等。吴法宪还穷凶极恶地窜到陈再道面前，伸手打了陈再道一个耳光。

徐向前、陈毅、谭震林等人实在看不下去，愤然离开了会场。

陈再道据理申辩。一群人疯拥过来，先是撕掉了陈再道的帽徽、领章，接着又是一阵拳打脚踢。

这是一场马拉松式的斗争会，一直开到夜幕降临还没有散。碰头会后，陈再道、钟汉华等人接二连三地遭到揪斗。周恩来想尽办法，才把陈再道、钟汉华等送到西山像鼻子沟的某工兵部队的营房保护了起来。

林彪、江青一伙“揪军内一小撮”的恶浪迅速波及到全国，造成了极为严重的后果。一些老帅、老将军的家被抄，各地部队系统的领导、干部被打成了“陈再道式的人物”，甚至连公社人武部、大队民兵干部，也被打成了“陈再道式的小人物”。仅仅在湖北，“7·20”事件中上街游行的武汉军区独立师就被打成了“叛军”取消了部队建制；全省在“7·20”事件以后，被打伤、打残、打死的干部、军人、群众多达18.4万余人。

就在林彪、江青等人最猖狂的时候，毛泽东严厉批评了“揪军内一小撮”的口号，制止了正在全国蔓延的反军恶流。王力、关锋等人被关进监狱。

1971年9月13日，林彪摔死在蒙古温都尔汗。1972年，新华社关于北京庆祝八一建军节活动的报道中，出现了陈再道的名字。此后，陈再道相继担任福州军区副司令员，中央军委顾问，铁道兵司令员。陈再道在铁道兵当了5年司令，度过了他最后的军旅生涯。

☆1978年，陈再道出席武汉“七二〇事件”平反座谈会时，与会者合影。左起：钟汉华、王震、陈再道、王任重、陈丕显。

1978年11月26日，中共中央发出通知，为“7·20”事件平反昭雪。28日，湖北省举行“7·20”事件平反昭雪广播大会。陈再道没有回武汉出席大会，会上宣读了他给湖北、武汉广大军民的一封信。

沉冤11年的“7·20”事件，终于以其本来面目昭示人寰。

主席称之勇将：陈再道

## 为铁道兵的建设呕心沥血

weitiedaobingdejiansheouxinlixue

“文化大革命”结束了。1977年9月，陈再道重返第一线，担任铁道兵司令员。

上任伊始，他就抓整顿。在揭批王洪文、张春桥、江青、姚文元，查清与“四人帮”有牵连的人和事的基础上，他提出要反对资产阶级派

性，整顿各级党委和领导机关，统一思想，顾全大局，加速铁道兵的全面建设。

在经过短短的一年时间里，铁道兵纠正了历次政治运动中造成的冤假错案；进一步落实了党的各项政策；整顿了70%的军师级党委和近半数的团级党委；调整充实了部分领导班子；树立了一批先进典型。极大地提高了广大指战员的政治觉悟和工作积极性，增强了团结，使铁道兵的光荣传统得到进一步发扬，一些领导班子"软懒散"的状况有了明显转变。铁道兵施工生产等各项工作都跃上了一个新的水平。

1978年在十一届三中全会上，陈再道被增选为中共中央委员。在他的主持下，铁道兵根据这次全会的精神，迅速把工作重点转移到以施工生产为中心的现代化建设上来。

为了推动部队的工作，陈再道经常下部队视察。从吴八尧岛到金沙江畔，从长城塞外到巴山汉水，从南疆"火洲"到唐古拉雪山，他几乎走遍了祖国的万水千山。每到一处，他总是深入连队、工地、车间、医院，详细了解工作情况和指战员的生活。

1978年9月，陈再道以70岁的高龄，深入到海拔4000米的青藏铁路施工现场检查工作，要求各级领导要一个心眼抓好部队建设，要求各级领导机关要为基层排忧解难。一些干部因为在政治上受到不公正的对待，向他申诉，他当即指示有关部门认真调查，很快查清拍板定案，予以妥善处理。

对解决干部家属随军及施工连队洗澡等问题，陈再道都亲自过问。

由于高山缺氧，施工连队所在地水烧不到70度就开锅，饭菜煮不熟，好不容易煮熟，加上高山反应，也咽不下去，许多人胸闷呕吐，头发脱落。

陈再道到这里以后，抽查了320名干部战士的身体，其中患有严重慢性病和多种慢性病的就达106人，占百分之三十。

陈再道问战士们有什么要求没有，战士们回答：要是下班后能洗个热水

澡就好了。

当时陈再道心情十分沉重，在终年冰天雪地的青藏高原，在海拔3000多米的山上打隧道，付出了那样大的劳动强度，什么苦和危险都没有提一个字，唯一的要求仅仅是洗个热水澡，完全应该满足他们。

陈再道回到北京后，立即批示后勤部门要想尽一切办法，尽快解决青藏高原铁道兵指战员洗澡的问题。

后来，战士们果然如愿洗上了热水澡，大家都感激老司令员的关怀。

铁道兵机关住房紧张，有的干部十几年三代同堂住一间房，他亲自出面找北京市海淀区的领导同志交涉，购地建房，缓解了机关住房紧张的状况。



## 热心关注军队建设的老党员

rexinguanzhujunduijianshedelaodangyuan

1980年12月，陈再道给中央军委领导写信，要求从领导岗位退下来，但未获批准。

1982年，根据党中央、中央军委的决定，铁道兵将集体转业，并入铁道部。

陈再道怀着对部队对党的事业的高度责任感和深厚感情，主持铁道兵党委常委会议，定下原则：个人服从组织安排，稳定部队，完成任务。陈再道在各种场合要求各级领导，稳定部队，首先稳定自己，在顾全大局、遵守纪律、完成任务等各方面，领导要给部属做出好样子。

他说："要说对部队的感情，我最深，当了五十多年兵，从来没有想过脱军装的事。但是，也正因为我们对部队有感情，才更有责任按中央军委的命令去行动，在这个关键时刻，把部队带得乱七八糟，怎么能说你对部队有感

情呢?有意见可以通过正常的组织渠道提,但是军人就是要讲纪律,领导必须坚持原则。谁把部队搞乱了搞散了,我拿谁是问。"当时,部队担负了十一条铁路的繁重施工任务,特别是引滦入津、兖石铁路等国家重点工程项目,工期紧,要求高。体制变动中许多具体问题也相当复杂。

陈再道和铁道兵党委、及机关的同志们一起夜以继日的工作,使整个部队始终保持稳定,出色地完成了各项任务。铁道兵在改革中的良好表现,受到了总部的好评。

1982年9月,在党的十二大陈再道被选为中共中央顾问委员会委员。1983年5月,当选为第6届全国政协副主席。在此期间,他到祖国各地视察,深入工厂、农村、海岛、边防、经济特区,了解改革开放的成绩和需要解决的问题。他特别重视农业和粮食生

☆1985年12月,陈再道(右)与老上级徐向前在一起。

产,每到一地,总要谈农业和粮食问题,谆谆告诫大家牢记陈云同志“无粮不稳,无粮则乱”的指示,不要舍本逐末或弄虚作假。他先后就农业发展,粮食生产以及保护农民生产积极性等问题,多次给中央写报告,他的大部分意见和建议被中央转发。

陈再道十分关心老区和贫困地区的建设和发展,每年他都要去看望那里的干部和群众,热情帮助他们解决生产生活中的实际困难。1988年10月,80岁的陈再道,在湖南湘西贫困地区考察了一个月。有几天连续下着蒙蒙细雨,山高路滑,他仍到处奔波。一次,他来到桑植县,访问了松柏村的一户贫困人家。他仔细察看了住房,询问粮食够不够吃。

当得知房子漏雨,粮食不足时,他告诉当地陪同的干部,要想办法解决贫困户过冬吃饭的问题。后来,他在给党中央反映情况的报告中,对贫困地区的发展提出了五条建议:一是重视农村工作和粮食生产;二是关于退田还林的粮食补贴问题和粮价“双轨制”的政策问题,三是要提高农民生产粮食的积极性;四是充分体现我国社会主义制度的优越性,协调发展贫困地区的工作,实现共同富裕;五是破除封建迷信,加强精神文明建设,建设社会主义新农村。党中央对陈再道不顾年高,关心农村工作和贫困地区的发展给予高度评价,对他提的建议也给予了充分的肯定。

在政协工作期间,陈再道积极贯彻党的统一战线政策,广交朋友,尊重党外同志。他常常对身边的工作人员说:“政协委员很多是我国各条战线上的专家名流,是活着的百科全书,我们应当虚心拜他们为老师,向他们学知识学本领,团结他们,和他们一道共同奋斗,把国家建设好。”

1988年7月,陈再道荣获一级红星功勋荣誉章。

陈再道离职休息后,仍像在岗位上一样热心关注军队的建设,作为一个老战士和一名老共产党员,他更期待着党和国家欣欣向荣地发展。

# ★大胆名将:郭天民★

郭天民(1905–1970),湖北省黄安(今红安)县郭受九村人。1926年入黄埔军校学习。1927年加入中国共产党。土地革命战争时期,任工农革命军第4师排长、副连长。中国工农红军第4军教导大队大队长、红4军第3纵队第8支队支队长,红3军第8师参谋长,独立4师师长,红21军62师师长,江西军区参谋长。红9军团参谋长,红军大学教育科科长,红四方面军30军参谋长。抗日战争时期,任军委一局局长,晋察冀军区第二支队支队长,晋察冀军区副参谋长,晋察冀军区第二军分区司令员,冀察军区司令员。解放战争时期,任晋察冀野战军第2纵队司令员兼政治委员,晋冀鲁豫野战军副参谋长。鄂豫军区副司令员,第二野战军第4兵团副司令员。建国后,任云南军区副司令员。军事学院高级系主任,训练总监部副部长兼军事出版部部长、院校部部长,总参谋部军校部部长。1955年被授予上将军衔和一级八一衔章、一级独立由勋章、一级解放勋章。是第二、三届国防委员会委员。

大胆名将：郭天民

# 孩子头与恶霸对簿公堂

haizitouyuebaduibogongtang

郭天民原名郭基奎,1905年出生于湖北省黄安县的一个贫苦人家。

小时候,父亲对他要求很严,希望他长大成人后能报效国家,便把郭天民送入学堂。少年的郭天民对学习兴趣不大,成绩不好。

望子成龙心切的父亲知道后,火冒三丈,动辄报之以拳脚。也许是受父亲的影响,郭天民打小养成了倔强刚烈的性格,火暴子脾气。对那些以势欺人的人,他天生憎恶。县里有一个恶霸,倚势压人,竟然在郭氏宗祠公共田产上营造私宅。老百姓敢怒不敢言。郭天民不怕,房子刚竣工,他抢先一步,据为教室。气得那恶霸无奈,只好吃哑巴亏。还有一次,一恶霸竟把自己的堂侄打死。郭天民知道后,率百姓与他对簿公堂,害得那恶霸不得不拿出巨资和田产赔偿。

自此,郭天民在乡里名气越来越大,成了有名的孩子头。循规蹈矩的长者们说:“郭天民完了!”有眼光的长者们说:“郭天民,这娃子,将来有出息。”

果然,渐渐懂事的郭天民,似乎悟出人生真谛,学习成绩有很大提高。因为郭天民系村里郭氏的长子长孙,所以得到家族的厚爱,家族集资,送郭天民上县里上学。郭天民成为家族同辈人中唯一一位到县里学堂上学的人。郭天民发奋学习,随后又考入武昌中华大学附中。如果这样上下去,凭郭天民的天资上大学是不成问题,说不好还能留洋深造。无奈郭天民家境贫穷,家族似乎也再拿不出更多的钱资助他上学,郭天民没有读完便辍学回乡,当了教书先生。

大胆名将：郭天民

# 从黄埔军校“四一五”清党屠刀下逃脱

conghuangpujunxiaosiyiwuqingdangtudaoxiataotuo

1925年，郭天民读完初中后，从武汉市辍学回到家乡教书；当时的社会现实，特别是1923年在武汉发生的“二七”惨案，使他对中国社会有了深刻的认识，痛感必须变革社会制度。这时黄安县已经有了共产党的组织，董必武及胞弟董贤珏作为革命先导已在农村开展了工作。郭天民回乡后即利用教书先生的合法地位协同开展农民运动。

☆1923年2月4日，京汉铁路工人举行总罢工。2月7日，罢工遭到帝国主义走狗北洋军阀吴佩孚的血腥镇压，即二七惨案。上图是2月1日在郑州参加京汉铁路总工会成立大会的代表合影。

1926年夏季，董贤珏介绍郭天民去广州投靠黄埔军校。郭天民被编入黄埔第六期，受到极为严格的训练。

这时的黄埔军校内，国共两党的斗争日趋明显激烈。郭天民以自己的刚烈性格，在与孙文主义学会的斗争中每每打头阵，惹得右派分子非常恨他。大队长李亚芬是个正直的国民党人，私下多次劝

郭天民“收敛”一些，免遭毒手。

就在蒋介石发动反革命政变的前夕——1927 年 3 月，郭天民加入了中国共产党。上海“四一二”反革命政变之后，李亚芬找郭天民谈话，告诉他上海发生的事，并说：“你看看学校四周，机枪都架好了！你要是共产党，就赶快走。晚了，我也救不了你。”

没有组织的命令，一个共产党员怎么能擅离岗位呢！郭天民机智地回答：“谢谢大队长关心，我不是共产党。你知道的，我不过是脾气暴，声气大。要不是孙文主义学会那些人太霸道了，我不会和他们吵架。”

在李亚芬的保护下，郭天民得以逃脱黄埔军校“四一五”清党的屠刀。

1927 年 12 月，郭天民随黄埔军校特务营参加了广州暴动，随队伍撤退到海丰县打游击。红 2 师和红 4 师既无给养又无弹药，且多数人不会讲广东话，无法在当地坚持斗争，只好“化兵为农”，分散到进步群众家里。

郭天民被安排由海丰县高塘区赤卫队长王发掩护，王发把他藏在山上，只半个月就被敌人搜捕去。郭天民说自己是国民革命军第 20 军的士兵，打败仗流落到海丰县来的。在狱中受尽折磨，但他始终做愚鲁状，不改口供。敌人见他憨直的样子，又加狱中人满为患，便将他放出去。出狱后，郭天民找到区委恢复了组织关系，并要求回广州重新分配工作。他被分配到工农革命军第 4 师任排长。1928 年初随部队到海丰与工农革命第 2 师会合，在该师任排长、副连长。

大胆名将：郭天民

## 坚持“错误”，拒绝检查

jianchicuowujujuejiancha

1929 年，郭天民随部队到赣州地区，任中国工农红军第 4 军 3 纵队副官长，不久，又任大队长。到中央苏区后，郭天民先后任学兵大队教员、红 4 军 3 纵队 8 支队长。1931 年春任红 3 军 8 师参谋长。夏天，又调任独立第 6

师师长。不久相继改任红21军62师师长，江西军区独立第4师师长。参加了中央苏区反“围剿”。1932年秋，任江西军区参谋长。

1933年，临时中央从上海迁到瑞金，继续搞王明那一套，反对毛泽东的正确主张，打击邓毛谢古，批判所谓“罗明路线”。

时任江西军区参谋长的郭天民，他不畏王明的“残酷斗争，无情打击”，站出来说：“江西苏区的巩固和发展，红军在四次反‘围剿’中的胜利，都证明毛泽东代表的主张是正确的。我们不应该反对正确的东西。”

为此，郭天民被指责为江西军区执行罗明路线的代表，被撤掉江西军区参谋长的职务，送到红军大学去做“学员”反省。但他一不“揭发”别人，二不检查自己，被认为态度恶劣。记载着郭天民“坚持错误，拒绝检查”的文件至今存在军委档案馆中。

多年后有人问他：“王明路线杀了不少人，你当时就不怕?”

他说：“生就的脾气，只管事情对不对，没想过杀头不杀头。”他一生都是这样，只问对错，不问涉及何人更不计个人得失。这一点多次使他遭受厄运但也使他赢得了尊敬。

红一方面军总前委曾于1930年冬决定在内部搞肃反，抓AB团，许多同志受到打击郭天民认为不可能每个连都有AB团，他一方面向陈毅反映意见，一方面尽可能保护自己的下级。他说：“哪里有那么多AB团?不能这样盲目地乱搞，这是搞垮自己的做法。如果每个连队都能找出AB团来，那红军不是成了AB团军了?!”



## 征战长征路

zhengzhanchangzhenglu

1934年10月，红一面方军开始长征。红9军团担任全军左侧后掩护任

务。此时,郭天民任红9军团参谋长。

主力红军长征初期,共有5个军团,红1军团和红3军团为左右开路先锋,红8军团和红9军团一左一右担负侧卫,红5军团为后卫。

红军主力进入贵州后,敌军从两翼包围上来,将红9军团和少共国际师与主力本队分割开来。形势甚危,关键时刻,郭天民主动请缨指挥一个团充当前卫,硬是将敌军击溃,杀出一条血路,掩护军团主力进抵贵州。

1935年3月,红军主力四渡赤水后,乘胜渡过乌江。

郭天民后来回忆道:"当方面军主力越过赤水向乌江前进之际, 我红9军团正在打鼓场(金沙)一带活动。3月下旬的一天,突然接到军委电令:方面军主力拟立即南渡乌江。为了保证顺利南渡, 决定9军团暂时留在乌江北岸,以积极的行动来迷惑、引诱敌人,牵制敌人。"

9军团在整个方面军中是一个新的军团,从它建成军团时起,便开赴福建前线,投入了反"围剿"斗争。这个军团人数较少,短小精悍,宜于机动作战。特别是遵义会议以后,部队进行了整编,将原有的两个师缩编成三个团,机关和后勤也作了精简,组织精干、连队充实,更加强了机动能力。所以,这次它又担起单独行动、掩护主力的任务。

受领任务后,9军团在金沙的马鬃岭开始战斗行动,故意造成声势,折转向东,在湄潭一带展开活动,以吸引敌人,转移敌军对红军主力的注意。军委及主力1、3军团乃乘机疾进,胜利渡过了乌江。

军委交给的牵制任务完成了, 但9军团尾随主力渡过乌江的行动未获成功。郭天民后来回忆道:"3月31日,我们接到军委来电,说主力将渡江完毕,发现吴(奇伟)周(浑元)纵队已由西南沿鸭池河北上,向我渡河点迫近。命令我军团星夜兼程,于第3天8时赶至沙土,尾随主力过江。这天,正下着毛毛雨,夜漆黑,山道湿滑难走,我军穿过敌人的空隙,冒雨趱行。终因山路崎岖,赶到沙土已超过限期6小时。此时得到侦察员报告:敌吴、周纵队正迎面赶来,先头部队已距沙土不远。同时,派往渡口联系的人员也告诉我们:由于

限期已过，加上敌情紧张，看守浮桥的部队已将桥破坏了。”

渡江不成，敌军尾追而至，形势危机。

军团决定，沿来路向东北返回20多里，然后再转向西北，以便摆脱敌人。部队随即向沙土东北方向前进。

在战场上，歼敌最多的不一定是最漂亮的仗，歼敌多，损失小，战法运用灵活的仗，才是漂亮仗。长征中，红9军团打的老木孔地区伏击战正是这样的战斗。

4月3日下午5时许，部队进至打鼓场的一个百十户人家的小镇——老木孔。

正在这时部队碰到了黔军犹国才部。侦察员报告敌军是3个团。这时部队已十分疲劳，如不打让敌人追着跑，情况更糟，敌军虽众，但战斗力不强，打还可以间接配合主力行动，军团决定打一仗。

具体部署，九团在正面，七团在右，八团在左伏击敌人。为防止敌包围，又派出7团8连向敌吴、周纵队的来路警戒。具体战法是：不打头，不打尾，集中兵力伏击敌人的指挥机关，击溃敌人，战斗时机选在中午前后，因为这时敌军官兵鸦片瘾正发作，战斗力最弱。

郭天民后来回忆道：“从拂晓一直等到上午8点多钟，才把敌人等到。敌人沿着大道，以常备行军队列，一坨坨、一队队，拥拥挤挤地向西南方向走去。看来敌人急于追击我们，行军比较匆忙；他们没有估计到我们会出现在这里，连搜索一下也没有。我们屏住气观察着、计算着，一个团过去了，又一个团过去了，眼看过去了三个多团，却仍然不见敌人的指挥机关。这种情况使我们不免有些焦急：原来侦察是三个团，现在过来了这么多仍不见指挥部到来，敌人的兵力是大大超过原来的估计了，但是战斗又非打不行，只有盼着敌指挥机关早些到来。”

“等到1点多钟，大路上渐渐热闹起来了。敌人的行军序列越来越杂乱，有骑马的，有乘滑竿的，还有骡马驮子、担架、挑子……大概是烟瘾发作了

吧，一个个脚步蹒跚，懒洋洋的，这便是我们预定的攻击对象，也正是我们预定的攻击时间。”

军团一声令下，部队向敌军发起攻击，战斗完全达成了突然性。至黄昏时，战斗全部结束，共缴枪1000余支，俘敌1800余人，其中有两个副团长，残敌被击溃。战后才知道，敌军是7个团，由旅长白辉章率领，本想与吴、周纵队合击乌江，结果中了埋伏。郭天民后来说：“这次战斗胜利的事实，使我们又一次体会到部队的战斗素质是多么可贵，正是他们‘以一当十’的奋勇战斗，才使战斗获得胜利的。”

郭天民没有提军团首长指挥的有度，当敌军逼近时，军团首长果断定下打一仗，这是需要勇气的，此外又采取了非常有效的伏击法。

关于此次战斗的意义，郭天民后来说：“老木孔战斗，是9军团单独行动中转危为安的一次战斗，这一仗打乱了敌人追歼、堵截、夹击我军的计划，使得全军团得以摆脱敌人，脱离困境。这一仗缴获甚多，但军团无用，因为要长期转战，无法携带太多的物资，缴来的枪全部烧毁，俘虏的敌军士兵，也无用，因为全是鸦片鬼，只好每人花三块大洋遣散。”



## 绝处逢生

juechufengsheng

1935年4月13日、15日，中央军委两次电令红9军团南下攻占水城、盘县，牵制敌人，掩护红军主力转移。郭天民辅佐罗炳辉、新任政委何长工率部四昼夜强行军，于4月13日进至织金县猫场。

猫场是一个较大的市镇，作为一个宿营地，食宿问题都容易解决，但是地形不利，整个镇子都在一条深深的狭谷里，背后仅有的通道，名叫梯子崖，又名鸡飞崖，是从笔陡的石壁上硬凿出来的，有一百多级的阶梯，窄得只能

容下并排行走的两个人。

这正是古兵法所说的绝地。

郭天民后来回忆道："在看过地形后，我们曾经犹豫过，同时也想到，头一天越过大(定)黔(西)公路的时候，曾发现一部敌军正由大定向黔西开进。这里距黔西并不太远，大量敌人集中在黔西，对我军也是很大的威胁。当时本想再转移一个地方宿营，但考虑到部队连续行军疲劳，更主要的是因为接二连三的胜利，产生了麻痹情绪，觉得宿营一夜，第二天早一点行动，大约不致有什么问题，便决定宿营。为了安全起见，又布置后卫队八团注意警戒来路，并令该团特地设了一个连哨。此外又布置部队次晨4点半起床出发，脱离这里。"

准备不可谓不充分，理由很充足，但问题却恰恰发生在这里。

事情偏偏凑巧，当夜黔军王家烈部的第六团也到达猫场北山后边的村庄里宿营。

尽管红9军团行动隐蔽，仍被敌军发现，国民党黔军第6团和当地民团，查明红9军团进抵猫场后，为不惊动红军，狡猾的黔军指挥官命令将火把熄灭，摸黑向红军营地扑来。

红9军团担任后卫的红8团担负后方警戒，哨兵们发现北方远方位有大量火光，当即向团长报告。困乏之极的团长，打着哈欠说："贵州潮湿，容易出鬼火，你们观察就是了。"

不久，哨兵再次报告，火光正向猫场一线运动。

团长睡得正香，被叫醒，十分不快，哼了一句："你们继续观察就是了。"

火光没有了，但不远处的村子里传来狗吠声。显然，是有什么人进村子才惊动了狗。警惕性颇高的哨兵再次报告团长。

鬼使神差，团长表现得出奇的固执，不耐烦地说："这可能是老百姓在跑荒。"跑荒是当地方言，意为老百姓怕部队在这里打仗，匆匆逃离的意思。

大敌当前，团长的错误处置将红9军团置于非常危险的境地。

第二天早晨，部队正在用餐，突然四面枪声大作。

☆1935年的罗炳辉。

郭天民与罗炳辉在十分困难的情况下指挥部队一边收拢，一边战斗。危急关头，郭天民临危不乱，他先是派人将走路不便的政委何长工送走，随后急令军团侦察连实施出击，将敌军压回，掩护主力撤退。

这时敌军已占领有利地形。战斗异常激烈。双方展开白刃战。整个山谷笼罩在硝烟之中。炮火、枪声交织，战烟四起，遮云蔽日。

偌大个军团，几千人，要通过狭窄的梯子崖谈何容易。郭天民命令警卫员和通信员用肩膀顶着军团长罗炳辉爬过梯子崖。在郭天民的指挥下，主力有秩序地爬过梯子崖。正在这时，敌军一支小分队占领了附近的要点，用火力控制住梯子崖。后有追师，前有堵兵，红9军团堪危。

当此危急之时，郭天民率教导大队同敌军展开激战，打开通路，将堵截的敌军驱散，杀出一条血路。

至下午3时，红9军团主力通过梯子崖，摆脱掉敌军。红9军团伤亡三四百人。

郭天民后来说："这是我军团离开主力后最大的一次损失。它给了9军团一次严重的考验，也给我们上了十分有益的一课。"

此后，红9军团奉命继续西进，谋求与主力会师。不料当部队到达江边时，桥梁已被敌占，渡门为敌控制，敌军在四面摆下了重兵。红9军团又一次面临严峻的考验。为尽快渡江，郭天民亲自找到一位老农，了解渡江方法。并把自己心爱的一个象牙烟嘴送给老乡，老乡颇受感动，自告奋勇带部队走山路，来到一个称之为"虎跳石"的地方。

原来，这里河道较窄，搭上一条长木板即能过河。

在老乡的帮助下，郭天民与罗炳辉率部渡过北盘江，进入云南。接着占宣威，取东川，强渡金沙江，于5月中旬在西昌与中央红军主力合会。

周恩来听说后，亲自前往迎接红9军团，并称赞红9军团机动灵活，不愧为红军大部队的战略轻骑兵，为红军立了大功。红9军团的战略轻骑的名字自此传遍红军。

在离开主力单独活动的两个月时间里，红9军团以2500人之众牵制敌军6个师，胜利地完成了中央军委交给的战略任务。

在此过程中，部队连日行军打仗，郭天民把自己的组织指挥才能发挥到极致。他不仅出谋划策，而且每当危急时，都亲临战场指挥，表现出杰出的军事指挥才能。



## 毛泽东为郭天民平反

maozedongweiguotianminpingfan

1935年6月，长征中的一、四方面军在四川懋功胜利会合。8月毛儿盖会议决定第9军团参加张国焘指挥的左路军北上。不料第9军团一并入左路军就被收缴了电台和密码，撤换了机要人员。第9军团和党中央失去了联系。张国焘也不再提北上，而是南下川康了。

郭天民时任红9军团参谋长，坚决反对张的倒行逆施。

张国焘为了实现个人野心，另立了伪中央。当这件事在红9军团传达时，郭天民拍案而起，当着全军团指战员质问当上伪中央委员的传达者："党中央不是北上了吗?为什么又要成立一个中央?! 全党只能有一个中央! 全党只能服从一个中央! "

这一番义愤填膺、正气冲天的话点醒了不少被张国焘欺骗的同志，他自

己也因此遭了殃。张国焘将他撤职,而且从红9军团调到红军大学工作。很多同志来送他,他说:“我没有错! 朱德同志也拒绝举手选伪中央委员,他讲‘一个拳头不能选举两个中央’,也被放在红军大学呢。不要为我担心。”

在红军大学,郭天民完全不理睬李特等人“不许打听军事秘密”的规定,一有机会就打听中央红军的去向。一次,四方面军作战局局长曹里怀同志到红军大学,与郭天民同宿一室。曹里怀以前是红5军团的参谋长,他们在中央苏区就熟悉,无话不谈。

郭天民问曹里怀:“中央红军到什么地方了?左路军怎么办?”

曹里怀说:“中央红军到陕西北部了,四方面军恐怕还得北上去和中央红军会合。”

郭天民高兴得从床上跳下来,连夜去告诉了一些同志。

张国焘知道后,说郭和曹两人“泄”露军事秘密,是“反革命”,想要杀掉这两个“扰乱军心”的原一方面军干部。

朱德闻讯后,坚决反对张国焘的决定,说:“曹里怀还是个小孩子的时候就参加了红军,提着糨糊桶跟着大人贴标语,他在红军队伍里长大,决不会是反革命!中央红军就是到了陕北嘛,泄露了什么机密?郭天民在中央苏区可是有名的人,先是得名‘郭铁匠’,后来是战略骑兵9军团的参谋长。你杀了这两个人,怕以后不好交代吧!”

张国焘顾忌朱德同志的崇高威望,大概也怕以后见了毛泽东、周恩来不好交代,没敢杀害二人,但还是给了他们党纪处分。

1936年7月,二、四方面军会合,张国焘被迫同意北上。中央调郭天民民为四方面军一局(作战局)局长。郭天民深知张国焘的为人,不愿与他共事。

刘伯承、任弼时找郭天民谈话,勉励他:“要服从大局。做一次无名英雄吧!”

为了执行中央挽救张国焘的政策,郭天民再无二话,毅然赴任。11月,组成西路军,郭天民任西路军一局局长。西路军渡黄河之后遭重大伤亡,30军

所部千余人编为左支队，被迫沿祁连山脉西进，郭天民随左支队行动。

在比长征还要艰苦的西进途中，没有依托、没有补给、没有援兵、没有地图，甚至连水也找不到，还要时时与敌人周旋作战，不少人走着走着就倒下了。最后，唯一的指北针在战斗中失落。在茫茫的戈壁滩中丢失指北针，就等于自杀。整个支队全靠着郭天民利用阳光、星座、地形地物辨别方向，终于避开敌人走出戈壁滩。这3000里路，可以说是全凭着远大理想的支持和超人的意志走完的。

西路军失败后，中共中央派陈云到新疆甘肃交界的星星峡迎接西路军余部。陈云派车在路上每天来回寻找，终于在1937年5月找到郭天民一行几十人。

回到延安后，郭天民同李先念、程世才等人一起去见了毛泽东。郭天民向毛泽东汇报了西路军所受种种艰辛，以及他在四方面军因反对张国焘的分裂阴谋而受到处分的事。

毛泽东当场一挥手："那些都不能作数！"

毛泽东的这句话正式为郭天民平了反。

大胆名将：郭天民

## 牛道岭战斗中击毙日清水大队长

niudaolingzhandouzhongjibiriqingshuidaduizhang

抗日战争爆发后，时任中央军委一局局长的郭天民，以极大的热情关注抗战前线。1938年8月，郭天民出任晋察冀军区副参谋长。几个月后，改任晋察冀军区第二分区司令员。

二分区所在地位于正太路以北的河北和山西交界处，是晋察冀军区的西大门。军事地位十分重要。正因为如此，日伪军"扫荡"接连不断。在十分艰苦的环境下，郭天民没有退缩，他与政委赵尔陆一道率部队顽强地坚持下来了，抗日根据地不仅没有缩小，反到扩大了。

在二分区，郭天民指挥了大小数百次战斗，参加了驰名中外的百团大战。其中较为著名的有牛道岭战斗、上下鹤山战斗、高洪口战斗，和百团大战中第一阶段破袭正太路和攻克娘子关战斗。特别是牛道岭战斗和娘子关战斗，显示出郭天民的大智大勇。

1938年秋，日本帝国主义叫嚣要实现“南取广州，中攻武汉，北围五台”的作战计划。9月，敌集中了5万余兵，准备从平汉、平绥、同蒲、正太各线发动对五台和冀西山区的围攻。

9月20日起，日军开始进攻。敌独立第四混成旅团大队长清水率部从盂县出发，渡过滹沱河，在飞机掩护下，进攻五台东南的柏兰镇。

郭天民指挥二分区部队和军区学兵营掩护晋察冀军区领导机关从耿镇、石咀附近的一个山沟里撤退。部队占领有利地形，当敌军经过牛道岭时，一个伏击，给敌重大杀伤。9月29日早晨，二分区参谋长唐延杰率一个警卫连，对正在集合整装待发的敌军突然袭击，清水及其部下多人当场击毙。

☆1940年干部合影。前排右一为聂荣臻，右二为郭天民。

战前这位清水大队长很是嚣张，一再扬言要占领五台。结果刚到牛道岭，便丢了命。他死后，日军把他装进棺材，还拍了照片，题为“抬尸进

五台”，进行宣传。1969年，周恩来还提起这件事，称赞郭天民和赵尔陆的部队很能打仗。

两年后，郭天民又在百团大战中展现出过人的指挥才能。

1940年7月，八路军决定发起百团大战，晋察冀军区受领破袭正太路石家庄至平定段，袭击重点为娘子关到井陉煤矿段及其两侧地区。晋察冀军区抽调8个步兵团，一个骑兵团和两个骑兵营，3个炮兵连。组成3个纵队。郭天民和刘道生奉命指挥左右路纵队。

8月20日，战役开始，右纵队担负破袭乱柳至娘子关段，奏效后转向阳泉矿。天险娘子关是正太路上冀、晋两省交界的咽喉。抗战前，国民党军队就在这里构筑了不少工事。日军占领后又加修了四个大堡垒。另外，在关下的村子里还驻守了一部分伪军。

战斗开始的当夜，担负主攻任务的右纵队五团，潜入娘子关，歼灭了村里的伪军，然后依托村庄，向据险顽抗的日军进行强攻。

在陡峭的山坡上，战士们冒着密集的火网，前仆后继，向娘子关上敌堡垒仰攻，经过三小时的反复攻击，终于夺取了敌人的堡垒。天近黎明的时候，我军胜利的旗帜已经插上了娘子关头。

在侵略军铁蹄下生活了近三年的娘子关地区的同胞，看到八路军的红旗高高地飘在关头上，兴奋得流出泪水。占领娘子关以后，我军乘胜破坏了娘子关东面的铁路桥，收割了大批电线。

21日，日军增援部队赶来，我军破坏了堡垒工事后，主动撤离了娘子关。

大胆名将：郭天民

## 机智、果断、忘我

jizhiguoduanwangwo

郭天民一生指挥过无数次大、小战斗，他有个突出的特点，那就是思想

开阔敏捷，判断情况准确，用兵巧妙果断。越是遇到紧急情况，他的头脑越是冷静，危急时刻总是牺牲自己保全首脑机关和其他领导同志。从红军时期开始，这种事情有过多次。

1941年日寇合击晋察冀军区机关。军区机关转移到二分区所在地平山后，日寇紧追过来，把军区机关和二分区死死围住。日寇在山上，八路军在山下，仅仅半山之隔，情况非常险恶，郭天民亲自派参谋和科长放哨。部队刚刚宿营，分区作战科接到电话，问部队的方位，作战科长拿着电话，刚刚说了几个字："我们的方位是……"没容他说出后面的话，郭天民劈手夺下耳机，问：

"向谁报告？"

"上级。"作战科长回答。

"对方是谁？"郭天民追问。

"……"科长答不上来了。"经常往来的人，声音应该很熟悉，怎么听不出是谁呢？"郭天民感到情况不对，马上命令部队分南北两路转移。队伍在山下隐蔽行动，不时可以看到日伪军在山上行军的行列。脱险后，大家都说：好险哪，想想那个电话，真是后怕。

1943年，日寇大"扫荡"，日伪军1000多人包围了二分区机关，而当时只有两个连担任警卫。郭天民坚持请分区政委带一个连指挥分区机关撤退，而他自己指挥另一个连阻击敌人。这一仗打得非常苦，待到分区机关全部撤离时，郭天民所率打阻击的连队只剩下十几个人了。

大胆名将：郭天民

## "光听汇报是靠不住的"

guangtinghuibaoshikaobuzhude

1942年春，正是抗战最艰苦的年月。晋察冀二分区四团驻在河北平山县境内整训。团长甘炎林是红军干部，很能打仗，但是作风有些散漫。如果只

看见他平时的样子，很难想像他总是打胜仗。一天，郭天民带着警卫员来到四团。甘团长问："司令员，有什么任务吗?"郭回答："没有什么任务，只是看看。"就这样，郭天民在四团住下了。一连十几天，他每天同部队一起出操、训练，同干部战士谈天，伙房、营房到处看个遍，连四团驻地的老乡家也去了一大半。甘炎林团长实在憋不住了，又问："郭司令员，情况这么紧张，你一住十多天，到底有什么事情?"

☆抗日战争时期的郭天民。

"事情没有，就是来看看。"郭天民回答，接着又问甘团长整训中有什么问题没有?怎么解决?甘一一做了回答。这时郭天民才说出了这次到四团的初衷。原来，分区检查组到四团检查工作，发现工作有些杂乱无章，甘团长不但不认为有什么不好，他自己就是一副不修边幅的散漫样子，这怎么能带好部队呢?听了检查组的汇报，郭天民火上心来：甘炎林呀甘炎林，你是红军出身，面对这么多新干部，怎么就改不了游击习气呢?他拿起电话打算骂甘炎林一顿，可想了想又放下了，决定先去四团看看再说。到四团经过深入了解，感到整训搞得还是很有声有色的，问题也有一些，但远不像检查组说的那样差。他和甘炎林一直谈到半夜，指出成绩和问题，两人又研究了解决办法。最后，郭天民说："真是千听不如一看。光听汇报是靠不住的！"

大胆名将：郭天民

## 再当一次无名英雄

zaidangyichiwumingyingxiong

1947年8月，郭天民调晋冀鲁豫野战军任副参谋长，协助刘邓组织指挥

了千里跃进大别山的战略行动。刘邓主力撤离大别山时,郭天民受命留下坚持斗争,任鄂豫军区副司令员。刘伯承找他谈话说:“老郭,你再去做一次无名英雄吧!”邓小平特派专人将他的夫人窦克和心爱的大女儿从后方接来与他告别。从刘邓首长关切的举措中,郭天民感到,此一去任务会非常艰巨。

果然,为了争夺鄂豫皖三省交界的这块战略要地,白崇禧调动了3个师,把大别山团团围住,进行了极为残酷的“清剿”、“驻剿”与“扫荡”。到处是敌人,走路就要打仗,连送封信都要派一个班的人,否则就送不出去。稍一疏忽,就可能覆灭。郭天民协助地方党组织了几十支游击队,在纵横几百里的大别山区展开广泛的游击战。

当时,敌人围困,群众尚未发动起来,部队没有粮食,没有盐巴,没有衣服和弹药,军心不安定,可以说,这是抗战以来郭天民经历过的最艰苦的局面。他全身浮肿,但仍保持了一个共产党人的高尚情操和坚强的组织纪律观念,刘邓野战军司令部埋藏在大别山的银元,他一块也不让动用。靠着艰苦细致的工作,勇敢地斗争,终于在大别山站稳了脚跟,为以后解放中原,横渡长江,解放南中国创造了极为有利的条件。

大胆名将:郭天民

## 辅佐陈赓,挥师进中南

fuzuochengenghuishijinzhongnan

1949年2月,郭天民调到新组建的第4兵团,任副司令员兼参谋长。司令员陈赓,是黄埔一期生,虽然郭天民入校时,陈赓已毕业,但仍在黄埔军校任职。两个人当时虽不熟,但郭天民对陈赓的为人很了解。来到4兵团后,郭天民非常敬重陈赓,陈赓也非常注意采纳郭天民的意见。两个人配合得非常好。

刚上任,郭天民便面临很大的难题,这就是如何迅速成功地实施渡江作战。

为加强第一梯队军的指挥,郭天民到15军。他与军长秦基伟指挥15军

作为先遣部队从河南漯河，周口地区出发，于3月27日占领望江华阳镇和宿松以东的老洲头。

15军开始了紧张的渡江准备。为确保渡江成功。郭天民与15军首长一同沿江观察和勘察地形，研究打法，使渡江准备扎扎实实地进行。在他的指挥下，15军按时完成渡江准备。

1949年4月20日，百万雄师过大江。郭天民与秦基伟率15军打过长江。一路猛冲猛打。之后，陈赓与郭天民率领4兵团，以迅雷不及掩耳之势，横扫中南大地，先是解放赣东北地区，抄到国民党所谓的浙赣铁路防线。之后兵分三路，连续作战1个月，打出1500里，解放了南昌等数十座城市。之后，第4兵团奉命参加湘赣和赣南战役，收复了曾是中央苏区红都的瑞金城，并为进军广东，直捣国民党政府所在地广州创造了条件。

对此，邓小平后来回忆说：二野渡江后，部队打得很快，陈赓打得最远，占领了江西全省。

1949年5月26日，中央军委电令第4兵团划归第四野战军指挥，转而向中南进军。中央军委将4兵团转隶四野有着重要战略意义。四野要打大仗，林彪的对手是白崇禧，此人有两下子，猾得很。林彪雄心更大，他要打新的“辽沈战役”。

为此，林彪电令陈赓率部渡赣江，进入湖南衡阳、株洲一线。就是说，4兵团担负抄白崇禧后路的任务。

陈赓与郭天民等人一合计，认为仗不能这样打。这是小迂回，应该来大的，4兵团应迂回广东。

林彪当然听不进陈赓和郭天民等人的意见。

林彪善越级指挥，由上到下，陈赓也善于越级上报，由下到上。7月20日，陈赓电告中央，详细地陈述了自己的理由。他特别强调，按上级的部署，4兵团担任侧击任务的企图一旦为白崇禧发觉，他很可能退向两广。届时，我军再前出广东，恐来不及。因此，他建议应采取大迂回的方法，部队速进广

东,截断国民党军的退路。最后,陈赓亦表示,在未接到军委新的命令之前,他仍将执行4野首长的指示。

按惯例,4兵团在发军委的同时,还同时电告林彪并刘伯承、邓小平。按建制,4兵团属刘伯承、邓小平指挥的第二野战军。

中央军委还未回电,林彪即电告4兵团:我决心已下,不能更改,立即执行。

不久,军委回电,同意4兵团的意见。林彪不敢怠慢,遂将毛泽东的电令转发陈赓。

此后,陈赓和郭天民等奉命率4兵团、15兵团和两广纵队执行进军广东的任务。

1949年8月1日,4兵团在江西吉安召开团以上,陈赓报告

☆1949年10月,第四兵团副司令员郭天民(右一)与兵团司令兼政委陈赓(站立者)在兵团党委扩大会议上。

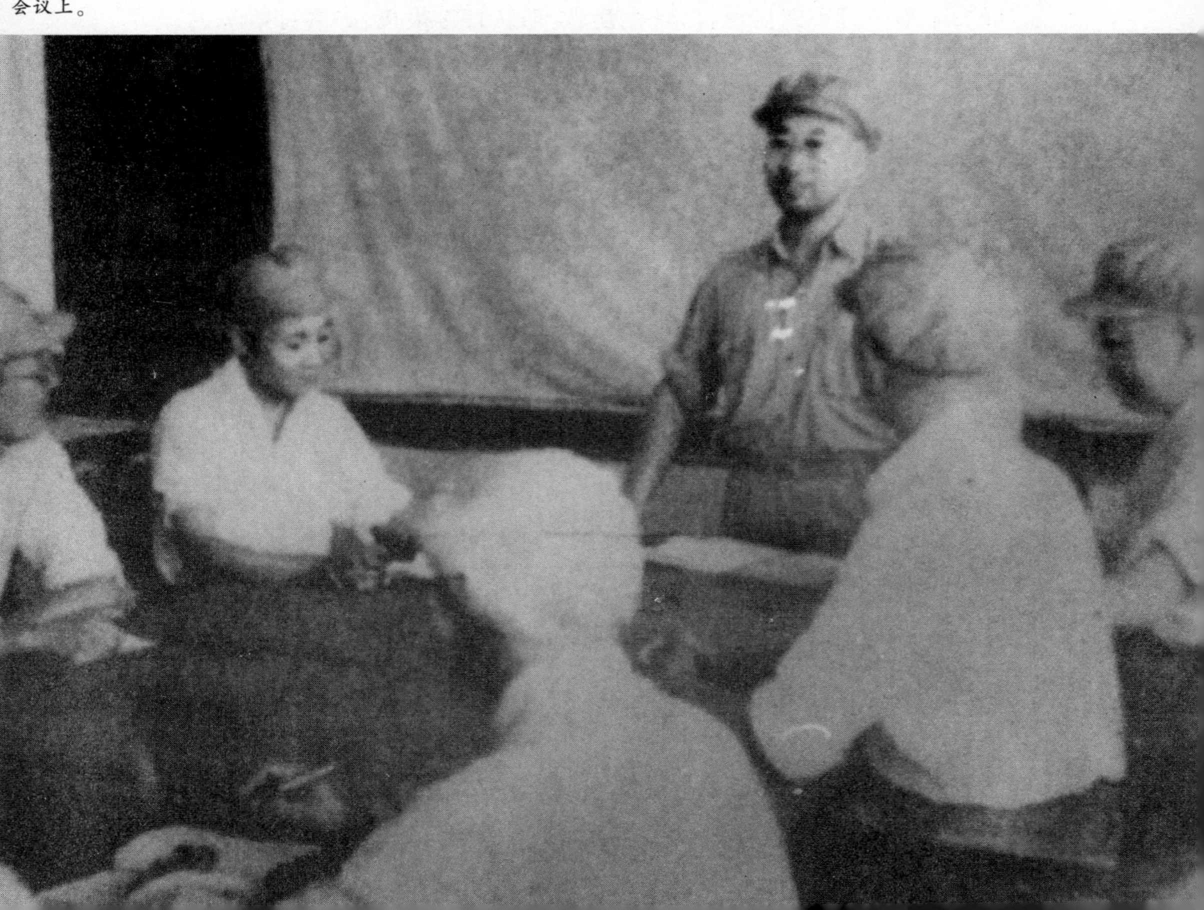

了形势与任务，郭天民作了军事报告，对进军两广，解放云南的战略意图和战役部署、后勤工作等作了详细阐述。随后分二路南下。1949年10月2日，陈赓、郭天民等率领第4、第15兵团和两广纵队，突破了粤湘赣防线，日夜兼程，连克数十城，逼近广州。

正在4兵团兵锋直指广州，敌军望风而逃之时，林彪电令4兵团：广东逃敌交其他部队解决。

4兵团首长遂即再电告毛泽东，毛泽东再次指示按陈赓的意见办。

10月14日，广州城解放。

在南进广州的作战中，郭天民不仅辅佐陈赓指挥作战，而且还负责组织繁重的后勤保障，部队连月征战，强行军，加之天气炎热，部队非战斗减员率高，后勤保障困难。在这种情况下，郭天民以极大的精力组织保障，确保了部队迅速夺取广州。

广州解放后，郭天民没有进城，便与陈赓率部马不停蹄向广东阳江、阳春地区追击，部队以日行140里至180里的速度，终于将国民党军白崇禧部队主力4万余人消灭于两阳地区。白崇禧的本钱所剩无几。

11月23日，林彪电令陈赓率主力3个军追击鲁道源兵团，留1个师，担负阻击白崇禧部退往雷州半岛。

陈赓与郭天民等研究后认为，鲁道源兵团是佯动，意在吸引我军，保证白崇禧主力退往雷州半岛。故他致电林彪，说明阻敌南撤雷州半岛，进而使其不能海运海南岛最为重要。

林彪回电：我意已决，不能更改。林彪还是这句话。陈赓终归是陈赓，他再次致电毛泽东并报林彪和刘、邓，电文最后还是加上了一句，准备随时执行四野的命令。毛泽东再次支持4兵团的意见。

这一建议，使白崇禧假道雷州半岛逃往海南的希望彻底破灭。当白崇禧风风火火率部向雷州半岛开进时，陈赓与郭天民等率部像一扇铁门紧紧封住了白崇禧的退路。等待他的将是灭顶之灾。随后，郭天民与陈赓率部参加

桂西南战役,歼灭白崇禧部队7万余人。在向中南进军中,第4兵团配合第四野战军解放了湘、鄂、赣、粤、桂等5省,歼敌40余万。

大胆名将:郭天民

## "郭铁匠"由打骂士兵到"爱兵如手足"

guotiejiangyoudamashibingdaoaibingrushouzu

郭天民从父亲那里继承了一副火暴脾气,参加革命后,开始并不以为意。红军初创时期,军内还有旧军阀作风的残余,打骂士兵的情况时有发生。郭天民自然也就成了这方面的典型。他当大队长时,曾打跑了一个班长。这位班长留下一封信,说:"我不想投靠敌人,只是不愿挨打。"郭天民终生记得这个教训。

毛泽东1929年在古田会议上不点名地批评了一个大队长,说打人打到战士们称他为"铁匠"。这个大队长正是郭天民,郭天民由此而得名"郭铁匠"。直到几十年后,还有人因这个绰号认为他是铁匠出身呢!

频繁的战斗和险恶的环境使郭天民懂得了"士兵如手足"的道理。全军都知道:郭铁匠脾气坏,但从不对战士发脾气。他告诫属下的军官;"指挥员再高明,仗要靠士兵去打。不懂得爱兵的指挥员不但会毁掉军队,也会毁掉自己。"

他不但自己爱兵,也不容忍任何对士兵的疏忽。每到宿营地,他一定要去看战士的铺下有没有铺草,有没有热水洗脚。发现丢了战士,哪怕是尸体也一定要抬回来,不然,他就要骂人的。发现战士衣服上少了一枚扣子,他都会批评干部:"一个部队的士兵如果没有得到父母兄长般的爱护,打起仗来就不可能过硬。"

1957年的一次演习中,他上山检查通信设备,发现几名直线的战士一天

☆1957 年，郭天民在部队训练场上指导训练。

未吃上饭，大为生气，回来就找到通信团长，问他："如果是你儿子在山上，也这样疏忽?"接着就命令通信团长："你带几个人去查线，把那几个战士换回来吃饭！"这位团长恐怕会终身不忘这次教训。

郭天民爱护士兵，同样也非常爱护干部。在战争年代，干部生病或负伤，他一定要派人安顿好，伤病好了再接回来。干部犯了错误，他会毫不留情地"打铁"——骂得你抬不起头来，但事后会找你慢慢谈，直到想通为止。而且，只要是改了的，决不再提起，只要是德才兼备，在他手下定会得到重用。

解放初期，部队进军云南后驻防下来。郭天民马上派军政处长到河南去接留在那里的大批家属。行前，他把路上可能遇到的困难，诸如土匪袭击、食宿、交通运输等等都想到了，并一一交代给军政处长，要求他每天电话或电报汇报三次行军情况，特别是人员安全与否。

郭天民语重心长地嘱咐军政处长："这次行动不比打仗，婆婆妈妈的麻烦事会很多。一疏忽就可能出乱子，你一定要周到细心，你们的一举一动连着全军区干部的心哪！"为防万一，郭天民

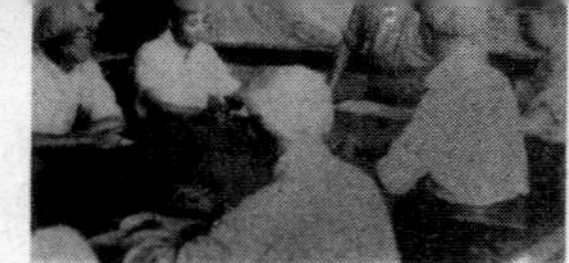

特地给中南军区政治部主任陶铸发了电报，请他关照下属沿途予以照顾。

家属到昆明之前，他要求各单位保证，所有家属的丈夫都必须去迎接！接着他又亲自选定了幼儿园和小学校的地址，派得力干部去办好子弟学校。



## 在反教条主义运动中

zaifanjiaotiaozhuyiyundongzhong

1955 年，中央军委非常重视我军在现代条件下的训练，研究决定，成立训练总监部。由叶剑英任部长，萧克、李达、郭天民、彭绍辉、周士第、张宗逊任副部长。

1956 年夏季，郭天民兼任陆军训练部部长，负责组织指导全军陆军各兵种的训练工作。

这时，全军已经开始了在现代条件下的正规军事训练，并已制定出一套统一的合成军和各兵种的训练计划大纲。这套大纲分门别类，成龙配套，16 开版面的大厚本整整 38 册。

郭天民到职后，把这 38 大本训练大纲放在自己的案头，一本一本地阅读，遇到问题就找业务参谋请教，一起研究。在执行军委通过的训练大纲的过程中，他要求区别不同类型部队的任务和环境条件因地制宜地制定自己的训练计划。如果机械地照搬大纲，形同消极怠工！

在每年召开的全军训练委员会议和全军训练工作会议上，郭天民都要根据部队在实施训练大纲中遇到的问题，提出解决办法或是对大纲的修改意见。在他看来，训练——发现问题——解决问题——修订大纲，不断完善大纲，这是很正常的工作程序，既不是经验主义的，也不是教条主义的。

在一次由郭天民组织的演习中，一位驻我军的苏联顾问提出意见，要求演习的某个环节按他的意见去做。郭天民通过翻译向苏军的顾问解释了为

什么不能照他的意见做。

这位顾问态度有些强硬起来，说他是苏军派来帮助中国军队的，他有权要求指挥员按他的意见做。这涉及主权问题，空气一下子紧张起来，参谋们都放下手里的事，注视着这两位将军。

郭天民态度平静地向翻译说："跟他讲，他有权提出他的见解。但他只是中将军衔，请他服从本上将的指挥！"于是中将顾问不再说话了，参谋们如释重负。

就这样，从红军时期就以"郭铁匠"闻名的郭天民冷静而又机智地化解了矛盾，坚持了我军的独立自主。

为探索我军在现代条件下的作战与训练问题，叶剑英元帅指示郭天民于1956年冬季在青岛地区组织了军、师两级首长司令部海岸防御实验性演习。

随后，叶帅在1957年春召集了全军主管训练的军以上干部专题研究原子条件下的作战训练问题，提出了部队训练要适应现代战争条件下及复杂情况下诸军种兵种合同作战的新任务。

为在全军贯彻落实，郭天民集中全军部队和院校主管训练的300多名领导干部，在新沂地区组织了部(分)队夜间攻防战斗实验性对抗演习，历时54天。在我军以往夜战经验的基础上，研究现代战争中合成军夜间作战可能发生的各种问题，为全军全面开展新形势下夜间战斗训练积累了新的经验。

青岛和新沂的两次演习，都是根据我军作战指导思想，结合现有装备，学习外军先进经验，摸索我军自己的新经验进行的。从制定计划、组织理论学习、拟制战斗文书、训练调理人员、实验通信手段，到实施演习，以及部队生活保障，郭大民一手领导并参加了全过程。

他在野外和战士一样住帐篷，发现问题立即检查解决。演习后，他会和参谋们一起熬夜，写出有情况、有分析、有经验的总结报告，为全军探索新型

势下开展海岸防御和夜间训练开了个好头。

1958年,郭天民又兼任院校部长。一上任,他就带着工作组到部分院校了解情况,调查研究。

当时全同的政治热情很高,地方院校纷纷搞教学改革,涉及军队院校。面对这种情况,郭天民于3月份召开了八个院校的教育长和训练部长汇报会议。

在会上,郭天民指出:训练工作的跃进,不能只靠一股干劲,主要还是依靠教员对训练计划、教学内容、教学制度、教学方法等方面作深刻研究之后,进行切实可行的改革。他要求院校首先要亲自授课,搞"试验田",重视教学研究。他还提出院校要紧缩机构,减少行政人员,但一定要保存和加强教员队伍。他说"院校是部队的榜样,学院是部队的灯塔",一定要起带头作用。

有的院校提出要"三结合"编教材,郭天民指出,教材应由有专业技术知识和有经验的教师来编,让青年学员参与编教材是一种不切实际的赶时髦的做法,不可提倡。这次会议及时地制止了一些院校受社会影响头脑发热的情绪和做法。会后,他又多次带人下到院校了解情况,指导工作。

1959年,为了解决军队院校在反教条主义运动后出现的思想混乱,教学秩序被破坏的问题,郭天民召开了陆军中级学校座谈会,研究了中级军校的学制、训练计划、编制体制、考核制度等问题。然后组织业务部门重新制定了两级步校的训练计划,重新规范了全军院校的管理体制,重申了军事院校的职责,坚持贯彻教学工作上多年行之有效的规章制度,稳定了教学秩序,使我军院校建设实现了乱后之治,走上了健康发展之路。

# ★刚直忠勇：阎红彦★

阎红彦(1909–1967)，陕西省安定(今子长)县人。1925年加入中国共产党。1927年参加清涧起义。土地革命战争时期，任中国工农红军晋西游击大队副大队长、大队长，西北抗日反帝同盟军第一支队支队长，红军陕甘游击队大队长、总指挥。1934年赴苏联学习军事。回国后，任沿河游击队司令员，红30军军长。抗日战争时期，任八路军留守兵团警备第3团团长，警备第1旅政治委员兼关中军分区政治委员。解放战争时期，任晋冀鲁豫野战军第3纵队副司令员、副政治委员，第二野战军3兵团副政治委员兼政治部主任。中华人民共和国成立后，任川东人民行政公署主任兼川东军区副政治委员，中共四川省委副书记兼省人民政府副主席，中共四川省委书记、副省长兼中共重庆市委第一书记，成都军区第一副政治委员，中共云南省委第一书记，昆明军区第一政治委员，云南省政协主席，中共中央西南局书记处书记。1955年被授予上将军衔。是第一、二届国防委员会委员，中国共产党第七次全国代表大会代表，第八届候补中央委员。

刚直忠勇：阎红彦

# 他第一次知道了中国有个共产党

tadiyicizhidaolezhongguoyougegongchandang

1909年农历9月13日，阎红彦出生在陕北安定县（今子长县）瓦窑堡一个贫苦农民家里。父亲阎厚基，母亲吴氏，终年劳累，省吃俭用，家境依然十分艰难。

9岁那年，父亲送他到附近米粮山私塾读书，由于家庭经济困窘，交不起学费，艰难地维持了半年，便辍学回家，到砖瓦窑帮哥哥烧砖做瓦。

1921年，12岁的阎红彦，经人介绍，到离家数十里的关庙坪，帮人揽羊放牛，带小孩、做家务。主人姓阎，是当地军阀王保民的岳父，他仗势欺人，横行乡里。有一天，阎红彦由于放牧疲惫，失手将主人的小孩摔倒在地，受到主人一顿毒打。他一气之下，出走长城脚下的绥德、神木、府谷一带，靠打短工度日。今天帮东家推磨，明天帮西家砍柴，过着饥一餐、饱一顿的流浪生活。

严酷的生活折磨，使幼年的阎红彦深感人间不平，萌发了杀富济贫，改造社会的思想，也锻炼了他吃得苦、打得粗、打落牙巴连血吞的坚强性格和不屈不挠的毅力。在这期间，他相识了绥德师范的一些进步学生，并与白锡林等参加秘密活动。

1924年，陕北终岁不雨，饥民成群结队，四处逃荒。阎红彦一家的生活，也陷入绝境。恰好这时，陕北军阀石谦团驻安定县的李象九连招兵，阎红彦报名投军。从此，跻身行伍，开始了他一生的戎马生涯。

李象九，陕北白水县人，早年曾在石谦部下任班长。五四运动后，受革命思潮的影响，和共产党员李子洲、刘天章、谢子长等交往密切。1924年加入社会主义青年团，不久，转为共产党员。石谦升任团长后，由于同乡关系，任命

李象九为该团第1营第3连连长。其时，谢子长正在安定一带从事革命活动,在谢子长的帮助下,李象九决心利用石谦扩军的机会,招收一批进步学生和贫苦农民,发展革命力量。

所以,他招兵的条件和当时一般旧军队不同。他要求:(一)年龄在18岁左右,社会经历纯洁;(二)五官端正、体魄健壮;(三)具有一定的文化水平。

这时的阎红彦只有15岁,而且只读了半年书,认字不多,不符合招兵的条件。但是,招兵站的人,看见他身躯高大结实,精力旺盛,要求入伍迫切,就破格地录取了他。开始,在连队作号兵,不久,调连部给李象九作勤务。

1925年初,这个新建的连队,初具规模。一批进步青年如雷恩钧、呼震西、史唯然等先后通过李子洲、谢子长等关系,来到该连任班、排长和训练工作。

这个连的建制,训练内容和生活制度,均和一般旧军队、有所不同。连下设区队,每天除两个小时的军事训练外,绝大部分时间,都用来学习政治和文化,进行反帝反封建的教育。共产党员李子洲、杨明轩、呼震东等应邀常来演讲。

连队还可以公开阅读《马克思主义浅说》、《劳农政府》、《中国国民党第一次全国代表大会宣言》等革命书刊,并组织了“士兵自治会”,学唱《国际歌》、《国民革命歌》,气氛十分活跃。党及时地在连队建立了支部,由史唯然任书记,秘密发展了不少党员。

阎红彦刚入伍时,对革命道理懂得不多,几个月的学习生活,打开了他思想的窗户。他第一次知道了中国有个共产党;懂得了穷人为什么会穷,富人为什么会富的道理;懂得了不是杀几个富人,穷人就可以过好日子,而是要推翻整个旧社会；知道了中国共产党就是要组织领导中国人民打倒帝国主义、打倒军阀、官僚、地主,使穷人翻身做主人。

阎红彦入伍后，一直在李象九的周围，由于他性格耿直憨厚，工作尽心竭力；痛恨剥削和压迫，同情穷苦的农民；有强烈的反抗意识相改造社会的愿望。所以，李象九非常喜欢这个小青年。

有天晚上，阎红彦问李象九："连长，你知道共产党在哪里吗？我想找共产党。"

听了阎红彦要求入党的愿望后，李象九笑着说："你想加入共产党，首先要了解共产党的革命道理。"于是，李象九就把中国共产党的情况。详细地向阎红彦作了介绍，并给他讲了有关共产主义的知识。此后，一有空闲，阎红彦就找李象九，渴望得到他更多的帮助。实际上李象九当时对马列主义知道得并不多，对共产主义理解得也十分肤浅；但是，阎红彦在他那里，确实受到了共产主义的启蒙教育。

1925年4月，在宜川集义镇，由李象九介绍，阎红彦在红旗下秘密宣誓，光荣地加入了中国共产党。从入党之日起，阎红彦就把自己的一切都交给了党，听从党的召唤，服从党的安排，经历了千回百折，为革命奋斗了一生。

刚直忠勇：阎红彦

## 建立晋西游击队

jianlijinxiyoujidui

1927年，大革命失败后，阎红彦参加了清涧起义。虽说起义失败了，但血与火的锤炼使他更加坚强。

1930年11月，蒋冯阎中原大战中，冯阎战败。山西政局非常混乱，人民生活困苦不堪。

中共北方局决定，在山西进行武装起义，创建工农红军，开辟山西革命根据地。为此，特派刘天章前往山西开展工作，并决定从陕北抽掉部队干部，帮助

组建红军游击队。

1931年2月，阎红彦和白锡林，受陕北特委派遣，来到太原，山西地下党秘密联络机关——并州养蜂场，会见了省委书记刘天章。

刘天章向阎红彦分析了山西的形势，传达了省委关于在吕梁山创建工农武装，开展游击战争，建立革命根据地的决定。

☆青年时代的阎红彦。

当时，在吕梁山区，有一些往来于黄河两岸的武装“土客”。他们是保护走私烟土的一支武装力量，其成员大部分是生活无着、铤而走险的无业游民。山西省委决定，首先把这些“土客”争取过来，作为建立革命武装的基础。为此，派阎红彦和白锡林、拓克宽等，到“土客”师治贵部担任班长。

师部有30多人枪，是当地“土客”中势力最强、影响最大的一股，活动在孝义县西宋庄以及灵石、孝义、隰县三县交界的温泉一带。师治贵长期厮混江湖，打家劫舍，生活腐化，挥金如土。他虽然表示赞同革命，但其本质并未改变，很快就和党发生了原则分歧，收缴了阎红彦、白锡林的枪支，并强令其离开部队。经过斗争，师治贵归还了阎、白的枪支，不久，将部队解散，潜逃平遥。

阎红彦被迫离开“土客”队伍后，经汾阳到太原，向刘天章汇报了详细情况。省委经过研究，决定采取积极措施，重新部署力量。接着，从冯玉祥汾阳军官教导团和军阀高桂滋部抽调了有作战经验的地下党员杨重远、吴岱峰等同志，从太原兵工厂抽调了马佩勋、尹子安等十多个工人党员，秘密潜赴吕梁山区，会同阎红彦、白锡林和在当地吸收的贫苦农民，以及吴岱峰、胡廷俊从离石、吴城一带找回来的拓克宽等，重新开始了组建游击队的活动。

为了顺利地开展工作，省委在汾阳县东关商业区万义客栈建立了联络站，并决定成立了游击队临时支部，由杨仲远任书记，阎红彦、拓克宽、黄子文、吴岱峰为委员，白锡林为候补委员。联络站以杨重远为主任，负责和晋西各县党组织进行联系。万义客栈经理李海山，同情革命，协助杨重远，掩护往来人员，转运武器弹药。

阎红彦负责组织联络工作，他时而以国民党军官身份出现在太原，时而以富商大贾的身份出现在汾阳，冒着生命危险，穿梭往返，把省委筹集到的枪支子弹和调配来的人员，秘密经汾阳护送至离石、中阳交界的九凤山一带。经过一个多月的准备，先后有30多人抵达山区，步马枪共计25支。

1931年4月下旬，游击队在孝义县娄底村(现名西泉村)，举行了庄严的成立大会。大会由拓克宽主持。他庄严地宣布了“中国工农红军西北游击大队晋西游击队第一大队”(简称晋西游击队)正式成立，公布了经省委批准的领导人员名单：大队长拓克宽，副大队长阎红彦、吴岱峰，政委黄子文。大队下辖两个中队：第一中队长阎红彦兼任，第二中队长白锡林。接着，杨重远在会上宣读誓词，游击队员高擎右臂宣誓：

“吕梁山上红旗飘，红军诞生在今朝，马恩列斯为导师，共产主义是目标，队前宣誓决心表，革命到底不动摇。”

最后，阎红彦讲话，他介绍了中央苏区和鄂豫皖苏区的扩大以及红军反围剿所取得的胜利；讲解了成立工农武装的重要意义及红军的性质和任务；他还特别讲解了朱、毛红军在井冈山制定的游击战十六字诀。他讲话简明扼要，通俗生动，使大家开阔了眼界，受到了鼓舞。

游击队成立后，以井冈山朱毛红军为榜样，加强党的建设，发挥党的领导作用。大队成立了支部，由杨重远任书记(一说为阎红彦)，阎红彦任组织委员，黄子文任宣传委员，拓克宽任军事委员，白锡林为候补委员。

根据支部决议精神，阎红彦在部队中大力开展思想教育工作。在行军中，在宿营地，在战斗的间隙，他经常向战士宣传游击队的性质，讲解游击队

的任务。

5月，游击队转移到孝义县大麦郊附近的西宋庄(现划归交口县)。

在这里，游击队在拓克宽、阎红彦、杨重远等率领下，分成若干小组，发动群众，宣传群众，组织群众。阎红彦带领一个小组，白天深入田间，帮助贫苦农民送肥、锄草、翻地，帮助没有劳动力的人家砍柴、挑水。夜晚走访农户，阎红彦坐在窑洞的土炕上，像拉家常一样，向农民宣传游击队的性质，宣传党的政策，启发农民的觉悟，发动他们的抗粮、抗税、抗款，帮助组织农民协会，动员贫苦农民团结起来，斗争土豪劣绅。

1931年9月，游击队被迫渡过黄河后，在安定、清涧、延长、靖边一带展开游击战争。

10月初，在阎红彦的指挥下，游击队与“土客”师储杰、杨琪等步骑300余人，翻越关道峁山，在一个拂晓十分，突袭敌驻玉家湾的一个加强骑兵排，缴获其全部武器弹药和马匹。接着，游击队使敌退守米粮山，紧关寨门，死守待援。游击队撤出战斗，转移至延川永坪镇休整。

10月下旬，驻延安之敌高双成旅，集中步骑兵600余人，在清平川岔口将游击队层层包围。阎红彦率部与敌苦战一天，当晚又出敌不意，胜利突围到安定县凉水湾。这时，县委转来特委指示，要游击队迅速避开敌人主力，转移陇东。于是，部队星夜向西疾进。途中与敌张廷芝部遭遇，先后在保安县野鸡岔和红柳沟展开激战。

战斗中阎红彦被摔下深沟受伤。他忍痛攀山越岭，追赶部队，途经芦子沟，在刘志丹家住宿一夜，次日，由张明科带路，顺利返回游击队。

11月下旬，部队到达乔山中段陕甘交界的南梁地区时，打听到了刘志丹的消息，立即派马云泽前去迎接。在阎家砭驻地，阎红彦、杨重远等与刘志丹亲切相会，大家都十分高兴，阎红彦还把自己一枝心爱的驳壳枪送给了刘志丹。

找到了刘志丹，对部队是一个极大的鼓舞。接着游击队派马云泽去平凉与

☆刘志丹同志。

负责兵运工作的谢子长取得联系。不久，谢子长偕同省委交通高硕卿(即高岗)来到部队。根据省委指示，他们首先传达了成立陕甘红军的决定。接着成立了新的队委会(即游击队的党委会),谢子长为书记,刘志丹、阎红彦、杨重远等为委员。随即召开了队委扩大会，总结晋西游击队的工作,研究今后的行动方针,决定以南梁地区为中心，扩大红军武装力量,开展游击战争。

会后,游击队进驻新堡,进行整训。尔后,队委会抽调了十余人枪,新组建了一个支队,由阎红彦任队长,到乔山北段陕甘交界的曲子、环县、定边一带开展游击活动。阎红彦在这一带发动群众,打土豪、分牛羊,抗捐、抗款、抗粮,扩大武装。很短时间,部队发展到步骑 100 余人。

1932 年 1 月初,省委根据九一八事变后中日民族矛盾急剧上升,西北地区人民抗日运动日益高涨的形势，决定将部队改编为西北反帝同盟军。谢子长任总指挥,刘志丹任副总指挥,阎红彦任第一大队长。

这期间,阎红彦奉命到西安,除向省委汇报部队有关情况外,还同在杨虎城部担任警卫团团长的地下党员张汉民和副团长阎揆要、军械处处长史唯然等老相识取得了联系,为游击队筹措了一批枪支弹药。特别使大家感到兴奋和鼓舞的是,他带回了红 4 军第九次代表大会的决议,即《古田会议决议》。它对部队的整顿和改造,对克服各种错误倾向,起了极为重要的作用。

1932年 2 月 12 日,根据省委的指示,部队经过整顿,在甘肃正宁县三甲原正式成立了中国工农红军陕甘游击队,谢子长任总指挥,省委

军委书记李杰夫(后叛变)兼任政委，杨重远任参谋长，阎红彦任第一大队大队长，吴岱峰任第二大队大队长，白锡林任警卫队长。“从此，陕甘边地区第一次打出了工农红军的旗帜”。



## 在莫斯科时刻眷恋陕北的小米和窑洞

zaimosikeshikejuanlianshanbeidexiaomiheyaodong

1932年12月上旬省委根据中央北方会议的决定，指示陕甘游击队改编为中国工农红军第26军，并命令游击队开往宜君转角镇进行整编。这时，杜衡以中央特派员身份来到部队，并于12月22日在宜君杨家店召开党团员大会，宣扬“山沟里没有马克思主义”；诬蔑谢子长、刘志丹、阎红彦等犯了所谓“右倾机会主义”、“逃跑主义”、“土匪路线”、“梢山主义”的错误；对他们进行残酷斗争和无情打击，撤销了他们的领导职务，并擅自决定给谢子长、阎红彦以留党察看的处分(后经中共上海中央局查明事实真相，撤消了这个错误决定)，强令谢子长、阎红彦离开部队队，送中共上海中央局“受训”。

1934年7月，上海中央局决定派阎红彦赴莫斯科参加共产国际第七次代表大会，并向共产国际汇报华北和西北的斗争情况。

阎红彦受命从上海出发，渡渤海湾，越辽宁、吉林、黑龙江，跋山涉水，风餐露宿。他时而化装成学生，时而化装为商人，穿过数千里敌占区，闯过几十道封锁线，经过无数曲折和艰难险阻，终于越过边境线，到达苏联境内，10月抵莫斯科。

阎红彦到苏联，首先向共产国际作了汇报，然后进入苏联红军陆军大学附设的共产国际军事研究班，学习军事科学。他十分珍惜这样一个学习机会，因之，学习刻苦认真。苏联教官由于知道他是陕甘红军游击队的总指挥，

对他的要求也特别严。

阎红彦不习惯根据苏联步兵操典进行的正规化训练,多次向教官反映:“学了这些,我回去用不上,我们是打游击!”

苏联教官说:“现在用不着,以后你们就需要了!”

阎红彦说:“到那个时候,我们边打边学吧!”

不久,他又转入莫斯科国际列宁学院。长期的战争生活,饥一餐、饱一顿,使阎红彦患上了严重的胃病。到苏联后,由于水土不服,习惯迥异,胃病频繁发作,在共产国际的关怀下,又送他到疗养院治疗了一段时间。

学习期间,阎红彦享受红军高级将领待遇,但是,他不迷恋这些物质享受,他说:“黄油、面包、西服、皮鞋、跳舞、疗养这些,我不欣赏。”他还经常对中国学生说:“咱们中国革命还没成功呵!”他时时刻刻惦念着国内的斗争,他眷恋陕北的小米和窑洞,他思念受苦受难的乡亲。他渴望早日返回故土,投入火热的战斗生活。

1934年10月,中央红军开始长征之后,共产国际和中共中央就失去了联系。1935年4月,共产国际为了尽快地恢复和我党的电讯联系,以便及时地了解和指导中国革命,中共中央驻共产国际代表团,特派阎红彦和刘长胜携带秘电码返回祖国,完成这一特殊的使命。阎红彦由于提前回国,所以,没有参加共产国际第七次代表大会。

密电码由英文字母编排,阎红彦不懂英语,为了工作的需要,他夜以继日,废寝忘食,花费了极大的气力,背熟了组编的密电码。

4月下旬,阎红彦和刘长胜,从苏联动身起程,穿过国境线,进入我新疆后,他们乔装富商巨贾,骑着骆驼,载着苏联的毛毯和灯芯绒,经伊犁、迪化(今乌鲁木齐)、兰州、宁夏,最后经绥远绕道至北平。

这时,中央红军长征已经到达陕北,并已取得直罗镇战斗的胜利。得知这一消息,阎红彦高兴极了,他即赶赴陕北找党中央。

1935年12月,阎红彦在瓦窑堡会见了毛泽东、周恩来等中央领导同志,

报告了带回来的密电码。为党中央和共产国际重新取得电讯联系作出了贡献。

1936年1月1日，毛泽东在给朱德的电报中，特别通报说："我处不但对北方局、上海局已发生联系，对国际亦有发生联系，这是大胜利。"并说明"国际继派林育英回来之后，又有阎红彦同志续来。"

阎红彦从苏联回国到达陕北，走了八个月，行程万余里，光荣地完成了党交给的特殊任务。这时，党中央正在准备东征，阎红彦回国后，由于任务急迫，他连一天也没有休息，就立即奔赴新的战斗岗位。

☆1936年春，(左起)贾拓夫、郭洪涛、阎红彦、吴溉之在中共中央驻地陕北瓦窑堡

刚直忠勇：阎红彦

## 在整风运动中坚持真理

zaizhengfengyundongzhongjianchizhenli

为了团结人民，战胜敌人，反对错误倾向，提高全党马克思列宁主义水平，1942年，毛泽东领导全党开展了整风运动。阎红彦原在中央党校高干支部学习，并任支部生活和组织委员。同支部学习的有陈赓、杨勇、陈锡联、薄一波、邓颖超等。在整风中，阎红彦根据中央的规定，认真地学习了《改造我们的

学习》、《整顿党的作风》、《反对党八股》等重要文件，本着坚持真理，修正错误的精神，联系实际，总结了自己10多年来斗争的经验和教训，思考了陕北党和红军取得胜利相遭受挫折的根本原因。

整风学习，极大地提高了阎红彦的马列主义理论水平和政策水平。他后来常常讲："延安整风，我才了解什么是马克思主义，什么是教条主义。懂得了主观主义、死记硬背的学习方法是错误的。理论联系实际、调查研究、实事求是，在我思想上打下了深刻的印记。"这对他以后指挥打仗和独立领导一个地区的工作，有着十分重要的意义。

为了纯洁党的组织和干部队伍，防止敌人混入革命队伍进行破坏，从1943年开始，结合整风进行审干。当年7月，康生夸大敌情，掀起了一个所谓"抢救失足者运动"，一度发生了反特扩大化的严重错误，许多干部和群众无故受到追查和逼供。有的无辜被捕，有的被扣上特嫌的帽子。

阎红彦多次在支委会上，表明了自己的看法，也多次向校部反映了自己的意见。他说："肃反工作，绝不能有半点主观主义。我在苏联时，就听到苏联在肃反中出了不少问题。过去我们苏区肃反教训也不少。我们陕北苏区的肃反，连刘志丹这样一些同志都被抓起来。如果不是党中央和毛主席长征到达陕北，不知会造成什么样的后果。我们不能见风行事，必须实事求是，必须慎重。"

在一次支委会上，有位党小组长把支部成员罗洪斌列为"抢救"对象，阎红彦严肃地问："这个人是不是国民党派来的?"

那个小组长说："不是！但有些历史问题，他交代不清楚。"

阎红彦说："据我所知，罗洪斌1930年在江西参加红军，那时，他还是个小孩子，红小鬼嘛！他没有被捕过，也没有犯过政治错误，一直表现不错，为什么能随便作为'抢救'对象?!"

大家都同意阎红彦的意见。不久，罗洪斌回到前线，在战场上英勇牺牲了。由于阎红彦"能把握党的方针和政策"，所以他所在那个支部，没有出大

的问题。

经过整风、审干，党对每一个干部的历史、工作，都进行了全面的审查。对阎红彦也进行了审查，1944 年 5 月，党为阎红彦作了实事求是的审查结论。

最后，结论认为，阎红彦政治坚定，对党忠诚，思想进步，自信心强，性格直爽，敢作敢为。

在结论上签字的有，曹里怀、杨勇、王树声、郭鹏、陈先瑞、解方等十四支全体支委。



## 拿枪打仗的手 做起纺线的活

naqiangdazhangdeshouzuoqifangxiandehuo

由于日军和国民党蒋介石的包围封锁以及连年的自然灾害，1941 年至 1942 年，解放区财政经济发生了严重困难。粮食、布匹、医药和日用必需品极度匮乏，军民几乎没有衣穿，没有油吃，战士没有鞋袜，工作人员冬天没有被盖。

针对解放区的困难情况，毛泽东号召军民开展大生产运动，在“自己动手、丰衣足食”的口号鼓舞下，延安部队、机关、学校在整风的同时，生产也搞得热火朝天。毛泽东、朱德、周恩来等中央领导和大家一起，开荒种菜，纺线织布。

阎红彦是中央党校高干支部生活委员，负责组织本支部全体高干生产劳动。陈赓说：“老阎哪！你去边区政府和南汉宸交涉一下，领一点棉花，咱们也学一学纺线嘛！”

阎红彦到边区政府去了，南汉宸不大放心，他说：“你们这些将军们，恐怕线纺不成，还浪费了棉花。你们就种点菜，男耕女织嘛！”

阎红彦说:“大家想试试看。共产党的将军,没有克服不了的困难,没有学不会的事。”

在发棉花时,阎红彦转达了南汉宸的担心,并十分认真地告诉大家,棉花不能浪费,线要纺细哟!

正当阎红彦坐在纺车旁拉棉线的时候,陈赓赶到阎红彦的窑洞来了。他边走边说:

“老阎! 老子这双手是拿枪打仗的嘛,现在做婆姨们做的事。”

阎红彦说:“那你还是种大白菜、西红柿算了,你可不能再偷朱总司令的白菜哟! ”

俩人哈哈大笑。

阎红彦又说:“你不是积极分子嘛,还是坚持下去,不会慢慢学,我看我们这些将军会学会纺线线来的。”

后来好多同志不仅学会了,而且还“发明创造”了加速轮,使纺线的速度大大加快了。但最后结果还是损耗了30斤棉花,交不了账。

阎红彦向南汉宸“检讨”说:“任务我没有完成好,损失的棉花扣我的津贴吧。”

南汉宸说:“你们这些将军们,学会了纺线线,就是了不起的了,这就是最好的完成任务。损失的棉花,哪能要你赔哟! 扣你的津贴,你一年才几个钱,扣到那一年呀! ”于是,俩人都笑了。



## 3纵善于做思想工作的好政委

sanzongshanyuzuosixianggongzuodehaozhengwei

1945年10月,上党战役刚刚结束,阎红彦来到晋冀鲁豫解放区,受任晋冀鲁豫野战军第3纵队副司令员,司令员为陈锡联。

在前方指挥所，邓小平拉着阎红彦的手说："欢迎，欢迎，欢迎你这位虎将。陈锡联同志在延安，你们是熟悉的，到3纵后，你们共同研究，协助他指挥好这一仗。中央指出，这一战役的胜负，关系全局，至为重要。"

阎红彦说："多少年来，我一直在后方，过去指挥的是游击战，大的仗可没有打过。"邓小平鼓励他说："实践是个大学校，在实践中学习，是最好的学习。"阎红彦表示一定遵照刘邓的指示，努力完成任务。

这时，国民党第十一战区副司令长官马法五、高树勋等率领第30军、40军以及新编第8军，约4.5万人，正从新乡沿平汉路北犯。10月22日，主力北渡漳河，向石家庄前进。晋冀鲁豫野战军在刘伯承、邓小平指挥下，在邯郸地区发起反击。11月3日，突围之敌，除少数漏网外，全部被歼。

战后，根据刘邓关于加强政治工作的指示，阎红彦改任3纵副政委兼政治部主任。部队奉命驻防焦作休整。

蒋介石在军事进攻遭到我沉重打击之后，感到发动全面内战的准备还不够充分。被迫同意按照"双十协定"的规定，召开政治协商会议，继续玩弄"和平"欺骗阴谋。

在这样的形势下，部队中出现了两种思想。一种认为："前面天天在打，根本不存在争取国内和平的可能"；另一种认为："经历了八年战祸，和平是大势所趋，人心所向，谁也不能违反这样的历史潮流"。

当纵队在焦作集中团以上干部学习中央有关文件时，阎红彦主张把各种思想摆出来，展开讨论。在阎红彦的倡导下，各种观点争论得十分激烈，各自的理由，也阐述得相当深刻。

阎红彦根据党中央和毛泽东有关指示，针对部分干部中存在的"刀枪入库，马放南山"等和平思想，深刻地分析了抗战胜利后全国的政治形势，揭露了蒋介石假和平、真内战的反革命面目。他说："毛主席讲，蒋介石左手拿着刀，右手也拿着刀，拿刀是要杀人的，所以大家要保持高度的革命警惕性。我

☆1946年春在河南焦作，晋冀鲁豫第3纵队领导人合影，前排左起：陈锡联、阎红彦；后排左起：曾绍山、卢仁灿、彭涛。

们不能当陈独秀，陈独秀不懂得拿着刀可以杀人，所以叫机会主义者。我们要拿起刀来和蒋介石针锋相对，寸土必争。"这种联系实际的学习方法，在干部中留下了深刻的印象。

过去由于敌后斗争形势的艰苦，部队中官兵一起吃饭睡觉，一道行军打仗。随着形势的发展变化，部队在焦作时按职务分了大、小灶吃饭，有些干部囿于长期的军事共产主义生活，便七嘴八舌，议论纷纷，认为这是特殊化，不平等。

阎红彦刚刚到政治部，就对这种绝对平均主义思想，

进行了批评。他的批评不是盛气凌人地打棍子，而是和颜悦色地讲道理。他讲了共产主义和平均主义的区别，分析了平均主义产生的社会根源和阶级根源。

最后他说："现在大家都很苦，我们比你们吃的好一点，你们有点想不通，也不是没有道理的。我们很愿意大家生活都好一点，都吃得好一点，但是，现在战争正在进行，人民还在三座大山压迫之下，十分贫穷，还做不到啊！你们也可以再考虑考虑，我们几个人，年级大一点，吃的好一些，多活几年，多为革命作几年工作，多为人民作一点贡献，你们说行不行呀！"经他这么一讲，大家的意见也就烟消云散了。

对机关一些违反纪律、工作拖拉、作风疲沓等不良现象，阎红彦坚持原则，毫不含糊。政治部决定调一个连的指导员到机关工作，该营教导员拒绝执行调令，并且说："要调可以，那个连垮了，我不负责！"

阎红彦了解到这一情况后，在一次会上，严肃地批评说："作为一个教导员不但不执行命令，居然说自己部队垮了不负责任，不负责任的教导员还能当吗?那就只好撤职啰！"随即宣布撤销了这个教导员的职务。

后来，这个教导员认识了自己的错误，并作了深刻的检讨，阎红彦说："这就对了，错了不怕，改了就好。"又宣布恢复了他的职务。

联络部有位科长，被派往太行山执行押送俘虏的任务，途中他将任务交给另一同志，自己竟擅自回家，并来信称病请假。阎红彦在大会上批评说："像这样的干部，忘记了自己的职责，回到老婆跟前，还向我称病请假，我能相信吗?如果我相信了他，组织上就应该不相信我。"他命令"限期归队，否则严肃处理。"电报发出后，那位科长两天后就回来了。

阎红彦在工作上有魄力、有气势、高屋建瓴、是非分明。作风上深入细致、平易近人。他对工作要求极严，有了错误，当面批评，出了问题，主动为下级承担责任。在他领导下的干部，心情舒畅，敢于大胆负责，发挥自己的主动性、积极性。大家从心眼里喜欢他，尊敬他，称赞他不仅是一员虎将，也是一

位善于作思想工作的好政委。

**刚直忠勇：阎红彦**

## 用自己的津贴买来西瓜、香烟送给突击连

yongzijidejintiemailaixiguaxiangyansonggeitujilian

1947年6月30日，刘伯承、邓小平率领晋冀鲁豫野战军，从张秋镇到临濮集300里的地段上，一举突破黄河天险防线，浩浩荡荡进军鲁西南。

3纵在渡黄河作战时是预备队。先头部队强渡成功后，陈锡联、阎红彦、曾绍山等率部跨上战船。敌机在头上盘旋俯冲，投下的照明弹，把河面照得通明，一颗颗炸弹，冲起了一根根水柱。战士们静坐船上，安然不动。不到半个小时，便登上了南岸。

陈锡联、阎红彦、曾绍山等亲切地向大家问道："同志们！黄河天险怎么样呀！"

大家欢笑着回答："像豆腐渣，一冲就烂！"

陈锡联、阎红彦也禁不住笑了。他们告诉大家："1纵已经包围了郓城，敌人55师，刚作了漏网之鱼，又成了瓮中之鳖。"

有同志说："这一回55师这条大鱼跑不掉了！"

☆1947年6月30日夜，我渡河部队在炮火掩护下，一举突破敌人黄河防线。

阎红彦说："郓城的敌，不是大鱼，只是一团小鱼饵。"

陈锡联接着说："刘邓正在用它钓真正的大鱼咧！"

渡河后，3纵立

即接受命令，向南猛插，限三天赶到定陶东面冉固集、汉上集地区。

蒋介石为了堵住这一缺口，除令原防守部队退守郓城、菏泽牵制我军外，急忙又从豫北、豫皖苏抽调第32师、第66师、第58师、第63师153旅以及原驻嘉祥之第70师来增援，梦想把我军消灭在鲁西南或重新过黄河。

7月7日至10日，1纵攻克郓城，歼敌第55师，2纵、6纵攻克定陶、曹县，歼敌153旅。3纵在陈锡联、阎红彦、曾绍山等领导下，每小时以14里速度，向前疾奔。因为下了几天阴雨，所有的道路，全部踩成了深没腿肚的泥浆，许多人跑掉了鞋子，但不一会又在泥浆中穿上别人的鞋子。

一路上兄弟部队的捷报不断传来，使部队得到无限的鼓舞，更加速了行进的步伐，终于在预定的时间到达目的地。这时，敌70师、32师、66师分别进至六营集、独山集和羊山集，彼此间隔二三十里，形成一条断断续续的长蛇阵。7月12日，我军迅速完成了对敌人3个师的分割包围。独山集之敌32师慌忙逃向70师驻地六营集。14日，我军发起六营集战斗，全歼敌3个半旅及2个师部。15日，3纵、6纵对困守在羊山集之敌66师，发起进攻。

羊山集是个上千户人家的大村镇，坐落在微山湖西的低洼地带，镇子北面是一座平地突起的小山，形状像一支坐西北、面东南昂头蜷卧的大公羊。东面羊头和北面羊身，都是高低不等的断崖。南面傍山是一条从西向东的大街。敌人利用天然地形，构筑了坚固的工事。加之，连日大雨，镇子东、西、南三面为积水所环绕，给3纵造成了很大的困难。

15日晚，3纵8旅由东北攻占羊头，天明后，受羊身制高点火力压迫，阵地无法坚守。9旅攻南门，发现敌在镇内另筑有一道城墙，墙外积水甚深，被阻亦不能进展。16日晚，继续进攻，仍未能奏效。

20日晚，再度发起进攻，8旅全部占领羊头，9旅攻入村内。天明后，敌复援羊身制高点及村内房屋据点工事猛烈反击，我军又被迫退出。25日

晚,再开始进攻,采取阵地交通壕,稳扎稳打,逐碉争夺,逐步稳固地前进。连续几次进攻受阻,付出了重大的代价,干部和战士十分气愤,也十分着急。

25日,陈锡联和阎红彦一道,冒着激烈的炮火,穿着裤衩,光着上身,踏着淹没膝盖的浑水,带着团以上干部,到最前沿阵地,详细观察地形,征求下级干部和战士的意见。最后重新选择突击方向,制订作战方案。决定先打羊山,再打羊山集。首先骑上羊腰,然后抓住羊头,再割羊尾巴。确定了突击羊腰的方向和冲击的道路。

这时,蒋介石一面命令66师师长宋瑞珂固守待援,一面急调8个师零2个旅驰援羊山,并派大批飞机轰炸扫射。26日,陈锡联到前沿阵地去了,阎红彦在指挥所守电台和电话,敌机将指挥所所在的村子,炸得墙倒屋塌,烟土弥漫。

陈锡联估计阎红彦不是被炸死,也一定炸伤了。便带着担架,赶回指挥所。阎红彦和身旁几个同志这时依然蹲在发报机旁,满身满脸都是灰土。陈锡联着急地问:“你怎么还不走?”

阎红彦若无其事的回答:“我守着这一摊子,要和上、下联系,怎么能走嘛!”

27日下午,在发起总攻前,阎红彦派纵队宣传部长明朗给几个突击连送来了西瓜、香烟和纵队首长亲笔信一封。信中指出:“能否打下羊山是战役胜败的关键”,提出了响亮的战斗口号,“只准前进,不准后退。”

明朗告诉突击队的同志们,这些东西是首长用自己的津贴费买来的。突击队的同志们听了首长的信,看到面前的东西,十分激动地说:“首长的津贴费不比我们多几个钱,生活也很苦,他们省吃俭用,把钱花在我们身上了。”一致表示,要用坚决消灭66师的实际行动,回答首长的关怀相鼓励。

当晚,我军集中兵力对羊山集发起总攻,几十门大炮、小炮集中起来,同时

☆在羊山集战斗中，敌大批官兵向我军投诚。

向敌人设在羊身、羊头上和镇口的残余工事猛轰，羊山变成了一座火山。3纵在陈锡联、阎红彦等指挥下，会同6纵16旅和2纵一部，在炮火掩护下，跃上羊腰、羊头，夺取了制高点，激战一昼夜，打退了敌13次反扑，全歼敌66师，活捉敌师长宋瑞珂。

我军突破黄河天险，经过28天连续战斗，歼敌9个半旅，胜利地结束鲁西南战役，揭开了人民解放军战略反攻的序幕。

刚直忠勇：阎红彦

## 为部队做了件大事

weibuduizuolejiandashi

高山铺战役之后，露重霜寒，木叶尽脱，时令已届深秋，大别山寒气袭人，开始进入严冬季节。野战军十几万大军，仍然穿着浸透了南征汗渍的单薄衣裳，如何尽快地解决过冬的棉衣，就成为一个极为迫切的问题。

党中央曾打算从晋冀鲁豫根据地送棉衣来，但是，千里迢迢，

封锁重重，这是何等困难的事。刘邓决心不要中央和兄弟部队支援，由自己设法解决。

3纵开会研究，陈锡联说："老阎哪！你是不是和资本家、商人打个交道，想点办法，不管白布、花布，只要能穿就行，有个夹衣也好嘛！筹集原料时，邓政委讲了，一定要注意工商政策，就是地主、资本家的店铺，也要按价付款，人逃亡者，可留下借条，将来偿还。你考虑考虑，怎么样？"

阎红彦愉快地承担了这一任务。那一段时间他白天、黑夜，奔波于六安一带，在地方党组织的协助下，和资本家、商人开座谈会，动员他们用实际行动支援人民革命斗争。他在会上讲："在革命困难的时候，你们帮助了革命，将来革命胜利了，人民是不会忘记你们的。"有些资本家不了解党的政策，阎红彦也耐心地解除他们的顾虑。

在他的努力下，很快地筹措到大量的布匹和棉花。他号召大家，自己动手，缝制棉衣。他说："我们的指战员都是来自工农的子弟兵，咱们在太行山办工厂，盖房子，出了多少能工巧匠。现在做棉衣、缝衣裳，我们也会出一批弹花匠、印染匠、裁缝师傅。我们共产党人做的是前人没有做过的事，我们的人民解放军，要创造出任何军队都没有创造过的奇迹。"在阎红彦的组织下，3纵上上下下，全部卷入了自制棉衣运动。

七尺男子汉，在家种田有力气，入伍当兵不怕死，可就是从来没有缝制过棉衣。一把小小的剪刀，一根又长又细的针和线，把大家难住了。开始时，有些连队，棉布没有染色就开始裁剪。

阎红彦发现了，严肃地说："咱们是人民解放军，不是人民秧歌队，是打仗，不是扭秧歌，杂七杂八，花花绿绿怎么行？"

有些战士讲："上级没有发染料！"

阎红彦说："不能一切都依靠上级，要想办法克服困难嘛！稻草灰、芝麻杆灰都可作染料。抗日战争时期，我们在后方就是这样干的。"为了帮助连队解决困难，阎红彦还设法在当地请了一批有经验的裁缝师傅和老乡，到各个

连队传授裁剪技术和缝制方法。各个连队也开展了互相学习，互相帮助、互相拜师活动。

战士们创造了用竹鞭、树条作弹弓来弹棉花，用洋瓷碗作量具，剪裁衣领。人人学女红，穿针走线，昼夜笑语喧天，歌声嘹亮。

不到半个月，金甲都穿上了新崭崭的棉衣，战士们笑在脸上，暖在心头，军容整齐，精神焕发。3纵指战员说："穿衣是当时一个带关键性的问题，3纵顺利地解决了。仗打不好站不住脚，没有棉衣过不了冬，阎红彦为部队作了件大事。"



## 打了一个过瘾的大仗

daleyigeguoyindedazhang

1948年11月6日，以徐州为中心的淮海战役打响了。

淮海战役开始，3纵奉命攻打宿县，腰斩津浦路。

宿县，位于徐州、蚌埠之间，是敌重要交通枢纽。自淮海战役发起后，徐州守敌东、西、北三面出路，已被我军完全裁断。只有南面一段津浦铁路，是他们与南京之间的唯一陆上通道。这就使宿县的战略地位，显得特别重要。

宿县，城高池深，城墙内筑有坚固的工事，四处散布着可以机动设置的活动地堡。城内守敌是津浦路护路司令部中将副司令兼宿县最高指挥官张绩武及其部属1.2万余人，装备优良，有较强的战斗力。张绩武曾向蒋介石保证："共军迭次攻击受挫，南宿州可保无虞。"

11月13日，3纵各部直扑宿县城下，将县城紧紧包围。当天晚上，陈锡联、阎红彦在前线召开了干部会议，分析了敌情，制定了先扫清外围，将敌压入城内，然后，全力围歼的作战方针。

11月14日晚，阎红彦、刘昌毅指挥7旅和8旅22团攻打东关，陈锡联指挥9旅进击西城。东关长达5里多，日寇占领时，曾筑有一兵营，方圆约3

里,四周有围墙和暗堡,居民呼为“小东京”,守敌即在此据垒顽抗。

阎红彦、刘昌毅动员部队说:“出大别山以来,我们一直没有打上一个过瘾的仗,这一回轮上我们了,一定要打出个样子来。”我军奋力猛攻,突破围墙,很快地即占领了这一据点,并乘胜向东关大街猛冲,敌组织六辆装甲车,多次向我反扑,也在我军炮火轰击下,掉头逃入城内。当晚,我军占领了东关,直迢城下,在瓦砾中作好了工事。

15日下午5时,3纵从东、西两面开始攻城。宿县环城水壕,宽约3丈余,水深没颈。南、北、西三面桥梁,均被炸毁,只有东门外之桥梁,因我军追击迅猛,未及彻底破坏。我军占领东关后,阎红彦和刘昌毅的指挥所,也随部队进至前沿阵地。他们勘察地形,筹划攻城方案,对部队进行政治动员,并利用眼前活生生的事实,揭露敌人的烧杀罪行。指战员个个义愤填膺,振臂高呼:“打下宿县城,为人民报仇!”

根据现场勘察,阎红彦、刘昌毅决定,在主要突击方向上,实行兵力、火力高度集中。将十个步兵营中的八个,投入主要突击方向。集中了山炮、野炮、战防炮共30门,山炮推进到距目标百米之内,野炮推进到千米之内。战斗开始后,激烈的炮火,打得宿县城头砖石乱飞,硝烟弥漫。工兵在炮火掩护下,连续四次爆破,15分钟左右,就把城墙炸开了一个有一丈多宽,30多度的斜坡。

与此同时,我9旅也攻破了西门。当晚10时,东西两路军在街心胜利会师,军号声、喊杀声,响彻全城。残敌被分割包围在电灯厂和福音堂内。最后,全部放下了武器,万余敌人,无一漏网,张绩武和他的几个副司令,均被我俘获。

宿县解放后,成立了警备司令部,刘昌毅兼任司令员,阎红彦兼任政委。

战斗结束后,阎红彦、刘昌毅立即命令部队打扫战场,派出有力的部队看守仓库和缴获的大量军用物资。

攻占宿县,拦腰截断了敌50多万人仅有的一条大动脉,隔断了徐州战场与国民党南京大本营的联系。使徐州之敌既得不到物资弹药的补充和按

济，也丧失了退却的通道，把徐州之敌悬在空中，形成了“关门打狗”的大包围态势。攻占宿县，打到敌人致命之处，毛泽东对这一战役的意义，作了充分的肯定和嘉许。

攻占宿县的第二天午夜，中共中央军委指示，由刘伯承、陈毅、邓小平、粟裕、谭震林组成总前委，邓小平为总书记，统筹淮海战役的一切。就在这一天，总前委命令中野1纵沿涡河北岸布防；2、6纵队进至蒙城、涡阳地区待机；3纵、4纵开赴宿县西南，集结于浍河一线迎敌，一场围歼黄维兵团的战斗开始了。

黄维兵团，是蒋介石嫡系精锐部队，全部美械装备，辖4个军，共12万人，具有顽强作战的特点。在我华东野战部队围歼黄伯韬兵团节节胜利之际，蒋介石急令黄维兵团从华中增援徐州。

11月23日，黄维兵团沿宿蒙公路进至宿县西南双堆集地区时，钻进我军预伏的袋形阵地，披我中原野战军四面团团围困。24日，我军全线发起攻击。25日，将敌压缩在东、西不到20里，南、北不到10里的7个小村庄中。

在围歼黄维兵团的战役中，3纵、1纵、华野13纵组成西集团，统归陈锡联指挥，担任歼击双堆集西北的战斗任务。3纵由阎红彦和刘昌毅指挥。

开始时，我军对敌人防御能力估计不足。在连战皆捷的情况下，指战员产生了轻敌思想，以致连续猛烈突击，造成了较大的伤亡。阎红彦根据刘、陈、邓的命令，组织各部进行火线总结，克服急躁轻敌情

☆杜聿明放弃徐州，向永城方向逃窜。我军通过徐州市区追歼逃敌。

绪,研究对付敌人的新战术。从四面八方构筑起纵横交错的战壕,不断地向前延伸,一直延伸到敌人眼皮底下几十米处。这些战壕像一条条绞索,把黄维兵团死死捆住,怎么样也挣脱不了。

12月1日。杜聿明根据蒋介石的命令,放弃徐州,率30万大军南下,企图拊中野侧背,解黄维兵团之围。

黄维急于与徐州之敌南北汇合,于12月3日,在3纵守卫的杨大庄阵地,发起了一次大规模的向北突围。敌人在飞机大炮的掩护下,以坦克为前导,向我阵地扑来。飞机一架接一架俯冲扫射,几十门大炮疯狂轰击,阵地上浓烟滚滚,黄沙蔽天,天崩地裂。坦克排成队横冲直撞,在阵地上反复碾轧,把几段战壕都碾成平地。

在阎红彦和刘昌毅指挥下,我军让过坦克,堵击步兵。战壕里人人各自为战,和敌人撕拚,敌人从哪里进攻,就在哪里堵击,坦克在上面轰鸣,我军战士在坦克下战壕中冲杀。打到后来,敌我阵地都分不开,部队也混在一起了。

激战一直继续到午后,敌人猛烈的攻势,终于被我打退了。阵地上到处都是鲜血和尸体,以及在烟尘中摊放着炸毁了的坦克残骸。阎红彦和陈锡联到前沿阵地视察回来,浑身上下都是血,他一边换衣服一边说:"这可真是一场恶战,有生以来第一次!"

敌人向杨大庄突围失败后,3纵阵地推进到东西马围子周围。

阎红彦和纵队司令陈锡联,在一辆被打烂的敌坦克下,挖了个洞当指挥所,距敌工事只有几百米,敌人枪上的刺刀,明晃晃的,看得很清楚。敌机一批一批不断地进行狂轰滥炸,阎红彦不顾危险,从指挥所跑出跑进,观察情况,指挥部队。陈锡联对他说:"你没看到,敌人那么近,要注意!"他总是笑着说:"没关系,有马克思保佑!"

他们在坦克下的指挥所里坚守了一周,有时饭送不上来,一天就只能吃上一顿饭。困了,把大衣一裹,就在坦克下睡觉。

12月6日16时，刘、陈、邓发出了总攻的命令，3纵受命歼灭东西马围子之敌。陈锡联动员说："这一回要倾家荡产和他干，不惜以最大牺牲，保证完成任务。"阎红彦和刘昌毅率领担任突击的各级指挥员及炮兵干部至前沿阵地，作了多方面的观察研究。根据敌阵地组成之纵深较大，命令步兵在突破第一线阵地后，要有连续突击的充分准备和严密组织，要求炮兵按照预定计划及时而准确地延伸火力，进行纵深破坏，支援步兵攻击前进。他们把全纵队的一切炮火都集中起来，对准敌人的地堡群。有些山炮离敌阵地只有150米了，赵兰田旅长还叫再往前移，并幽默地说："只要抓不走就行！"

攻击开始，我军炮火的巨大炸裂声，把敌人的地堡、鹿砦炸得四散飞迸。在浓烟和火光中，战士们跳出战壕，直扑敌人阵地。敌人使用火焰喷射器和燃烧弹，把阵地打成一片火海。战士们在火海中死守，后续部队在火海中冲锋，终于冲破了三层鹿砦和三层地堡群，攻克了东西马围子，歼灭敌美械主力18师2个团。

与此同时，双堆集周围其他重要据点，也被我友邻部队摧毁，黄维兵团苦心经营的坚硬的外壳，被我军打得粉碎，敌兵团司令部，完全暴露在我军面前。

12月12日，刘伯承、陈毅以中野、华野司令员名义，发出《促黄维立即投降书》，由于黄维拒绝投降，13日1我军调整了部署，15日，我各路大军会攻敌最后据点双堆集。黄维见大势已去，命令残余部队"四面开弓，全线反扑，觅缝钻隙，冲出重围。"我军乘敌慌乱之机，实行穿插和割裂。

当晚11时，敌12兵团全军覆灭。我军从四面八方汇集双堆集，欢呼、奔跑、吼叫，各种颜色的信号弹，在空中飞舞，战士们有的爬上坦克，有的拖拉大炮，有的押送俘虏，有的收拾器材，双堆集大地沸腾了。

就在这狂欢之夜，阎红彦忘记了疲劳的身躯，立即组织人到纵队俘虏收容所，将黄维等人清查出来。当他了解到黄维披7旅桑小六和范介明两个通

☆淮海战役的俘虏成群地被押出战场。

讯员，在一辆不能动弹的坦克旁的麦地里捉住时，哈哈大笑说，“两个小兵，逮住了一个大司令！”

1949年1月10日，历时65天的淮海战役胜利结束，共歼敌55.5万多人，双堆集战役的胜利，起了关键作用。

## 刚直忠勇：阎红彦

## 毛泽东亲笔批示："阎红彦同志此信写得很好"

maozedongqinbipishiyanhongyantongzhicixinxiedehenhao

1959年冬，阎红彦奉调到云南，任中共云南省委第一书记兼昆明军区第一政委。当时，云南人民正处在困难时期，粮食大幅度减产，副食品严重缺乏，农村浮肿病蔓延。边疆民族地区，动荡不安。

面对成堆成山的困难，阎红彦从何着手呢？他说："我们的制度，千好万好，没有饭吃就不好。我们的政策，千正确万正确，不

能发展生产就不正确。""民以食为天,首先要解决吃饭问题。"

在阎红彦领导下,云南省委于1960年初,派遣了大批工作组,深入农村各地,调查摸底,切实落实群众口粮,组织农副业生产,帮助群众渡过难关。

在澜沧地区一个公共食堂,阎红彦发现这样的情况:群众到食堂来吃饭,最远的有30里,每天骑上毛驴来吃饭,吃完饭刚回家,又准备来吃下顿饭,一天就忙着吃两顿饭。

听了这些,阎红彦十分难过。他觉得公共食堂这样办,太不近情理了。共产党人一天讲"从实际出发",这种做法和实际的距离,何止十万八千里,他决心冲破这块禁区。

于是,在干部会议上,他多次提出:"边疆食堂能不能办?要根据群众的意愿,能办就办,不能办就散!"在边疆工作会议上,他又讲:"办食堂是为了吃饭,没有饭吃,就不如让人家回家自己去吃,你没有物质条件勉强办,当然人家反对。""如果像我们小灶一样,像你们在宾馆开会一样,有饭有面,有肉有菜,我看谁都会赞成。""把明天的事拿到今天来办,是错误的。""到共产主义的愿望很好,但要看怎么个走法,走不对就达不到啊!"

几个月来,阎红彦苦口婆心地宣传、解释,但是,在反右倾斗争气氛的笼罩下,谁也不敢触动公共食堂的一根毫毛。

1961年1月,在八届九中全会上,毛泽东强调"大兴调查研究之风",希望1961年成为调查年,实事求是年。阎红彦响应毛泽东的号召,又深入楚雄、大理、德宏、景东、镇源、普洱等边疆地区和山区少数民族地区。在镇源和普洱,他要求干部汇报中央"十二条"及"云南省委的补充规定"下达后群众的反映。几次汇报都是空空洞洞,不接触实际问题。阎红彦实在听不进去,经过再三追问,有的干部才坦白说:"阎政委!宣传了紧急指示信,食堂就要散伙!所以,我们没有传达。"

阎红彦听了,虽然心头很气,但他尽量克制自己,尽量用平缓的语气说:

☆1961年春，阎红彦与儿子阎泽群、女儿阎小青于云南石林。

“你们怕什么嘛！既然一宣传中央文件，食堂就要散伙，就证明你食堂办得不得人心。就应当散伙！”说着说着他又激动了，他站起身来以十分严肃的口吻重复说：“不得人心的事，你们为什么一定要维护呢!?你们为什么怕散伙呢!?”

其后，阎红彦又到景东县，深入文并公社，着重调查了三个食堂。

在下营，他召开了干部和群众座谈会，这个食堂是当地公认为办得比较好的，群众也还比较满意。但当阎红彦问他们食堂还要不要继续办下去的时候，出乎意外的是，85%的社员当场坚决表示：“算了！算了！不要继续办了，还是让我们各自回家安排吧！我们会吃饭。”

阎红彦说：“既然办得还比较好，为什么不继续呢？”

主管食堂的干部说：“这个队有50%的人家有辅助劳动料理家务，社员家庭副业发展得较好，78户人家，有73户养了猪，普遍地养了鸡，自留地平均每户都划了8分。户户有烧柴储备，家家有小锅小灶。虽然在食堂吃饭，实际上每天都还要在家里动锅动碗。”

一位老大娘插话说：“反正每天都要煮猪食、煮菜，同时也就能把饭煮熟了，汤汤水水还可以喂猪。去食堂端饭的时间，在家也一样煮熟了，不煮饭还不是要磨够时间才出工，这几年食堂把大家折腾得够苦了！”

老大娘一席话，把在座的话匣子都打开了。

有的说：“食堂浪费太大，砍柴的、种菜的、碾米的、做饭的，几乎占全队20%劳动力，临时动员帮忙的还不算。”

☆1963年，阎红彦与孙子阎晓东于北京。

有的说："烧柴更厉害，一个山一个山都砍光了！原来离村二三里就有柴烧，现在周围15里以内都没有林木了。不砍，没有烧的；砍了，实在心痛哪！家里不起火，压田压地的草木灰也没有了。"

有的说："食堂平均主义，共产风，你吃我的，我吃你的，吃光吃穷了事。工分不值钱，谁愿意好好劳动。"

有的说："一家一户做饭，小猪一年就长胖，集体养猪两年也长不肥，没有谷糠和米汤，猪就养不成。要发展私人养猪，就得各家开伙"。

一些干部也说："食堂吃饭，众口难调，我们一半以上的时间为食堂操心，但出力不讨好。这几年，我们骑虎难下，办也难，不办也难。"

调查了下营食堂之后，阎红彦又调查了孙家营和寨上食堂，群众反映基本相同。

经过系统的周密的调查研究后，1961年5月10日，阎红彦在弥渡县将以上情况向党中央和毛泽东写了一份详细的报告，正式提出了解散公共食堂的建议。他说："省委认真地反复考虑了这个问题，觉得既然食堂是直接关

系群众生活的大事,还是根据自愿,由群众讨论决定,不能有任何勉强,群众真正要办的就办,群众真正不愿办的就不办。”

这封信朴实无华,实事求是,它既没有昧着良心说假话,也没有闭着眼睛吹大话,它反映了一个共产党员坦荡的胸怀和无私无畏向人民负责的品格。在当时党内生活极不正常的情况下,没有对党的一片忠心,是不敢冒这个风险的。

信发出后,阎红彦觉得长期压在心上的一块石头落了地,一时觉得轻松了许多。他说:“不了解情况办错事是可以原谅的,明知不对,考虑个人得失,投机取巧,就是品质问题。”

毛泽东看到阎红彦的信后,十分赞赏。5 月 16 日,亲笔批示:“阎红彦同志此信写得很好。他的调查方法也是好的,普遍与个别相结合。发给各中央局、各省、市、区党委,供参考。”

几年来广大群众反映最普遍最强烈的公共食堂问题,终于通了天,得到了毛泽东的首肯。6 月,北京召开的中央工作会议上,正式决定取消人民公社分配上供给制部分的规定,停办公共食堂,《阎红彦给毛主席的信》也因此而载入史册。



## 最后的遗言

zuihoudeyiyan

云南的“文化大革命”和全国比较起来得稍微晚一些,但来势凶猛。因为阎红彦爱憎分明,刚直不阿,对运动中那一套极左的做法,一开始就非常反感。他不止一次气愤地说:“这不是闹革命,而是在丑化革命!”

1966 年,形势的发展越来越严峻,党政机关瘫痪了,学校停课了,工厂停工了,就在这时,阎红彦仍然带领着省委一班人,坚守岗位,抓工作,抓生产。地方系统指挥失灵,他就通过军队和人武系统实施领导,保证了当年农村

“三秋”工作没有受到很大损失。

随着形势的发展，局面越来越混乱，造反派到处都在揪斗领导干部，搞打、砸、抢，搞武斗。为了保护阎红彦的人身安全，云南军区党委决定由副司令员王银山负责阎红彦的安全保卫工作。

当“造反派”冲击并占领了省委办公楼，抄了阎红彦家的时候，王银山便把他接到部队驻地。就在这样险恶的环境中，阎红彦仍然惦记着工作。他通过王银山和身边的工作人员不断地向军区领导同志和省委转达他的想法：要抓紧公、余粮的收购工作，不然来年群众就要饿肚子；边疆地区是国防前线，不能搞“文化大革命”，一定要保持稳定；部队切莫要参加地方“造反”。

1967年初，“造反派”为了揪斗阎红彦，冲击了昆明军区机关，进驻了军区大院。阎红彦对此非常气愤和焦虑。他坚持要出去找“造反派”做工作，不愿为个人的安危而牵累了军区。昆明军区司令员秦基伟等考虑到他出去也做不通什么工作，甚至可能发生意外，就再三劝阻他。在同志们的劝阻下，阎红彦才勉强接受了大家的意见。

为了尽量减少“文化大革命”给云南带来的损失，阎红彦在这样恶劣的环境中仍然决定召开一次省委领导干部会议。他在电话里和秦基伟交换了意见，并委托秦基伟负责筹备和确定开会的时间、地点。秦基伟把会议的一切安排好之后，便派王银山和自己的秘书去向阎红彦汇报并顺致问候。

阎红彦立场坚定、爱憎分明，坚持真理而不畏权势，遭到了林彪、江青反革命集团的嫉恨。1967 年 1 月 8 日凌晨，陈伯达从北京给阎红彦打电话，对他和云南的“文革”横加指责。阎红彦几次要回话，都遭对方阻止，他气愤地质问陈伯达：“文化大革命这样搞，谁高兴?! 你们到底想干什么?! ”“我就不承认你是代表中央讲话! ”

阎红彦在那乌云密布的寒冬，义正辞严地与陈伯达之流进行了激烈的抗争之后，留下了最后的遗言：“我是被江青、陈伯达逼死的! ”

5 时左右，阎红彦在昆明军区设在小麦峪的一处战备军事设施中含冤逝世。

☆1978年1月24日，中共中央领导邓小平等同志出席阎红彦同志骨灰安放仪式。

阎红彦死后，林彪一伙下令不准开追悼会。可是昆明党、政、军机关干部和群众，自发的为阎红彦举行了庄严的追悼仪式。

1月12日，云南省委和军区几个负责同志赴北京向周恩来汇报了阎红彦逝世的情况。周恩来听后沉痛地说："是啊！阎红彦是个好同志，他在处境困难的情况下，还是想着工作，他是要工作的啊！"

粉碎"四人帮"后，邓小平指出："阎红彦是个好同志，我了解他，他在云南的工作搞得很不错，这个人正派，耿直刚强，要不是林彪'四人帮'迫害，他不会死。"党中央为阎红彦进行了平反昭雪，恢复了他的历史本来面貌。

彭真为阎红彦题词："悼念坚强不屈、终身为革命奋斗不息的阎红彦同志。"

李达将军题词："阎红彦将军浩气长存。"

1978年1月24日，在北京八宝山革命公墓，举行了阎红彦骨灰安放仪式，邓小平、胡耀邦等党和国家领导人亲自参加。

阎红彦的一生，是革命的一生，战斗的一生。他的名字将永远铭刻在陕北劳动人民的心上，响彻在巴山蜀水、苍山洱海之间。

# ★胆识过人：王近山★

王近山(1915–1978)，湖北省黄安(今红安)县人。1930年参加中国工农红军，同年加入中国共产主义青年团。1932年转入中国共产党。土地革命战争时期，任红4军第10师30团班长、排长、副连长、连长、副营长、营长，第10师29团团长、副师长，红31军第93师师长。参加了长征。抗日战争时期，任八路军129师386旅772团副团长，385旅769团团长、旅副政治委员，新编第8旅代旅长、旅政治委员，386旅旅长，太岳军区第二军分区司令员，陕甘宁留守兵团新编第4旅旅长，太岳纵队副司令员。解放战争时期，任晋冀鲁豫军区第6纵队副司令员，中原野战军第6纵队司令员，第二野战军第3兵团副司令员兼12军军长和政治委员。中华人民共和国成立后，任川东军区司令员，中国人民志愿军第3兵团副司令员，山东军区副司令员、代司令员，北京军区副司令员，中华人民共和国公安部副部长，南京军区副参谋长、军区顾问。1955年被授予中将军衔。是中国人民政治协商会议第五届全国委员会常务委员会委员。

胆识过人：王近山

## 子弹咬在嘴里 对准土财主

zidangyaozaizuiliduizuntucaizhu

1915年，王近山出生在湖北黄安（今红安）县一个非常贫困的家庭。父亲为他取名王文善。在凄风苦雨中，小文善饱尝着饥饿和寒冷。9岁那年，父亲就不得不把更重的担子压在了他瘦骨嶙峋的肩头。小文善成了大户人家的放牛娃，小长工。

荒山坡上，王文善一天天伴着老牛日晒雨淋，在大户人家，并不像他天真地想像能吃饱睡暖，情形恰恰相反。挨打受骂倒是家常便饭。他抱着老牛的脖子，困惑地问："老牛啊，这个世界为什么有穷有富？为什么富了就可以作威作福？为什么富人家宁可用好饭菜喂狗也舍不得给穷人吃？难道狗比人还值钱吗？……"

1927年，董必武、陈潭秋等在湖北进行革命活动。当他们撤出武汉时，让詹才芳以裁缝的身份留在了红安。

红安多了一个能说会道的詹裁缝。他也和别的裁缝一样背个布包走家串户。但他又和别的裁缝不一样。到了夜晚，浑浊的灯光下，他会讲许多新鲜事儿，这些事儿会让简陋的草房亮堂起来温暖起来，这些事儿便又由红安人的嘴里加油添醋神神秘秘地悄悄传播开来……

一天，生性活泼刚练的姐姐对饥寒交迫的王文善说：

"你看那些财主老爷都缩在皮袄里烤着火，就活该我们穷人累死累活。这世界不公平！我们不能牛马不如地活着，我们一定要改变这个世界，挺起胸膛活下去。财主拿鞭子抽我们，我们为什么不能拿刀杀他们呢？我们穷人难道不比他们更多吗？"

王文善似懂非懂地望着姐姐，心也跟着咚咚地跳，姐姐压低嗓门继续

说：

“詹裁缝说了，我们穷人也有红军了，有马克思了，我们要造富人的反！”

王文善心里有一股火苗腾腾地往上蹿。他兴奋地说：

“我知道了！就像薛刚反唐那样！”

在姐姐的串联下，一群穷小子要革命了。可怎样能弄到枪呢？这真是个伤透了脑筋的问题。

有人说：“我知道哪里有枪买。”

“钱呢？我们哪有钱呀？”

王文善扑闪着眼睛，忽然说：“我有子弹。”

“真的？快拿来！”姐姐惊喜地叫道。

的确有。那是王文善放牛时在荒坡上拾到的。

于是，他们拿着子弹来到了一个土财主家，很骄傲地说：“我们要革命了，你给我们枪。”

土财主睨斜了几个穷小子一眼，不在乎地说：“我见都没见过枪。”

“给钱也行。”

土财主可不怕敲诈，不耐烦地把他们往外赶：“去去去，活腻了！”

这时王文善叉着腰往前一站，把子弹咬在嘴里对准了土财主，威胁说：“你不给钱，我就咬响子弹，炸死你的全家！”

没见过枪的土财主果然慌了，忍气吞声地掏出几块光洋，咬牙切齿地骂：“给给，你们狠，穷不要命的，我怕你们了还不行？”

小试牛刀就取得了革命成果，他们大受鼓舞，兴高采烈。

如法炮制，又从几个土财主家弄到了一些钱，当然也有些见识多的土财主不怕，恶狠狠地用棍子打，放狗咬他们，挨了打的他们心里的仇恨愈燃愈烈，革命的决心愈加坚决。

有钱了，果然就从国民党的散兵那里买到了枪。

终于有枪了。

胆识过人：王近山

# “你当然能，你是成吉思汗的后人呢！”

nidangrannengnishichengjisihandehourenne

1930年，革命的浪潮越来越势不可挡了。红安来了真正的红军。

詹裁缝已露出了庐山真面目，他背上已经不再背布包了。但在他的身边多了一个机灵漂亮的伢子，他就是王文善。

王文善渐渐明白了许多过去怎么想也没想通的事情，他想在这个世道上，对着那些财主老爷们求公平。求他们发善心，那是根本不可能的事，狼会放过叼在嘴边的羊吗？只有起来反抗才有活路，他于是改掉了父亲给他起的名字，他想让自己坚强起来，就叫近山吧，靠近大山的人一定是坚强的。

15岁的王近山欣然成为了他所认识的第一个共产党人的警卫员。

春天，队伍要开拔了。父亲一直很沉默，仿佛憋了许多话却又千头万绪无从说起，还是王近山问：“爹，你说我能打好仗吗？”“你当然能，你是成吉思汗的后人呢！”

“我真是愧对先人呵！文善，啊不，近山，就靠你了！”父亲怅然叹道。

骄傲和自信随着王近山滚烫的血液流淌，他慨然应允：

“爹，你放心，立不下大功我不回来见你！”

本来就已泪眼婆娑的母亲急忙哽咽着嗔道：

“蠢崽！哪个叫你不回来了？难不成你就连爹娘也不认了？”边说边把两双针角细密厚实的青布鞋塞进他的小布包，扯着袖子揩揩眼角的泪叹息：

“带上吧，这一去哪晓得要走好多路哟！”

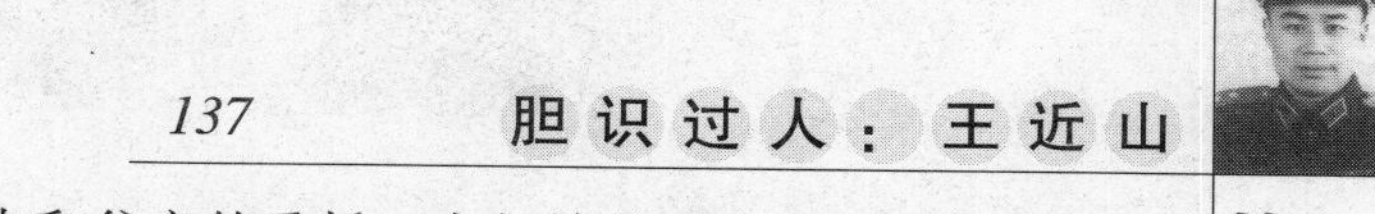



王近山怀着先人的遗志和父亲的重托，在怒放的山花和母亲的泪眼中挥别故乡，开始了18年一去不回头的远征。

胆识过人：王近山

## 16岁的连长近乎疯狂地盼打仗

shiliusuidelianzhangjinhufengkuangdepandazhang

鄂豫皖苏区“大肃反”，一夜之间使得整个红10师30团只剩一名指导员詹才芳，3个营长剩了王宏坤1个，全团10个连长10个指导员仅各剩了1个。1931年10月的一天，红四军军长徐向前只得任命30团1营长王宏坤任团长。

30团幸存的指导员詹才芳，对自己最赏识的机枪排长说：

“近山，从现在起，你就是连长了。”

王近山睁着那双英气逼人的大眼睛困惑地问：“指导员，人呢?为什么那么多的人打完仗就失踪了?去哪了?”

“他们都是反革命，被杀掉了。”詹才芳干巴巴地对16岁的小连长说。

“反革命?不能吧。反革命为什么打仗那么勇敢?”

“你别问了，你问我我问谁?你自己也当心就是了！”

王近山愣了，他心里升起一种从未有过的惊愕与骇然。夜晚，他跑到山头的一棵大树下，这是他们白天刚刚从敌人手里夺回来的山头啊。那些和他一起冲锋陷阵的团长营长连长怎么眨眼间就变成了反革命呢?

他茫然地望着夜空，他不知道自己的家乡在哪个方向，他朝感觉中那一方跪下去磕了三个头，眼泪便哗哗地淌下来了……

他声泪俱下，祈求遥远的先人：

“让我打仗吧，让我打死吧，明天就打死，我就是革命烈士了，我就不会

成为反革命了,先人啊,你若有灵你就保佑我死在战场上吧……”

这个夜晚之后,16 岁的连长王近山便近乎疯狂地盼打仗,盼死。

秋雨滂沱的一天,红 10 师冒雨疾进,穿过泼皮河镇子,与敌人隔河相对,30 团奉命夺取北山头。

扼守该山头的是敌刘峙部第 12 师。可谓兵强马壮,装备精良,且又居高临下,炮弹机枪像火舌一样封锁着,一拨一拨的将士冲上去又倒下了,可山头久攻不克……

“我上!我们连上!”16 岁的小连长向团长王宏坤请战,没有多余的保证。

王宏坤看着这个红了眼的小连长,也没有多余的交代,只一挥手:“上吧!”

王近山冲上去了。战士们一看连长始终不顾一切地冲在最前面,那还有什么说的。勇气和信心就像熊熊燃烧的山火,敌人仿佛被这一群又吼又叫、枪法极准又不怕死的人震住了。他们当然听不见王近山在吼些什么,王近山嘶哑着吼道:“冲啊!打死我啊!我是革命烈士!我不是反革命!打死我吧!”

他根本不需要掩体,他不是在找掩体而是在找子弹!

战士们也怀着和他们的连长同样的心情,一身血水冲进了敌阵地,甩开大刀就劈。

王近山是完完全全地打红了眼了!

他瞄准了一个一身肥膘的大个子敌人,冲上去和他扭成了 1 团。他嘴里骂着:

“他娘的,你来呀,你个熊包,软蛋包,你今天打不死老子,老子就让你见阎王。打呀,我操!”

敌人当然不会等死,两个人抱着打着一脚踩空就骨碌碌滚下了悬崖。王近山感到一块尖石在他头上又狠又准地戳了一下,接着就有热热的液体

噗噗地往外冒。他顾不上多想，看了一眼正举起石头砸过来的对手，拔出手枪当当两枪就把他结果了。热热的液体还在继续从他头上往外冒。他感到眼前渐渐黑了，他艰难地咧嘴笑了一下，最后嘟哝了一句："妈的，又没当成革命烈士……"

他昏迷醒来后，不仅头上留下了一道多年后都不能搓洗的深深的伤疤，还多了一个伴随他一生的绰号——王"疯子"！

胆识过人：王近山

## 19岁团长的一道"名菜"：一个团会歼一个旅

shijiusuituanzhangdeyidaomingcaiyigetuanhuiqianyigelv

1934年，红4军10师28团团长王近山领着部队在物质条件十分十分恶劣的情形下熬过了异常艰苦的整整10个月的防御作战。终于盼到大反攻的那一天了。

王近山对群情激昂精神饱满的战士们说：

"同志们，大反攻开始了！我知道大家都在等这一天呐！我没有什么话要说了，同志们，把要说的话要发的誓言都压进枪膛里，让子弹来告诉敌人吧！那个送野果子的小伢子和他的母亲乡亲们在等着开荒种粮食呐。让他们等得太久太苦了，我们惭愧呀！同志们，大家再检查一遍，子弹带够了没有？刺刀磨利了没有？劲头憋足了没有？"

"有！有！有！首长放心！首长放心！"

"好！出发！"

与此同时，红四方面军以摧枯拉朽之势开始横扫四川六路军阀。其攻势之凌厉锐不可当！战士们丝毫不给狼奔豕突般溃逃的敌人以喘息的机会……

王近山率28团从黄中堡一带出发，在扫风班突破敌人阵地，歼敌一部

后,向敌纵深猛插,连克周家坝、黑宝山、塔子山等敌阵地和据点。

他率28团一路杀将下来,到达了离达县四五十里的地方,不曾想这时发生了一件事。事后证明这只是一个领导者的固执和失误。但这件事却使王近山创造了他戎马生涯中的一个奇迹——

就在敌第五、六路全线崩溃,造成了红军对敌实行迂回分割包围的有利态势之时,是向东还是向西的问题再次爆发了主帅之间的矛盾。

“向东！刘湘的主力王牌第1、2、3师还在东面万源没退下来,但已大伤元气,我们向东迂回,卡断后路,就可以连他的老巢一锅端了嘛！”徐向前果断地说。

“向西,当然向西！”张国焘根本听不进去,自作主张说:“西面是范绍曾第4师,离我们很近,我们应该乘胜追击嘛！”

“可范部已经开始溃逃，弄不好，我军未到，他早就脚踩西瓜皮开溜！”

激烈的争吵没有结果。后来的事实却铁证了徐向前的预料和远见。

政委陈昌浩也投了徐向前一票。

两票也没有用。张国焘轻轻地一挥手就葬送了一个鲜血换来的鄂豫皖苏区。他再次优雅地挥了挥手:“向西向西！”

王近山一接到向西转的命令,就率领28团向西疾进。

夜幕深重,王近山下令宿营。

他们实在累坏了！连日来他们在敌人尸体和散落的枪弹物质之间跳跃着前进,人未歇脚,马不停蹄,昼夜兼程。所以,宿营令一下,战士们就歪歪斜斜地在胜利的喜悦中沉沉入梦，连游动哨也无法控制那沉涩的眼皮往下垂……

王近山同样想美美地睡一大觉。可他长年作战养成了惊醒的习惯。不一会,他起来查哨了。战士们香甜的鼾声呼呼响着。他心说,睡吧睡吧,明天兴许有恶战,他们又是一头头的小老虎啊！

忽然，他猛地打了个激灵。一种涌动的“刷刷”的声音传来。那绝不是鼾声！凭直觉，他知道敌人摸上来了！夜，黑得可怕，他什么也看不见，但他感觉到，成群的敌人正从山坡上小心翼翼地摸上来！

怎么办？

王近山异常冷静。他脱口高喊：“同志们，敌人要跑了！赶快抓俘虏！缴枪不杀！”

这一喊把敌我双方的心态完全喊颠倒了！刚打了几个漂亮胜仗的战士们听团长一喊，连衣服也顾不上穿，迷迷糊糊就冲出来，进入了追杀状态，大喊大叫着：

“敌人要跑了！”

“赶快抓俘虏！”

“缴枪不杀！”

“冲啊！”

本来就被打得胆战心惊的敌人一听，苦叫不已：“哇呀！又中了红军的埋伏了，完了，快跑！”先上来的敌人成了惊弓之鸟，抱头鼠窜往后撤。后头的部队又堵了退路，乱成一锅粥，而28团乘胜追击，把敌人一个不剩地歼灭了。

天亮了。这时情况才清楚了——

原来，正是范绍曾部的一个旅。逃跑下来无意中与28团宿营到了一起。于是就“有幸”成为了战将王近山的一道“名菜”——一个团歼灭一个旅而记入赫赫战史。

战果传到徐向前那里，由于张国焘“向西”的瞎指挥而失去了包抄位于万源以南的刘湘主力的有利战机，正怒气未消的徐向前眉头一展，难得地笑了。

他亲自召见了他的小团长：“近山，你那3句命令喊得真漂亮啊！被敌人包围了还喊‘抓俘虏缴枪不杀’，真是大将雄风哟！”

王近山摸摸头笑着说：“咳，我当时只是觉得活人总不能叫尿憋死。”

胆识过人：王近山

## 重叠设仗七亘村

chongdieshezhangqigencun

1937年7月。抗日战争爆发了。

10月中旬,侵占石家庄的日军为配合其晋北部队进犯太原,以2个师团沿正太路西犯,晋东门户娘子关告急。敌除猛攻娘子关外,并以主力一部,由测鱼镇沿正太路南侧大道平行西犯,对娘子关正南国民党军实行迂回攻击。国民党军竞相撤退。正在此时,陈赓所率的386旅挺进到娘子关以南及东南地区,牵制敌人。

由于疏忽,八路军一部在七亘村附近遭到了敌人的袭击。129师师长刘

☆晋东南人民热烈欢迎386旅。

伯承闻讯亲自来到了七亘村，并仔细地观察了这一带的地形，只见七亘村四面环山，沟壑纵横，峡谷陡峭，道路崎岖，这是测鱼镇西犯敌必经之路。刘伯承认为这是一个很好的设伏地点，命令陈赓以一部兵力在此设伏。陈赓命令772团副团长王近山率3营及特务连到马山村一带活动，相机打击敌人的运输部队。

王近山到了七亘村的南侧山地，侦知向平定方向进犯的敌第20师团的后方辎重部队1000余人，宿营在测鱼镇，估计第二天必定经七亘村向平定前进。当时，他手头只有五个连的兵力，既来不及增调部队，又来不及向距他四五十里远的陈赓请示，看起来这个仗是不适宜打的。但是，很久没有打过仗了的部队都憋着一股劲儿，这次非给鬼子一点颜色看看。他当机立断，决心要在七亘村及甲南峪设伏。

王近山带领尤太忠等同志去看地形，只见南北均是高山，东西地形复杂。大道大部分是在十米上下的土坎下面或深沟之内。大道两边杂草丛生、灌木笼葱，便于部队埋伏隐蔽。王近山叫把重机枪架在距敌经过道路约300米的地方，把部队埋伏在距敌20多米的地方，远的也不过四五十米，近的只有10多米，简直就像蹲在敌人的头顶上。

王近山告诉营连指挥员："只要冲锋号和重机枪一响，你们要像猛虎一样扑下山去，打得敌人措手不及，快速解决战斗。"

10月26日9时许，敌辎重部队在步兵掩护下，果然大模大样进入了我们的伏击圈。敌人所到之处，国民党部队望风披靡，所以日军根本用不着费时费事，警戒搜索，迟滞自己的行动。敌人的尖兵排是骑兵，他们在马上正在得意洋洋、谈笑风生之际，没想到倾盆大雨般的步机枪子弹向他们头顶泼来，手榴弹紧跟着也在敌群中爆炸，顿时敌队形大乱，魂飞魄散。我埋伏部队迅猛地冲向敌人，进行肉搏厮杀，在两个小时内，除少数敌人逃回测鱼镇外，其余则被干净利落地全歼。计歼敌人300余人，缴获骡马300余匹，我仅伤亡10余人。400多名战士和群众，用了整整一天一夜的功夫搬

运胜利品。

根据刘伯承师长的判断，敌人向西进犯的路线，无法绕过七亘村，敌人的辎重部队还要经过这里。敌人刚刚在这里遭到过伏击，他们一定会料想我军不会违反兵家“战胜不复”的原则，马上又在这同一地点再度设伏。正因为猜透了敌人的这种心理，刘伯承要陈赓再次在这里设伏，时隔一日之后，这个任务又落到王近山头上。

这时王近山手头的部队只有 4 个连了。他将部队隐蔽在距上次设伏不远的地方。10 月 28 日 11 时许，敌先头掩护部队 100 余人，尽管提高警惕，进行搜索，由于未发现我军痕迹，其辎重部队，又乖乖地钻进了我军的伏击地带，突然又遭到我猛烈的火力袭击，我军乘势勇猛冲杀，毙敌 100 余名，缴获骡马、骆驼数十匹。后因天雨路滑，我增援部队未能按时赶到，且我 3 营另有任务，遂撤出战斗，敌人才幸免于遭到被全歼的命运。

刘伯承师长听到这次胜利消息后，赞赏地说：“又是这个王近山打的这个好仗”。

打了胜仗后，772 团部队大部穿上了日军的黄呢子大衣，头戴钢盔，足登皮鞋，背起了日制三八式步枪，配备了歪把子机枪，行列中增加了许多油光锃亮、高大肥壮的洋马。

胆识过人：王近山

## 韩略村伏击战

hanluecunfujizhan

1943 年秋，华北日军冈村宁次调集万余人，对太岳区实行“铁滚式”大扫荡，企图将我根据地摧毁，建立其“山岳剿共实验区”。与此同时，国民党反动派不但不积极抗日，反而发动了第三次反共高潮，调动大军包围我陕甘宁边区。为此，太岳 2 分区(386 旅兼)16 团奉命在王近山旅长率领下，赴延安扩编

☆保卫陕甘宁边区的我军炮兵。

部队，保卫党中央，保卫毛主席，保卫陕甘宁边区。

10月20日，部队从长子县横水村出发，22日穿过同蒲路和汾河两道敌人的封锁线，到达韩略村附近的南北有利地形宿营。地方党组织和洪洞县武委会主任孙明烈等同志及时向王近山及16团的领导同志介绍了当地敌情、地形等情况并提出了在韩略附近打伏击的建议。王近山从汇报中得知临屯公路敌军用卡车活动频繁，在韩略村附近的公路两侧，是两丈多高的陡壁，易下不易上，地形于我有利，是打伏击的理想地段。

打伏击的决心定下后，很快便作出兵力部署，决定使用2营的第4、5、6连和3营的第9连共4个连的兵力执行伏击任务。

10月24日凌晨，部队全部进入设伏阵地，还用田里的高粱秆、玉米秸进行了严密的伪装。9连1排的战士和民兵把枪口对准了日军炮楼上的每一个射击孔，机枪"盯着"炮楼的大门口。各连的战士都趴在坡坎后面的草丛里，眼睛盯着公路，等待敌人的到来。

时间已过9点，仍不见敌人的动静，这时有些同志不耐烦了，说鬼子不会来了。王近山发现这种急躁情绪，立即召集团营领导干部

进行研究,要干部回去说服大家耐心等待。

正说话之间,观察哨回来报告:鬼子的汽车来了。王近山立即用望远镜一看,远处尘土飞扬,果然是日军的汽车来了,于是马上命令部队准备战斗,并强调说:不管鬼子来多少!都要狠狠地打,全部消灭,不许漏网。日军共来了13辆汽车(其中有3辆小车),开进了我伏击圈。

“叭、叭”两颗红色信号弹升空而起,2营6连首先用手榴弹和掷弹筒向敌人车队后尾猛烈开火,击中最后两辆汽车,爆炸起火,堵住了敌人的退路。这时,公路两侧的4、5连用机枪、手榴弹一齐猛击敌人的车队。先头几辆车上的日军见势头不对,开足马力想冲过去,遇到9连的迎头拦击。

日军被这突然的袭击,打得晕头转向,乱作一团。慌忙跳下车来,端起刺刀向公路两旁冲击。我4、5连的指战员,在轻重机枪掩护和民兵的配合下,与鬼子展开了肉搏战,拼杀的战斗异常激烈。

这时,躲进道沟里的30多个敌人,顺着公路向9连拼命地反扑过来,妄图夺路逃跑。眼看9连的情况有些吃紧,王近山把衣服一脱,高喊“跟我来,冲呀!”9连指战员一看旅长亲临指挥,个个都像小老虎般的跃出阵地,甩手榴弹,把敌人炸死一大半。战士们在硝烟中同敌人扭打在一起。5连指导员郑光南非常焦急,为了尽快地消灭敌人,便抱起集束手榴弹,向敌人的机枪投了过去,随着一声巨响,战士们冲向敌群,将这股敌人全部消灭。可是郑光南同志却壮烈牺牲了。

敌人已基本被歼,枪声也渐渐地稀疏下来,担负防敌向县城逃跑的6连连长杨怀年同志,带着一个班仍守在路旁的小山包上。他看到战斗将要结束,可是自己一枪没放,一个敌人也没有抓到,心里很不自在。这时,突然在距他七、八米远的斜坡上冒出5个敌人,其中一个指挥官模样的挥舞着指挥刀,张牙舞爪地向小山包扑了上来。正因没打上仗,有气没处使的杨怀年同志真是喜出望外,只听他大喊一声:“打!”几个敌人全部被报销了。战士们把敌人的尸体翻转过一看,有具尸体的肩章上挂的还是将军军衔。

整个伏击战，前后仅约3个小时，120多个敌人除3人逃脱性命外，其余全部被歼。我们缴获92式重机枪1挺，歪把轻机枪2挺，掷弹筒3具，步枪80多支，击毁汽车13辆。28团仅伤亡50多人。



## 收复爷台山

shoufuyetaishan

1945年王近山在延安学习期间，还担任了新4旅旅长。随着抗日战争即将胜利，蒋介石为日后发动内战作准备，命令胡宗南调集大批部队夺取关中地区，并占领了军事要地爷台山。

王近山奉命率领新4旅收复爷台山。

部队迅速地集结起来。军号嘹亮，战马嘶叫。当时新4旅一些连队尚在搞生产，听到战斗号令后丢下锄头便拿起武器跑去集合。

在新4旅旅部，王近山激昂地对旅团干部说："国民党反动派不让我们打日本侵略军，又不让我们进行和平生产，现在他们已经把血手伸进了边区的大门，侵占我爷台山阵地和周围的41个村庄。他们的目的是夺取我关中分区，钳制陕甘宁，以挑起罪恶的内战。我们一定要打退敌人的进攻，保卫边区，保卫党中央和毛主席！"

王近山随即进行战斗部署：选择爷台山为战斗的主要突击方向，新4旅5个营配属警1旅3团为主攻部队；358旅为助攻部队。另外，教导1旅、2旅集结于岭湾、上畛子地区，为战役预备队，严密监视东西两面的敌人，保障我军后方的安全。

制定作战计划的当天下午，王近山又把主攻团班长和党小组长以上的骨干集合起来，讲了关于攻打爷台山的战术问题。他挥动拳头对大家说："打国民党这号敌人，就是要猛、要狠、要准！攻击的时候，不能像茶壶倒开水，老

半天倒那么一点点,要像提着一满桶水猛向热锅里倒的那样架势。手榴弹一响,你的刺刀就得朝敌人的肚皮上捅……"

王近山这样一讲,指战员们一个个挺着胸脯,只待一声命令,纵使爷台山是虎穴龙潭也会毫不犹豫地冲进去。

1945年8月8日深夜,我军向爷台山守敌逼近。

夜,黑洞洞的,雨刷刷地下着,山沟泥泞难走。战士们用被单把枪裹起来,尽管不断有人摔跤,然而部队情绪很高。

每个人心里都明白,王旅长就是善打这种硬仗;雨夜,正是奇袭敌人的绝好机会。

11点多钟,主攻团1连摸进了爷台山敌人的前哨阵地。敌人哨兵毫无准备,被我尖兵班的两个战士猛扑过去,刺刀在眼前一晃就缴了械。12点光景,3颗红色信号弹升起,攻击开始了。

占领爷台山的是胡宗南所属暂编59师的第3团第3营和配属的第2营4连。这个4连是个加强连,是国民党军里固守阵地有名的"常胜军",最近才从临洮、岷县一带镇压"民变"回来,因屠杀人民有功,师部给了每人4万元伪币的奖金。这次他们自动要求守备爷台山主阵地,团部又奖给他们每人1万元。这个连的官兵的徽章里侧都印有"党卫"二字,意在仿效希特勒的"党卫军",效忠于蒋介石的统治。

雨停了,东方渐渐发白,我军向守敌发起了猛烈的攻击。守备在爷台山的敌党卫第4连突然蜂拥出来,想夺回独立屋,企图把我军压到沟里去。我1营2连与敌人展开反复厮杀,由于受到敌人主碉堡里机枪的压制,2连的伤亡越来越大,弹药也补充不上来,战士们就从牺牲的战友身上,从敌人的死尸上,拣起手榴弹和子弹继续打击敌人。

与此同时,设伏在南线的3营正和敌人进行着一场有趣的作战。他们剪断了爷台山守敌和驻方里镇敌人师部之间的电话线,把线接到我军的话机上。3营营长杨兴国摇通了爷台山敌人指挥所的电话,只听耳机里嚷叫:"你

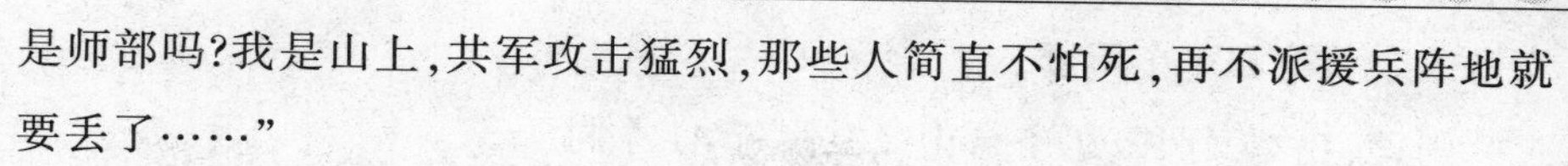



是师部吗?我是山上,共军攻击猛烈,那些人简直不怕死,再不派援兵阵地就要丢了……"

杨兴国冒充敌师部人员说:"老兄,沉着点,沉着点,现在正给你们调援兵,明天才能赶到,师长命令你们无论如何要坚持到明天!"

"喀"的一声,对方气得甩掉送话器走了。

杨兴国又挂通了敌师部的电话:"师部吗?我是山上,阵地没有问题。……是的,共军伤亡很大。奖励?不必了,不必了。"

就这么一剪刀,剪断了敌人上下之间的联系,剪断了敌人的增援。

爷台山东西两翼的敌人阵地很快被我军攻占。但是爷台山主阵地上的战斗还在激烈地进行着,主攻团1营的伤亡越来越大。王近山想把1营换下来,前去传达命令的通信员跑回来说:"1营的同志们打得很顽强,他们决心为牺牲的同志报仇,不消灭敌人决不下火线,死也要拿下爷台山阵地。"

强将手下无弱兵。为了尽快拿下爷台山,王近山调整火力,集中炮兵轰击爷台山主阵地。上午10时,再度发起攻击。

敌人的主阵地构筑在居高临下的断崖峭壁上,分三层,由敌党卫第4连和一个重机枪连把守着,尽管火力凶猛,但强烈的复仇情绪促使我军战士们奋不顾身地冲了上去。冲到崖壁下,便搭起人梯往上爬,沿着一层一层的工事,与敌人拼手榴弹,拼刺刀。阵地上黑烟滚滚,刺刀闪闪发光。战士们越打越勇,战斗到11时,全歼了爷台山上的

☆延安各界人民举行庆祝抗战胜利大会。

守敌5个整连和1个营部。

随即,我军又收复了爷台山及其附近41个村子。

爷台山一战,给国民党军以迎头痛击,使其较长时间不敢再进犯边区。战后,延安军民召开了庆祝大会,王近山和他指挥的部队受到了中央领导的表彰。

胆识过人:王近山

## 创造“集中优势兵力,各个歼灭敌人”的范例

chuangzaojizhongyoushibingligegeqianmiedirendefanli

抗日战争胜利后,蒋介石为了抢夺胜利果实,不断向解放区大举进犯,全面内战即将爆发。在这战略性转变的时刻,王近山担负6纵的军事领导工作。

1946年8月,出击陇海路战役打乱了国民党军进攻的部署。蒋介石乘我军未及休整之际,于8月下旬集中了14个整编师(32个旅)共30余万人,从徐州和郑州两个方向,形成钳形攻势,企图消灭我晋冀鲁豫野战军主力于陇海路以北的定陶、曹县地区。

这时,定陶及其附近地区野战军主力只有4个纵队,5万余人,在数量和装备上明显处于劣势。刘、邓首长决定诱敌深入,以野战军主力大踏步后退,而以6纵18旅在兰封东北地区,16旅在杜楼、白茅集地区,17旅在大张集地区,先后组织运动防御,阻击和迟滞整3师的进攻,消耗和疲惫敌人,掩护我军主力集结休整和完成战役准备,并按计划将整3师诱至预定战场。

整3师孤立突出,赵锡田却不知已经中计,反而狂妄地说,解放军已“溃不成军”,鼓吹不用两个星期就可以占领鲁西南,把刘伯承“赶上太行山去”。

6纵司令员王近山和政委杜义德,顾不得部队没有休整和补充,俩人都坚决表态,要求承担这一最艰巨的任务。刘、邓首长表扬了他们勇挑重担的

精神，把这一任务交给了6纵。

9月3、4日，在友邻纵队割裂敌人和攻击整3师其余部队的有力配合下，6纵集中兵力围攻大杨湖敌59团。因大杨湖之敌增至4个营，他们依仗飞机、坦克的掩护固守待援，并竭力进行反扑，6纵前两天围攻进展不大。

邓小平政委给王近山打电话说：这一仗打得好，我们就在冀鲁豫站住脚，打不好就背起背包回太行山。

王近山深知邓政委话语的分量，他毅然回答：报告首长，我保证把大杨湖的敌人消灭！

5日傍晚，刘伯承司令员和李达参谋长亲自来到6纵指挥所，部署当夜对整3师发起总攻。王近山到离前沿约300米的指挥所指挥作战。

总攻开始后，16旅、18旅和17旅49团打进大杨湖村，部队与

☆在定陶战役中缴获的敌坦克。

敌人展开了激烈的争夺战，把敌人压迫到大杨湖的一个角落。这时部队的子弹快打光了，手榴弹也没有了，敌人还在顽抗、反扑。

王近山拼了血本，组织机关人员和炊事员、饲养员投入战斗，终于把敌人消灭。友邻2、3、7纵也各歼敌一部。6日中午，赵锡田率残部突围，被全歼于运动中，赵锡田被俘。刘、邓首长又挥军向西，全歼了另一路进犯之敌。

定陶战役，毙伤俘敌17000余人。

毛主席来电嘉奖，并把定陶战役作为"集中优势兵力，各个歼灭敌人"的一个范例。

胆识过人：王近山

## "不搞老一套！"

bu gao lao yi tao

1948年6月，由于自己在后方养伤一年多，现在到了前线又受命在唐河休整，王近山再也坐不住了。眼看兄弟部队打得热火朝天，而一向担任主攻任务的6纵，却被"撂"在一边休息。6纵指战员们个个摩拳擦掌，纷纷请求参战!

其实，刘邓首长心中对此早就有所安排，王近山率领的6纵，是到关键时刻才奇出的"边车"。何时出"车"，只等战机的到来。

所以当王近山找到桐柏军区司令员王宏坤，联名发来再次请战打襄阳的电报时，刘陈邓只是回电说："北线已攻占开封，正部署下一战役。你们应大部监视敌主力，好好休息，并加强对老襄的侦察。"

打襄樊的时机终于到来。刘陈邓选择了豫东战役打得最激烈的时刻——7月2日，下达了作战命令。这一天，正是华野歼灭了区寿年兵团，猛攻黄百韬兵团的日子。几天来，蒋介石在中原地区南北两线的七个兵团，全

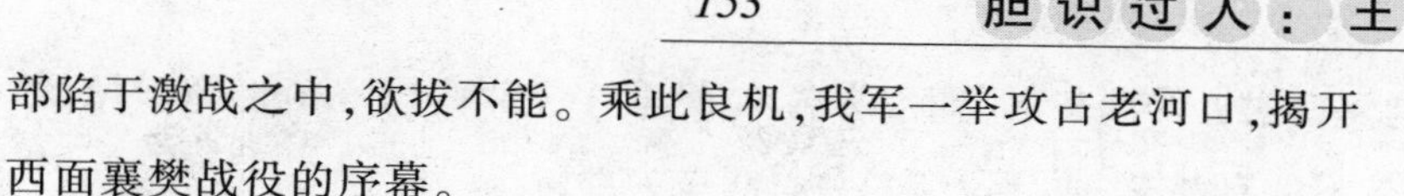



部陷于激战之中，欲拔不能。乘此良机，我军一举攻占老河口，揭开西面襄樊战役的序幕。

襄(阳)樊(城)隔江而望，自古为战略要地。地理位置处于汉水中游湖北西部，为豫陕川鄂四省结合部；从军事上讲又是蒋介石的顾祝同、白崇禧、张治中三大军事集团联合防线中最大的薄弱环节——汉水区，襄樊正居此区中心。如拿下襄樊，不但斩断了敌人几个军事集团的联系，而且可直接威胁武汉，进而南渡长江，西入四川。襄樊守敌为康泽。

刘陈邓在中原的策略，把蒋介石和“华中剿总”司令官白崇禧搞

☆我军一部渡过汉水向襄(阳)樊(城)进发。

得晕头转向。他们从各方面得来的情报都说，刘伯承所有主力部队都已东赴豫东战场，西面的老河口、襄樊一带平安无事。康泽见东面战场打得热闹，自己防区风平浪静，乐得逍遥。7月1日是他的生日，于是其属下便为他摆宴席，唱堂会，大搞祝寿活动。

正当这些国民党的官员们酒酣耳热之际，情报处长董益三忽接

报告:老河口附近发现共军! 康泽大为吃惊,急令:“查实! ”调查的结果是,老河口一带不但有共军,而且还像是共军的主力部队。

7月2日,粟裕所部在中野部队的协力配合下,歼灭了区寿年兵团,俘虏兵团司令区寿年等人。豫东战役胜利结束。刘陈邓电令王宏坤、王近山率6纵、陕南12旅、桐柏三分区等部,发动襄樊战役。

当晚,6纵自唐河地区出发,一昼夜急行军150华里,迅速隐蔽接近敌人,突然发起进攻,于夜里12时,解放了老河口。守敌仓皇逃往谷城。陕南12旅于3日晚歼灭该敌163旅,俘旅长以下1800余人。桐柏三分区歼敌163旅辎重营。

7月4日,桐柏军区28旅包围了樊城。其余各部,沿汉水南岸抵达襄阳城郊。

襄樊战役第二阶段开始。

刘陈邓命令:6纵司令员王近山统一指挥各部队,夺取襄阳城。

王近山接受任务后,十分高兴。

到达襄阳的当天,王近山就带着各旅干部和主力团的主官,到离襄阳城西四公里处的小山头——万山去看地形。

大家边看边议论,襄阳确实难攻。东、北面为汉水包围;南面大山工事密布,俯制城郭;唯一能进城的西面通道又为西南面大山上下火力严密封锁。到底从何着手攻城?真是一个难题。

王近山看得很仔细,足足看了两小时后,叫大家回去考虑,明天召开旅以上干部会,研究攻城方案。

第二天,王近山终于把当前的问题分析透彻,他决定不攻唯一能进城的南面大山,另辟蹊径夺取襄阳。

他问参谋处长贺光华:“敌人有些什么远射程炮和重炮?”

贺光华回答:“除八二炮外,威力最大的就是8门107口径的重迫击炮,大家叫它化学炮。”

王近山又问："敌人大山上的火力，能不能封锁住我们通往西关的道路?"

贺光华走到地图旁，指着位置对王近山说："几个主阵地上的火力，都被下面小山挡住，对我威胁最大的是下面的真武山、琵琶山。"

王近山想了想，决断地说："看来这两座小山是非攻不可的了!"他见贺光华有些疑惑，才把自己的想法讲了出来，说："历史上打襄阳，都是先夺山，后攻城，这是自然环境所决定，当然有一定道理。现在蒋介石、白崇禧、康泽也都是按这样的思路设防的。"

王近山有些激动地继续说："这都是些老章法!陈旧!保守!我非要破一破，不搞老一套!"说着，他用左手指从地图上的大山一划，直到襄阳西门，又用右手把南面高地一隔，说："我们要采取刘司令员'猛虎掏心'的战法，撇开西南大山，通过山下走廊，直捣西门攻城!"

贺光华对改变原作战计划很感意外，有点犹豫地说："那样打法，是不是有点冒险?会不会遭到城内外敌人夹攻!"

王近山便从各方面向贺光华讲述了改变计划的理由，贺光华越听越有兴趣，最终表示，完全赞同。

王近山将此方案电报刘陈邓，首长们很高兴，特别是刘伯承，他最提倡指挥员动脑子，用智慧战胜敌人，他称赞道："王近山养伤一年，好了身体，长了智慧，今非昔比了!"

刘陈邓很快来了回电："完全同意作战方案。睢杞已告大捷，白崇禧主力被钳制在周家口一线；对南阳王凌云，已派2纵前往监视和阻击。十天内敌援兵保证到不了襄阳，后顾之忧可完全解除，望按计划加紧攻击。"

王近山看了电报后，立即作出部署：以17旅一部攻占琵琶山、真武山，集中主力于西门实施主要突破；以18旅待命插入东关，钳制敌人，分散其注意：以16旅为预备队；以陕南12旅和桐柏三分区部队继续佯攻南面大山，迷惑和牵制敌人。

9日黄昏,17 旅 49 团开始进攻琵琶山,纵队调来四门山炮,摧毁了敌人的碉堡,开辟了进攻道路。

攻下琵琶山后,扫除了进攻西门的第一个“拦路虎”。康泽甚为惊慌,调集兵力三面攻琵琶山,与我军激战终日而未得逞。

17 旅攻下琵琶山后,陕南 12 旅及桐柏三分区部队,按照王近山的指示,采取夜摸手段,先后控制了南高地主阵地一部,迷惑牵制了敌人,保障了山下攻击部队侧翼未受敌人太大威胁,巩固了阵地。

康泽看到我军从西面和南山节节进逼襄阳,感到形势严重,再次向蒋介石、白崇禧告急。白回电称:“当即放弃樊城,秘密集中,全力固守襄阳待援。”并告慰康泽:“已令 7 师等部取道来援。”因调兵需时间,要康泽“务须固守到 22 日”。

康泽接电后,即令樊城守敌 164 旅,全部渡过汉水,跑回襄阳,随即将襄阳四门紧闭,严禁出入,固守待援。

王近山见敌人进入襄阳,即令桐柏军区 28 旅解放了樊城,并架设浮桥,渡过汉水,绕到襄阳东南角,开辟了攻城基地,造成数面攻城,迷惑敌人的态势。

王近山“声东击西”之计果然成功地迷惑了敌人。白崇禧汇集了各方面情报后,于 7 月 12 日致电康泽称:“空军侦察报告,共军已架和正在架的浮桥有三座之多。”又见我西面、南面无动静,于是得出结论:“根据……等情判断,共匪向我西南攻击困难,损失重大,将转用部队向我东南攻击。除饬空军轰炸浮桥外,希注重加强东南面之工事及守备。

白崇禧的这份电报,引起康泽一伙的混乱。南门,外壕浅,工差,又有 2 个团在大山上,我如攻南门,切断了与南山相连的唯一通道,山上敌人连水都喝不上,将立即陷入绝境。要是南山一丢,失去屏障,襄阳就完了!白崇禧的电报,正好解除康泽这一忧虑,认定共军不会进攻防守严密的西门了。于是他一面再向蒋介石告急,希望催促援兵快来,一面将城内总预备队六千多人,全部调往南门增强防御,敌人这一部署调整,更有利于我突破西门的战斗。

正当敌人忙乱调整布防时，王近山又命令18旅将东关阵地移交给桐柏军区28旅，悄然从原路返回南山西侧，作为纵队攻城的总预备队，使自己手中掌握了强大的重点攻击实力。

7月13日，17旅在一切准备就绪后，一举攻占了铁佛寺。同时还占领了近处的同济医院等地，全部控制了西关。

康泽见我军已占了东、西城关，白崇禧的援兵迟迟不来，对战局失去信心。

这时，野司电令各参战部队："不许顾虑伤亡，不准讲价钱。于7月15日20时30分对襄阳发起总攻！破城歼敌，一定要获全胜！"

王近山按此命令，部署如下：6纵，于西门实施主要突破。陕南12旅和桐柏军区28旅，分别从东北角和西南角攻城。各部会合地点为杨家祠堂康泽司令部。

7月15日晚上8时30分，王近山发出总攻襄阳的命令。

我军严密的火力，摧毁了敌人大部火力点，当残存的火力复活时，我机枪又予以压制，有效掩护了突击营冲过大石桥。49团一营教导员谭笑林，带着夹击部队冲到了城下，工兵3次爆破都未炸开城门，幸而城门南边墙上有一豁口，为我炮火轰得更大了，部队就从这里搭梯子登城。

城上敌人死命封锁豁口，并不断往那里扔手榴弹，敌我双方展开了激烈争夺战。梯子一次次被打断。三排长李发科见此情况，就站在被打断的梯子上，叫同志们踩着他的肩头登城。一颗手榴弹在他身边爆炸，他英勇牺牲在城墙下。这时，七八架梯子同时竖起来，靠上城墙，部队纷纷登城。很快，我军攻上去了两个连队，谭笑林也登上了突破口，组织部队打退了敌

☆某部突击队只用五分钟即攻上襄阳城。

人3次猛烈反扑。

敌人一阵又一阵蜂拥上来,双方展了激烈的肉搏!

正在危急时刻,擅长攻坚的46、50团的后续部队,多路登上城墙。顿时,喊杀声、枪声、手榴弹爆炸声,震天动地,我军像猛虎扑羊般向敌人压过去。敌人吓得失魂落魄,纷纷掉头逃命。

追击部队高喊“缴枪不杀!”“优待俘虏!”大批敌人缴枪投降。

经过彻夜激战,至天明时,城内守敌大部被歼。

钟鼓楼敌人一个团顽抗到上午10点,仍拒不投降。王近山火了,命令:“用迫击炮轰!”敌人看见我军搬运炮弹,吓得赶紧打出白旗投降了。

全城只剩下杨家祠堂康泽司令部还未解决。这是一座四进深建筑,围有高墙。院内四角各筑有十分坚固的两层碉堡。司令部中心筑有一座更为坚固的三层主碉楼。从司令官、副司令官的住室到中心碉堡有地道相通。敌人仗恃这些坚固的防御设施,妄图顽抗到底,等待蒋介石援兵到来。

王近山召集几位旅长研究后,决定将捣毁康泽司令部的任务交54团执行。

团参谋长沈伯英,找来炮连副连长康清林,命令他带连里的迫击炮、火箭筒和工兵,去炸毁康泽司令部的工事,为步兵打开冲锋道路。康清林经过侦察,最后选定了一家茶馆,钻过墙去,摸到了康泽司令部墙边,用火箭筒摧毁了敌人机枪工事,又从正面以迫击炮平射,吸引了敌人火力,在连续爆炸声中,步兵冒着硝烟冲进了康泽的司令部。

很快,康泽司令部被我全部占领,襄阳解放了!

当突破襄阳的消息汇报到野司后,刘陈邓首长传来指示:“康泽只能捉来,不能抬来,要活的!”

王近山命令各部:“一定要抓到康泽!”

但是,部队在杨家祠堂内,一遍又一遍,翻腾了半天,就是看不到康泽的踪影。从各方面提供的情况证实,就在几个小时前,还有人亲眼见到康泽,难道他飞了不成?细心的54团教导员要秉仁,把被俘的康泽卫士傅起戎找来,

☆我军占领襄阳县政府。

叫他带路,钻进坑道底层,抓出了活康泽。

7月23日,中共中央给中原局、中原军区、刘陈邓等首长和全军区指战员发来贺电称:

"庆祝你们在襄樊战役中歼敌两万余人,解放襄阳、樊城、老河口等七座城市,并活捉蒋介石法西斯特务头子康泽的伟大胜利。这一汉水中游的胜利,紧接着开封、睢杞两大胜利之后,对于中原战局的开展帮助甚大。尤其是活捉康泽,更给全国青年受三青团特务迫害者以极大的兴奋。尚望继续努力,为彻底解放中原而战。"

党中央的贺电,极大地鼓舞了王近山和广大指战员的斗争意志。各部队纷纷举行庆功会,表彰奖励有功单位和战斗英雄、模范,而王近山却把目光投向新的战场了。

胆识过人：王近山

## 淮海大战，活用战法

huaihaidazhanhuoyongzhanfa

1948年9月25日，党中央、毛泽东根据全国的形势，决定扩大原定战争规模，以华东、中原两大野战军并肩协同作战，发起淮海战役，以收复华中广大地区，解放全中原，直逼长江，威胁南京。

战役的第一阶段，华野集中兵力歼灭黄百韬兵团。为配合华野作战，中原野战军在主力部署攻击陇海路郑州段之敌的同时，以一部兵力拖住武汉白崇禧集团的黄维、张淦两兵团，诱其西进，使敌人不能东援。

刘、邓首长决定：第6纵队在兄弟部队配合下，紧紧拖住敌黄维兵团西进，决不能让其东援；并指出：敌人打我们时，不能向东带，只能向西牵，牵得越远越好。

时任中原野战军第6纵队司令员的王近山，受领任务后，深感责任重大，对部队进行了反复动员后，指挥所属部队拉开架势，伪装成中原野战军主力，同敌人摆开了迷魂阵。

在部队向西机动期间，王近山与干部、战士同甘共苦，一边了解掌握敌情，一边做大家的思想工作，还不断指挥后卫部队袭击、牵住敌人，唯恐敌人“掉队”。

个别干部发牢骚：“这是干什么？不分白天黑夜，不分晴天雨天，一个劲地走，让敌人跟在后面追，真难受。”

还有的索性跑到王近山面前说：“司令员，我们跟您打过许多胜仗，从没怕过敌人，这回怎么啦？”

王近山笑着说：“你怕走路！这叫牵牛计！跟着我放心地走，把敌人拖住、拖瘦，到时候会有好戏。”

至26日，牵敌半月有余，部队缺粮缺鞋，昼夜行军，又逢雨天，道路泥泞，人员十分疲惫。但广大指战员经过方城整军和“牵牛”的深入动员，深刻认识到此次牵敌的重大意义，一再抑制了急欲与敌交战的情绪，以坚忍不拔的意志，忍受着艰难困苦，继续牵敌西进。

我向内乡，敌亦追至内乡。战士们讽刺地称黄维的第12兵团是“听话的兵团”、“听调遣的敌人”。

王近山指挥的第6纵队胜利完成了关系战略全局的牵敌任务，为淮海战役第一阶段歼灭黄百韬兵团，创造了有利的条件。

11月1日，王近山接到刘、邓电令：“第6纵队并指挥第12旅尾击确山向阜阳、太和出犯之黄维兵团，配合我主力在徐州外围之歼敌作战。”接电后，应立即经南阳赊旅镇，先向沙河店行进，以便早日抓住该敌侧背迟滞其东进。”并明确指出：“应日夜

☆王近山（右三）在淮海战役中同中原野战军第6纵队18旅团以上干部合影。

兼程，东进侧击敌第12兵团，并参加淮海决战。”

11月3日，野司再次致电王近山：“此次配合徐州方面之主作战，不仅关系中原战局之转变，即对推动全国战略形势之开展，争取早日打倒国民党，亦屑重要之关键。因此，需动员全体指战员，应服从整体利益，不顾任何疲劳，不怕任何困难、消耗与牺牲，采取一切有效办法来截击、阻击东进之黄维兵团，迟滞其运动时间，以协助主作战达到胜利。……要计算日程，在6日夜赶到沙河店，并争取先敌于8日赶到上蔡、汝南间，对敌后侧适时阻击、腰击。利用诸河流方向阻敌也需如此。”

军情火急，军令如山!

据此，王近山指挥部队立即行动，率领部队昼夜兼程，顶风冒雨，以每天百余里的行军速度，东追黄维兵团。

11月18日，王近山率部抄捷径到达涡阳地区，终于赶到了黄维兵团前面，两条腿跑过了敌人的汽车轮。随即，王近山于涡河两岸布防，堵住了黄维兵团北上的去路。

11月23日，王近山司令员和杜义德政委召集旅以上干部开会，传达了总前委歼灭黄维兵团的决心与部署，要求各旅指挥员在战斗中要好好注意战术，突出重点主义，加强兵力与火力协同，坚决完成好扎口袋口的任务，决不让黄维兵团逃掉。

24日上午，黄维兵团之第18军进入我预设阵地后，王近山指挥第6纵队和陕南第12旅，自擅城集(蒙城北)南北地区向板桥集、赵集之间出击，与左翼第11纵队合拢。敌发现情况不妙，下午便匆忙地向浍河南岸退缩。乘敌退缩混乱之际，王近山指挥全纵队出击，与各路兄弟纵队猛力合围，把黄维的12万人马压缩在以位于浍河、涡河之间的双堆集为中心纵横约15华里的地区内，对黄维兵团形成了一个严密的包围圈。

敌第12兵团被包围后，黄维感到情况十分严重，一面命令部队就地构筑工事，一面电请蒋介石增援。蒋介石不惜血本，令其次子蒋纬国的装甲兵

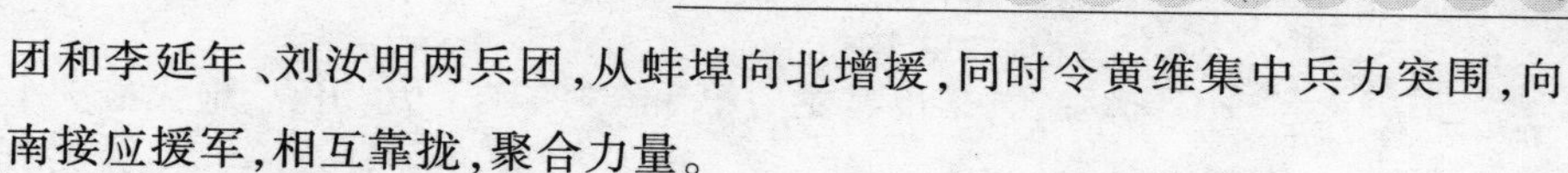

团和李延年、刘汝明两兵团，从蚌埠向北增援，同时令黄维集中兵力突围，向南接应援军，相互靠拢，聚合力量。

25日夜，敌趁我刚达成合围，部署尚未就绪之际，以1个营到两个团的兵力，凶猛地向我第17旅第50团和第12旅第35团阵地连续攻击，企图突围。我坚守部队顽强抗击，马小庄阵地一度部分丢失。

王近山指示李德生旅长，要不惜一切代价将马小庄坚决夺回。李德生速派第49团增援，经过反复冲杀，歼敌大部，夺回了马小庄阵地。对在我合围时南逃的敌第49师，王近山命令肖永银旅长率第18旅跟踪尾击，26日夜在大营集地区全歼逃敌。

27日，黄维甩出了“杀手锏”：集中4个主力师在飞机、坦克、火炮掩护下，疯狂地向东南突围。

12月6日，对黄维兵团总攻开始。王近山指挥中野第6纵队和华野第7纵队、陕南军区第12旅协力攻歼双堆集以南被围之敌。首先围攻小周庄、李土楼之敌，尔后围歼大、小王庄及双堆集东南野战阵地之敌，最后协同友邻攻歼双堆集之敌及小马庄黄维兵团部。

17时许，在王近山的直接指挥下，第6纵队第18旅第52团和陕南第12旅第34团，在炮火支援下，突然发起攻击，以猛打猛冲的动作迅速将敌分割，仅用一小时就歼灭李土楼之敌第23师第69团主力，并攻占了小周庄。总攻第一天，就剥下了敌人的第一层皮。

9日，王近山指挥部队剥敌人第二层外壳时，他对尤太忠旅长说：“剥这层外壳是黄维的要害，是要黄维的命，这是一场恶仗、硬仗，这一仗一定要打好。攻占大、小王庄和李店子，黄维必定要拼命反扑，进行垂死挣扎，你们一定要以对战役高度负责的精神和压倒一切敌人的英勇气概同敌人血战到底，协同兄弟部队彻底歼灭黄维的王牌第18军。”

9日晚，华野第7纵队一举攻占了距双堆集只有千余米的大王庄，直接威胁到敌防御核心。

10日拂晓，黄维以其主力第118师，在飞机、坦克、炮火掩护下，疯狂进行反扑，拼命夺回了大王庄。在此紧要关头，王近山以拳击桌，果断定下决心说："这是最后的一击，看他强还是我们强！敌人这是最后的垂死挣扎。我们一定要夺下大王庄！"他及时以第46团增援第7纵队，粉碎敌人对大王庄的疯狂反扑。此战，双方争夺之激烈，伤亡之大，实属罕见。战至10日黄昏，杀得敌人尸横遍野，全歼敌第33团(所谓的"老虎团")和从主力第11师抽来的反扑部队，为最后围歼黄维兵团起到了重要作用。这一场恶仗，使小王庄之敌第23师大为震惊，当晚主动缴械投降。这第二层皮剥得干净、利索！

为迅速歼灭黄维兵团，根据总前委决定，华野第3、13纵队加入南集团，突击敌核心阵地双堆集。

14日，王近山指挥部队攻歼双堆集东侧敌之野战核心据点。15日，黄维见势不妙，遂组织残兵败将和身边的警卫团，施放毒气，向西南突围，只可惜他碰到了"王疯子"！王近山指挥部队，对敌连续、勇猛地突击和追击。当夜幕降临的时候，蒋介石的王牌部队第12

☆1949年1月10日淮海战役胜利结束。在最后阶段，我军全歼杜聿明部两个兵团20余万人。这是俘虏走下战场。

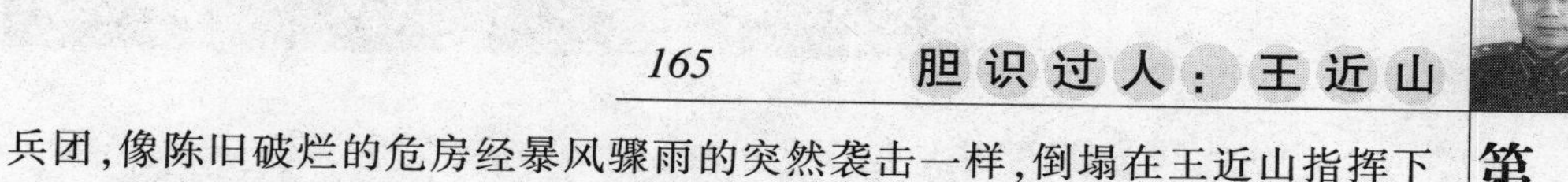




兵团，像陈旧破烂的危房经暴风骤雨的突然袭击一样，倒塌在王近山指挥下的中野和华野战士的脚下，司令官黄维、副司令吴绍周等高级将领被生擒。

黄维兵团被歼后，王近山顾不上休息，便不失时机地指挥部队发扬连续作战的战斗作风，密切配合兄弟部队协力围歼杜聿明军团。战至1949年1月10日，全歼杜聿明军团，伟大的淮海战役胜利结束。

胆识过人：王近山

## 宽大的胸怀

kuandadexionghuai

1949年6月，王近山的家乡大别山地区解放了，全国大陆解放在即，全军上下欢欣鼓舞。在部队休整的间隙，一些指战员的家属陆续来部队与亲人团聚。这时，组织上也派人到王近山的家乡湖北省黄安县桃花乡去接他的老父亲来部队。

离家19年了！岁月沧桑，天翻地覆。当年的王近山，现已成长为能文能武、智勇双全，率领千军万马的高级将领。想到这即将到来的相见，想像着历经千辛万苦的父亲苍老亲切的容颜，纵然王近山身经百战、出生入死，他的心弦也在颤动着。他急切盼望着父亲的到来。

被派去接王近山父亲的两个同志到达桃花乡时，王近山的老父亲正在给别人家挑水。听说儿子派人来接他，真是喜出望外，高兴得嘴都合不拢，立即收拾行装上了路。

老人家一生没有离开过大别山的山沟，第一次出远门，见到许多从未见过的新鲜东西，非常兴奋，激动地说："我这一大把年纪，熬到穷苦人得了天下，能出来见世面，真是托毛主席他老人家的福，托共产党的福，托我儿子的孝心啊！"

他巴不得一步就跨到儿子身边。

正当他迫切希望尽快地见到儿子时,不幸的事却发生了。

这天,老人一行来到安徽蚌埠火车站,准备乘车到南京,再转往 12 军部驻地安徽当涂。陪同王近山父亲的两名同志见即将到达部队驻地,有些大意,就把老人一人留在站台上,自己却到别处买东西去了。老人从来没见过火车,他只顾看那南来北往轰鸣飞驰的列车,哪里懂得在站台上要站在白线以内,哪里知道这钢铁的巨龙十分凶猛,他不知不觉地站到了站台的边上……

惨剧发生了。呼啸而来的一列火车擦身而过,老人躲闪不及,被强大的气流卷到了列车下面,劳苦一生的老人,在幸福时刻即将到来之际,被无情地夺去了生命!

这事实在是太残酷了。王近山得知后震惊得一下子连话都说不出来了。

王近山周围的人既痛心于老人的不幸逝世,又气愤于派去的两个同志不负责任。军部立即派人到蚌埠处理善后工作,并准备给这两个人处分。

王近山听说以后,按捺住内心的悲痛,找来了军直属队负责同志,说:"这件事是不应该发生的,我也很难过。但事情已经发生,也无法挽回,不要为我个人的事处分同志了。这两个同志虽有错误,但他们为革命战争都做出过自己的贡献,现在错了,教育教育,接受教训,改了就好嘛!他们还可以为革命做更多工作嘛!"

这两个同志内心已经非常惭愧不安,王近山突遭巨大不幸,他们两人难辞其咎,王近山却没再责怪,这胸怀之宽令人感动。两人流着泪说:"我们做了对不起王司令员的事,后悔死了,可王司令员还为我们说话,我们心里实在受不了啊!"

不久,3 兵团向大西南进军。部队陆续由浦口乘车北上,再转陇海路到郑州,然后南下湘鄂西集结。王近山父亲的灵柩随车顺路运回红安安葬。想到乡邻和家人的悲痛,王近山经上级首长同意,抽时间亲自扶灵柩回乡,处理善后事宜。

胆识过人：王近山

# 让美国人丢尽了面子

rangmeiguorendiujinlemianzi

1952 年秋，志愿军和朝鲜人民军全线性战术反击作战取得节节胜利，“联合国军”处境愈加被动。敌为摆脱被动，企图先攻占上甘岭地区，进而夺取五圣山，为尔后进攻平康、金城以北地区创造条件。

五圣山是我中部防御战略要点，海拔 1051.3 米，距敌占金公约 10 公里，为平康的天然屏障，山峰高耸，地势险要。上甘岭位于五圣山南麓，两侧的 597.9 高地和 537.7 高地北山，是我五圣山前沿之门户，是我防御的突出部位，距敌占金化东北 2 公里处的鸡雄山不过 400 米，对敌威胁甚大，是敌我争夺的要点，也是敌攻势的突破口。

此时，志愿军在上甘岭地区先后担负防御任务的部队为第 3 兵团副司

☆巍然耸立的五圣山主峰。

令员王近山、副政治委员杜义德指挥的第 15、第 12 军。战前，王近山指挥第 15 军做了防敌进攻的准备，以第 45 师第 135 团 2 个加强连防守 597.9 高地和 537.7 高地北山，并在两阵地构筑 10 米长以上坑道 48 条，全长 760 米。

10月 14 日,“联合国军”发动了“金化攻势”。3 时始,敌进行长达两小时的火力准备,接着,首以美 7 师、南朝鲜军第 2 师等部计 7 个营的步兵,对上甘岭地区我 597.9 高地和 537.7 高地北山两个一线连阵地实施猛烈攻击。我 15 军防守分队英勇抗击。

经过一天战斗，从敌人进攻的兵力及发射 30 多万发炮弹等情况来判断,敌欲夺取我五圣山之企图已很明显。王近山当机立断,并根据志愿军首长指示精神,及时调整部署:第 15 军 45 师停止执行原定对注字洞南山之敌的进攻计划,把作战指挥重点放到五圣山及 597.9 高地和 537.7 高地北山这两个前沿要点上，坚定不移地将主要防御方向确定于上甘岭地区。以第 15 军预备队向前机动,以加强两高地的作战。以第 12 军为兵团战役预备队,视情况投入作战。将机动在注字洞方向的炮兵第 20 团 3 营和 15 军属野炮第 9 团第 3 营调至上甘岭地区。防守部队相对集中兵力,坚守前沿要点,并掌握强大的预备队,实行“添油”战术,轮番替换,量敌用兵,不断增强两个要点上的防御力量,抗击敌轮番冲击。

王近山还一再指示部队，一定要稳稳守住五圣山，要准备付出巨大代价,上甘岭这一仗必须打好,要准备打美军 2 个师,要下决心非把美 7 师打垮不可。至 20 日,第 45 师共毙伤敌 7000 余人,在大部表面阵地被敌占领后,防守分队转入坑道继续作战。

战役第二阶段,第 45 师坚守坑道貌岸然部队,在“联合国军”进行轰炸、爆破、放毒、熏烧、堵塞、封锁的情况,团结一致,克服缺粮、缺弹、缺水和空气污浊的困难,坚持作战。

为了准备决定反击,王近山根据志司指示,将第 12 军调往五圣山地区,作为战役预备队；以第 15 军第 29 师接替第 45 师除 597.9 高地和 537.7 高地北山以外的全部防务；给第 15 军增加 7 个炮兵连和 1 个高射炮兵团,给第 45 师补充 1200 名新兵。

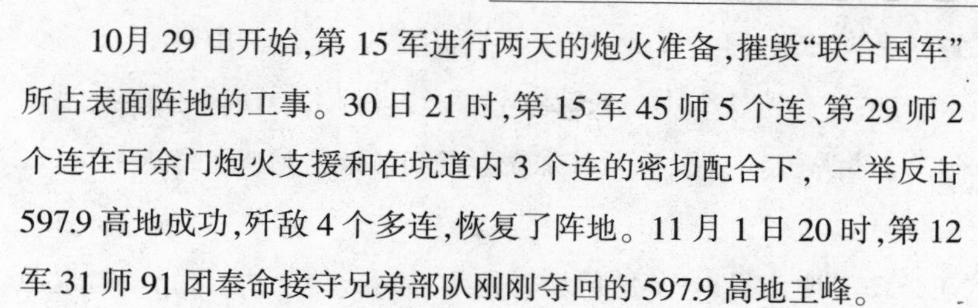

10月29日开始，第15军进行两天的炮火准备，摧毁“联合国军”所占表面阵地的工事。30日21时，第15军45师5个连、第29师2个连在百余门炮火支援和在坑道内3个连的密切配合下，一举反击597.9高地成功，歼敌4个多连，恢复了阵地。11月1日20时，第12军31师91团奉命接守兄弟部队刚刚夺回的597.9高地主峰。

2日4时，“联合国军”对我597.9高地先以密集炮火长时间轰击，同时先后又以百余架次飞机狂轰滥炸，随即以美7师31团1个营及其战役预备队哥伦比亚营、美空降第187团1个营，南朝鲜军第9师30团1、3营，在火炮300余门、飞机40余架次、坦克40余辆支援下，向志愿军发起多路多波次的猛攻。

志愿军坚守分队第91团8连与兄弟部队协同，在强大炮火支援下，英勇顽强，机智灵活地与敌激战七个小时，击退敌连以上冲击15次，击落敌机4架、击毁敌坦克3辆、歼敌1500余人，阵地屹立未动。

18时，第31师93团一部奉命加入597.9高地之战斗。3、4两日，敌在原有兵力的基础上又以南朝鲜军第9师30团，继续对我597.9高地连续进攻。91团以7、9、3连相继投入战斗，在友邻部队

☆坚守坑道14昼夜的某部钢铁第八连连长李保成，用步话机与部队联系。

配合下,粉碎了敌人多次冲击,歼敌1200余人。尽管敌人每日用飞机大炮将大量钢铁倾泻在597.9高地这个小小的山头上,发动近百次猖狂攻击,仍无济于事。我阵地坚守部队意志坚强,以勇敢加智慧的巧妙战法粉碎了敌人的进攻,牢牢地守住了阵地。

此时,王近山又明确指出,部队应轮番使用,边补边打,边打边补,打退敌人几次冲锋后,视人员伤亡情况及时增补;一切战术手段不要形成规律。并决定:第15军45师除炮兵、通信、后勤部队外,撤离阵地到后方整补,原师团指挥系统和勤务保障系统不动,支援31师作战,待31师指挥机构安排就绪后,有计划地逐渐撤出;第31师担任597.9高地全部坚守任务及537.7高地北山之反击和坚守任务;34师部队作为31师之二梯队;35师103团接替92团原虎岩山、云磨山、赤山地区。第12军在德山岘组成前方指挥所,由12军李德生副军长统一指挥12军及其他所有参战部队进行作战;由炮兵第7师师长组织炮兵指挥所,负责炮兵之指挥。这两个指挥所统一由15军指挥。

5日拂晓,敌以南朝鲜第2、9师计5个营的兵力,在100多架次飞机和30余辆坦克的支援下,分三路再次向597.9高地猛攻,战况空前激烈。91团顽强坚守,连续打退了敌人多次冲击,经10小时较量,歼敌2000余人。坚守在3号高地的5连新战士胡修道和战友滕土生,机智勇敢地击退敌人多次反扑,予敌以大量杀伤。仅胡修道一人就歼敌280多名,战后被朝鲜民主主义人民共和国授予"共和国英雄"的光荣称号。自2日以来,我先后在597.9高地毙、伤、俘敌近5000人,迫敌停止了对该高地的进攻。

为了扩大战果,不给敌人喘息的机会,王近山决定将作战重心东移至537.7高地北山,在巩固597.9高地的同时,集中兵力对537.7高地北山实施反击,彻底粉碎敌人攻势,夺取上甘岭战役的最后胜利。他命令第31师之92团及93团主力担负反击537.7高地北山之任务;以91团及93团一部继续巩固597.9高地;100团调至文岩里、洗浦里地区集结待命,随时准备支援反击作战。

11日,16时25分,对537.7高地北山的反击作战开始了,炮声如雷贯耳,震天动地，敌人阵地被打成一片火海。激战至25日，给南朝鲜军第2师以歼灭性打击，恢复和巩固了537.7高地北山，彻底粉碎了敌人的战役进攻。至此，上甘岭战役胜利结束。

☆志愿军政治部召开授勋典礼大会，奖励上甘岭战役的有功部队和英雄模范人物。

美第8集团军司令范佛里特则公开承认，这次作战是“战争最血腥的和时间拖得最长的一次战役，使联合国军蒙受到重大的损失。”

克拉克说得就更加明确：“‘金化攻势’发展成为一场残忍的挽回面子的恶性赌博”，“这次作战是失败了”。

胆识过人：王近山

## 猛虎归山

menghuguishan

1955年，刚刚被授予中将军衔的王近山，由于情感问题，被罢官削职，开除党籍、从中将降为大校待遇，从北京军区副司令员兼公安部副部长降为河南一个农场的副场长。离京时只有保姆黄振荣愿意跟随他。

多年后，有一次，各大军区领导开会，许世友瞅了个空儿，对毛主席说：“主席，我想向你报告个情况，这事只有你才能解决。”

毛主席望着眼前这位爱将，笑了：“说吧，么事呢?别转弯抹角的。”

“战争年代有几个人很能打仗，现在日子不好过。比如说王近山，我建议主席能过问一下。”

"噢！你说的王近山就是那个'王疯子'吧?!"主席日理万机，他似乎在回忆当年处理王近山的事儿还有没有印象。

许世友忙说："就是他！这个王近山对革命有大功，那个恋爱问题处理太重了，这不公平。应该叫他出来工作。"

沉吟了片刻，毛泽东望了边上的周总理一眼，说道："这事叫恩来过问一下，还有谁?一并解决……你说的这个王近山疯得很有水平呢，人也很有个性，下一步放虎归山，谁敢要他?"

"别人不要我要。就放在我们南京军区。"许世友赶忙回答。

就这样，赋闲10余年的将军出任南京军区副参谋长。

1969年7月的一天，"火炉"南京，午夜1点。从郑州开往这里的火车到站台，当年王近山的老部下，而今都是军级干部的尤太忠、吴仕宏、肖永银及一大群军人在卧铺车厢到处找人，好不容易才从人流里认出了王近山夫妇。

王近山与黄振荣夫妇是坐硬座来的，大包小包，全是新摘下的地瓜、玉米、南瓜之类，王近山拎着的竹篮里装了三只"咯咯咯"叫的大母鸡。几位将军快步迎上前来，逐个儿向老农似的王近山立正、敬礼。

"老农"王近山对几位将军说："这鸡是自家养的，全是吃地里的虫虫长大的，杀了舍不得"。

这时，许世友早已经在南京最好的饭店给他摆好了酒席，专门等着给他接风呢。席间，王近山向许世友说了句话："许司令，只要你一句话，我王近山决不含糊！"

胆识过人：王近山

## 弥留之际

mi liu zhi ji

1974年，王近山住院了，患的是贲门癌。

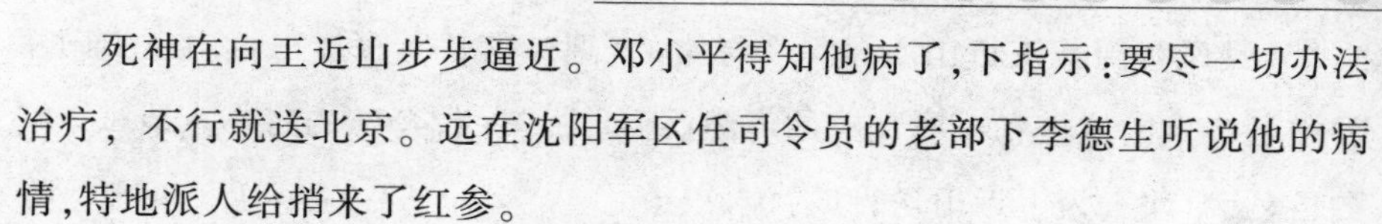



死神在向王近山步步逼近。邓小平得知他病了，下指示：要尽一切办法治疗，不行就送北京。远在沈阳军区任司令员的老部下李德生听说他的病情，特地派人给捎来了红参。

1978年的春天，王近山病重，让他的老首长，老部下们痛心不已。将军在临死前，经常从嘴里冒出冲、杀的字眼，每当这个时候，他的儿子王少锋就对他说："爸，李德生上去了"、"爸，尤太忠上去了"、"肖永银上去了"，将军的身体马上就平静下来了，让小护士们怎么也想不通。

5月 10 日，王近山弥留之际，老战友、时任南京军区司令员的聂凤智来到了他的病床前，俯在他的耳边说道："近山，你还记得当年在延安偷看'眉户戏'犯纪律的事儿吗?那时你是师长，我是团长，还有个师长徐深吉。彭总派出的纠察队由一个连长带队，抓了我们两个师长一个团长——那时我们都二十郎当，可真年轻哟……"

王近山已经不能够再回答老战友了，他的脸色出奇的安详、纯洁、静谧……

王少峰两行热泪无声地涌出来，他仿佛怕吵醒了父亲一样低声敛气对聂凤智说：

"聂伯伯，父亲，他走了……"

王近山，终于甩下这一身的是是非非，化着了一个传奇故事，他，再也不用听人们说长道短了……

他也没有听见有一个年长于他的人正躺在病榻上，听到他逝世的噩耗后突然睁大了眼睛，直愣愣地望着天花板，嘴里叨念着"近山！近山呐！眼角热泪横流，这个人是二野主帅刘伯承元帅，王近山第一次没有回答他敬爱的师长的呼唤……

他听见的是那高亢饱满的军号声，在那电唱机放响的起床号声中，他又回到了那金戈铁马的岁月，他一直向前冲着，迎着呼啸的弹雨，闻着那股浸透灵魂的腥甜气息，他像猛虎一样向前冲着……

王近山在南京军区副参谋长任上走了。

聂凤智深知王近山不是一个寻常的“副参谋长”，深知王近山在中国军界举足轻重的地位和不同凡响的声望，王近山是一位特殊的将军。聂凤智斟酌再三，对前来为王近山送行的肖永银道：

“老肖，你了解王近山，这悼词，别人搞不太合适，你搞搞吧！”

肖永银欣然从命。他愿为王近山再效这最后的力，以此了结他与王近山之间的只有他们俩才清楚的知遇与情缘。

在起草悼词时，剑眉、虎目、虎虎有生气的王近山从冥冥中向肖永银走来，肖永银几次掷笔，从喷出的香烟青雾中凝视着不老的青年将军王近山。他感到，人生最苦的，是给一个在记忆中活生生的人写悼词。在给死去的王近山挂头衔时，他颇费踌躇，觉得那个“副”字实在刺眼，大名鼎鼎的、宛如一尊战神似的王近山，一个“参谋长”就交代了王近山轰轰烈烈的一生？

不能说肖永银太看重这“官位功名”，身为王近山的老部下，他最知晓王近山的辉煌历史。叱咤风云的一代战将，在和平的日子里却遭逢巨大不幸，现时王近山的身份与他建立的赫赫战功绝不相称。功名太薄于王近山。

肖永银将自己的意见用传真发给了老政委邓小平的办公室。

睿智的邓小平毕竟是位伟人，他很快打来电话：

“人已死了，不能下命令搞个名堂，就叫顾问吧。”

刚刚复出几个月的邓小平，对王近山这位爱将的过早辞世极感悲痛，话语中流露出深深的惋惜和遗憾。然而，生死由天，人无回天之力，邓主帅对将军的爱怜也唤不回将军的生命。死而不得复生，王近山死后统帅封将，虽然无告于生时王近山，却有慰于死后王近山！

追悼会开始了，原定500人参加的悼念仪式，结果有1000多人参加了。许多王近山的战友及老战士，远道赶到南京来参加追悼会，表达他们对王近山的哀思。

数年后，邓小平又亲笔题词：

“一代战将”。

# ★有勇有谋：杜义德★

杜义德（1912–），湖北省黄陂县人。1928 年加入中国共产主义青年团。1929 年参加中国工农红军。1930 年转入中国共产党。土地革命战争时期，任红 4 军第 1 师 3 团班长、排长、连长、连政治指导员，红 4 军第 10 师 30 营政治委员，29 团政治委员，红 30 军第 89 师政治委员，红 31 军第 91 师政治委员，红四方面军总部四局局长，直属纵队司令员，骑兵师师长。参加了长征。抗日战争时期，任八路军 129 师随营学校副校长，新编第 4 旅副旅长，冀南军区第二军分区司令员、政治委员兼中共地委书记，冀南军区副司令员，西进纵队司令员兼政治委员，冀南军区司令员。解放战争时期，任晋冀鲁豫军区第 6 纵队政治委员，中国人民解放军第 3 兵团副司令员兼第 10 军军长。中华人民共和国成立后，任川南军区司令员，中国人民解放军第 3 兵团军长兼政治委员，中国人民志愿军第 3 兵团副政治委员、政治委员，旅大警备区政治委员，沈阳军区副政治委员，中国人民解放军海军副政治委员、第二政治委员，兰州军区司令员。1955 年被授予中将军衔。是中国共产党第十一届中央委员。在中共第十二次全国代表大会上被选为中央顾问委员会委员。

有勇有谋：杜义德

# “镰刀割断旧乾坤，斧头劈开新世界”

liandaogeduanjiuqiankunfutoupikaixinshijie

1912年5月，杜义德出生在湖北黄陂县的木兰山塔耳岗区陈家嘴湾。杜义德的父亲租种了胡家湾大地主的田，只能维持全家9口人糠菜半饱的生活。

由于家境贫寒，杜义德只读了8个月的私塾，才八九岁的年纪就给地主放牛。10岁就跟着哥哥出外挑肩磨担，起早贪黑地奔走在河口、夏店等集镇，每天总要往返百十里的山路。用他那稚嫩的肩膀担负起生活的重担。15岁那年，杜义德跟着胡家湾的胡锯匠到武汉去当起了学徒工。

那时的杜义德，当然还不懂得什么叫“阶级压迫和剥削”、什么叫“阶级斗争”。但是，他想不通，为什么世间会有那么多的不公平、不合理。很快，传来了黄麻起义的消息。“红军要来了，咱穷人要有出头日子了。”家乡的穷人，兴奋地传说着红军的消息。

不久，木兰山的塔耳岗区，来了一支叫做中国工农革命军第7军的军队。他们到处贴起了“打倒蒋介石”、“打倒土豪劣绅”的标语，还发动农民组织农民协会，号召农民抗租、抗粮、抗税、抗捐、抗债。

杜义德整天兴奋得不得了，带头参加了农民协会，还照葫芦画瓢真的写了一副对联：“镰刀割断旧乾坤，斧头劈开新世界”，贴在农民协会的大门上。斗完土豪劣绅，杜义德和农民协会的小会员们拉着手，满街跑、满街唱：“大土豪跑过江(过长江到武汉)，小土豪逃四方，穷老子一夜睡到大天亮。”

1928年，16岁的杜义德参加了农民赤卫军。同村最要好的小伙伴杜娃子，也和他一起参加了农民赤卫军。两人拉钩发誓，一起去木兰山找革命军。不幸的是，有一回，杜娃子回村的时候，正巧被地主还乡团抓住，残忍地剖腹

"示众"了。后来，杜义德和赤卫军一起回村执行任务时看到了杜娃子的妹妹亚妹。她哭着说："狗子哥，妈妈临死以前还对我说：'亚妹呀，你看到狗子哥就像看到娃子哥了。别忘了叫狗子哥给你娃子哥报仇呀。'"亚妹的话，像刀子一样，深深刻在杜义德的心上。

1929年2月，杜义德与家乡磨盘区的100多个赤卫军一起参加了红军，并被编入红11军31师4大队。不久，杜义德加入了中国共产党。6月，杜义德已经成为4大队的宣传队长了。那时，被称作"尖黄陂"的杜义德，已经成长为一名有勇有谋的坚强的红军战士，不再是一年前的"狗子哥"了。

杜义德听说，杜老爹被敌人打死以后，家里的房子也被烧了。为了躲避敌人的迫害，母亲柳华山不敢对人说起杜义德在红军，也不叫杜义德回去。她让人捎口信给杜义德："不要回家，为你爹报仇！"

父亲和杜娃子的死，永远铭刻在杜义德的心里。

有勇有谋：杜义德

## 好一个杜义德，让反动派坐棺材

haoyigeduyiderangfandongpaizuoguancai

1930年4月，党中央决定，在鄂豫皖边区分片活动的红31师、32师、33师统一改编为红军第1军，3个师依次编为第1师、第2师、第3师。徐向前担任副军长兼第1师师长。

杜义德任红1师4大队的班长。杨家寨战斗后，红1师第一次扩编，杜义德担任了排长。

6月26日，敌郭汝栋部独立旅第1团进至杨平口以南的郑家店，第2旅第4团进至小河溪，准备把红1师围而歼之。红1师党委决定首先在杨平口打伏击，消灭驻扎在花园的国民党军独立旅第1团。

打花园，先要攻新集。新集城下有坚固的工事，敌人防守很严。这也是红

1师开始进行的几次攻坚战之一。进攻部队一再被城墙上的守敌打退。徐向前急得亲临前沿指挥。眼看着城墙上敌人的机关枪“咕、咕”乱叫，趴在地上的杜义德，气得把拳头往地上使劲一捶，刚要骂出口，突然被拳头下的细软的泥土吸引住了。“嘿哟，怎么没想起这一招呢！”他立即命令全体战士向城墙方向挖地道。原来，那一带的土质松软，很快就挖出了一条地道。杜义德又让人拖上来一口棺材。3团长王树声在后面看到了，心里直纳闷，“这杜义德，搞的什么鬼！”

这边，杜义德带着战士迅速地把炸药塞进棺材里，装得满满的。他派几个战士在前面拽，他和几个战士在后面推。就这么着，居然神不知鬼不觉地把装满炸药的棺材从地道里送到了城墙下面。“点火！”杜义德一声令下，棺材冲天而起，把城墙炸开了3米多宽的口子。把3团团长王树声乐得合不拢嘴。他高兴地对亲临前沿阵地的徐向前师长说：“你看，杜义德把装满炸药的棺材搞进敌人城墙了。”

徐向前在后面看得真切，哈哈大笑：“好一个杜义德，让反革命坐棺材！”

浓烟里，杜义德已经带领全排冲进了城墙。这时，杜义德觉得肩膀上一阵刺疼，用手一摸，满手的鲜血。一颗子弹已从他的肩膀上穿过。杜义德杀红了眼，顾不上包扎，端起枪愣往前冲，嘴里骂着，“老子叫你打！给我杀！”

这一仗，红军大获全胜。杜义德冲上城墙，手举着缴获的新枪，高声喊着：“红军打胜仗罗！”部队像潮水一般地涌进城里。

7月，红1师冒着酷暑，再次向京汉路出击，一度占领祁家湾车站，并准备趁着蒋、冯、阎军阀混战的机会，进攻京汉路距武汉不远的花园车站。

行动开始了。特务大队化装成赶集的农民，先头行进，负责扫除前进路上的敌人岗哨。1团、3团跑步前进，随时准备投入战斗。杜义德带领尖刀班在3团前头，直插花园守敌。距花园镇不到2里路时，徐向前赶到了部队前面，“杜义德，注意隐蔽，准备战斗！”杜义德抬头一看，师长上来了，不禁心头

一热。“师长放心，保证打好！”

拂晓，敌人刚刚起床，猛地一看，红军像潮水般涌了进来，立即慌作一团。扼守铁路以东的敌重机枪营发现红军后，立即动用街头地堡内的值班机枪封锁红军的进攻。1团主力迅速从两翼迂回，很快解决了重机枪营。不到8点钟，敌人大部分已被歼灭，只有迫击炮营在敌副团长的指挥下，依靠李家祠堂的坚固建筑继续抵抗。3团调集兵力，围攻李家祠堂的时候，杜义德看见徐向前带着参谋和警卫员，冒着密集的弹雨跑上来了。

看着徐向前跑到离祠堂很近的地方，杜义德捏了一把汗。高个子的徐向前蹲在一座断墙后面，仔细观察敌情。发现祠堂里有不少木结构的建筑，心生一计，立即命令3团长王树声：“用火攻！”王树声指着祠堂对杜义德说：“赶快搞些干柴上去，放上一把火！”杜义德带了几个战士，很快就弄来了一堆柴草，像猫似的，悄悄运到了祠堂边上，一把火烧进了祠堂。杜义德扯起大嗓门就喊上了：“快缴枪！再不投降烧死你们！”果然，不大一会，敌人举枪走出了祠堂。

这一仗，打得干脆利落，3个小时就胜利结束了。红1师消灭了敌人一个整团，打死、打伤和俘虏了敌团长以下官兵1400多人，缴获了重机枪8挺，迫击炮5门，长短枪800多支，红军却没有牺牲一个人。战斗结束了，杜义德顾不上擦去脸上的硝烟，就带着战士们上街宣传、贴标语去了。

有勇有谋：杜义德

## 共产党员跟我上！

gongchandangyuangenwoshang

1935年1月，杜义德率领部队刚刚钻出了“反六路围攻”战斗的硝烟，立即又投入广昭战斗。2月，再参加陕南战斗。3月，又马不停蹄地参加强渡嘉陵江战斗。

这一天，嘉陵江边的岩石和灌木草丛里，一高一矮，走过两个背着草篓的山民。他们手里握着柴刀，走走停停，指点江岸。后面不远处，尾随着几个精干的小伙子。这是红四方面军总指挥徐向前和红30军89师政委杜义德。他们化装成割草的农民，带人侦察江岸，沿江勘察地形、水文情况。

3月28日夜晚，红四方面军总部和徐向前总指挥下达了渡江命令。塔子山上的几十门大炮和轻重机枪一起开火，掩护着满载渡河勇士的六七十只木船，飞速驶向对岸。尽管江防敌人死命阻击，还是有一部分木船登陆，并迅速占领了滩头阵地。徐向前命令杜义德担任方面军过江指挥，立即率部架设浮桥。并且严令在大部队过河以前，骡马和辎重不得上桥。

杜义德指挥部队趁势架起浮桥，让大部队快速通过嘉陵江。他自己留在桥头掌握部队。

拂晓前，杜义德率领的89师全部随30军主力和9军一部强渡成功后，立即从中路突破敌人的防线。杜义德带领战士们沿着崎岖的山路，急速前进，立即投入战斗，很快占领了敌人沿江阵地的制高点，并迅速向纵深推进。

红军的攻势震动了成都。在方面军各部队全面投入战斗的同时，杜义德奉命率领红30军89师向西北推进，于4月10日攻克青川，并立即指挥部队冲击青川以北川甘交界的摩天岭，阻击伺机南下的胡宗南部。

几乎就在杜义德率领部队冲上摩天岭的同一时间，敌人也露了头。杜义德迅速指挥经过急行军，气喘吁吁的、还没有站稳脚跟的部队投入战斗。战士们喘着粗气，咬牙甩出了第一批手榴弹。经过激烈战斗，把胡宗南部先头部队的一个营全部歼灭在摩天岭下。

随后，杜义德率领部队又于14日攻克了平武。这次战斗，是红军早期的攻坚战之一。杜义德带领部队从摩天岭阵地撤出以后，迅疾攻城。在敌人密集的火力下，攻城战斗进行得十分激烈。眼看久攻不克，正在前沿指挥战斗的杜义德急红了眼。他“噌”地一下，就跳出了掩蔽工事，猛地抽出别在腰间的驳壳枪，大手一挥，扯起大嗓门吼了一声：“共产党员跟我上！”

眼看拉不住师政委杜义德，突击营营长急令司号兵："快吹冲锋号！"嘹亮的冲锋号吹响了。战士们看到政委带人往前冲，也纷纷一跃而起，跳出掩体，向守敌发起总攻。

杜义德身先士卒地从缺口登上了城墙，挥着手枪喊："同志们，冲啊！"惊天动地的喊声，仿佛是嘹亮的冲锋号；手枪柄上的红绸迎风展开，通红、通红的，远远望去，仿佛是一面红旗。

正在这时，隐蔽在城墙下的敌人机枪又"嘎、嘎"地响了起来。"政委，小心！"紧跟杜义德身后的通信员惊叫起来。话音没落，一颗子弹已经从杜义德左胸锁骨下穿过。洞穿了他年轻而又结实的身体。鲜血涌出，立即把军衣染红了。杜义德摇晃了一下身子，从城墙上重重地摔下。

杜义德醒来的时候，已经在红军野战医院里了。徐向前总指挥听说杜义德身负重伤，立即赶去看望这员虎将。杜义德紧咬牙关，蜡黄的额上，不停地滚落着豆粒大的汗珠。徐向前蹲在担架边，紧拉着杜义德的手，对杜义德说："杜义德，你给我挺住！阎王爷不收你，我这里还要你呢。"徐向前吩咐派四方面军最好的医生去为杜义德治疗，"一定要把杜义德救活！"他又要野战医院随时把杜义德的伤情向他报告。

但是，那时的红军医院，也一样的简陋，缺医少药。每次换药，杜义德都是疼得死去活来。幸亏杜义德年轻，"阎王爷"真的还不"收"，终于挺了过来。伤还没好利索，杜义德又急忙回了部队。在以后无数的艰难岁月里，杜义德都记住了徐向前总指挥对他说的这句话："杜义德，你给我挺住！"

有勇有谋：杜义德

## 向徐向前立下军令状

xiangxuxiangqianlixiajunlingzhuang

为了迎接红军三大主力会师，四方面军发起了"为会师而战斗"的竞赛

☆到达陕北的红四方面军一部。

活动。当时，蒋介石调集了数万大军，企图阻止红军会师。党中央指示四方面军“速出甘南，抢占腊子口，攻占岷州”。徐向前总指挥决定乘敌人主力尚未集中岷洮之前，指挥部队先机夺取岷州、洮州、西固地区，突破封锁线，乘机北进，与党中央和一方面军会合。

1936年8月5日，四方面军指挥部发布了《岷洮西战役计划》，集中主力于岷洮方向，采取钳形攻势、东西夹击的战术手段，实现战役的胜利。从5日到12日，红军各部先后由川北包座地区出发，向甘南挺进。为了保证战役计划的胜利实施，徐向前决定派直属纵队司令员杜义德去4军10师具体传达战役计划，了解战前准备情况，并协助10师师长余家寿、政委叶道志指挥攻打洮州旧城。徐向前叮嘱杜义德：“这一仗关系重大。我们要打一个漂亮仗为会师献礼！”

杜义德对徐向前说：“总指挥放心，我一定协助10师打好这一仗！”他把驳壳枪擦得锃亮，往腰间一插，带着警卫员，连夜赶往10师驻地。

杜义德到达10师以后，向师长余家寿、政委叶道志传达了徐向前总指挥关于攻打洮州旧城的作战命令。部队立即进行了相应的作战部署。师指挥部召开作战会议，向部队下达了具体的作战命令。各团受领任务后，连夜开拔，沿着洮河向洮州挺进。

9月7日拂晓，各部队翻山越岭，逼近了洮州旧城。守敌约1个团，见红军大兵压境，情势危殆，不战自退，仅留下一个营的兵力，据城顽抗，掩护团部及主力向临洮方向撤退。杜义德正带领先头部队行进中，得到情报后，立即命令部队从行进间发起攻击。

霎时间，枪声、爆炸声、喊杀声，在嘹亮的冲锋号中响成一片。战士们如出山的猛虎，扑向守城的敌人，不到1个小时，全歼守敌1个营，缴获各种枪支300余支，还俘虏了数十名敌人。杜义德高兴地说："我们就是要多打几个这样的胜仗，以实际行动迎接红军3大主力会师。"

13日清晨，警戒小组发现西北方向烟尘飞扬，并夹伴着嘈杂声，由远至近而来。他们立即向指挥部报告："一定是敌人的骑兵袭击。"杜义德当机立断，命令部队全部撤出城外，埋伏在周围的有利地形上，准备伏击敌人。

眼看敌人的骑兵已经逼得很近了，师长余家寿举起手枪，扣动扳机。"叭！叭！"随着两声清脆的枪声，机枪、步枪、驳壳枪一起开火，射向敌人的马队。威风的骑兵乱成一团。杜义德对余家寿师长说："到时候了，迅速出击，围歼敌人！"

余家寿师长立即命令吹响冲锋号。战士们一跃而起，雄壮的冲锋号和喊杀声响成一片。10师部队南北对进，两面夹击，势不可挡。敌人吓破了胆，仓皇夺路逃命。来不及逃命的，浑身哆嗦着，战战栗栗地跪在地上缴械投降了。

这一仗，共打死打伤敌人200余名，俘虏34人，缴获战马近100匹，各种枪支、马刀300余件。杜义德亲自审讯了俘虏，了解到敌人是马步芳所属警备第一骑兵旅马彪部的一个加强营。敌人本来企图夺回洮州旧城，恢复原来的防线。

杜义德和余家寿师长商量后，立即命令部队作好新的战斗准备。果然，在后来的几天里，敌人又连续发动进攻，轮番向洮州旧城攻击。余家寿师长在杜义德的协助下，指挥10师和妇女先锋团采取灵活多变的战术抗击敌人。有时撤离城区占领有利地形拦击敌人，有时把敌人放进城里，与敌人展开巷战。

经过一周的艰苦鏖战，红军重创敌军，残敌溃退到青海境内，攻打洮州的任务也就胜利结束了。整个战役中，红军打死敌人600多，俘虏200余人，缴获长短枪支1000余支，马刀600多把。

杜义德小试身手后，再次回到四方面军直属纵队，徐向前高兴地对杜义德说："我们很久没打这样的大仗、胜仗了。到西北打仗，要学会和敌人的骑兵作战，我们也要组织自己的骑兵。你们给了全军一个鼓舞，为全军树立了榜样，也为我们和一、二方面军会师准备了一份厚礼。"

杜义德归队后，又和方面军总部一起，沿着通渭、马营一线，日夜兼程，向会宁挺进。

有勇有谋：杜义德

## 领命创办随营学校

lingmingchuangbansuiyingxuexiao

杜义德历经千辛万苦，终于回到了延安，回到了党中央的身边。在延安毛主席介绍杜义德进入了抗日军政大学学习，并在抗大得到了毛主席的关心和循循善诱的开导，心里充满了对毛主席的感激之情。

杜义德成为抗大的模范学员，结业后，又听从组织的安排，愉快地留在抗大，先担任5大队1队队长，后来，又到抗大一分校任支队长。这期间，红军主力改编为国民革命军第八路军。原红四方面军的部队编入了八路军第129师，于1938年9月底东渡黄河，出师抗日。

1939年9月，杜义德实现了自己的愿望，被组织上分配到129师。

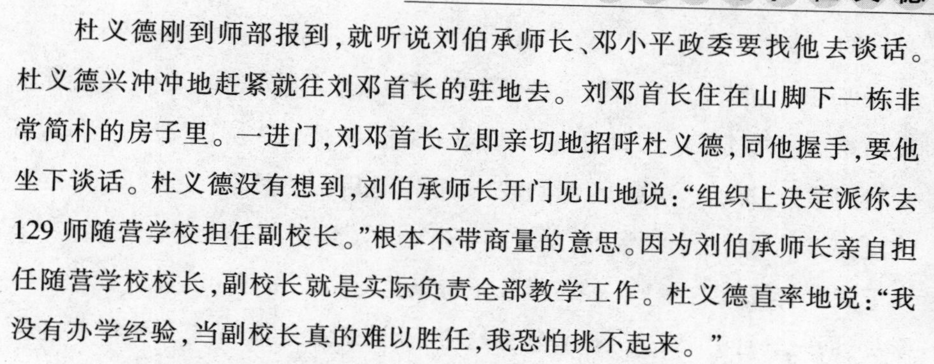

杜义德刚到师部报到，就听说刘伯承师长、邓小平政委要找他去谈话。杜义德兴冲冲地赶紧就往刘邓首长的驻地去。刘邓首长住在山脚下一栋非常简朴的房子里。一进门，刘邓首长立即亲切地招呼杜义德，同他握手，要他坐下谈话。杜义德没有想到，刘伯承师长开门见山地说："组织上决定派你去129师随营学校担任副校长。"根本不带商量的意思。因为刘伯承师长亲自担任随营学校校长，副校长就是实际负责全部教学工作。杜义德直率地说："我没有办学经验，当副校长真的难以胜任，我恐怕挑不起来。"

邓小平政委说："义德同志，你住过抗大，又担任过支队长，办学校不会有多大困难的。决定了你去就去吧。"

杜义德还是有点儿犹豫地说："还是派我到前方打仗比较合适。"邓政委笑着说："将来有的是打仗的机会。"杜义德想，既然组织上已经决定了，只好去试一试。他对刘邓首长说："请师长、政委放心，既然首长决定我去随营学校工作，我一定努力完成任务。"

9月下旬，杜义德到了黎城县以东不远的东黄须村随营学校校部。听说杜义德到了，政治委员袁鸿化、参谋长姚继鸣、政治部主任余一元高兴地迎出门来。袁鸿化使劲握着杜义德的手说："早就听说你要来了。你在抗大学习、工作过，打仗、办学都有经验。以后，随营学校的工作，可要多依靠你了。"

杜义德也是十分清楚的觉得办学比指挥部队打仗的责任还要重大。为了集思广益，杜义德下到基层，征求随营学校教职员工的意见，为办好学校探索一些新的路子。

办好学校，使学员在短期内提高军政素质和组织指挥才能，关键在于教员队伍，一定要按照邓政委的要求，建设好教员队伍。随营学校的教员来自四面八方，有的是从延安抗大、陕北公学毕业生中选派来的，有的是从全国各地来的爱国知识青年，也有些是国民党军队中的爱国军官，还有些是从教导队培养出来的优秀生。为了解决教员不足的问题，杜义德又向师首长建议，从部队中挑选具有实战经验及相当的军事理论和技术水平的干部作为

学校的主要骨干。

那时，正处于战争年代，学校的条件十分艰苦。杜义德想方设法改善教员的待遇。营连职干部每月发2块钱的薪金，教员发3块；学员每人每天5分钱的菜金，每连一个食堂，教员轮流到各连聚餐，大家的情绪很高，教学工作进行得十分活跃。渐渐地，学校教育也走上了轨道。

在杜义德的主持下，随营学校坚持以党的路线和方针政策来教育全体学员，同时进行时事政策、形势任务教育，开设了党史课，重点讲中国共产党的产生、发展的历史过程，讲“少数服从多数、个人服从组织、下级服从上级、全党服从中央”的组织原则；并向学员讲解抗日民族统一战线，既强调团结抗日，又强调“人不犯我，我不犯人，人若犯我，我必犯人”的斗争原则，提高部队广大学员的政治觉悟；不仅使指挥员、战斗员英勇善战，而且会做群众工作，宣传群众、组织群众、武装群众。在教学方法上，采取启发式、讨论式；学员分组讨论、组织小结，提高学员的学习兴趣，结果，学员不但在随营学校里的学习收效明显，许多学员回到部队以后，在进行敌后抗日武装斗争中发挥了积极的组织领导作用。

为了完成刘邓首长的嘱托，办好129师随营学校，杜义德呕心沥血，白天深入学员队和学校基层，找教员、学员谈话，晚上还要审阅各种教材，不知熬过了多少个不眠之夜。常常是鸡叫头遍了，刚刚休息。黎明又起，到学员队，深入训练现场，实际考查教员的训练水平。到教员中去，和大家一起研究改进教学、提高授课能力，保证教学质量的提高，解决各种教学问题。为了活跃学员思想，促进学习，学校经常组织文娱晚会以及歌咏、球赛、军体会，学校生活也更加丰富多彩，富有生气了。

第7期学员进校以后，邓政委下部队检查工作，特地来到随营学校。他高兴地说：你们把毛主席为抗大制定的“坚定正确的政治方向，艰苦奋斗的工作作风，灵活机动的战略战术”，以及“团结、紧张、严肃、活泼”的优良校风作为随营学校的办学指导方针是非常正确的，还要加上一条129师“艰苦奋

斗、英勇牺牲”的革命传统。



## 创造地道战

chuangzaodidaozhan

1942年，是冀南抗日战争最困难的时期。日伪军不断向根据地进行“扫荡”和“蚕食”。4月29日凌晨1时多，冀南军区情报科向军区报告，发现日伪军异常集结。天亮以后，又发现敌人已经大批出动，并与19团激战。西面、北面均发现大批日伪军在机械化部队配合下行动，并不断地有飞机盘旋、扫射。这就是日军蓄谋已久的“4·29铁壁大合围”，也称“4·29大扫荡”。

由于八路军对此次扫荡的规模估计不够。上午10时左右，军区机关和区党委、行署机关及各部队，汇集到十二里庄一带时，日军已经占领了十二里庄北面的几个村庄，并在坦克、装甲车的掩护下，向我军前沿部队冲击。新4旅、冀南军区机关都已陷入日寇的“铁壁合围”。

敌人的包围圈越来越小，形势异常严峻。

新4旅副旅长杜义德命令部队，在昏天暗日之中争取时间突围。突围部队在骑兵先导下，跑步前进。当八路军马队冲出重围时，敌军才察觉到八路军已趁机突围，急忙用火力封锁。但是，杜义德已经及时指挥部队进入道沟，避开敌人的火力，向外突围。各部队被截断的部分后续人员只好就地分散隐蔽，趁风沙弥漫之际，分路分批辗转北移，寻隙突围。

经过紧张的格斗，杜义德带领部队压倒了阻击的敌人，冲过封锁线，硬生生地在日寇的合围圈子上撕开了一道口子，使后续部队也全部突围成功，转移到曲周东北地区。但新4旅机关和旅直属队在旅长徐深吉率领下向东北摇鞍镇转移时，却不幸陷入了合围圈。

1942年，冀南部队及地方武装共进行大小战斗2500余次，平均每天7

次;1943 年的 2 月里,28 天就进行了大小战斗 270 余次，平均每天 9 次,随时都会有战斗发生。战争的残酷和激烈程度是可想而知的。

经过了这次大“扫荡”,新 4 旅也吸取教训,把部队分散活动,对付敌人的突袭和“扫荡”。有一次,杜义德只带领了 1 个排的战士出去行动。仍然碰上了敌人的“扫荡”。只好拼死突围。那一带没有“青纱帐”可以躲避。结果,只有警卫员和 2 名战士跟着杜义德突出重围。

坚持冀南抗日根据地,本身就是一个艰巨面困难的任务。杜义德常常用毛主席的《论持久战》来鼓励部队坚持斗争。他说:“我们第 2 军分区要成为冀南抗日根据地的堡垒。”

但是,怎样才能躲避敌人的突袭呢?为此,杜义德要大家集思广益,多想办法。最初,游击队和群众把靠近敌人据点的村落进行改造,堵塞敌人可以进出的通道,另外开辟隐蔽的出路。后来,又把村里的一些院落贯通,便于撤退或者进攻,并在适当的地方搞一些隐蔽的射击口。后来,又把所有的村子都进行改造:堵街口胡同,贯通院落,构筑隐蔽射击口。把一座座平原村庄变成一座座地上“堡垒”,既可在村内进行伏击

☆冀南军区政治部颁发的“五一”奖章

战,又可以方便部队和群众转移,避免不必要的牺牲。

为了防备日伪军的“扫荡”,杜义德指示部队帮助群众“坚壁清野”,“挖个洞子把粮食藏起来”,“必要的时候也可以躲人。”2军分区的部队到了各村就帮助群众挖藏粮洞。无意中,有的街坊邻居把紧挨的洞子挖通了。大伙一琢磨,这样还真有好处。日伪军来“扫荡”,既可以藏粮,又可以躲避。部队把这个办法报告给军分区。杜义德听了,觉得是个好办法,就指示其他部队帮助群众挖洞的时候也照着办,把改造村形和挖地道结合起来。结果,家家户户的藏粮洞越挖越长,成了地道,又和邻村的地道接起来。

日寇来“扫荡”了,群众就从隐蔽的地道口钻进去,跑到邻村去躲避。部队和游击队也可以转入地道机动活动,并且趁敌人不注意的时候,悄悄出击。地道和“改造村形”结合起来,村子就成了“迷魂阵”一样。敌人进村、出村只能走一条路。进入村子后,人生地不熟,村子里几个方向的出入口都被堵死,不仅使敌人行动不便,连方向都辨别不了。

村里群众却人熟地熟,各家各院畅通无阻。情况紧急的时候,可以随时进入地道,村子里顿时连个人影都不见,好像是“无人村”一样。这样一来,敌人在村子里找不到人;抗日军民既可以坚持村内游击战,又方便了群众和部队在必要时安全转移,有效地保存自己。

在杜义德的领导下,第二军分区创造了把改造村形和地道战结合起来的好办法,有力地打击了轻易进村“扫荡”的敌人。这一创造得到了军区领导的高度肯定,立即在冀南全区推广开来。

杜义德领导的第二军分区毗邻较早开展地道战的冀中地区。杜义德亲自去冀中考察,指示军分区总结本地和外地的经验,进一步改进地道布局。在斗争实践中,2军分区的抗日军民开动脑筋,发挥聪明才智,创造了更加有效打击敌人的地道战。

他们把入口、出口、通气口加以改进,搞得真真假假,用以迷惑敌人。群众还发明了隐蔽的瞭望孔、卡口、陷阱等等,既可以神出鬼没地打击敌人,又

可以防备敌人灌水和烟熏、放毒气。在滏阳河东,还挖了以彭家庄为中心与周围几个村庄相通的连村地道,一村有敌情,几个村的民兵游击队互相接应,配合作战。

有一天拂晓,杜义德正在村子里召集武工队开会,日军突然出动,包围了村子。杜义德立即指挥大家在区长的带领下进入地道。想不到,日军在搜查中发现了地道口,就逼迫老乡下去找八路。

杜义德要大家做好战斗和地道转移准备,同时,吩咐下去的老乡上去对日军说:“八路大大的有。”地道里的武工队员也向日军喊话:“小鬼子下来吧,我们在这里。”日军吃过苦头,哪里敢下去送死。又让老乡下去“劝降”。下去的老乡都从地道里跑了。日军没办法,到处乱挖乱捅,折腾到天黑,又怕挨打,就撤回据点去了。日军无可奈何地说:“八路在地下活动,我们扫荡的不行。”

在肥乡一带,最多有8个村子的地道连成一片。最长的地道有两万多米。这些地道,易进易出,能打能守。形状也是多种多样的。有方形的、椭圆形的,也有“井”字形的、“T”字形的、“S”形的,通道都是弯的,以防敌人直射。大的地道还可以办公、开会、储藏物资。

挖地道成了在平原地区打击敌人、保存自己、坚持游击战的好办法。地道战在冀南全区推广,八路军、武工队由地上斗争转入地下斗争,再把地上、地下斗争结合起来,利用房上的天桥、暗堡、村头、街中的挡墙,连接村里的地道和原野上的道沟,形成了打击日军的立体战场,有力地打击敌人,坚持和发展了冀南平原的游击战争,使日伪军队大伤脑筋、闻风丧胆。打得赢就打、打不赢就走,神出鬼没,这成为冀南抗日军民战胜敌人的法宝之一。

1942年下半年起,杜义德率部队进入滏阳河两岸的巨鹿、隆平、平乡等地区开展游击战。

有勇有谋：杜义德

# 邓小平拍着杜义德的肩膀说："你们这一仗打得好！"

dengxiaopingpaizheduyidedejianbangshuonimenzheyizhangdadehao

1945年8月，中国人民在抗日战争中经过8年的英勇奋斗终于迎来伟大胜利，但中国共产党却面临着国民党在美帝国主义支持下发动内战的阴谋。

1945年8月20日，在老解放区的基础上，遵照中央决定，成立了晋冀鲁豫军区，刘伯承为司令员，邓小平为政治委员。晋冀鲁豫军区下辖太行、太岳、冀南、冀鲁豫4个军区。太行军区司令秦基伟，政委李雪峰；太岳军区司令王新亭，政委王鹤峰；冀南军区司令杜义德，政委李菁玉；冀鲁豫军区司令王秉璋，政委张玺。

8月中旬，盘踞于晋西南的国民党第2战区司令长官阎锡山按蒋介石的密令，派出4个师1个挺进队的整装兵力侵入晋冀鲁豫解放区心腹——上党地区，企图刀插上党，分割我太行、太岳根据地。中央军委明示刘、邓：集中太行、太岳军区主力首先歼灭阎锡山进入长治的部队，收复上党地区，消灭心腹之患。若要战胜蒋军的进攻，则必抱定打运动战、打有准备有把握的仗、打歼灭战的思想。

☆上党战役，蹲者为杜义德。

杜义德首先接到的是刘伯承的电示，令其迅速扩充兵力。“当前最急迫的任务是快集中分散作战的部队，要看谁集中得快，集中起来了形成拳头了就是胜利。”

9月7日，军区下达发起上党战役的命令。

9月10日，战役正式发起。杜义德率领支队隐蔽于长治屯留公路两侧准备歼击长治援兵。可长治阎军十分谨慎，仅在近郊试探性地接触了一下就龟缩不动了。从10日等到14日，足足4天，却没有用武之地。古来用兵讲求动静相生，或以静制动，或以动制静。伏击打援是敌动我静，以逸待劳的战法；而敌畏缩胆怯，迟迟不动，则是我军主动发起攻势的时机。素以少年持重、慎思断行而著称的杜义德拿起电话，摇通了刘，邓的指挥部。

“司令员，我是杜义德。”

“噢，有啥子情况?”对面传来刘伯承铿锵的声音。

“部队隐蔽了这么久，我分析敌人的情况是不敢有所动作，龟缩固守将成定势。不若乘敌人胆怯、我军士气正勇发动攻势战，攻陷外围城镇，以势逼人，压迫长治之敌出城。”

“对头，你的估计有理。目前长治阎军远出增援的可能性大大减少了，我们该采取第三步行动了！”

“司令员，部队斗志高昂，请战书像雪片一样飞来！”

“放心，有你们的肥肉打牙祭！”

杜义德听到司令员将“打牙祭”的“打”字说得很重，禁不住心头一热：“是，司令员！我冀南部队保证完成任务！”

刘伯承许诺给杜义德的肥肉是位于长治北面的潞城。9月16日22时，陈再道、杜义德率冀南部队主力在夜幕的掩护下，开始攻击潞城。部队一鼓作气，势如破竹，一一落实刘伯承制定的作战要点；加强侦察和器材准备；接城运动动作以突然隐蔽为好，登城战斗则须突然隐蔽，一举登城。占领潞城后，继而肃清了附近据点之残敌。陈再道、杜义德的速战速决推动了战役的

进程，刘、邓要求陈赓提早消灭阎军。

9月18日，刘、邓指挥部转到潞城。陈再道、杜义德让出潞城最好的一座宅院作为刘、邓的指挥部。在此，杜义德再次见到了刘、邓，张、李几位首长。邓小平拍了拍杜义德粗壮的肩膀说："你们这一仗打得好！按张际春副政委的话讲，你们都是创造了历史的人！"

9月22日，杜义德带着冀南部队开往长治东南面，负责进攻东关至南关段。与此同时，太行部队已摆在正南，太岳部队摆在了西北，形成围三阙一的态势。正在围攻之际，情报表明，阎锡山派出了3个师约7000援，一场打援战斗即将来临。9月28日，冀南纵队会同太岳军区一部佯攻长治，以继续吸引援敌。

10月2日，我军将敌援军包围在老爷岭和榆林地区。经数日激战，敌军步步退缩、猬集于磨盘脑一带。这时，我军发现敌人不只是3个师7000人，而是第7集团军副总司令彭毓斌所率第23军、第83军和省防军共8个师2万余人，兵力与我相当。军区领导急调冀南纵队驰援。按照军区命令，陈再道、杜义德迅速率队投入战斗，并在白天开进，故行暴露，以加速敌人动摇。激战至7日，阎军后援大部被歼，彭毓斌被击毙，数十名高级将领就擒。10月8日夜，史泽波部弃长治西逃。10月10日，蒋介石见上党大势已去，不得不在双十协定上签了字。此后，蒋军又把主战场瞄向了平汉路。为此，杜义德和冀南纵队在短暂休息后，也开始东调平汉路。



## 第6纵队当家人

diliuzongduidangjiaren

1947年初，一场纷纷扬扬的大雪席漫了华北大地，刚刚率领第6纵队胜利结束了巨金鱼战役的司令员王近山，因吉普车翻进深沟而压伤了腿。晋冀鲁豫野战军司令部首长电令，在司令员王近山养伤期间，由政治委员杜义

德担负军、政指挥的全责。

杜义德挑起了第6纵队当家人的重担，等待他的则是我军历史上的一次伟大的战略行动。

豫北战役之后，杜义德率队奉命集结于汤阴西北之王佐、鹤壁地区。他一面抓紧部队整训，积极准备迎接新的作战任务，一面观察研究着国内的局势。

☆鲁西南战役中6纵司令员王近山、政委杜义德检阅6纵作战部队。

6月10日，刘、邓首长在安阳石林村召集纵队干部会议，确定由第6纵队和第1、2纵队担负突破黄河的第一梯队，以第3纵队为第二梯队。

按照野司渡河作战命令，第6纵队为右路，在濮县以南之李家桥、于庄、大张村渡河。第6纵队渡河成功后，即迅速包围、分割、歼灭鄄城及其以北地区之敌，防敌向西南逃窜。

6纵副司令韦杰和杜义德、参谋长姚继鸣在战前的准备会议上，向3位旅长作了部署"以第18旅从后大张村渡河，第16旅从后李家桥渡河；以第17旅为二梯队，随第16旅后渡河。争取偷渡成功，偷渡不成，立即转入强渡。

6月30日22时40分，刘邓大军从八个地段强渡黄河。第18旅在后大张村渡口，采取横宽队形破浪前进。敌发觉后，我部即以猛烈炮火压制南岸，掩护突击队登岸，迅速占领了东于谷、董口滩头阵地。第16旅在后李家桥渡口，以隐蔽的动作偷渡成功。两个旅迅速向西南追击，鄄城守敌慑于我军声威，星夜弃城南窜。7月1日夜，第17旅渡过黄河。与此同时，各纵队亦强渡成功。蒋介石吹嘘能抵40万大军的黄河防线，顷刻之间即被刘邓大军突破。从此，人民解放军揭开了解放战争战略反攻的序幕。

7月4日下午，第6纵队接受了围歼定陶之敌的任务。

定陶城是国民党军的重要据点。敌第153旅到达后，依托城垣和城外土堤构筑了多道工事和障碍。依据敌情和地形，杜义德采取夜暗长途奔袭，首先占领四关和土堤，包围定陶，尔后以强攻歼灭敌人的作战方针。经过一夜100余里的急行军，部队依靠机动而争取了主动。7月5日拂晓前，第16旅和第18旅突然包围了定陶城，袭占了四关。第17旅主力集结于城北方向，准备阻击菏泽方向援敌。7月7日和8日，我军击退菏泽敌1个营的反扑；8日，又击退定陶敌两个营的反扑。接连几日，第6纵队各旅每日天黑即抢修工事。战士们靠着手中的一柄小钢锹，在城外四郊的开阔地上挖出了纵横交错的通道和战壕。

7月10日下午，杜义德接到攻城命令。

刘伯承在电话里说："拿下定陶的意义，一是解放定陶人民，二是为我军南下扫清障碍。如果攻不下来，我军过陇海路就会受阻。"

10日19时，杜义德下令向定陶守敌发起总攻。在强大炮兵火力轰击之后，第16旅第47团登城突击队第1营第2连在英雄刘玉芳的率领下，经过10分钟的激战攻破东门。第18旅第52团从北门迅速登城，突击队是第1

连,登城突击排是王克勤所在的第1排。后续梯队分路突入城内,将敌人分割围歼。战至午夜,城内守敌大部被歼。残敌一部向城南突围逃跑,被我第50团歼灭。是役,第6纵队全歼守敌第153旅及地方团队,创造了我1个纵队单独全歼敌广西部队1个旅的范例。

在定陶战斗中,闻名全国的战斗英雄王克勤光荣牺牲。刘、邓首长发来唁电。为了纪念王克勤,授予他生前所在排为"王克勤排",号召全军开展学王克勤运动。定陶县人民代表宣读了边区政府的唁电,中共定陶县委决定将定陶县城北门命名为"克勤门",以永久纪念烈士。

定陶激战的烟尘未扫,杜义德又挥师济宁南部地区,参与"拦腰斩蛇"歼灭王敬久兵团的任务。

14日黄昏,敌人突然以猛烈炮火向我轰击。肖永银旅长立即判明敌人有突围企图,即令第53团团长蔡启荣带领部队迅速冲入村内。随即其他部队也突入村内给敌以猛击。顿时,逃敌乱成一片,溃不成军。在我第6纵队与第1纵队的夹击下,敌全部就歼于六营集以东预设的口袋内。仅第53团即俘敌3000余人,缴榴弹炮10余门。

☆作战中的6纵战士。

六营集之敌被歼灭后，被围困在羊山集之敌第66师已成瓮中之鳖。第66师是蒋介石嫡系，陈诚的家底子。被困之后，蒋介石急调8个师又2个旅的兵力驰援。但这支援军受到了陈锡联第3纵队和李德生第17旅的阻击。

为确保彻底歼灭羊山主峰之敌。第16旅旅长尤太忠、政委张国传、参谋长赖光勋按杜义德的指令，到第一线反复侦察敌情和地形，讨论研究作战方案，严密组织步炮协同。27日黄昏，第47团担任主攻任务，协同第3纵队第7旅第19团对羊山主峰之敌发起了总攻。第47团指战员发扬英勇顽强、不怕牺牲和善于啃硬骨头的优良作风，采取小兵群多路冲击的打法，经过45分钟激战，攻占羊山主峰，并乘胜向羊山集之敌发起进攻，协同友邻部队迅速将敌全部歼灭，胜利结束了鲁西南战役。

鲁西南战役结束后，第6纵队奉命转移城武以北汶上集地区休整待机。不久，他们踏上进军大别山的征程。

有勇有谋：杜义德

## 写下我军战史上的一个著名战例

xiexiaowojunzhanshishangdeyigezhumingzhanli

1947年8月27日，我军全部进入大别山。

刘、邓首长于8月30日发出建立大别山根据地的指示："今后的任务就是全心全意地义无反顾地创建与巩固大别山根据地。"

根据上级的部署，趁追我之敌尚未赶到，大别山区较为空虚之际，杜义德布置第6纵队各部立即实施战略展开，先后占领了15座县城，筹建起民主政权，扩大了我军的影响。

10月初，蒋军又调集7个师的兵力合击光山，新县地区，企图寻我军主力作战。为彻底粉碎敌人的阴谋，刘、邓根据中央"分散大敌，歼灭小敌"的指示，令各纵队适时跳出敌之合围，乘机向鄂东各县发展。杜义德率第6纵队

协同南来之第1、2纵队,乘势拔除沿途及长江北岸分散孤立之敌的据点,控制了长江北岸达300余里的广大地区,威慑大江南北。

此前,陈粟兵团进至大别山左后侧之豫皖苏地区;陈谢兵团解放洛阳,进至大别山右后侧之伏牛山区,从而与刘邓大军构成了掎角之势。蒋介石既怕这3支大军会合,中原不保,又怕我军在大别山扎下根来,尤其怕我军横渡长江,挥戈南进。因此,当我各路大军兵临长江之际,他急调青年军第203师从九江伸至蕲春、黄梅,又令整编第40师会同第52师第82旅,经浠水向广济,跟踪我军,并附我军之侧背。

敌人孤军来追,正是我军求之不得的良机。当他们从浠水向东南前进时,刘、邓首长即计划将其诱入地形险要便于设伏的高山铺地区加以围歼。决定各部队立即向心集结,在高山铺地区之东、北、南三面设伏,兜击敌人。以中原独立旅诱敌上钩;令第6纵队闪到敌之左侧埋伏,待其通过后,即尾随敌向东,一旦敌人进入我军伏击圈时,便从后面捅他一刀。第2、3纵队为战役预备队。

杜义德为了及时抓住敌人,急令第17旅参谋长宗书阁指挥第49团第2营和第54团1个营作为先遣队,紧紧盯住敌人,掌握敌之动向;同时迅速集结主力随后急进。10月26日,敌东进遭我第1纵队阻击,当晚猬集高山铺山沟内。黄昏时分,第6纵队先遣队赶到高山铺西山,乘敌不备,抢占了李家寨山和马骑山,迅速构筑了工事,从而扎死了口袋。

杜义德指挥第6纵队无声无息地在敌人后面摆成了一个马蹄形,渐渐与第1纵队兄弟部队形成合围之势。此刻的他已胸有成竹。他来到电报室,问机要参谋:"今天截获的敌报有什么动向吗?"

"报告政委,上午,'武汉行辕'电示敌40师,高山铺最多只有共军1个旅,可大胆前进,为党国建功;下午,绕道先到蕲春的40师师长李振清敦促其部下速进,赶到蕲春吃晚饭。"

"哈哈……"杜义德听到这里大笑起来,"这顿饭恐怕是要老子烧给他们

吃喽。”

半夜时分,敌第40师为夺路突围,派出一部兵力忙去控制来路上的马骑山、李家寨山,哪知几个钟头前他们曾走过的路这时已不属于他们了。27日拂晓前,敌发觉情况不妙,一面拼命向东猛攻突围,一面以连、营兵力向杜义德的马骑山和李家寨山攻击以保护侧后。

马骑山受敌四五次的轮番进攻,敌曾一度突破至前沿。李家寨山的战斗也异常激烈。杜义德调集第6纵队主力及时增援,会同第1纵队把敌死死压制在山沟内。10时许战斗结束。是役,全歼敌第40师及第82旅共1.26万余人,击落敌机1架,仅第6纵队俘敌就有4000多人。我军干净利索地打了一场漂亮的歼灭战。

高山铺之战成为我军战史上的一个著名战例。该战的胜利是我军在完全没有后方依托,供应异常困难,军队连续转战的条件下取得的。这一仗,粉碎了敌人围歼我军的阴谋,沉重打击了敌军和地方反动势力的气焰,大大提高了部队在无后方依托和山地条件下作战的信心,鼓舞了群众的斗争热情,为建立大别山根据地开创了一个新的局面。



## 历时4个月的西南大迂回

lishisigeyuedexinandayuhui

1949年5月京沪杭战役后,7月18日,第二野战军前委发出了关于进军西南的作战指示。8月19日,刘伯承司令员、邓小平政委又发出了向川黔进军的命令。为贯彻前委的指示和刘、邓首长的命令,身为二野第3兵团副司令员兼第10军军长的杜义德于6月底奉命自浙赣线之金华、兰溪等地率队北移,至7月上旬先后抵达芜湖(兵团部)、安庆(第10军)、宣城(第11军)、当涂(第12军)等地整训待命。

☆3兵团副司令员兼10军军长杜义德向进军西南部队作动员。

7月，第3兵团在南京召开了团以上干部会议，确定了进军的部署和作战方案。

8月7日，杜义德回到第10军，在安庆市召开了全体干部大会。他和王维纲政委在会上作了进军动员报告，号召全军指战员坚决完成这一光荣的进军任务，为解放大西南7000万人民立新功。

8月下旬，依照野司部署，第10军军直和第28师，第29师、第30师等分别由安庆、桐城、青阳出发，到合肥乘火车经蚌埠、徐州到郑州，制造部队北上的假象，而后隐蔽地返回汉口，再步行经长沙到达湘西的桃源地区集结。为了顺利地到达集结地，杜义德和王维纲以及第28师师长陈中民、第29师师长周发田、第30师师长马忠全率部分随员先行，检查落实部队沿途乘车、住宿和粮秣保障等问题。赵晓舟副参谋长、许梦侠主任指挥军直和本队车运跟进。

10月初，杜义德率第10军经益阳、常德等地，先后到达湘西桃源地区集结休整。不久，杜义德率第10军与友军一起割断了从川陕甘边南撤的国民党胡宗南集团与广西白崇禧集团的联系，斩断了国民党赖以苟延残喘的所谓大西南防线，切断了胡宗南集团等川陕甘数十万残余国民党军企图经遵义、贵阳南逃的退路，胜利地打开了二野大迂回、大包围的通道，为最后围歼国民党军于川西平原创造了极其重要的条件。

为了把川陕甘数十万国民党军全部消灭在川西，第10军解放遵义后随即在刘、邓首长的指挥下，踏上解放四川的艰苦征程。

刘、邓首长于12月6日作出“继续西进，完成切断敌之退路的部署”，指示杜义德会同王辉球政委率领的第16军，两军齐进，占领乐山，完全截断敌人退往西昌、云南的公路线。

杜义德指挥各师出泸县继续向西追击。在第10军占领泸县、自贡、荣县一线后，进行了短期整顿以后，杜义德即向部队提出“抢渡岷江，把胡军包围于成都地区，截断最后一条逃路”的命令。部队分两路向井研和岷江齐头并进。

第10军第28师经14、15两日激战，全歼该敌，扫清了渡江障碍。15日下午至16日，第29师在慈本溪强渡岷江成功，突破了敌人的阻击。与此同时，第10军右梯队第30师和第29师第86团，于12月12日从内江地区出发，亦向岷江挺进。

岷江，系四川四大江之一，江阔水深，水流湍急。胡宗南空运其主力第1军在岷江两岸及虎溪渡以东地区，占领深达10余里的险要纵深阵地，企图固守，阻我军渡江，以掩护其主力向西康退却。第30师于12月14日10时许进至虎溪渡东10里处，得知敌1个师已于一天前到达虎溪渡，且已占据有利地形，居高临下，于我军进攻不利。为了扫清渡江的障碍，杜义德指示第30师趁敌立足未稳，集中力量，寻敌防御薄弱部位进行突破，然后将守敌压缩于岷江东岸，围而歼之。15日夜，第89团在瓦子坳、虎溪渡接连两次战斗，歼敌第92团一部。敌残部逃向西岸，在岷江西岸重新组织防御，并控制渡口

船只。情况万分危急,部队如若不能按时渡江,势必延误整个右梯队的进击时间,给敌人留下一分沿川康、川滇公路逃掉的希望,使整个战役迂回任务受到影响。这时,第89团部队乘单人橡皮船冲向敌岸,在敌人的火网下夺回渡船,而后渡江,直插敌师部,捣其指挥中枢。敌随即全部西溃,向丹棱逃窜。第10军第30师遂在虎溪渡、青神两地强渡岷江。至此,敌妄图依岷江天险阻我进军的计划宣告破产。

第10军部队渡过岷江以后,杜义德决心乘胜发展。第30师于17日在白马铺,东瓜场歼敌1个师。第28师分路经新路口、吴街子、桂花场地区,向丹棱急进,17日解放丹棱,19日解放蒲江。第29师于17日解放眉山,继于18、19日推进至青龙场、高桥、邛崃、固驿镇一线。第30师在白马铺,东瓜场歼敌一部。至此,第10军控制了青神、眉山、丹棱地区各要点。与此同时,第5兵团之第16军于16日攻占乐山、夹江,17日攻占峨眉,洪雅,19日占名山,渡过大渡河,完全切断了敌逃往康滇的通路。

第10军胜利完成迂回任务后,调整部署,移师新津,在新津以南地区集结,参加围歼胡宗南集团及其他猬集于成都平原的国民党军。此时,刘、邓率领的二野、贺龙率领的华北第18兵团及四野第47军、一野第7军等各路大军,从四面围歼胡宗南集团及川境残敌的大包围即告完成。蒋介石在其军队被围于成都平原、濒于覆灭的困境下,将指挥权交给胡宗南,而后从成都乘飞机到台湾。胡宗南为集中全力向南突围和防我军对其割裂歼灭,急速收缩,构筑顽抗工事,进行垂死挣扎。

胡宗南甩下的第5兵团李文部在穷途末路时,仍妄想挣扎脱逃,于24日晚趁我军调整部署之际,分左、右两路沿津河南岸和新(津)邛(崃)公路向西突围。杜义德当即决定予敌以歼击。

25日10时许,部队发起总攻后,第29师按预定方向西出朝场、唐场、大邑。敌人沿路到处丢下伤兵、死尸、文件、弹药、牲口、汽车及其他军用物资。这些东西,一时成了我军追击的向导和路标。昔日所谓的国民党王牌李文兵

团，此时被分割包围在新津、大邑、邛崃、蒲江的菱形地带间的高山铺、西来场、蚂蚁山周围40华里的地区内。第30师第88团由永兴场经羊场、固驿镇与敌齐头并进，一部插入敌兵团部，将敌人指挥系统打乱。第89团由牟场向西来场方向插入敌背后新庵子地区，猛追猛打，俘敌5000余人。第87团在"坚决把残匪消灭在成都平原上"的口号鼓舞下，连夜追击，26日晨在冉义镇附近活捉敌第90军参谋长，俘敌数百；27日与友军将敌第90军之第53师、第338师包围在大邑、邛崃间，活捉第90军军长、第53师师长，全歼第90军军部、第53师师部及其部队，第57军一部投降。

至此，第10军参加解放西南、解放四川的作战结束。整个川西平原上的数十万国民党军除起义者外，全部被人民解放军歼灭。具有悠久历史的文化古城、四川首府——成都回到了人民的手中。

战役结束后，杜义德令部队严格执行战场纪律，将战斗中缴获的大量黄金等贵重物品用20匹骡马运到重庆。之后，第10军又在江安意外地活捉了化装潜逃的四川省主席王陵基。

此役，从华东安庆出发开始算起，至12月27日结束，历时4个月。第10军这支英勇善战的部队在杜义德的率领下，迂回作战7000余里，经过了湘西、黔北，跨越川南、川西，翻过武陵山脉、娄山山脉等大小山百余座，横渡乌江、赤水，长江、沱江、岷江等江河数十条。在刘、邓首长的正确指挥和友邻部队的密切配合下，继解放贵州凤凰、松桃、铜仁、江口、德江、印江、思南、绥阳、石矸、湄潭，遵义、桐梓、仁怀、赤水后，又解放了四川合江、泸县、隆昌、富顺、自贡、内江、资中、威远、荣县、纳溪、丹棱、井研、蒲江、新津、眉山等29座县城，毙伤俘敌第90军军长周士瀛以下官兵5.4万余人，并争取了数万国民党军起义投诚。第10军与友军共同完成了迂回任务，实现了把敌人消灭在川西的伟大战役任务。

革命胜利了，四川解放了，杜义德又带领部队投入了建设四川的新的战斗任务。

有勇有谋：杜义德

## 上甘岭创造奇迹

shangganlingchuangzaoqiji

1951 年 3 月，中央军委正式决定，由解放军第 12 军、15 军组成中国人民志愿军第 3 兵团赴朝鲜作战。杜义德担任 3 兵团政治委员。

7 月，杜义德带着秘书刘月亭、警卫员李守经、肖通贵，从河北昌黎出发，坐火车前往朝鲜。到了 3 兵团以后，他立即进行调查研究，很快掌握了部队和战场的情况。

1952 年底，3 兵团总部转移到元山附近的紫霞洞，并担负起反击敌人两栖登陆作战的东海岸指挥部任务。杜义德和王近山精心策划、精心指挥 3 兵团修筑了建阳德、谷山、伊川线公路。为了保障公路运输的通畅，杜义德提出修筑类似抗战时期地道的防御工事。对此，王近山副司令也极表赞成。他们经过研究，决定部署各部队大规模构筑坑道工事。15 军的防区是中部战线的战略要地，共构筑了 720 条坑道，全长 42000 多米，建立了以坑道为骨干，支撑点式的防御体系。

10 月 14 日是美国单方面中止板门店谈判的第 6 天。

早晨 4 时 30 分，大地猛烈地抖动起来。宁静的上甘岭还没有从前一天的轰炸中苏醒过来，就再次被炮弹重重地捶醒。凌晨 5 时，天还不亮，上甘岭美军第 7 师和南朝鲜军队第 2 师各一部共 7 个营的兵力，向 45 师 135 团坚守的 597.9 高地和 537.7 高地的北山阵地发起了猛烈的进攻。在这两个阵地当中，有个小村子叫做上甘岭，因此，这一后来发展为震惊世界的战役，被称作“上甘岭战役”。美军则把这一行动称作“金化攻势”，代号为“摊牌作战”。

10 月 18 日，战役进行到第 6 天。

敌军先以强大的火力覆盖了 597.9 高地，然后出动部队，一举占领了我

☆上甘岭战役中。

军表面阵地。

19日，志愿军全部转入坑道，开始了和敌人的争夺战。白天，敌人占领我军阵地；晚上，我军又在坚守坑道作战的部队配合下，进行反击，夺回阵地。

杜义德立即和王近山商量，提议12军作为预备队立即投入战斗。杜义德对王近山说："老王，是时候了。我看，我们还要'加码'，下决心把曾绍山的12军主力拉上去。"3兵团立即报告志愿军司令部，并很快得到批准。

兵团还决定，31师的3个团也全部投入战斗。15军的45师除了炮兵、通讯、后勤保障部队外，撤出战斗进行休整。12军副军长李德生在前沿德山岘组织五圣山战斗指挥所，统一指挥参战部队；炮兵第7师师长颜伏组织炮兵指挥所，统一指挥配属的炮兵。15军军长秦基伟统一指挥两个指挥所。志

愿军司令部把3兵团新的作战部署和决心向毛主席作了报告。杜义德听说以后，立即指示兵团政治部通报各军："毛主席和志司首长都在关心上甘岭战役,我们一定要打好这一仗。"

从10月21日起,上甘岭战役进入了第二阶段。第二阶段是坚守坑道,也是最困难、战斗最艰苦的时候。由于许多前沿坑道是在敌人火力下迫近作业突击修成的。坑道低矮,纵深很浅。战士们在表面工事上与敌人反复拼杀后,又累又饿,坚守在坑道里,虽然可以暂时抗击敌人的炮火,但是坑道里条件极差,人多了空气稀薄,呼吸都很困难。大小便也没有专门的地方,有时后方食物供应不上,吃不上饭,喝不上水。到最困难的时候,喝尿也喝不上,只好舔舔湿润的岩石。指战员们是以常人难以想像的惊人毅力坚守坑道作战的。坐镇在兵团指挥部的杜义德,虽然经历过长征、西征、抗日战争等无数的艰难困苦,却仍然被志愿军战士们的英雄事迹深深感动。

10月30日,上甘岭战役进入第三阶段,志愿军开始进行决定性的反击。当晚22时,王近山、杜义德命令3兵团参战部队在炮兵火力的配合下,发起强大攻势。到31日早晨,除1个班的阵地外,597.9高地上的所有阵地都被收复。在巩固597.9高地和夺回537.7高地北山阵地的关键时刻,杜义德事先提议部署的预备队发挥了作用。11月1日晚间,第12军第31师第91团奉命投入反击作战，与兄弟部队一起打退了敌人向597.9高地无数次的攻击。5日拂晓,敌人又以15个营的兵力,在飞机百余架次、坦克30余辆及大量火炮配合下,再次向597.9高地发动猛烈进攻,战斗空前激烈。防守主峰的部队,先后击退敌人42次冲锋。就在战斗进行到关键的时刻,杜义德和王近山命令第31师全部投入两高地作战。

11月2日拂晓,晨雾朦胧。上甘岭上硝烟弥漫。从后半夜开始,敌人就对上甘岭进行猛烈的炮击。轰隆隆的炮击持续了4个多小时,发射炮弹15万余发。天刚透亮,敌人又出动了100余架次的飞机,空投重磅炸弹100多枚,然后以5个营的兵力，坦克30余辆及大量火炮配合下，多路多梯次地向

597.9 高地发动猛烈进攻。

战斗进行得十分激烈，志愿军防守主峰的12军91团和15军86团各1个连顽强坚守，连续打退敌人多次攻击，毙伤敌人1500余人。自己仅伤亡190余人。91团8连4班，巧妙地利用弹坑、岩石缝隙和残存的工事，激战一天，仅以轻伤3人的代价歼敌400多名，击退敌人7次冲锋，创造了在坚守防御战中小兵群近战歼敌的光辉范例。

11月3日以后，敌人每天都出动1–4个营的兵力继续对597.9高地展开猛烈攻击。战争进行的惨烈程度是难以描述的。12军93团1营和91团粉碎了敌人多次攻击。5日上午8时，91团2营5连主力加入战斗，经过10小时激战，先后击退敌人42次冲击，歼敌2000余名。坚守3号阵地的新战士胡修道，在战友们全部伤亡的情况下，独自一人坚持战斗，英勇顽强，机智灵活，从上午打到黄昏，先后击退敌人41次冲击，歼敌280余名，终于在后续力量增援下，守住了阵地，创造了战斗奇迹。胡修道荣立特等功、获一级杀敌英雄和"朝鲜民主主义人民共和国英雄"称号和一级国旗勋章、金星奖章。

5日以后，美军再也无力对597.9高地发起大规模进攻。上甘岭战役取得了决定性胜利。

11月7日，毛主席亲拟的军委给志愿军司令部和3兵团的复电中指出："此次五圣山附近的作战，已发展成为战役的规模，并已取得巨大胜利，望你们鼓励该军，坚决作战，为争取胜利而奋斗。"

11月9日，军委及总参对上甘岭地区作战部队发来嘉奖电报说，毛主席于11月8日将志愿军司令部对上甘岭作战部队的嘉奖令，批转给全国各大军区、各特种兵及军政院校。志愿军司令部立即电告3兵团王近山司令、杜义德政委，并要求3兵团及时"鼓励15军与12军参战部队及配合作战之特种兵部队，坚决作战，为争取全胜，恢复和巩固全部阵地，再予敌以更大杀伤而奋斗"。

597.9 高地巩固以后，杜义德和王近山又决定把作战重点东移，恢复和

巩固537.7高地的北山阵地，并于11月11日下午夺回537.7北山全部阵地。在此后的4天里，92团与敌人反复激战，反复争夺阵地，打退敌人近百次冲锋，歼敌2900余名。

11月15日，3兵团通令嘉奖12军"你们刚胜利完成阻击任务归来，不顾艰苦，立即投入五圣山前沿争夺战，你们在15军已有的胜利基础上，在强大的炮火协同下，斗志昂扬，打退敌连续数日无数次反扑。""你们坚守的597.9高地屹立未动，特别在11日晚的反击中，又一举恢复了537.7高地北山阵地。你们打得英勇顽强，工事修得既快又好，战术灵活。望你们继续发扬这种小群孤胆的战斗作风，既能以小的代价坚守地面阵地，又能大量杀伤敌人，要将战斗坚持到全部恢复我原有阵地，直到敌不敢轻易向该阵地进犯为止。"

历时43天的上甘岭战役，是在仅有3.7平方公里的狭小地带进行的，成为世界军事史上的奇迹。

☆杜义德与王进山在志愿军3兵团出国前动员大会上。

杜义德在3兵团举行的上甘岭战役总结评比时说："黄继光、邱少云、胡修道、杨春增、伍先华、崔建功，还有机要处的曹竹筠等等，都为上甘岭战役的伟大胜利做出了牺牲和贡献，还有3兵团千

千万万的无名英雄。没有全体指战员的共同努力，取得胜利是不可能的。一切胜利都有大家的一分光、一分热，党和人民是不会忘记同志们的。”

有勇有谋：杜义德

## “共产党员是打不倒的”

gongchandangyuanshidabudaode

1960 年 7 月 2 日，国防部下达命令：任命杜义德为中国人民解放军海军副政委。

7 月 25 日，海军党委全会，选举萧劲光为第一书记，苏振华为第二书记，王宏坤、杜义德、刘道生为副书记。杜义德觉得，又开始了一个新的征途。

然而，就在海军的建设和政治思想工作结出了丰硕的成果，得到了党中央和中央军委的充分肯定的时候，海军中却迎来了激烈的风暴。

1966 年 6 月，杜义德到海军舰艇部队视察后回到北京。

☆1966 年，杜义德政委（右五）陪同叶帅（右六）等视察海岛部队。

这时，史无前例的“无产阶级文化大革命”已经轰轰烈烈地在全国展开了。6月17日，海军党委召开三届三次扩大会议。这就是后来海军历史上有名的“三三会议”。

会议之后，杜义德已经意识到，一场风暴可能就要来临。他对齐静轩说：“我们恐怕也要有思想准备哩。”

1967年1月，是北京最冷的季节。

公主坟近旁的海军大院里也不断地刮起了阴冷阴冷的风。一天早晨，杜义德正要出门上班去，突然冲进了一伙造反派，推推搡搡地要把他拉走。杜义德犟着不跟他们走，直接闯进了王宏坤的家。他责问王宏坤，凭什么要带他走。王宏坤只是“嘿嘿”地冷笑。造反派见状，更加有恃无恐，强行拉走了杜义德。

1月27日，海军“造反派”在北京工人体育馆召开万人大会批斗苏振华。批斗大会开始，苏振华和杜义德首当其冲被揪斗。一伙人揪着杜义德，给他和苏振华挂上牌子，强行弯腰，揪上了台。海军司令部、政治部、装备技术部、航空兵部的领导傅继泽、李君彦、罗斌、赵晓舟也被揪上台陪斗。

在一阵此起彼伏、震耳欲聋的口号声中，有人冲上台去，不由分说地撕下了杜义德的领章、帽徽，往后扳起他的双手，用力把他的头摁到地上。“嗵”的一声，杜义德只觉得两眼直冒金星。额头上顿时已经肿了起来。紧接着，一阵拳打脚踢。但是，杜义德咬紧牙关，使出浑身的力气，挺直了身子，昂起了头。

台下有人喊，“打倒杜义德。”

杜义德倔强地说：“共产党员是打不倒的。”

“你反毛主席。”有人责问杜义德。

“我没有反对毛主席，我还要和反对毛主席的坏人斗争到底！”杜义德大声说。

又有人上前摁他的头，他往旁边一偏，又抬起了头。“共产党员的头永远不能低下；我杜义德一辈子不懂得低头。”杜义德大声嚷着。他早就从艰难

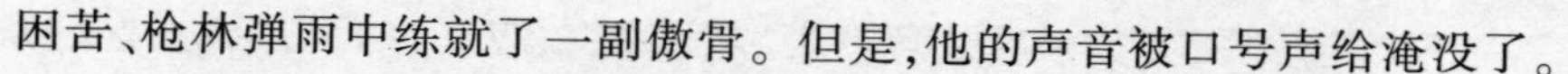

困苦、枪林弹雨中练就了一副傲骨。但是,他的声音被口号声给淹没了。

批斗大会后,杜义德跌跌撞撞地直闯李作鹏家。他一进门,就大声嚷嚷:“李作鹏呢,你给我出来!”见到李作鹏从屋里出来,杜义德气不打一处来。他气愤地指着李作鹏,破口大骂:“李作鹏,你混蛋!我问你,谁让你们打人的!谁给你的这样的权力!”“李作鹏,你马上派车把我送到叶帅那里去。”李作鹏无奈,只好吩咐派车送杜义德去西山叶帅的住处。

叶帅在了解了事情之后,想了想,对杜义德说:“我看你先不要回去了。我马上派人去海军大院把你爱人也接来。你们就在我这里住一阵子再说。”

这样,杜义德按照叶帅的指示,被秘密安排住在北京郊区的一座平房小院里。叶帅吩咐杜义德,不必与外界联系,每天只是吃饭、休息、散步、读书、看报。那里仿佛是远离纷争、与外界隔离的一个所在。

猛烈的“文化革命”风暴已经席卷了军内。难得还有这么一个“世外桃源”。但是,杜义德的心里仍然沉甸甸的,过得并不愉快,“难道就这么躲下去吗?躲得了初一,躲得过十五吗?”海军的“文革”很快就汇入了全国的大潮流中;经过李作鹏一伙策划的“一月夺权”,“二月决战”,“三月总攻”,“四月围歼”,海军成了“文革”中的重灾区。

事态的发展也证明杜义德的担心并不多余。

1967年2月11日下午,中央“文革小组”和中央军委在怀仁堂开碰头会。“碰头会”上,叶帅等人与中央“文革小组”的发生了冲突,被林彪、江青定性为“二月逆流”。李作鹏趁机向林彪告了叶剑英一“状”,要求杜义德回海军接受无产阶级革命派的“批判”。叶帅那里也不再是“避风港”了。

不久以后,李作鹏又以海军党委的名义要杜义德回海军去。杜义德眼看叶帅的日子也不好过,思虑再三,主动对叶帅说:“叶帅,我还是回去吧。”叶帅听了,默默地点了点头说:“我这里也是泥菩萨过河——自身难保了。你只有回去再说了。”杜义德告别叶帅,不得不回到海军去接受“批判”。

☆杜义德夫妇在兰州黄河母亲雕塑前合影。

仅仅一个月以后，杜义德就被李作鹏一伙和海军内的“造反派”轰下了台，并被定为“三反分子”。

秋天，海军大院里已经糊满了大字报，地上落满了树上刮下来的枯枝败叶。杜义德的家也再次被抄了个底朝天。

1969年9月，定为“三反分子”的杜义德被“发配”到江西上饶参加“犯了严重错误的干部学习班”，进行劳动改造。

1972年初，在叶帅的关心下，杜义德终于回到了北京。恢复了军籍，重新回到海军工作。

1979年4月，海军党委正式发文，“为萧劲光、苏振华、杜义德等同志彻底平反”。6月，解放军总政治部发出《杜义德同志复查结论》说：“杜义德同志是遭林彪反党集团私立专案，实行法西斯式的审查、打击迫害的，应彻底平反，恢复名誉……”

1980年，在部署“三北防线”时，邓小平再次想到了杜义德。他要让杜义德离开他战斗了近20年的海军，以年近70岁的古稀高龄前往边塞，出任兰州军区司令员。

# ★英风傲骨：周希汉★

周希汉(1913–1988)，湖北省麻城县人。1927年参加黄麻起义。1928年参加中国工农红军并加入中国共产党。土地革命战争时期，任麻城县独立营通信班长，独立团通信排排长、连政治指导员，红13师38团共青团委书记，红四方面军总部参谋，红9军作战科科长兼教导队队长，第31军作战科科长兼教导营营长。参加了长征。抗日战争时期，任八路军129师386旅作战股股长，补充团参谋长，386旅参谋长兼太岳军区参谋长，南进支队司令员，太岳军区第二军分区副司令员。解放战争时期，任晋冀鲁豫军区第4纵队10旅旅长，第二野战军13军军长。中华人民共和国成立后，任第4兵团军长兼滇南卫戍司令员，中国人民解放军海军参谋长、副司令员、顾问。1955年被授予中将军衔。是第四、五届全国人民代表大会代表。

英风傲骨：周希汉

## 新婚之夜不见新郎

xinhunzhiyebujianxinlang

1913年8月27日，周希汉出生在湖北麻城周家坳村。从他父亲往上，整整是三代单传。他的父亲周启耀，30岁前曾娶妻并生有一子。可惜，那孩子两岁便生病夭折了。不久，其妻也贫病交加，不治而死。数年后，其父续弦，40岁上得的周希汉。他爱若掌上明珠，给儿子取名叫祖荣。

周启耀祖祖辈辈精明能干，种田打铁，远近闻名。如同那个社会里大多数农民一样，他不仅没能发家致富，而且祖祖辈辈饱受地主老财的欺侮。因此，当只有14岁的儿子参加震惊中外的黄麻起义时，他没有阻挡，反而非常支持。他知道，儿子闹的是穷人的天下。

但是，当1928年红军要把队伍拉进大别山时，他望着年幼的儿子心乱了。革命是要革的，但革命也不能断了祖上的烟火啊！

他急急忙忙请算命先生推算了祖荣的八字，并按照先生的指点，给儿子不由分说定下门亲事。

先生说："祖荣是王侯之相，却是一生的命里注定奔忙之人，需讨一房有富贵命相的妻子服侍。"

一向倔强的儿子，执拗数日之后，在成亲的那天，却没有反抗。他可以梗着脖子对着那铁匠父亲高高举起的棍棒，却听不得父亲呼天抢地的悲声。

那女子少言寡语，结实勤劳。何等相貌，叫什么名字，他是一概记不得说不清了。只知她姓郑，比自己大三、两岁。

婚礼很简单，但闹洞房的人总还是有的。那郑氏离开娘家时还在劳作，又被闹了一晚，着实疲惫。她没有留意新郎送最后的客人时，如何送的那样

久，歪在床头，便睡着了。

一觉醒来，天已大亮，恍惚间，记得夜晚并没生发生离家时母亲交代的那些羞人的事情。直至里里外外都寻不到新郎的踪影，她才着了慌。

岂不知，新郎已经借送客之机，远遁山林，连夜追赶队伍去了。

英风傲骨：周希汉

## 张国焘三次定他的罪，徐向前三次救他的命

zhangguoxisancidingtadezuixuxiangqiansancijiutademing

第一次是在1931年春天，当年3月，张国焘等人来到鄂豫皖，成立了中共鄂豫皖中央分局，开始了党内“大清洗”。

周希汉被请进了保卫局办公室。有人揭发，他是个混进红军队伍的富农。

大约一个月后，周希汉被迫缴出了包括军服在内的所有物品，得到了一身便衣，还有一张路条。上书：“周希汉系富农出身，开除回乡生产，沿途放行。”

为了讨回自身清白，更重要的是周希汉不愿离开红军，他决定回老家湖北麻城开具证明。

周希汉费尽周折，用了几个月的时间，终于拿到了麻城苏维埃开出的证明。上书：“周希汉家有田若干，佃田若干，靠佃田为生，是贫农，不是富农，他要求回红军。特此证明。”

可当他怀揣这件法宝找到部队时，竟无处安身，他只好到伙房帮厨。洗菜淘米，担水劈柴，什么都干。晚上还帮着给养员记伙食账。

不是第二天就是第三天，开过饭，他正在埋头清扫厨房，有个人走了进来。问：“还有锅巴没有？”

他听这声音好熟，一抬头，老天，是老上级徐向前。

看见穿着便服，样子有些狼狈的周希汉，徐向前先是一愣，然后关切地

问:“怎么搞成这个样子？”

这一问,问得周希汉眼圈都红了。他忙从怀中掏出那份证明把自己的遭遇说了出来。

听完后，徐向前立即找到张国焘，有些生气地说:“周希汉还是一个小孩,不懂什么事,跟着我工作时很积极,怎么会是改组派和富农分子呢?！”

随后徐向前把周希汉留在了机关,给徐向前当书记员。

1932年,蒋介石亲统大军对鄂豫皖红军发动了第四次“围剿”。张国焘当时正沉浸在黄安、苏家埠等战役胜利的欣喜之中,认为反动军队不堪一击,不仅不让连战疲劳的方面军主力适时休整,做好反“围剿”的准备,反而强令部队去打麻城。结果麻城没打下来,西线“围剿”的敌军攻势凌厉,根据地腹地告急。张国焘这才下令撤麻城之围,又命已经更加疲劳的红军主力去迎头将西线之敌击退。

“瞎指挥！”周希汉发了几句牢骚,“我们应当转移到机动位置,趁着敌人举师清剿之机,引诱他一路深入到对我们有利的地点干掉,然后各个击破嘛。这样把部队拉上去要吃亏的。不该打的去打,不该保的去保,搞的什么名堂？”

一九三三年三月六日 紅色中華 第一版

紅色中華

第五十八期

一九三三年三月六日

在完全粉碎敵人大舉進攻的面前

在粉碎敵人大舉進攻的決戰中

我紅軍空前光榮偉大的勝利

全部消滅敵五十二師五十九師

敵新編五軍潰不成軍大部消滅

兩天內活捉敵師長兩[illegible]

☆《红色中华》刊登的关于第四次反“围剿”胜利的报道。

有人告了密,并且反应他在苏家埠战役后丢失

过一批战利品——手枪、子弹。保卫局马上报告了张国焘。

张国焘又惊又怒:“好大的胆子,敢在背后这样讲我！会不会是有人指使的？”他下令严加拷问,“灌他！”

灌辣椒水。被绑在条凳上的周希汉,拼命地挣扎,拼命地大喊大叫:“我不是改组派呀！”“我不是反革命呀！”

没容他叫出第三声,混浊的辣椒水便灌进了他的口中。

刚灌下去,徐向前便闻讯赶来了。他把张国焘请到一边的房子里,解释了“丢失子弹”事件只不过是警卫排长从周希汉保管的子弹里拿走了点没打招呼。他以党性原则担保周希汉并不晓得领导层有关决策的意见分歧(指徐张在对待敌军围剿上观点相左。)“最多是个自由主义的问题嘛,他是我的书记员,我以后严加管教就是。”

大敌当前,张国焘勉强给了徐向前个面子。周希汉这才被架走了。

西线的敌人没有被击退,方面军主力却受到大量消耗。苏维埃中心七里坪也丢了。大军一路东撤,始终没有摆脱被动的局面。9 月 27 日燕子河会议后,打下应山并以该地为依托的战略意图也没能实现。狂妄轻敌的张国焘被敌人的凶狠吓得惊慌失措。他明知被动局面是由他造成的,却无论如何不愿意承认,也惧怕和恼恨别人说穿了这一点。看见曾经背地说他“瞎指挥”的周希汉,他心中陡然生出了杀机。

张国焘兴师问罪,周希汉硬邦邦地甩出一句:“我没有要谋害你！”张国焘认为周希汉在总部为他安排的房子孤零零的，易受敌机轰炸是谋害他,“你想怎样就怎样吧。”

张国焘扬了扬下巴,手随便朝一个方向指了指:“处决,马上！”周希汉便被反剪双臂押出了院子。

周希汉被押到荒凉冷寂的河滩上,他意识到,最后的时刻到了。他应该喊口号了。于是，他扯开嗓门，用尽了平生的力气喊起来:“共产党万——岁！”

正在这时,河滩上游方向传来一声喝问:“你们在干什么?”随后便有两人赶了过来。来人是徐向前总指挥和政委陈昌浩。

原来,徐向前和陈昌浩正在河滩上散步,听见有人喊“共产党万岁”就赶过来。走到近前,看见被绑着的是周希汉,两人都有些吃惊。有人向徐向前报告说,奉张主席之命“处决改组派”。徐向前没有理睬那人,却问周希汉:“怎么回事?”

周希汉的脖子还在梗着,气哼哼地说:“张主席说我安排的房子要遭到敌人飞机轰炸,是有意谋害他。”

徐向前同陈昌浩对视了一眼,徐向前喝道:“放了他。”

没人动手。“我说放了他!张主席那里我去讲!”徐向前不满地提高了声音。

绑绳被解开了。

英风傲骨:周希汉

## 一夜打了四次胜仗

yiyedalesicishengzhang

1934年,红四方面军经过数月艰苦鏖战,粉碎了刘湘等四川军阀100多个团对川陕根据地发动的六路围攻。一天夜里,红九军作战科长周希汉,带着军直属队插在红25师和27师中间,随部队一起追歼溃敌。追到一个岔道口,走在前面的25师改沿小路东进,军直属队仍继续沿公路向南,朝预定集合地点罗文坝前进。

走出不远,尖兵突然发现前面有敌人埋伏。此时,后面的27师还未上来,军直属队虽有五六百人,但战斗部队只有一个通信队,其他除了号兵连外,都是机关干部和勤杂人员。打不打?经过和通信队长谢家庆研究,周希汉决定充分发挥号兵连的作用,打!果然,战斗一开始,这股敌人就被一片激烈

的枪弹声和雄壮的冲锋号声吓懵了，迅即被歼。

问过俘虏，方知这只是敌人的一个排哨，南面公路还有敌人一个团。

一个排打胜了，一个团打不打?周希汉在思考着。他想，决不能被敌人吓回去，黑夜里，敌人又是溃兵，我们的号兵连就是一个师，打！随之，周希汉命令号兵连吹冲锋号，亲自带着通信队飞一般冲向敌群，一边甩手榴弹，一边扫冲锋枪。突如其来的巨大冲击声势，把敌人冲乱了，他们不知红军来了多少，惊恐地狂奔乱逃。这时，机关干部和勤杂人员也举着扁担、菜刀，缴枪抓俘虏，半个小时结束了战斗。

然而，当他们押着五六百俘虏到达罗文坝后，北面又上来一个团的敌军。原来，这是埋伏在公路东侧山头上的敌人，半夜里他们听到一阵枪炮响过，以为是追击的红军已被打退，便乘夜色匆忙下山南撤。

又是一个团！手中不掌握战斗部队的周希汉，心中不免有点紧张，但最后，他还是下了打的决心。

在迅速作了战斗部署之后，敌人的先头部队就到了。“哒哒哒”，“轰轰轰”，随着一阵密集的枪声和手榴弹爆炸声，100多把军号齐鸣，震颤山谷。通信队长身先士卒，带着埋伏在公路两侧的战士朝敌人杀去。

遭到迎头痛击的敌先头部队被打得死伤一片，余下的掉头便逃，红军战士则跟着敌人的屁股追杀不舍。这样，前面的敌人猛朝后压，后边的敌人就乱了阵脚，互相挤轧冲撞，纷纷成了红军的俘虏。

解决了敌人的这个团，还不见27师的影子。周希汉有些急了，他怕军指挥机关遇到不测，立即派人向北寻找27师。派出去的人很快跑回来了，说是北面不远处又发现大股敌人，正朝南涌来。从俘虏口中得知，这是守在公路西侧山头的一个团敌人。在前三次胜利的鼓舞下，周希汉当机立断，决定趁天未大亮，用老办法，再来一次突袭，将敌人收拾掉。结果也很快奏效。

天亮了，敌人留下的这支掩护部队，即范绍增师的3个团，一夜之间就

被周希汉带领的红9军军部人员全部歼灭，光抓俘虏就近2000人。

英风傲骨：周希汉

## 和陈赓打赌，谁先抽第一口烟，就刮他的鼻子

hechengengdadushuixianchoudiyikouyanjiuguatadebizi

周希汉在思考问题、指挥作战的时候总是烟不离口。抽得最多的时候一天要2–3包，自卷的旱烟也要烧掉半斤，有时手头没烟，还想出点子把树叶和茶叶掺和一起卷着抽。据说，他很小的时候就对烟发生了兴趣。儿时，周希汉因是独子。再加他降生时父母已到中年，所以父母对他一直十分娇惯。周希汉长到十来岁时，因常看到父亲呼噜呼噜地抽水烟，散发出一股香味，便很想亲口尝一尝。一天，他趁父亲不在家，抱起水烟袋偷偷抽了几口。打这以后，周希汉就养成了抽烟的习惯，一生虽戒过几次，可都没见成效。

☆1940年9月24日，386旅突破榆庄城垣。图为周希汉参谋长(着大衣者)亲临战地检查战果。

抗日战争时期，陈赓在八路军129师担任386旅的旅长，周希汉给他当参谋长，两个人作战、工作配合默契，生活上亲如兄弟，称得上莫逆之交。陈赓的烟瘾不大，但他有一手绝技，他可以抓过别人的烟，深深地吸一大口，然后吐出一连串的烟

圈来，而且可以做到后面的圈从前面的圈钻过去。

两个人常在一群干部、战士的鼓动欢叫声中争相献技一试高低，后来陈赓终于看出周希汉烟抽得太厉害了，便开始劝他戒掉。“周希汉，看你瘦得像根烟卷，你要是不吸烟了，‘瘦子’的外号我就带头不叫了怎么样?”。“周希汉，你再不戒烟，下次好仗你别想打。”好说歹说，周希汉的烟就是戒不掉。

为此，陈赓曾多次劝周希汉把烟戒掉，可他就是下不了决心。后来，陈赓不知磨了多少嘴皮子，终于通过“谈判”激周希汉打了一个赌：如果一个月之内谁先抽第一口烟，就刮他的鼻子。周希汉年轻好胜，同意打这个赌。可没过几天，他就实在受不了这种比不让他吃饭还难受的熬煎，偷偷跑到厕所里开了戒。这个“情报”被陈赓知道了，当即追到厕所，不管三七二十一就实践他们的“君子一言”！这件事在机关工作人员中传开后，立时成了大家谈论的一条趣闻。

英风傲骨：周希汉

## 火速的结婚决定，漫长的洞房之夜

huosudejiehunjuedingmanchangdedongfangzhiye

1941年秋天，决死纵队第1旅副旅长李成芳打电话给参谋长周希汉。

“老周，你上次给人家照相，那个像片可洗出来了？别人今天来取了。啊？洗好了？那就劳您大驾送过来吧。今天中午就在我这里吃饭啊。等会见。”

李成芳同周希汉既是老战友，又是正经八百的湖北麻城老乡。论年纪，李成芳比周希汉还年轻一岁。如果说他们在职务上还不相上下的话，在婚姻问题上，他的进步就比周希汉快多了。有了妻子的李成芳念念不忘同妻子李

平讨论如何“迅速地”帮助周希汉“解决这个问题”。李平的想到了在行署当秘书的周璇。周璇并不姓周。这个名字是她在1939年反扫荡斗争艰苦的时候改的，取“同敌人周旋”之意。她原名叫柴英。她的家乡是紧靠黄河的荣和县(今万荣县)，家在荣和城里。

第一次见面，李平和已经做了武装部长王成林的妻子的老同学岳瑞清一起，约了周璇，请刚刚护送炮团返回太岳区的周希汉用缴获日军的照相机给她们拍照。周希汉不明此理，有些心不在焉，给姑娘留下的印象平平。

出师未捷。李成芳并不气馁，夫妻俩又进行了新一轮策划。他们以交、取照片为由，分别约了周希汉和周璇同时到他家里吃饭。

与所有同类古老的故事一样，这顿饭吃到一定的程度，别人不知不觉地都借故离席而去，独独地撇下了周希汉和行署的这位周秘书。周希汉何等聪明，自然明白了是怎么回事。但他这次的表现却大失水准。

他同她谈了许多话，严格地说，是周璇说了许多话。而他只是非常和气地，在别人听来却更像首长关心小鬼似的问了周璇一些挺乏味的问题：家在哪里，多大年纪，什么出身，参加革命前做些什么，想不想家等等。

此时的周璇敬仰周希汉，却没有想到要嫁给他。不想嫁，她反而很轻松、很大方。所以，她对周希汉这位首长是有问必答。

当然关心周希汉婚姻的不是李成芳一个人。整个太岳区党政军的高级领导都在为二十八岁的参谋长的婚事操心，陈赓就是其中一个。

此时陈赓虽然在妻子王根英牺牲后尚未再娶，但已同傅涯同志定了情。他还给许多人做了月下老，自称是这方面的专家。经过仔细盘问，他终于发现周希汉是“主观能动性有问题”。紧接着他就召集“有关方面负责人”开会，让周希汉把他的顾虑给大家摆出来。众人听了便笑周希汉虽然打仗果敢，处理婚姻问题却婆婆妈妈。

陈赓坐在一旁稳如泰山。他煞有介事地掐起指头，闭上眼睛，口中念念

☆1941年，八路军第129师386旅参谋长周希汉（左一）和旅长陈赓（右一）。

有辞地咕哝了一阵，然后给周希汉批起八字来。

陈赓将军的这段歪批八字，听得众人一阵大笑。周希汉也甩掉了心头的包袱，抖擞起了精神。

在若干个回合之后，周希汉被任命为南进支队司令，要率领部队去开辟新区。这一去恐怕就得很久，甚至，也可能是永久。他想讨周璇一个底，行就行，不行就拉倒，也不必牵肠挂肚的了。

这天下午，他又一次把周璇从行署约到了旅部。他们登上了附近的一座小山岗。警卫员先还背着枪不远不近地跟着，后来就守在山脚下。他们在一块朝阳的大石头上坐下，周希汉开口便对她说："他们都在议论我们两个在搞恋爱。我大后天就要去岳南开辟新区了，恐怕最少要几个月才回得来。陈司令他们问我，咱

们什么时候结婚。你看我该怎样回答他们？”

毫无思想准备的周璇闹了个满脸通红。这也太不含蓄了。她沉默了一会儿，看着自己的鞋，慢慢地说：“你先去吧，结婚的事等你回来再说。”

周希汉便十分满足地做出了一个乐观的判断，回来再说就回来再说。他觉着他们的谈话可以结束了，又随便说了几句不相干的话，两人就下山了。

回到村里，陈赓的警卫员来请他，说司令员找他有点事。他便请周璇在他的办公室兼宿舍稍等片刻，自己随了警卫员去见陈赓。

司令部指挥室里坐满了人。除了军区的领导外，李成芳、周仲英和已经升任一分区政治部主任的刘有光等所有有资格参与筹划周希汉婚事的领导都在场，仿佛是在等待前线突击部队的战况。周希汉一进门，陈赓就问：“怎么样？”

“她同意结婚了，不过要等我回来再讲。”

胜利突破，太棒了！满堂都是喝彩和祝贺。陈赓一挽袖子：“嗨，既然同意了，做什么还要等回来再讲？走之前解决了算了嘛！你们讲怎么样？我看今天就蛮好。”差不多所有的人都叫好，只有一个人小声说怕太仓促了搞成夹生饭。陈赓说，“吃的就是这个夹生饭！”

周希汉忙说：“这怕不行。人家讲的是回来再讲。我也当面同意了。这么快就变卦，人家会有意见的。她要是想不通怎么办？再说我大后天就要出发……”。

陈赓笑着打断他，“那有什么，你不要皱眉头，你没有经验，回来再讲？等你回来，搞不好就被别个追跑了。不要讲大后天才走，明天走也没问题。听我的，就今天了。今天正是黄道吉日！”

接着，这位司令官便开始分兵派将，哪个出面去请行署的领导：“要连他们各部门的领导都请到”，哪个去准备婚宴：“菜嘛，只好马虎点子，酒一定要有。吃喜酒吃喜酒嘛，没有酒不行。”一抬头，他看见了正有些为难地站在那里的周希汉，就说：“喂，你怎么还在这里？赶快回去看住你的新娘子。先不要

告诉她。她要走的话，你要她到我这里来一下，讲我有事找她。快去吧。”说着，他又继续安排。

周希汉感到事情有些唐突，回到周璇身边便显得局促了许多。稍停，周璇果然要走。周希汉只好吞吞吐吐地说：“陈司令讲，要你到他那里去下子。可能有事要找你。”

周璇辞别了周希汉便去找陈赓。她见到的不止是陈赓，还有另一位将军周仲英。周仲英的妻子垣华也是周璇的同学，所以他跟周璇很熟悉。不等陈赓开口，他便先说：“周璇哪，不要走了，在我们这里吃晚饭吧。”

周璇不明就里，忙说：“不行啊，我没有请那么长时间的假。”

陈赓却说：“没关系，假我们已经给你续了。等下你们主任还要来呢。这顿饭没有他们还不大好吃呢。你坐下听我好好同你讲下子。你同周希汉讲的事情……”，这时，一个科长在门口探了下头，陈赓便走了出去。科长小声报告了几句，好像是“办手续的人没找到”什么的。陈赓有些不经意地骂了一句：“没找到算了。老子讲了就算数。我们今晚先办喜事，明日再给他补上。”

陈赓还在门外，周仲英便向已经似有所悟的向周璇宣布了“组织决定”。周璇连说“不行”。陈赓却进来说：“有什么不行？婚嘛，现在结回来结还不是一样？我们又不是封建军队，‘不准临阵招亲’那一条我们没有。听说岳南那边地下党组织的女同志很多呢，你就不怕周希汉被她们抢了去？！”

周璇涨红着脸解释说，自己并没有说等周希汉回来就一定会跟他结婚，而只是说“结婚的事回来再说”。陈赓哈哈大笑道：“回来再说不就是再说结婚的事吗？没有什么两样。周璇同志，共产党员‘言必信，行必果’，你要对自己讲的话负责任呢。别看周希汉是个实在人，对他，你可不能稀里马虎的。”接着，他又说了一通让周璇哭笑不得的话。后来李成芳夫妇和周仲英的妻子来了，他们接替了陈赓，陈赓便抽身走了。

天黑了。酒菜备齐。无非是拌土豆、炒土豆、焖土豆之类的再加上临时从老乡家里买来的鸡了。客人也即将到齐。行署的同志来到后听说是给周希汉

和周璇举办婚礼，又吃惊，又高兴，又埋怨没有提前告诉清楚。在一片热烈的气氛中，陈赓突然得到报告：周璇不见了！

陈赓被唬得一愣，想了想说："先不要声张，赶快派人去找。"

一会儿，人找回来了。

婚宴自是热闹的。

一进洞房，周璇就再也忍不住哭了起来。哭着，劝着，鸡就叫了。周希汉只好宽慰周璇"不要太难过，抓紧时间休息吧"，自己便退了出去。

第二天的晚上周璇仍旧是啼哭不止。

第三天晚上，由于次日部队就要出发，需要他处理的事很多，一贯对工作一丝不苟的他，晚饭后请警卫员向周璇告了个假，便忙碌他的去了。周璇开始还怀着羞怯和不安等着他。左等不来，右等不来，便又升起一股怨气。这分明还是没有把她放在心上嘛。明天就出发了，今天还让人空守。首长的妻子就这样当吗？"送回去"？她是那么可以随随便便的说来就来，说送就送的？她熄灭了灯，心想，如果他今晚不回来，她明天一走也不再来了。

周希汉忙到后半夜，怀着惜别的心情想回房同周璇再说几句话。他觉察到她的情绪已经稳定了许多，他希望临走前能有个更积极的变化。但他发现她熄了灯，便想到她这几天是太累了，可能是睡着了。他不想吵醒她，便又找了个地方凑合到天亮。一片体贴之心铸成了一个几乎是难以挽回的大错。

当周希汉从岳南新区返回太岳区的时候，已经"又是一年芳草绿"了。

安顿了部队，汇报了工作，他正要起身离去，陈赓对他说："要你休息不是讲没有事做，首要任务是抽空把周璇同志从行署那边接过来，懂吗？"

"懂。"那还能不懂，"我明天就去。"

"嗯！"陈赓摇头道，"你这个人，没当过大官，也没当过丈夫。你不要去，你去了目标太大。让你的警卫员去就可以了。顺利的话，她就来了。万一人家还有点子想不通，这是有可能的，你去了，僵在那里，就没有余地了，让别

个行署的领导也为难。把那战利品选点女同志喜欢的给带去。你呀，打仗那点子聪明劲挪些过来嘛。"

警卫员去了，带去了战利品。怎么去的又怎么回来了。小伙子没精打采地向司令员和参谋长报告说："周璇同志说她还有工作，离不开。东西她也不要，说她不需要。我请她给首长写封回信，她也没有写。"

周希汉很失望，想起了周璇走的时候那张冰冷的脸。陈赓却重复着警卫员的话，"'工作离不开'？东西是你给她放下，她又赶上你把还给你的，还是让你自己拿起来的？"

"是我放下，周璇同志说不要，我就又拿起来的。"警卫员老实地回答，脸有些红。

陈赓又问："你对她怎么讲的？就讲首长派你去接她，没有讲'我们首长想你啦'，'总在那里念叨你啦'什么的？"警卫员挠挠脑壳没作声。陈赓便指着他说，"蠢吧？同你们首长一样蠢吧？一点都不会讲话嘛。下次再去，东西就是她赶着把还你，你也不要，就讲拿回来首长要对你发脾气的。懂不懂？回来不要找你们首长了，直接向我报告。"

警卫员二次赴行署。这次人还是没接来，但东西却留下了，而且没费许多周折。有门！

当警卫员第三次带着周希汉的马到行署接周璇的时候，行署的副主任裴云生和两位处长正式出面，"代表组织"找周璇谈了话。周璇还是说不能跟警卫员走。裴云生说："老是不去也不是个事啊。想了这么久，你也该想通了。就算组织上当初搞得仓促了点，难道同周参谋长结婚比派你去流血牺牲还困难？你现在不去，莫不是想同人家离婚？"

"不是。"她明确又迅速地回答道，随即眼泪就流了出来。她真的还在生周希汉的气。但她不能想像让周希汉再那样热情地给别的姑娘拍照，那样和蔼地问别的姑娘"多大年纪，想不想家"，那样同别的姑娘并肩坐在山冈上谈结婚的事情。不能！除了她周璇，她不能容忍任何别的姑娘这样和周希汉在

一起。也许,这些领导同志来得恰是时候。

“不离婚,那早晚得去呀。那边还等着你去工作呢。你可是党员哪。”几位领导又是公又是私地劝解起来。周璇就说不去的原因是舍不得离开行署的同志们。除去跟周希汉赌气的成分,这倒也是她的真心话。裴云生却说这是孩子话:“想同志们了你还可以常回来看看嘛。你这样闹情绪,不让人家军区老大哥的同志们笑话咱们吗?”

周璇终于同意跟警卫员走了。

那天晚上,云特别的厚,特别的低,遮住了星星,也遮住了月亮,温柔地揉搓着莽莽太行起伏的峰峦。整个太岳区都沉醉了,无声,无息。周希汉,周希汉和他的妻子周璇,渡过了他们跨越了年度的新婚之喜。

从此之后,半个多世纪的的生活中,周希汉与周璇风雨同舟,恩恩爱爱地走过人生的春夏秋冬……



## 痛打天下第一旅

tong da tian xia di yi lv

1946年9月,晋冀鲁豫解放军连续取得了闻夏、同蒲战役的胜利,狠狠地教训了向解放区进犯的国民党军。胡宗南集团不甘心失败,又拼凑了11个旅,再度向晋南进犯。晋冀鲁豫解放军主力悄悄地隐蔽在洪洞东南,在浮山一带设下了口袋,就等着国民党军朝里钻。

9月22日,国民党军第27旅和167旅钻进了这个“口袋”。

胡宗南一见浮山告急,便令他的第1军第1旅前去救援,这又恰恰中了我军“围点打援”之计。

担任打援主要任务的就是周希汉的第10旅。

胡宗南的第1军第1旅,自封为“天下第一旅”,它是由原第1师改编而

成的。该部首任司令长官即是胡宗南。它是胡宗南起家的本钱,所以备受宠爱。无论多么昂贵的外国武器装备,只要蒋介石能弄进国内的,总要先尽着这个旅挑。旅长黄正诚不仅是蒋介石的得意门生,而且留学德国,上过希特勒的军事学校。他与蒋、胡的关系非同一般,一个旅长竟授了中将军衔,两个副旅长,甚至团长也都是少将。这在国民党军队中是绝无仅有的。这个旅老兵特别多,训练有素,战斗力在国民党军队中也的确是佼佼者。

☆晋冀鲁豫野战军一部,在晋绥军区部队配合下,先后进行了闻夏、同蒲、临浮、汾孝等战役,配合陕甘宁边区部队,打破了国民党军偷袭延安的企图。图为同蒲、临浮等战役后的庆功会。

黄正诚的前卫2团刚到官雀村,即被陈赓兵团的第11旅包围起来。黄正诚恼了,带着他的第1团杀奔上来。

到底是“天下第一旅”,机械化程度高,天刚过午,黄正诚便带着第1团冲过了陈堰。过了陈堰,公路拐了一个小弯,然后一路上坡,视野宽阔了,远远地可以看见公路前方左右各有一座小土坎,宛如一个天然的隘口。过了这个隘口,便可以看到官雀村了。

眼看尖兵就要通过坡顶的隘口。望着坡顶,黄正诚心里想,你陈赓也不过如此!若是我黄某,才不去官雀那鬼地方呢,我就在这里

☆1946年9月22日至24日，国民党第一战区司令长官胡宗南集结4个旅的兵力，进犯我山西临汾和浮山之间地区。我晋冀鲁豫太岳部队首先包围浮山之敌，继将增援之敌分别包围于临汾以东的官雀村、陈堰，向敌官雀村进攻。

围点打援了。

黄正诚正自鸣得意时，“轰！轰！”几声炸雷，炸断了黄正诚的思绪，他急忙抬头望去，只见他的尖兵在坡顶被炸得人仰马翻。

黄正诚慌忙跳下汽车，伏在路旁的小土坡后，举起望远镜观察隘口处的情况。然而眨眼间隘口处又变得宁静了，没有通常见到的那种火力追击，也没有人影移动，山冈上只有稀疏的树木和错落的岩石，好像刚才发生的一切都只是幻觉。然而，被炸毁的装备还在冒着浓烟，被击毙的士兵尸体横陈公路，被抬回的伤兵在痛苦地申吟。这一切都明白地告诉

黄正诚，去路已经被拦住，要想冲过去绝非易事。

黄正诚狠狠地骂了一句，挥手示意1团向前发起冲击。

令他意外的是，他以全部美械装备，在飞机大炮的配合下，连续发起两次冲击，竟未能前进一步。

黄正诚知道自己遇上了强悍对手。

此时，周希汉坐在离指挥所不远的一棵树下，居高临下地观察战场情况。他一脸的平静，平静中甚至有点悠然自得。像驻足观棋，又像登高览景。此处离战场近得几乎用不着望远镜便可看到一切。

但周希汉还是举起了望远镜，他想在某一个角落里找到黄正诚，看一看这位“天下第一旅”的中将旅长是何模样。

他已经给对手布下了一个口袋。第29团埋伏在临浮公路陈堰村的入口处，截断了黄正诚的退路；第28团埋伏在陈堰村北侧；在正面堵截的是一向善守的第30团。

凭多年的作战经验，周希汉知道这一回逮着的“大鱼”基本上跑不了了。

周希汉对黄正诚十分的不服气，不服气的就是这个“天下第一旅”的封号。你是天下第一?谁封的?若是在战场上打出来的威名，被各方所承认，谁也说不出什么，可是你自己封自己是天下第一，那就太自大了。你是第一，我是第几?周希汉决心要抓住这次战机单独跟黄正诚一试高低。

原本做事十分缜密的周希汉，此番战斗部署更是力求滴水不漏。他对第30团团长卢显阳说，这“天下第一旅”不是一般的对手。此番我们不是要同它争勇斗狠，不求在阻击时对它有多大的杀伤，拦住它的去路就是胜利。

借助望远镜，周希汉没找到黄正诚。但他看见，敌人没有被突然的一击打昏头，很快便组织起了反冲锋。那散兵线的队形有点特殊，既不像日本军队那样凶猛，也不像其他国民党军队那样松松垮垮。这种队形很不利于阻击部队发挥火力。他不由得暗自叹道：若是我们没有占据有利地形，要拦住他

们还真不容易。

连续冲击受挫后，黄正诚放下望远镜，焦躁地嘘了一口气。火炮的威力难以发挥。他感到隘口处和公路两旁的山冈在逐渐长高，自己脚下的土地在逐渐下陷。刚才正当午时的艳阳天，也忽然变得灰蒙蒙的了。

他不由得骂了一声在官雀被围的2团团长王亚武："你这混账东西，你谎报军情。你碰到的是哪国陈赓呢?老子这里才是陈赓呢!中原共军的将领，除了陈赓，谁会这一手?! "

谁会有这一手?陈赓手下的勇将都会。黄正诚或许不知道，陈赓当旅长时，周希汉是旅参谋长，许多作战计划是由周希汉首先拟定的。

激战了一天，"天下第一旅"还是冲不过隘口，眼见天黑了，黄正诚

☆向官雀村守敌发起冲击。

只好把部队撤进陈堰，企图拖到天明再想办法。

战机来了。周希汉即刻调回第四团团长吴效闵。令第28团和第30团利用夜暗压向陈堰村。陈堰村被铁桶般的箍住了。

周希汉没给敌人一点喘息的机会，包围圈一形成，便适时地发起了进攻。不过，他的进攻声势虽大，攻击点虽多，却不急于突破，只是迫使敌人无法设立防御重点。他用这个办法，继续耗掉敌人的锐气，尽可能地减少自己的伤亡。

此时，官雀方向第11旅已全歼了黄正诚的第2团，陈赓马上把这个好消息告诉了周希汉。

“希汉，成芳那里已经解决了，我们更主动了。你拂晓前一定要捉到黄正诚。”

周希汉回答道：“等不到那么久了，过了一会儿我就把黄正诚捉住！”

周希汉的第29团已经突入陈堰村内，正向敌指挥部所在位置突击。“天下第一旅”毕竟是蒋家的“御林军”，不肯轻易就范，凭着美械装备，用轻重机枪掩护，冲锋枪开路，向我军反扑。一连七八次反扑都被打垮下去，才缩回房屋里。

进了屋，又在房顶上架起一溜一溜的机枪，集中火力顽抗，一间房一堵墙地和我军争夺。有些死硬分子，被掐着脖子还死不缴枪。土匪出身的团长刘玉树，双手抡着匣子，像一头野兽，在一个房上跳来转去，拼命呼叫，最后被我军战士撵得无路可逃，才摔了了下来。他被活捉以后，还是又跳又蹦，眼里射出一道蛮横的凶光，咬牙切齿地说，“你们快把我毙了吧！我是国民党，你们是共产党，我们不共戴天。你们抓住我，算我倒霉。想消灭‘天下第一旅’，凭你们这几条烂杆子枪，那是妄想！”

周希汉闻讯后，一拍桌子，厉声说道：“给我狠狠地打，让他亲眼看看‘天下第一旅’的下场！”

深夜，激烈的冲杀声，一阵紧似一阵。敌人拼死命地顽抗，我军就用炸

药、手榴弹开路。许多战士多次负伤不下火线。有的战士刺刀捅弯了,有的手榴弹打光了,仍继续战斗。无论敌人多么疯狂地反扑,我军部队仍是一步步地向敌核心阵地逼近。

周希汉给29团团长吴效闵打去电话:“黄正诚还在报话机里向上面吹牛。说他一定能坚持到天亮。我们一定要在天亮以前解决敌人!”

“保证天亮以前解决战斗!”吴效闵回答道。

此时,陈堰村内到处是横七竖八的蒋军尸体,激战的痕迹满目皆是。走进一座院子,看到是我军许多战士们满脸灰土,一些人头上、手上缠着绷带,仍在不停刨墙、挖交通壕。

吴效闵调整兵力后,与从东门进攻的第28团协同动作,向敌发起了最后的攻击。在猛烈的机枪火力掩护下,我军爆破手接连炸开院墙,摧毁了敌人最后一道阵地。

黄正诚的旅部被彻底打烂了,他的副旅长、参谋长都当了俘虏。

吴效闵将这胜利的捷报报告给周希汉。

周希汉问:“捉到黄正诚没有?”

吴效闵回答:“没有,俘虏说:可能被炸死了。”

周希汉说:“不可能。你们大炮、炸药刚才响的时候,我还听见黄正诚在报话机大喊大叫呢!好好搜索,活要见人,死要见尸。”

战士们重新搜索,把俘虏中一些穿马靴、模样像大官的都查个遍,仍不见黄正诚的人影。

东方发亮,部队撤出了战场。吴效闵带着几个参谋,来到俘虏集中的一片树林里。“天下第一旅”的官兵们一个个蓬头垢面,畏畏缩缩地坐在树底下,有的还呆呆地望着陈堰村。

吴效闵的目光在俘虏群里搜寻,忽然,他发现一个上身穿士兵衣服,下身着呢裤子,脚穿皮靴的人,此人鼻梁上还架着一副金丝眼镜。他看见吴效闵后,立即垂下头去,身子朝另一个俘虏背后挪动,神态很不自然。

☆临浮战役中被俘虏的敌整编第1师第1旅中将旅长黄正诚(左三),副旅长兼参谋长戴涛(左二)等。

吴效闵走过去,指着他问:

"你是做什么的?"

"书记官,我是书记官。"

当他发现吴效闵的目光在他的呢子裤和皮靴上扫动时,连忙解释说:"我确实是书记官。这裤子、皮靴是我去年在西安结婚时朋友送的。"

越解释破绽越多。吴效闵拽过旁边的俘虏,一查问,这个戴金丝眼镜的人就是"天下第一旅"的中将旅长黄正诚。

黄正诚被带到了10旅旅部,带到了周希汉面前。

油灯下,两个旅长相视而立。周希汉又高又瘦,黄正诚敦敦实实,一个穿着土布军装,一个套着呢料军裤。

良久,黄正诚气恼地扭过身:"你不是陈赓!"

周希汉明白了,黄正诚想见的不是他。周希汉被对方的傲慢激怒了,冷冷地说:"我是周希汉!"

黄正诚再次上下打量周希汉一眼,说:"我要见陈赓,他为什么不见我?"

周希汉拉过椅子坐下了,瞟了黄正诚一眼:

"杀鸡焉用牛刀?捉你,我周希汉足矣。"

英风傲骨:周希汉

## 处变不惊的杰作

chubianbujingdejiezuo

1947年11月4日上午,河南郏县。

国民党第5兵团司令官李铁军正与整编第15师中将师长武庭麟通话:"庭麟兄,我的先头部队已经进至三十里堡。你再挺一挺!"

武庭麟此刻正在郏县一座半地下碉堡里。放下话筒,他对部下说:"听见了吧?李长官的先头部队一会儿就来了。咱现在主动了,是他共军该想法跑了。"

几乎与此同时,离武庭麟工事200米左右,陈赓手下的一员虎将、第10旅旅长周希汉正在作攻坚的部署。侦察员飞马来报:"李铁军先头部队进至三十里堡!"

周希汉夹着香烟的手微微一抖。一团烟灰落在地图上。但那只手很快便镇静地把地图上的烟灰拂去。他头也没抬应声道:"晓得了。"

远离战场的集团司令部里,一向有大将风度的陈赓听到截获的敌情坐

不住了。他来回踱着步，嘴里反复念叨着："三十里，三十里……"由于牵挂着10旅的行动，他已经连续两天失眠。他问作战科长彭一坤有没有周希汉的消息。彭提醒他，按照保持无线电静默的约定，周此刻不会主动联络。

前有武庭麟，后有李铁军，敌我力量对比太悬殊了，差不多是10∶1啊！有人建议，最好命令周希汉他们撤下来。

陈赓停住脚步，摇摇头："不要！让他自己决定，我们不要去干扰他。"沉思片刻，陈赓下令："命令陈康向宝丰以东运动，去接应他们一下。"陈康是13旅旅长。当时该旅所处位置离10旅最近。

10旅何以会陷入如此险境？

1947年8月，我陈谢大军奉毛泽东命令从晋南强渡黄河，挺进豫西，与陈(毅)粟(裕)、刘邓一起形成3路大军鼎足中原之势。蒋介石急了，忙调李铁军兵团赴洛阳，又令裴昌会兵团进潼关，从东西两面夹击陈赓。为摆脱敌人夹击，特别是李铁军的尾追，陈赓于10月30日在河南伊川温泉镇召集各旅旅长开会，决定用一个旅连续奔袭由民团驻守而战略位置又相当重要的临汝和郏县，将李铁军的注意力引向汝河以东，掩护主力秘下鲁山、南召，到伏牛山区开辟根据地。

☆部队通过黄泛区，行进在大平原上。

奔袭任务被周希汉抢到了手。

11月1日,周希汉派28团袭取临汝,轻松得手。但随后攻打郏县却遇到了意想不到的情况。

3日上午,赶到郏县城外的30团率先从西关攻城。两个小时后周希汉率29团赶来了,抵近一看,情况不对:守军火力很强,重机枪、迫击炮等重武器样样都有,打得也有章法。这哪里是民团?城内肯定有敌人的正规军!周希汉立即下令停止攻击,派人潜入城内侦察,重新部署攻城方案。

敌情很快摸清了:国民党整编第15师师长武庭麟于2日晚率5000余人窜来郏县。同时得知:李铁军大军已进至伊川以南,其整编第3师前锋距郏县60余公里。

好家伙!面前的武庭麟兵力与我相当,算上身后的李铁军,敌人兵力10倍于我。是撤还是继续打?撤退,理由很充分:敌情变化太大。不过那样一来,敌人很快就会发现我主力位置,陈赓的计划就会落空,党中央关于刘邓、陈粟、陈谢3路大军鼎足中原的战略决策就难以实现。保全自己,输掉大局,这种事不是周希汉干的!

周希汉分析着,李铁军已在我军后面跟了多日,总是保持一定距离。此人谨慎有余,魄力不足,害怕我们围点打援,不会用自己赖以起家的整编3师舍命来救武庭麟。即便他全力来援,也得一天才能赶到。一天时间,我们拿下郏县是能够做到的。万一不行,那就宁可我们被吃掉,也要保证中央决策的实现。

指挥所意见统一了:"打,按原计划不变!"

4日凌晨,周希汉派人飞马急调的28团从神后方向跑步赶来了。

攻击开始。先由30团再次从西门打响,虽是佯攻,打得却很凶。

就在敌人急忙向西门增兵时,旅工兵连炸开了东门外城门。担任主攻的29团官兵乘势登城,很快突进去一个营。周希汉随即令他们全团跟进,向西发展,并以一部兵力占领南门。

凌晨3点,30团突破西门。

与此同时,28团留下一个营在城外作预备队,其余两个营则如饿虎扑食般从东门至北门之间突入城内,并将敌少将副师长杨天明抓到了手。

拂晓前,10旅主力全部突入城内。天亮后,城内大部分阵地已尽在我方掌握之中。武庭麟收拢残部1500余人龟缩到城西北一个叫做“高寺”的寺院内,作名副其实的“负隅顽抗”。这个地方地势高院墙也高,俨然是城中之城。据被俘的杨天明交代,这里的工事是武庭麟早就修好的,是其“狡兔三窟”中的一“窟”。

周希汉的指挥所进了城,设在离“高寺”约200米处。正在他部署攻坚之际,派去监视李铁军动向的侦察员来报:“李铁军先头部队进至三十里堡。”

于是,出现了本文开头的一幕。

部署停当,周希汉迸出两个字:“开饭!”

侦察员的报告犹如一枚重磅炸弹投在10旅指挥所。想不到李铁军的动作会如此之快!

周希汉点上一枝炮筒烟。他要部下沉着,可再沉着的人此刻也会紧张的。城内顽敌未歼,城外大兵压境。走,武庭麟会破裤子缠腿,把你死死地缠住。打,敌援兵眨眼就到。情势之危远甚于攻城之前。然而,周希汉毕竟是周希汉,情势越是紧张复杂他越是心明如镜。他明白当下唯有干净彻底地吃掉武庭麟,李铁军才不敢死逼不放。

“坚决歼灭武庭麟!”周希汉尽量平静地分析了眼前敌我态势,对大家说。

接着,他连发几道命令:令善守的30团2营和29团1营跑步赶往西关外十五里堡构筑临时阵地,交替掩护,迟滞援敌进军速度;令28团2营速赴城西2.5公里处担任阻击第二梯队;令29团3营为旅预备队,位于城西南,防止敌人切断我南撤之路;令旅直属队一部先将伤员、辎重和一批俘虏秘密撤往汝河以西,向鲁山方向运动。

☆陈粟大军与陈谢集团，为配合大别山区刘邓大军反敌“重点清剿”作战，于 1947 年 12 月对平汉路南段和陇海路东段发动强大破击战。一个月内，共破路 840 华里，攻克县城、重镇、车站等 50 余座，歼敌 4.5 万余人。这是粟裕（右）和陈赓（左）在前线。

留下攻坚的是28团1营、3营，29团2营和旅山炮大队，由周希汉亲自指挥。

3个小时，阻击部队只要争取到3个小时就够了。周希汉嘴里布置着，眼睛看着手表。

部署停当，众人以为他要下达总攻命令了。谁知他用力扔掉烟蒂，大声说：

"开饭！"

什么？"开饭?！"众人一时惊呆了，怀疑自己耳朵是否听错了，疑惑地望着周希汉。

周希汉环视众人，十分肯定地说："对，开饭！"随后把目光转向副旅长周学义。"老周，你想想办法，主攻部队最好能喝上热汤。半小时可以吧？"

周学义点头会意，转身便走。周希汉昂起脖子，用他在人前讲话少有的激动语气对大家说："同志们，李铁军有饭吃，武庭麟有饭吃，我们不能饿着肚子去会他们。李铁军他最快得3个小时才能赶到。我们有时间。你们放心地吃！"

几十年后，周希汉老将军回忆说："当时我想说的话很多，可就说了那么两句。我有吃饭的时间，为什么不吃？不吃饭我也能拿下来，可吃饱了有劲，吃饱了胆壮，吃饱了心不慌脑筋也会更好用！"

2000来人，半个小时喝上热汤可不容易。但这件事却没让周学义费多大力气。老百姓把热饭热汤都给送来了。

时针指着下午1点。3发信号弹腾空而起。10旅对残敌发起了总攻。

炮兵将山炮推到"高寺"正面抵近射击。各攻击点火炮同时开火。"高寺"顿时被炮火和浓烟覆盖了，护墙被轰倒了，院墙被炸豁了，工事被掀翻了。

“火力转移，步兵上！”周希汉一声令下，冲锋号吹响了。战士们呐喊着从各个攻击点发起冲锋。战后被评为全国战斗英雄的28团2连通信员卫小堂在连长和爆破手负伤的情况下，顶着敌人密集的子弹用手榴弹和炸药包连续炸塌院墙数处，指挥全连突入了“高寺”。

在浓烟粉尘里，敌人伸出了投降的白旗。在突击队员们喝令下，两名“国军”中将——整编15师师长武庭麟和他的副师长姚北辰高举双手钻出了碉堡。

城内干掉了武庭麟的15师，城外十五里堡的阻击部队已经同李铁军整编3师的前锋接上了火。不过，这伙敌人攻而不猛，动作迟疑。缴获的步话机里传出李铁军连连呼叫武庭麟不应而变得越来越急切的喊声。周希汉突击审讯了武庭麟，发现武根本不相信只是周希汉一个旅打下了他的郏县，认定陈赓的主力就在附近。

周希汉笑了：果如所料，敌军首领直到现在仍不明我军虚实，眼下武庭麟没了声息，李铁军就更不敢轻进了。好，为了不暴露我军意图，那就继续利用李铁军的多疑和犹豫，让30团积极阻击，大部队索性拖到黄昏之后再撤退。黄昏前，周希汉先派旅卫生队政委董光荣带一个战斗班将武庭麟等几个重要战俘押往鲁山。待李铁军的整3师过了十里堡，他才指挥部队分路快速撤出。

4日午夜已过，李铁军的部队方抵达郏县城下，但仍不敢进城。整编3师的炮火很是盲射了一阵，进城后才发现早已不见“共军”踪影。李铁军不禁连呼“上当”！

此后，便由陈赓派来接应10旅的陈康带着他的13旅担负起“牵牛”的任务，牵着李铁军这头“牛”在伏牛山里转呀转呀，最后终于将这头“牛”给宰了。这是后话。

且说陈赓这边，已3天3夜未合眼的他见到董光荣押送来的武庭麟等战俘并了解了战斗经过后，那份高兴呀，真是难以形容。他情不自禁地脱口

而出："杰作！这一仗真是周希汉的杰作！"



## 女儿眼中的父亲有自己的处事法则

nveryanzhongdefuqinyouzijidechushifaze

随着时间的推移，已经成为作家的周晓红，开始构想着书写父亲的计划。她甚至觉得她写父亲的作品将是她一生中最重要的创作。在她的小说《人证》里，已经呈现了一个父亲真实辩证的身影。

那是一个富有典型意义的真实事件。周希汉步入晚年离休生活后的一个下午。周希汉正埋头写他的回忆录，周晓红领来了一位不速之客——60多岁的老农。老人自称是周希汉1942年在山西太岳区当旅长时的通讯员，后来负伤致残，回家当了农民。他和他老伴风烛残年，没儿女，他残废，老伴重病。他来找周希汉，目的是让老首长证明他是1942年入伍和1947年入党的。这样，他就有了老革命资格，政治上、经济上的待遇都会提高。他说，他这是第三次胸前戴着他的几枚勋章来北京找周旅长了，前两次到海军大院门口打电话就让秘书给挡了驾，这次就直接闯到将军楼来了。

"……唉，老首长身体不太好?你爸……年轻时身体不好，我清楚哩!想着不该来打搅，不该来可又来了哩么！"

尽管那位老乡表述很笨拙，但毕竟是一位被和平年月淹没的老战士，周晓红在领老人去见父亲之前，心中已生同情。"心热了一下，觉出了身体里轻轻掠过一阵血流"。她决心要帮老人这个忙，领老人去见父亲，并说服父亲替老人作证，让老人带走他"老革命"的待遇。

这一时期，身为年轻作家的周晓红似乎与父亲已经有了两代人之间的代沟。她真实地记录了她见父亲时的心境。"这是一条不足百米的路。但我每次往返于此，都有一种陌生感和惶恐感在加剧。父亲已到了那个更加固执

更加偏听偏信更加感情用事的年龄。我……却不知怎样伤害了父亲而渐渐丢掉了我在父亲面前多年受宠的被信赖的地位。”

她对父亲的墨守成规也有感触:“现在这里的一切设备虽然已失去原来的实用价值,但父亲坚持要让那镶在半壁的书柜、办公桌印保险柜们等等都依然按原有的规模健在。”

不过,周晓红毕竟深深地爱着她的父亲。看法归看法,作为女儿的情愫还是不知不觉从笔端流泻出来了。“父亲瘦成一薄片的身子缩在沙发里。他专心一意地看着书,并用一枝铅笔不断地在某些句子下面划出重重的曲线。他耳朵很聋,是‘文革’挨斗留下的纪念。”“心中突然产生一丝怜悯之情。一见到他,那种冲动会突然冲走我们之间的一切陌生和隔阂。我悄然蹲下,靠近父亲的耳朵,对他轻喊着:‘爸——爸!’”

周晓红竭力地替老汉诉说着。然而,周希汉实在记不起有这么一个通讯员了。

农村老人手忙脚乱地奔到周希汉面前,用混沌不清的语言呼唤着:“这是老首长?……呀!呀!老旅长么?……呀是老首长是老旅长是你爸爸哩!”

可是,周希汉却不认得他。“父亲顿时矮下去,缓缓地把两只手背到了身后,似是而非地冲他点点头。”

周晓红又赶紧替农村老人说:“他这是第三次进北京来找老首长作证了,前两次都没能看到您。您看这残废抚恤金证明本上写的,一年才有400块钱的生活费,太惨了!”

她哪里想到,周希汉将军的看法与她截然不同。“四百吗?——不错嘛!政府养着他们全家,比我们活得还好嘛!”周晓红顿时呆住了。“我哑然。可这些确是父亲不懂的。多少年来的养尊处优,使他没有机会学到把权力转换为金钱的本领。”

农村老人不甘心,又没头没脑地述说他那段历史,试图让周希汉回忆起

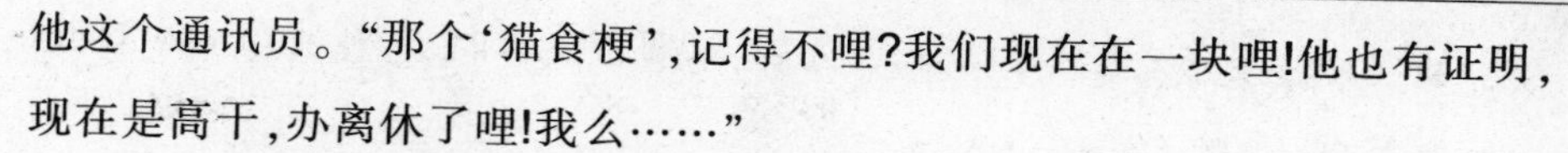


他这个通讯员。“那个‘猫食梗’，记得不哩？我们现在在一块哩！他也有证明，现在是高干，办离休了哩！我么……”

周希汉还是被他说得云山雾罩。“通讯员……”周希汉淡漠地笑了，“那时候我有一个通讯排哇！战士有十几、几十个。一年半年就换人了调走了牺牲了，怎么会都记得呀？”

农村老人的头上急出了汗珠子。“哈呀！老首长不能不记得我么！”他指着胸前勋章中的一枚说：“这是那年洛阳战役受伤得的么！半夜起来让集合队伍，我跑去给老旅长牵马，一个炮弹炸过来，我护马哩，炮弹皮把胳膊炸透气了么！报的是二等乙级残废么！你看你看！——”他站起来，把右手臂上破得拉丝的袖口一撸到顶，把那只着着实实萎缩成了细细一根的胳膊一直伸到周希汉面前。

旁边的周晓红又一次被打动了，久久地注视着农村老人残废的胳膊和那根木手杖。她看着父亲，可“父亲无话，甚至没有一丝动情的表示。也许那弹洞在父亲看来早已失去了原有的意义。”“我很失望。是为父亲。从来都以为父亲拥有惊人的记忆力。过去几十年的战役、场面、敌我死伤人数甚至是每一次战斗的时间地点，总是在他的言谈话语中、在他的回忆录里能够清晰可见。被他遗忘的，究竟都是些什么呢？”

周晓红还是变着法地劝父亲给农村老人写个证明，可周希汉有自己的处事法则。“要你们大队或公社县里开个证明信来，由组织出面比较好……”周晓红想用老人的惨状和父亲写证明对老人生活待遇上的重大意义来打动父亲，周希汉一听“待遇”二字却火了；“什么待遇啊？一个党员，无非是三点嘛！一是交纳党费；二是参加党的会议、执行党的章程；三是为党的事业做工作。不存在享受问题。”周晓红听了，顿时大笑。“爸爸说的没什么不对，是觉得好笑就笑了。”

在周晓红和农村老人的软缠硬磨下，周希汉只好写了个意义不大模棱两可的证明：“如果已经恢复党籍，请按党员标准给予待遇。”之后，对农村老人

说:“我已经违反了党性原则。回去之后,不要再搞串联,再让其他人来找我!有问题找自己的组织……”

周晓红在失望、无奈之余,给老人一些钱,送老人上路,眼看着实际上并没有达到目的的老人消失在将军楼外的路上。她怅然地看着父亲的房间,又一次深刻地意识到与父亲之间愈加难以沟通的巨大遗憾……

# ★政工行家：王辉球★

王辉球(1911–2003)，江西省万安县人。1928年参加工农革命军，同年加入中国共产主义青年团。1930年转入中国共产党。土地革命战争时期，任中国工农红军第12军100团连党代表，红1军团特务连政治委员，第9师政治部代秘书长，2师4团俱乐部主任，第1师政治部宣传科科长，第2师政治部宣传科科长。参加了长征。抗日战争时期，任八路军115师343旅685团政治处宣教股股长、旅政治部宣传科科长，冀鲁边军区政治部宣传部部长，津南支队政治部主任，鲁西军区教导第3旅政治部主任，冀鲁豫军区政治部副主任。解放战争时期，任晋冀鲁豫野战军第7、第1纵队政治部主任，中原野战军第1纵队政治部主任，第二野战军第16军政治委员。中华人民共和国成立后，任第5兵团政治部主任，贵州军区政治部主任、副政治委员，中国人民解放军空军政治部主任、副政治委员兼政治部主任、政治委员，沈阳军区政治委员、顾问。1955年被授予中将军衔。是中国人民政治协商会议第五届全国委员会委员，中国共产党第七次全国代表大会候补代表，第九届中央委员。

政工行家：王辉球

## 坚信只要跟着共产党闹革命，劳苦大众必将获得翻身解放

jianxinzhiyaogenzhegongchandangnaogeming
laokudazhongbijianghuodefanshenjiefang

1911年阴历9月18日，王辉球出生在江西省万安县雁塔村一贫苦农民家里。父母因为家境困苦，养不活孩子，在他刚生下来时就把他送到姑母家抚养，5岁时才回到父母身边。

王辉球8岁开始念书，后考入县立第一高等小学，毕业时已经15岁了。

1927年，大革命的浪潮猛烈地冲击着整个中国。俄国顾问鲍罗庭到高小学校演讲革命主张，进步老师向同学们宣传孙中山的三民主义，革命思潮各种进步书籍的影响，都使少年王辉球兴奋、激动，他参加了学校的童子军、学生会，上街游行集会，向往革命。然而，为了生活所迫，高小毕业后，在母亲的坚决要求下到邻县遂川一家杂货店去当学徒。

1927年"4·12"之后，王辉球在遂川亲眼目睹了"清党运动"的恐怖，到处在搜捕枪杀共产党人和农民协会的头头，街上贴满了反对共产党的标语。

一天，万安高小的进步老师文章突然来到商店，要求王辉球把他藏起来。晚上，文章老师离开商店。不久，听说文老师被国民党杀害了，王辉球十分痛苦和迷茫，无罪的好人为什么却惨遭杀害?

1927年秋，毛泽东领导的秋收起义部队到井冈山开辟革命根据地。是年冬，遂川县城传出惊人的消息，说共产党的队伍要来了。有钱人和官僚们都逃跑了，偌大的商店就剩下王辉球一人。

共产党的队伍真的开进了县城，他们遇人就宣传：我们是中国工农革命

☆国民党反动派大肆捕杀共产党人和工农革命群众。

军，是共产党领导的军队！共产党实行土地革命，组织工会农会，穷人翻身全靠自己起来救自己。

共产党员谭震林负责组织工会，他说工人没有组织就没有力量，工人阶级要起来勇敢奋斗。王辉球第一批报名参加工会，参加赤卫队。他走上街头宣传群众，反对资本压迫，参加打土豪分财产。一个多月后，遂川县工农民主革命政府成立，毛泽东在成立大会上讲了话。

听了毛泽东的讲话，王辉球感到革命有了奔头，坚信只要跟着共产党闹革命，劳苦大众必将获得翻身解放。

1928年2月，中国工农革命军第1团撤离县城时，不满16岁的王辉球随县革命委员会同部队一起上了井冈山，从此踏上了红军之路。1928年春，王辉球参加了共产主义青年团，同时兼党团员，1930年正式转为党员。

政工行家：王辉球

## 少年红小鬼带头向敌人阵地冲击

shaonianhongxiaoguidaitouxiangdirenzhendichongji

1928年3月，中国工农革命军第1师第1团决定组建一支直属队——少年队。王辉球被调入少年队。

井冈山,古木参天,气势磅礴。稻草铺,红米饭南瓜汤,紧张的军事政治训练,却使王辉球感到新鲜,心情格外高兴。茅坪坝上经常可以听到少年队员欢乐的歌声:“走上前去！曙光在前。同志们奋斗,用我们的刺刀和枪炮开自己的路。”整个少年队仅有一支破旧的汉阳造步枪,他们的主要武器是每人一支梭镖。

同年4月,王辉球和少年队随工农革命军第1团出征湘南,迎接朱德、陈毅领导的南昌起义军和湘南暴动的农军武装。一路上,同志们情绪高昂,极感光荣！少年先锋队担负着放哨警戒,宣传群众,书写标语等工作。

5月,两支部队顺利到达江西宁岗县砻市。经过整编,少年队解散了。王辉球被分配到红4军军部当司号员。其后两年间,他经历了井冈山出征、福建长汀消灭郭风鸣旅、坡头直下战役、长沙战役、攻占吉安和第一、二次反“围剿”战役,在战争中逐渐成长起来。

1932年粉碎了敌人第三次“围剿”,红军利用第四次围剿没有到来的空隙,向福建进军,扩大苏区。此时,王辉球是红12军34师100团1连政治指导员。100团是先头部队,接到向闽西进军的命令后,连续三天急行军,经长汀,走龙岩,同闽西军阀张贞部打了两仗,消灭了据守坎市、龙岩一带的军阀部队后,日夜兼程向漳州挺进,来到西溪河边。那天正下着倾盆大雨。部队住进附近的山村宿营待命。在这里,抬头可望见敌人占据的天宝山防卫工事。

天宝山位于漳州西北约二十余里,地势险要,易守难攻,是漳州的天然

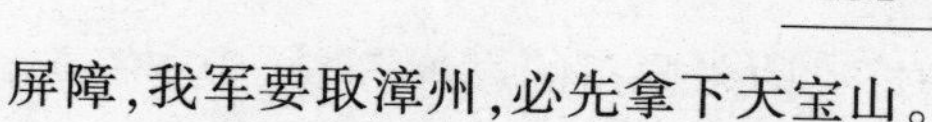

屏障,我军要取漳州,必先拿下天宝山。

上级决定1连为主攻部队的尖刀连。为作好战前准备,1连召开军人大会,团政委田桂祥亲自到1连动员,王辉球和连长也在会上讲话动员,要求全连同志发扬英勇顽强,不怕牺牲的精神,坚决完成任务,把红旗插到天宝山顶峰。

拂晓,战斗打响了,借着晨雾的掩护,踏泥泞的山路,连长带1排在前,王辉球带2、3排跟进,以散开队形向敌人展开攻击。

敌人居高临下,用密集的火力对我进行封锁和压制,连长和1排的大部分同志英勇牺牲了。

王辉球满腔怒火,高呼"为连长和1排的同志报仇",指挥2、3排向敌人阵地冲击。终因地形不利,正面仰攻,火力不够,再次受挫。王辉球身负重伤,昏死过去,经抢救才脱险。100团当即使用预备队投入战斗,持续到中午时分,红4军11师从东南方向攻击敌之侧后,打乱了敌阵营,乘势攻占了敌主体地,并一鼓作气,一举占领了漳州城。

王辉球伤愈后,组织上送他到瑞金红军学校上干队学习了半年,结业后被分配到红1军团特务连任政委。

政工行家：王辉球

## 长征路上做宣传鼓动工作

changzhenglushanggaoxuanchuangudonggongzuo

由于第五次反"围剿"失败,中央红军不得不放弃江西红色根据地,作长途战略转移。

1934年秋,长征开始了。王辉球调任红1师政治部宣传科长。在政治部主任谭政的直接领导下工作。1935年5月,红军进入藏族区,王辉球回到了红2师政治部宣传科。翻过雪山后不久,他再次到红4团任俱乐部主任。

这时革命到了极为艰难、危机的时刻，因张国焘的影响，部队在毛尔盖、黑水、泸花一带，没有补充上足够的粮食、盐巴、布匹，加上部队不习惯少数民族地区的生活，饥饿，寒冷，疾病，不断袭来。

毛泽东决心领导中央红军坚决地离开这个地区。红4团担负先头部队的任务。毛泽东亲自对红4团的领导说，克服困难最根本的办法，是把可能碰到的一切困难向同志们讲清楚，把中央为什么决定要过草地北上抗日的道理向同志们讲清楚。只要同志们明确了这些，我相信没有什么困难能挡得住红军指战员的。

王辉球领导他的宣传队随红4团走进了草地，遵照毛泽东“你们必须从茫茫的草滩上走出一条北上的行军路线来”的指示，他们每人背上了一些用木头做的上面写着“由此前进”的路标。

茫茫无边的草地，没有石头，没有树木，没有人烟，脚下展现的是一片草丛与河沟交错的泥潭，散发着腐臭气息。“同志们，快出草地了，勇敢地向前进啊！”宣传队进行着有力的鼓动。7天7夜，红4团终于走出了变化无常、阴森可怕的草地。不少同志永远倒在草地里，牺牲了生命。

1935年9月，红4团经几昼夜激战，打垮了甘肃军阀鲁大昌部，突破腊子口，乘胜追击。敌人望风而逃，沿途丢弃大量军用物资和生活用品。红4团连日鏖战，饥肠辘辘，大家真想停下来，做顿饱饭吃。红4团团长王开湘，政委杨成武，严令部队追歼逃敌，咬住敌人不放。

这时，王辉球奉命率宣传队紧跟前卫连，边追敌人边做宣传工作，沿途留下许多大字标语：

“同志们，追上去！活捉鲁大昌！！”

“不拣战利品，全力追敌人！”

“不怕肚子饿，就怕敌逃脱！”

“走出藏族区，前面就是甘肃平坝呀！”

宣传队在悬崖上写了一个巨大的“追”字，简短有力，激励红军战士，追

☆山城堡战斗旧址。1936年10月，中国工农红军三大主力胜利会师后，11月21日在这里歼灭了国民党胡宗南部主力一个师。这是长征的最后一仗，这一战斗对促进国内和平和抗日战争的实现，起了重要作用。

上去就是胜利，追上去就能摆脱饥寒交迫的困境。

红军战士硬是饿着肚子，咬紧牙关，一口气猛追几十里，沿途俘虏了不少敌人，缴获了大批装备和物资。

长征路上搞宣传鼓动工作的条件很差，纸张短缺，写字、画画的用具、色料也十分匮乏。王辉球就发动大家就地取材，每次部队出发前，宣传队的同志就分散到老乡家刮锅灰，买白灰。偶尔还能从农村染房搞来染料残渣，配出各种颜料。

1935年10月，中央红军到达陕北，不久部队进行整编，王辉球又被调回红2师任宣传科长。他随部队参加了东征作战、西进作战、曲子镇战斗和山城堡战斗。

政工行家：王辉球

## 作细致的思想政治工作

zuoxizhidesixiangzhengzhigongzuo

1940年，为适应持久抗战的需要，八路军第115师在部队不断发展的过程中，遵照中央军委和八路军总部指示，对部队进行了整编。

4月，成立鲁西军区，萧华任司令员兼政治委员。东进抗日挺进纵队主力和115师独立旅等合编为新的343旅，旅机关兼军区机关。杨勇为司令员，萧华任政委。此时，王辉球奉命随萧华、符竹庭转移到鲁西工作，任鲁西军区政治部副主任。

10月，为执行“集总”及115师“建设党军”的指示，加强部队的正规建设，健全与统一军事、政治、后勤等制度，鲁西军区在运北小吴庄召开了建军会议，会后组织了115师教导第3旅，旅部仍兼军区指挥机关，王辉球任教3旅政治部主任，旅长为王秉章，政委为曾思玉。王辉球主持全旅的政治思想和组织建设工作。

11月下旬，部队开始第一期整训。通过整训，健全了各级领导机关，健全了各种制度，党员的模范作用得到了加强，党的生活经常化了，部队非战斗减员减少。

1941年7月，原冀鲁豫军区与115师、鲁西军区合并，编为新的冀鲁豫军区，属115师建制，受第八集团军前方总指挥部指挥。王辉球仍任教3旅政治部主任，在杨勇、苏振华的关怀帮助下，在领导全旅政治工作上，能够迅速适应情况，熟练地开展工作，积累了一些政治工作的经验，也摸索了一套做全面工作的经验。

王辉球平易近人，谦虚好学，豁达朴实。他作思想工作，处理问题，历来讲究实事求是，具体问题具体分析，从不简单生硬，更不给人家扣

大帽子。

鲁西地区战斗频繁，加上天灾，生活十分艰苦，有的基层干部做思想工作不细致，战士逃亡现象较多。王辉球指示施政治部下去调查为什么时常发生士兵逃亡。当时有位抗大毕业学生，对连首长的军阀主义残余看不惯，不同意这里设隐蔽哨抓逃兵，更不同意把抓回来的逃兵吊起来打骂的做法。

一天晚上，这位抗大毕业生查哨时又发现有逃跑的，连长批评他责任心不强。王辉球知道此事后亲自找这位抗大毕业生谈话，向他了解情况。他很直率地说：连长指导员明明知道某人要逃，不进行教育，不了解实际情况，就会放哨抓人。王辉球肯定了他的意见，当即派旅政治部的得力干部对该连进行帮助教育。他要求连长、指导员要设法改善生活，对战士要以教育为主，要讲阶级感情。后来这个连队表现突出，半年没有发生逃亡现象，被评为模范党支部，指导员也被评为模范指导员。

教3旅是支主力部队，在抗战中战绩辉煌，其中与王辉球在干部路线中始终贯彻量才录用，坚持搞五湖四海是分不开的。教3旅三个主力团各有特色。7团特别能打仗，老红军多，战斗经验丰富，但他们文化水平较低；8团知识分子多，个人素质好，装备不错；9团本地干部多，人熟、地熟，纪律最好。王辉球根据各团不同特点，选拔优秀领导干部进行交流，同时又注意领导班子的协调和团结。领导干部调整交流以后，三个团比着干，都不甘落后，各团进步很快，后来都锻炼成为能打硬仗的部队。

1942年前后，是抗日战争最困难的时期。为战胜困难，坚持长期抗战，中共中央发出“精兵简政”的号召。为了贯彻党中央的指示，王辉球亲自安排干部的去向，亲自找下面同志谈话，把年纪小的送去上学；把能打仗的派去支援加强地方武装；把知识分子青年干部分配到试验区予以重用，有意识地发挥他们的特长。

由于王辉球深入细致的思想工作和处于公心对待干部，使全旅中下层

干部能上能下，走的留的，提升重用的与平调安排的都愉快服从分配，大家没有怨言。

王辉球重视对干部的培养，即使在抗战最艰难的时期。部队高度分散时环境，他仍采用办专题短训班的办法培训干部，即召集有关干部就某一个专题学习一两天，然后再分散下去各自自学。当时开办了集训党支部书记的训练班，还有专门集训宣传员的学习班，形式不一，内容广泛，时间虽短，成效却比较好，很受欢迎。大家给这种短训班起了一个名叫“飞行学校”。

1942年底，冀鲁豫军区首长决定组织一支精干武装，由支队长吴忠率领，挺进紧张地区，创造了小股部队活动的经验，以此指导全区的斗争。王辉球领导旅政治部及时总结并向全区推广了这支小部队活动的成功经验。在此之后，全区部队分成一百零四支小部队，参加到民兵联防中去，带领广大群众与敌人展开斗争。

利用作战空隙进行整训，是教3旅政治工作的又一特点。整训的内容主要围绕军委提出的建设党军的要求进行的。王辉球在布置工作时，一向非常具体、现实，对军政关系，军民关系，连队党支部工作，英雄模范的榜样作用等他都要妥善地作出安排。

王辉球非常重视青年工作和文化工作。在他的努力下教3旅的文体活动十分活跃，处处有歌声。政治部下设了挺进剧社、宣传部，办了挺进报、战友报，各团也有自己的小报。使上面的精神能及时下达，下面的情况能及时反映，先进人物和事迹能及时得到表扬，成功的经验能得到及时推广。王辉球还积极帮助工农干部学文化，使大批工农干部解除了文盲之苦。

王辉球对下级干部，特别是对青年知识分子，倍加关怀爱护。1942年有位北京美专毕业的青年知识分子染上了天花，病得很重，王辉球得悉买了几个烧饼亲自去看望，使这位身染重病的北京青年的心灵得到极大安慰，解放后他曾几次含泪向战友们提及此事。

王辉球还亲自过问宣传队、剧社青年同志的成长，经常了解他们的思

想状况，激励他们努力学习，努力改造思想，努力做好工作。他甚至亲自参加演出服装、道具的设计，同青年们打成一片。

他还亲自指导旅部小报，为小报撰写文章，实事求是地回答一个时期带有倾向性的问题，从不讲大话空话。他发表的关于论口号的文章，鲜明地批驳了那种认为“弯腰冲锋是孬种”的错误口号，在部队引起很大影响。在他的关照下，旅部小报办得生动、鲜明、有战斗性。政治部机关编写的文化课本，政治教育普及本等，他都亲自找担负编辑的青年干部谈话，给以积极指导，并且亲自动手一一审阅修改。

王辉球对政治机关干部的要求是很严格的，经常提醒大家要虚心礼让，不要斤斤计较，更不要争强好胜出风头。每到一个新地方，好房子要让给司令部，政治部住差一些的没有关系。军政干部之间有了矛盾，他总是严格要求政工干部，从不迁就袒护，为青年政工干部养成优良的作风，打下了基础。

1943年3月，王辉球调任冀鲁豫军区政治部副主任兼组织部部长，参加了整风运动。

1946年6月下旬，内战爆发。中原军区成立，刘伯承任司令员，邓小平任政治委员。一场轰轰烈烈的人民自卫战争拉开了帷幕。

1946年夏，王辉球随杨勇、张霖之率领7纵参加出击陇海路作战，其间刘伯承司令员亲自抓部队纪律整顿，谆谆告诫部队：“我们是穿军服的人民，绝不应该忘本。”如果破坏了纪律和军民关系，“爱国自卫战争的任务就不能完成。”

王辉球及时向部队传达了刘司令员的指示，对部队进行了战前动员，然后又深入到部队进行专门教育。部队所到之处，秋毫无犯，军民关系、官兵关系、新老战士之间的关系更为密切。

针对战斗频繁，部队伤亡大，战斗减员，启用新干部多，补充俘虏多的特点，王辉球特别注意对基层干部的帮助和教育，要求他们以身作则，关心体贴新战士，多表扬，多进行阶级教育，使战士们看清人民军队与旧军队的根本区

别。从而巩固、充实了部队,保证了部队能够坚决地执行战斗任务。

12月初,滑县战役结束,7纵召开了连以上干部会议,王辉球主持起草了这次会议的主要文件。纵队主要领导在会上分别作了形势与任务的报告。会议从7纵实际情况出发,分析解剖了典型事例,提出反对自由主义的滋长,纠正不良作风,强调要搞好连队党支部工作,“连队工作要以支部为核心,战斗连队要保持相当数量的党员人数,注意密切党员与非党群众之间的关系。”

由于7纵政治工作细致、扎实,领导班子团结,一支新组建不久的部队,在冀鲁豫、豫皖苏战场上大踏步的进退,取得了一个又一个胜利,打出了威风,成了能打大仗、硬仗的主力兵团。

1947年3月,第1、第7纵队合并,成立新的第1纵队,杨勇为司令员,苏振华为政治委员,潘焱为参谋长,王辉球为政治部主任。部队刚刚整编完毕,即投入了豫北反攻作战。

☆向南进军的炮兵行列。

鲁西大捷，使蒋介石恼羞成怒，调集7个师兵力，倾巢向我冀鲁豫战场压来。8月7日，1纵突然以百里急行军的速度，跳出敌人包围圈，向南猛进，进入豫院苏太平原。8月27日渡淮河到达大别山区。

打了胜仗又撤退，部队干部战士思想一时转不过弯来，大踏步向南急行军，后面蒋军紧紧尾随，环境相当艰苦，有个别连队出现逃亡现象。王辉球坚持与部队一起行军，同战士们边走边谈，鼓励大家只要坚决执行上级命令，就一定能打胜仗。他耐心启发干部战士不要只看眼前利益，不要计较一城一地的得失，要看到全国战场的大局。他还给部队讲述毛泽东用兵如神的故事，鼓舞部队的士气。

指战员们真正从思想上弄清楚了，今天的退却，是扭转整个解放战争战略趋势的进军，是向国民党统治区进军，是主动的进军。

部队仅休整一天，王辉球与纵队领导抓紧这一天的时机，再次对部队进行深入的政治动员，要求部队官兵以"决不向后年看"的精神向前挺进，实现党中央、毛主席提出的"到大别山就是胜利"的战斗号召。为了加速前进，纵队领导决心埋藏重武器，炸毁大炮和辎重。王辉球亲自组织并参加了这一罕见的忍痛割爱的活动。

8月31日，1纵进入指定地区，就地展开，发动群众，开展游击战争，创建根据地。

然而，由于大别山远离革命根据地大后方，当地群众多次遭受国民党反动派的残酷镇压和威胁，怀疑我军的力量，不敢接近我军，加之民穷财尽，部队进入大别山后没有后方战勤供给，又由于许多官兵是北方来的，不适应南方生活习惯，病员不断增多，在这种情况下，1纵立即担负起战斗队与工作队的双重任务。

面对重重困难，王辉球积极组织师、团领导干部，深入基层，进行有力的政治思想工作，帮助干部战士解除思想顾虑，克服畏难情绪，树立敢于斗争敢于胜利的信心。与此同时，纵队政治部提出："生活上互助"，"会做饭的教

不会做饭的”,“我们是劳动人民的儿子，劳动无上光荣”,“艰苦是人民军队的本色”等政治动员口号。

1纵官兵自己动手解决困难,不仅学会了打草鞋,做布鞋,舀米,磨面,而且学会了爬山,打山地战。1纵终于战胜了困难,顽强地坚持了大别山斗争,和大别山人民紧紧地站在一起。

政工行家：王辉球

## 任军政委

renjunzhengwei

1949年2月,根据中共中央军委关于统一全军编制及部队番号的命令和关于各野战军番号按序号排列的决定，中原野战军改称中国人民解放军第二野战军,刘伯承任司令员,邓小平任政治委员。

☆第二野战军辖9个军，司令员刘伯承,政治委员邓小平。这是1949年进军大西南时的第二野战军指挥部。左起:邓小平政委、张际春副政委、刘伯承司令员。

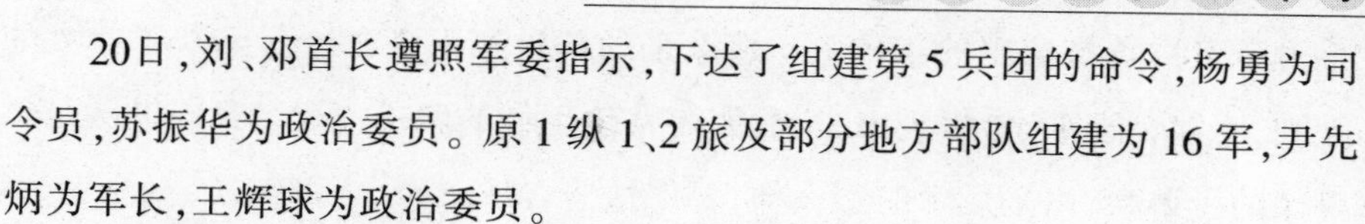



20日，刘、邓首长遵照军委指示，下达了组建第5兵团的命令，杨勇为司令员，苏振华为政治委员。原1纵1、2旅及部分地方部队组建为16军，尹先炳为军长，王辉球为政治委员。

整编后，提升了大量新干部，部队新成分占多数，政治素质和军事素质，离野战军的要求尚有差距，遵照野战军和兵团首长要求，王辉球组织16军及时开展了以政治教育为主的整训。

首先学习文件，反"三无"(无组织、无纪律、无政府状态)。第二步，以批评和自我批评为主，增强团结，加强领导，改善新者关系和干群关系。紧接着进行了诉苦教育，提高广大指战员的价级觉悟，树立为人民服务的思想，使"打过长江去，解放全中国"成为每个指战员的自觉行动，在此基础上掀起了向江南进军的练兵热潮。

渡江战役后，16军在江山、玉山地区进行补充和整训，协同地方武装，清剿敌散兵和土匪。8月中旬，16军奉命入黔作战，先解放贵州，迂回四川。十月初，16军首先在湘桂边参加围歼白崇禧集团的衡宝战役。部队进驻萍乡，醴陵集结期间，王辉球主持召开了军党代表大会，开展批评与自我批评，坚决克服无组织、无纪律状态，要求连队要充分而正确地发扬民主，整顿党支部，改善官兵关系，解决基层工作的实际问题。这次会议有效地解决了部队中的思想问题，保证了进军贵州一举成功。

王辉球主持政治工作以来，尤其重视宣传工作。他担任1纵队政治部主任时，在他的支持与关怀下，1纵编辑出版了《军政通讯》、《勇士报》、《每日消息》，还有"人民军队三字经"，"保卫工作教材"等刊物。这些刊物及时传达上级精神，反映部队好人好事，介绍兄弟部队经验，把宣传工作搞得十分活跃，受到干部战士的欢迎，刊物发到部队，大家争相传看。

1948年底，在1纵宣传工作会议上，王辉球到会讲话。他说：宣传干部要明确认识今天宣教工作的复杂性，认识任务的重大性。形势发展越好，对宣教工作的要求也就越高。不能满足现有成绩，必须努力搞得更好。在这样一

个可歌可泣英雄辈出的年代里，那么多的英雄烈士流血流汗换来了伟大的胜利,不能记录下来,报道出去,我们搞宣传工作的就是失职。我们纵队是冀鲁豫的子弟兵,出来后干的怎么样,要把这些告诉大家,告诉人民。

一篇好的文章,不仅可以鼓舞士气,调动大家的积极性,还可以起到推动革命运动的作用。搞宣传,写文章,不是出风头,更不是什么小资产阶级意识。他还强调指出,我们的战士和部分干部,文化水平不高,文化学习制度坚持不够,影响了宣传工作作用的发挥。因为下面文化有限,你政治机关写的材料再多,水平再高,作用也不大。从这个意义上讲,文化学习不可忽视,今后要以一定力量组织指导部队文化学习。

报道工作也不能满足“表扬先进”,要提高质量,还要照顾到友邻的利益,不要抹杀人家的成绩。他对报道工作的具体内容、方法,也提出了具体要求。使与会同志深受教育。

王辉球经常亲自修改《勇士报》等刊物的文稿,有时找有关同志研究重要文章,研究机关印发的小册子的封面设计。王辉球特别指示宣传队和文工团,要坚持为工农兵服务的方向,多编多演现实生活中发生的好人好事,受到部队欢迎。

1949年10月22日,16军在邵阳召开团以上干部会议,王辉球做了向贵州进军的动员讲话。他说,部队的任务不仅是解放贵州,而且还要建设贵州。贵州解放后的事是我们要做的了。要珍惜贵州的一草一木,务必执行党的城市政策和农村政策。不要嫌贵州穷,要帮助贵州人民翻身。要教育部队发扬艰苦奋斗精神,团结地方干部,当好工作队,宣传队。全军每人每天宣传一句,就不得了!每个人都要宣传党的政策和主张,揭露敌人的谣言。他号召各级领导干部要带头尊重当地的风俗习惯,做好调查研究工作,强调先遣部队和团以上政治机关更要带好头。

1949年12月,王辉球调任贵州军区(5兵团)政治部主任兼贵州省宣传部长。

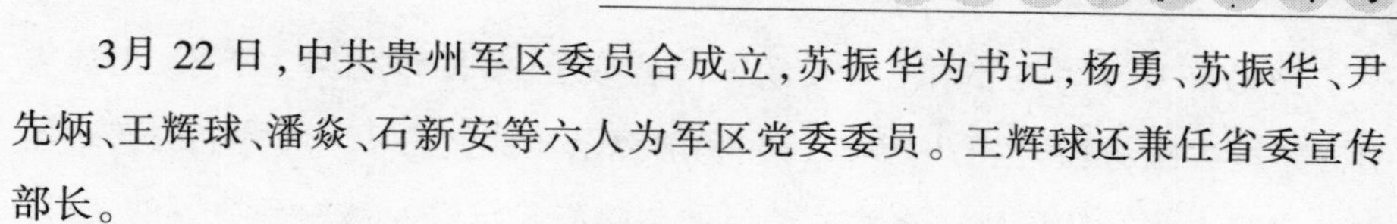

3月22日，中共贵州军区委员合成立，苏振华为书记，杨勇、苏振华、尹先炳、王辉球、潘焱、石新安等六人为军区党委委员。王辉球还兼任省委宣传部长。

3月28日，贵州省人民政府和贵州军区联合颁发剿匪安民布告。大规模的剿匪工作开始了。

4月12日，省委宣传部、军区政治部联合发出剿匪宣传工作指示。提出了十九条标语口号，要求各级进行张贴宣传。贵州剿匪是一场特殊的战役，情况复杂，投入兵力多，牵扯精力大，伤亡也不小，其复杂性与残酷性，不亚于一个大的战役。半年多的剿匪斗争，王辉球日夜操劳，有时寝食难安，经常加班加点。为了搞好这项工作，他绞尽脑汁，帮助主要领导同志运筹策划，无论是在兵团部，还是在军管会在省委的工作，他都作出了积极的贡献。

☆贵州有些地区土匪十分猖獗，过往商旅常被抢劫。我剿匪部队组成护送队，把商旅送往安全地带。

1950年10月，美帝国主义发动了侵朝战争，妄图以朝鲜为跳板，把战火引向中国大陆，把新生的中华人民共和国扼杀在摇篮之中。与此同时美帝国主义武装占领了我国领土台湾。美帝的侵略行径已严重威胁到我国的安危。我国政府应朝鲜民主主义人民共和国政府请求，做出重大决策，决定派遣志愿军入朝参战，抗美援朝，保家卫国。

为开展形势教育，在王辉球直接指导下，军区政治部连续发出有关宣传党的政策和进行时势教育的指示，强调各级党组织要切实抓好部队永远是战斗队的思想教育，抓好抗美援朝的教育，提高对抗美援朝保家卫国的认识。

军区政治部还通过党代会，学习交流会，上政治课、首长作报告等多种形式，进行深入的国际主义和革命英雄主义教育。为了引起各级党委的重视，王辉球在动员大会上作了重要讲话，要求全体官兵，认清美帝的本质，发扬高度的爱国主义和国际主义精神，为祖国、为人民争光。他号召全体官兵向在剿匪中涌现出的战斗英雄肖国宝学习，向积极报名申请入朝作战的同志学习，创造出更多的肖国宝式的模范个人和肖国宝式的班、排、连等战斗集体。他要求各单位要用肖国宝的事迹上好党课，推动各项工作的开展。

1950年10月底，西南军区转中央军委命令，任命王辉球为贵州军区副政委兼政治部主任，并参加省委、省政府领导工作。

1952年1月至5月，军区党委决定，由王辉球领导军区的“三反”运动。运动经过宣传教育，民主检查，查实定案，结案处理四个阶段。在“三反”运动中，王辉球始终坚持实事求是的原则和提高认识的方针，坚持以教育为主，不搞扩大化，不搞逼供信，不搞土政策。通过“三反”运动，使广大指战员认清了什么是资产阶级思想及其危害，增强了防御“糖衣炮弹”的免疫力，发扬了艰苦朴素、勤俭节约为荣的好风尚，出现了爱护国家财产处处精打细算的新气象。

1952年4月至7月，贵州军区遵照中央军委和西南军区的指示，为适应

国家建设的需要，开始进行精简整编工作。军区召开了精简整编会议，传达上级指示和军区精简整编任务。王辉球积极参与了这项工作的领导，同机关负责人详细研究情况，向下部署整编的具体内容和方法。

他要求各级领导认真抓好精简整编工作，定出切实可行的实施计划，保质保量地完成好精简整编任务。他强调要做好个别人、个别单位的工作，对精简下来的干部切实安置好，对编余的干部要做好思想工作，使走者愉快，留者安心，不要搞得人心惶惶。到七月底，精简整编工作宣告结束，完成了人员减少三分之二的整编任务。

至此，5兵团的历史暂告结束，贵州军区由兵团级降为军级单位，直属西南军区领导。

政工行家：王辉球

## 继承我军政治工作光荣传统

jichengwojunzhengzhigongzuoguangrongchuantong

1953年1月，中央军委任命王辉球为军委空军政治部主任。4月15日，中央军委批准增补王辉球为空军党委委员、党委常委。

去空军工作前，王辉球到西南大军区拜见了刘、邓首长。首长对他说，空军是新兵种，情况复杂，人家点名要你去，要为空军政治工作建设多动脑子，再立新功。在北京，曾任空军政委的总政治部副主任萧华与王辉球谈话，介绍了空军的特点，勉励他在空军好好工作。到任后，空军司令员刘亚楼同王辉球进行了一次长谈，强调要继承我军政治工作光荣传统，结合空军实际，加强空军政工建设。

从此，王辉球在空军党委领导下，投入空军政治工作的建设中。对王辉球来说，空军的政治工作是一个新课题。空军是技术兵种，如何处理政治和技术的关系？飞行训练是在空中进行的，政治工作如何领导和保证？飞行员一

上蓝天就“独来独往”,怎样保证飞行员忠于党、忠于人民?王辉球认为,不论空军怎么特殊,政治工作是我军的生命线,官兵一致,军民一致,群众路线,三大民主,我军这一套政治工作的优良传统不能丢。

长期革命实践经验和同空军机关、部队同志的接触了解,王辉球到职初期,一着重抓了两个方面的工作,一是加强政治机关和政治干部队伍的建设,一是整理和总结空军组建三年来创造的具有空军特点的政治工作的新鲜经验。

1953年7月,经空军党委批准,组成空军政治部机关党委。1954年7月,为加强机关工作建设,改进机关作风,防止分散主义,制定了空军政治部机关的会议、集体办公、工作计划、请示报告、检查等五项制度规定。

王辉球深知,建立、培养一支有马列主义水平的精干的政工干部队伍,是作好空军政治工作的基本条件。1954年,经中央军委批准,在总政治部和上级领导关怀下,正式成立了空军政治学校,王辉球亲自兼任校长。空军政校主要培养初、中级政工干部,成为空军政工干部的摇篮,为空军政工干部队伍的建设走向正规化,迈出了重要一步。后来,王辉球不兼校长了,仍十分关心这个学校的成长,多次到校检查指导,给学员讲课。

为了进一步发动群众总结空军初期建设的经验,在调查研究的基础上,1955年2月8日,空军政治部发出了《关于整理和总结空军政治工作经验的指示》,要求各级政治机关和政工干部要把总结经验当成一项经常性的任务。空军政治部确定由组织部和秘书处专门组成政工研究组,并要求各军区空军、军政治部也应指定干部专门负责此项工作。七月,经总政治部批准,在秘书处增设了政治工作研究室。空军政治部还多次派出工作组下部队具体指导。由于王辉球的组织推动,全空军各级政治机关和政治干部掀起了调查研究、总结经验之风。

1956年4月底,空军政治部要求各军区空军召开“政治工作先进经验座谈会”并向部队发出了编选空军政治工作经验的约稿通知。以此为基础,王

辉球从部队抽调了一些有实践经验的同志组成编写组，从282篇来稿和专题报告中精选了67篇，在编选过程中，王辉球亲自参加拟纲目、审稿、定稿。十月，《空军政治工作经验选编》正式出版，这是最早反映空军政工经验的集子。

同年10月，空军召开了学校积极分子代表大会。王辉球在会上作了《发扬群众路线，改进教学方法，保证完成教学任务》的报告。刘亚楼司令员到会作了指示，毛泽东主席、朱德总司令等中央领导接见了全体代表，并合影留念。

1957年，空军与防空军合并，建立了空防合一的体制，逐渐向多专业兵种组成的合成兵种发展。政治工作的内容更加复杂繁重了，身为空政主任的王辉球，注意军政团结，服从整体，顾全大局，尊重领导，组织观念强。对于上级指示，他贯彻执行认真、坚决，即使有不同意见，也要保证领导指示的实现。

空军党委历来重视文艺宣传工作，尤其是司令员刘亚楼常常亲自过问。1958年初，经总政批准，空政主办的《人民空军》报创刊，后改为《空军报》。王辉球非常关心报刊的业务建设和组织建设，亲自过问报纸的报道和编辑的政治方向，要求报社把每期小样送给他进行仔细审阅，亲自把关，提出修改意见。空军报的特点突出，栏目新颖，评论短小精干，联系部队实际，很受欢迎。

空政文工团成绩赫然，六十年代初的革命历史歌曲表演唱；就是从空军唱遍全国的。当时，王辉球指示文工团去各革命根据地采访，收集革命历史歌曲。他亲自参加这一活动，回忆几十年前在井冈山、在长征路上，在华北抗日游击根据地等时期的文艺作品。截止文化革命开始前，空军的文艺创作，小说、话剧、歌剧，达到了鼎盛时期。轰动军内外的歌剧《江姐》，话剧《女飞行员》等优秀剧目受到毛泽东、刘少奇、周恩来、朱德等党和国家领导人的称赞。

从1959年起，空军年年召开政治工作会议。王辉球亲自下基层调查情况，亲自撰写年度工作报告。他多次率领工作组下部队调查总结击落敌机

的经验。强调政治委员要作飞行员的知心人，强调做好空勤人员家属的工作,关心他们的生活,帮助解决一些实际问题和困难。其后几年里,空军的政治工作，尤其在基层建设方面颇有建树，积极地配合了军政训练工作的开展,为空军的现代化和革命化建设起到推动作用。

王辉球身为空军政治工作领导人,对空军政治工作建设,倾注了满腔心血,做了大量艰苦细致的工作,建树了不可磨灭的功绩。

空军“文革”开始后,王辉球坚持不随便表态,像以往历次运动一样,他坚信党中央,坚信毛主席,坚持做到了上下一致。

文革中,他坚守岗位,日以继夜地工作,任劳任怨,忍辱负重。他全力维持空军的稳定,保证防空作战和空中防线的巩固。

1968年9月,中央军委任命王辉球为空军政委。

1975年,王辉球被任命为沈阳军区政治委员。

1976年,王辉球改任军区顾问组副组长,退居二线。

1984年,王辉球光荣离休。

# ★从红小鬼到大司令：秦基伟★

秦基伟(1914–1997)，湖北省黄安(今红安)县人。1927年参加黄麻起义。1929年参加中国工农红军，1930年加入中国共产党。土地革命战争时期，任红四方面军经理处监护连排长，总部手枪营连长，少共国际团连长，警卫团团长，红31军第274团团长，红四方面军总参谋部补充师师长。参加了长征。抗日战争时期，任八路军129师秦赖游击支队司令员，晋冀豫军区第一军分区司令员，129师新编第11旅副旅长，太行军区第一军分区司令员兼中共地委书记。解放战争时期，任太行军区司令员，晋冀鲁豫军区第9纵队司令员，第二野战军15军军长。中华人民共和国成立后，任中国人民志愿军第3兵团军长，云南军区副司令员，昆明军区副司令员，昆明军区司令员，成都军区司令员，北京军区第二政治委员、第一政治委员、司令员。1955年被授予中将军衔。是第三届国防委员会委员，第二、三、四、五届全国人民代表大会代表，中国共产党第八次全国代表大会代表，第十、十一届中央委员，第十二届中央政治局候补委员。

从红小鬼到大司令：秦基伟

# 每天都在想：穿“马克思鞋”，走革命路

meitiandouzaixiangchuanmakesixiezougeminglu

1914年11月16日，秦基伟出生在湖北黄安(今红安)秦罗庄一个不算富裕但却充满温暖的家庭。父亲秦辉显和伯父耕种十余亩田地，母亲周氏勤俭持家，纺线织布，饲养牲口，一个哥哥和一个姐姐也都很早地懂得了日子的酸甜，能够主动帮助大人们干活。

八岁时，父母把他送进本村私塾读书，希望他能识几个字，念通官府的公告，知道捐税名目，算清收入支出，当一个明明白白的种田人。

然而好景不长。从1925年开始，横祸接踵而至，一场不知名的瘟疫，相继夺走了母亲、父亲、伯父和哥哥的生命。姐姐出嫁后，他成了孤儿。偌大一个农舍里空落落的只剩下一个孩子。白天门上一把锁，下田干活。收工回来，自己做饭自己吃。田里的草薅了，院子里的草又长满了。日子就这么辛酸而又坚定不移地向前走着。

1927年，外面的世界已是闹哄哄的了。

远在黄安千里之外的欧亚大陆上空，仍是战云密布。中国国内的农民运动也是风起云涌方兴未艾。早在这年1月初，武汉老百姓在刘少奇、李立山的领导下，举行30万人的游行示威，愤怒抗议英国水兵枪杀罢工工人事件；1月8日，中国北伐军占领汉口；4月12日，蒋介石发动反革命政变，许多共产党人被杀被捕……

远处的枪声投有传到黄安。倒是黄安、麻城等县有一些本地人，有穿长袍的，有戴眼镜的，频繁奔走于城乡之间，秘密串联百姓，给偏僻的山野带来新奇、神秘的色彩。

那是夏天的一个清晨，头夜里下了一场暴雨，露珠还在叶子上滚动。黄安北部山区的土质是红黏土，雨水一渗，又板实又平坦。伢子们清晨照例去放牛，牛儿还是那般摇头晃脑快活地鸣叫，草儿还是那般挂着雨露晶莹柔嫩，太阳也还是以往的那个太阳，没有迹象表明这个日子有什么特殊之处，但是，千真万确有一件东西像钻石一样嵌进了秦伢子那双机灵而又充满忧郁的眸子里。这是一个非常新奇的发现——不知道这是什么东西，如同米面馍馍一样大小形状，里面有弯弯曲曲的图案，印在地面上，纹络清晰异常。

众牛倌扑闪着大眼睛，你看看我，我看看你，不知印在地上的是何物。

秦伢子自然也不知道，他上前蹲在地上看，又站起来后退几步看，然后东瞅瞅西瞧瞧，冷不丁冒了一句："莫不是鞋印？"

"对，是鞋印！"紧接着就有人响应。

"像鞋印。"又有人恍有所悟。

七嘴八舌，各抒己见，最终统一了认识，印在地上的，就是一双鞋印。

是鞋印但又不是寻常的鞋印。这双鞋印，可以说是一种现代文明的象征。它不仅使这几个牛倌惊奇不已，而且对整个秦罗庄的传统文化都是一种冲击。它是从外面的世界来的，是从秦罗庄大山屏障之外的广阔天地里来的。一句话，这双鞋印是有来头的，它和本地人穿的布鞋印截然不同。

接着，一个牛倌又发现了一双。

还有一双。

再往后，就见多了。田埂上，草棵里，盐店河边的沙地上，到处都出现了这种鞋印。与这鞋印同时出现的，还有一些贴在墙上的标语，无非是"打土豪，分田地"、"打倒土豪劣绅，打倒贪官污吏"之类。

消息就像投进池塘的石子，很快便在山乡荡漾开来。村里德高望重的长者或经过世面的私塾先生便交头接耳窃窃私语：又有共产党往南边去了。

证据便是那鞋印。

那样的鞋子是胶底鞋，也被外边的人们称作"马克思鞋"，耕田人是不穿的，只有扛枪打仗的人才穿这种鞋。乡下人传得活灵活现，说穿"马克思鞋"

的人都是共产党，他们走的是一条叫作“革命”的路，这种路走到头，就是共产主义的天堂。

这种传说，对于秦伢子是极具诱惑力的。

左思右想，日不能静，夜不能眠，心里像有一种东西被灶火燃着了，越燃越旺，最后燃成一片势不可挡的火焰。

他娘的，丢掉这堆破烂，离开这个穷家，穿“马克思鞋”，走革命路去。

于是就成天痴痴地想，骑在牛背上，遥望天边与大山的接连处，眼巴巴地盼着过来一支灰衣灰帽穿胶鞋的队伍。

从红小鬼到大司令：秦基伟

## 揣着斧头，扛着梭镖，参加革命去

chuaizhefutoukangzhesuobiaocanjiagemingqv

1927年10月中旬。中共湖北省委在黄安、麻城两地成立了以符向一为书记的中共黄麻特别区委员会，组成了以潘忠汝为总指挥的黄麻起义指挥部，积极进行起义的准备。11月3日，黄麻特委在七里坪召开会议，决定以黄、麻两县农民自卫军为骨干，群众武装予以配合，首先夺取黄安县城。

☆黄麻起义会议旧址。1927年10月，中共鄂东特委在黄安七里坪召开了黄安、麻城两县党团活动分子会议，作出了建立革命政权和革命武装、举行武装起义的决定。

11月13日这一天，秦基伟正在院子里劈木材，准备等下雪天生火用。正当他满头大汗地干着的时候，虚掩的院门被踹开了。本家

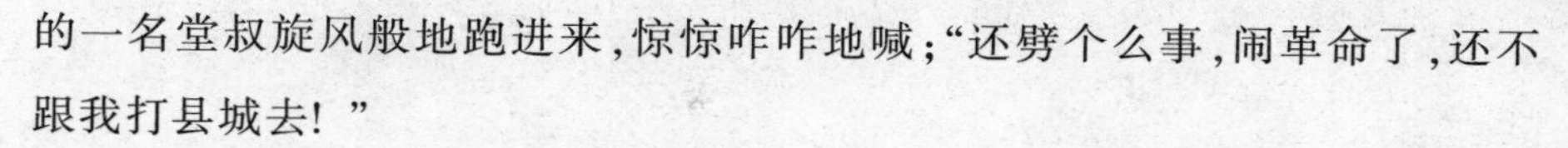



的一名堂叔旋风般地跑进来，惊惊咋咋地喊；“还劈个么事，闹革命了，还不跟我打县城去！”

他半天没回过神来，直到看见门外又有一群人，手里拿着梭镖、大刀之类的家伙，一边奔跑，一边咋呼，这才恍惚明白，这就是大鼓书里说的：要起事了，要翻天了，要换世道了。

“叔，我跟你去！”不可思议的是，在这样重大的选择面前，在生死攸关未来莫测的严峻关头。这个十三岁的少年既不显得悲壮也没怎么激动。他掂了掂手中的斧头，平静地问：“我就带上这家伙？”

堂叔一把夺下斧头，说：“你家伙管屁用，尺把长的柄，还没等你近身，人家早一刀砍过来了。给你这个。”

他伸手接住了，是一柄用麻绳染成红缨的梭镖。

他扛着这根梭镖，并趁堂叔不注意，还是把斧头揣进腰里，然后跟本村的乡亲们一道上路了。

这天，他加入农民义勇队，参加了黄(安)麻(城)起义。

对于起义，他是半明白，半懵懂。但有一个原则，村里的穷人参加而富人害怕，这就是他之所以毅然跟随起义队伍前进的基本前提。他读过年把私塾，脑子里多少有些文化知识。那时候，他不可能从理论上先弄明白起义到底是怎么回事，然后才决定是否参加。他衡量可行与不可行的唯一尺度，就是看哪些人乐意和哪些人不乐意。

当天下午，起义的群众汇集在黄安北部重镇七里坪，黄安农民自卫军全部，麻城农民自卫军2个排，组成攻城队伍。于当晚10时浩荡南下，直指黄安县城。

一路奔袭，到了打鼓岭，劳累加激动，他的小脸憋得通红。

伢子，怕吗?一位满脸络腮胡子、背扛大刀的乡亲跑前跑后，俨然是个组织者。路过他身边，大约是看他年龄太小，便停住脚步问他。

有什么怕的！他答，转动脑袋，看了一眼漫山遍野的队伍。

☆黄麻起义的中心——黄安(今红安)县七里坪。1931年11月7日，中国工农红军第四方面军在这里宣布成立。

知道我们这是干什么吧?络腮胡子又问。

革命呗！他不假思索地回答。

嗬?络腮胡子惊奇了。笑了笑又问;“革命是什么呀?”

这回轮到他语塞了，吭哧了半天，才反问：“你说革命是什么?”

络腮胡子想了想，说：“什么是革命呢?革命就是打地主老财，要他们的命，让老百姓都有饭吃。”

“就这些?”他问。

“约摸就这些。”络腮胡子不太肯定地回答。

他没说话，但他在心里并不认为就这么简单。革命这个词儿他听了好几回了，革命的理儿也有所耳闻。他琢磨，革命绝不仅仅是要地主老财的命的问题，也不仅仅是为了解决肚皮问题，革命可能还有比这更要紧的目的。

从七里坪到县城，弯弯曲曲五十多里。起义的队伍人山人海，刀枪林立，逢山过山，逢水过水，顶着皓月直达城北三里岗。

天亮时分，总指挥潘汝忠和吴光浩指挥队伍由城北角攀梯而上，一举攻入城内，占领县政府、警察局，全歼县警备队，缴枪30余支，子弹90箱，活捉县知事贺守忠，司法委员王治平，以及十几名土豪劣绅，收缴了一大笔钱钞物资。

黄安城的国民党军惧怕起义队伍再次进攻，乃于次日晚弃城退走。

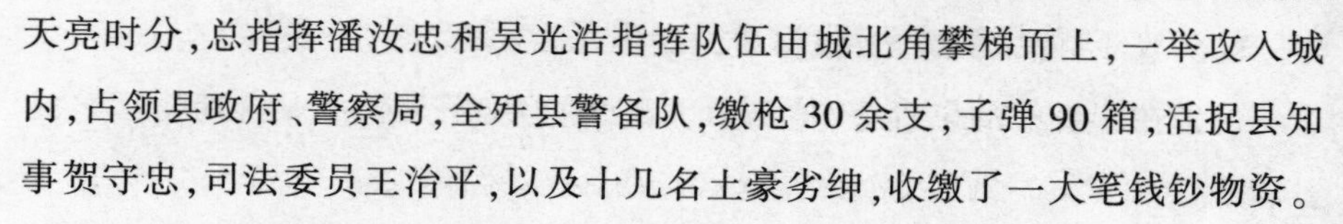

从红小鬼到大司令：秦基伟

## 紧张了老半天，原来是升官呀！

jinzhanglelaobantianyuanlaishishengguanya

1929年8月，秦基伟怀里揣着从乡苏维埃软缠硬磨得来的证明，离开了自己的故土。

在山根拐弯处，他转过身，最后望了一眼他的那几间破旧不堪的房子后，放开了脚步，与同村的几个小伙伴一路小跑，赶到红31师驻地。他被分配在3团机枪连当战士。

红军生活就这样开始了。

经过一段时间的艰苦训练，他参加了第一次战斗，并想在这次战斗中搞到一支枪。

这是跟国民党第20军郭汝栋的部队交手。这回可是真刀实枪地干。地点在麻城县的城门岗。

战斗一打响，他就顾不了那么多了，老战士趴在土堆上射击，他看得干着急。打了一阵，敌人退了，这回轮到他一显身手了，挺一根半丈梭镖，一声大吼，张牙舞爪往前冲，如同饿虎下山。

果然，缴了一支大枪。虽说只是个汉阳造的单套筒，比捷克式和大盖式差点，但终归比梭镖强。对着太阳拉开枪栓看看，枪膛好好的，这兵也真熊，一枪没放就撒丫子了，枪膛里还亮铮铮的呢。嘿嘿，你不要，老子可不客气了。

这次战斗，他崭露头角，被提拔为副班长。

正是在副班长的位置上，他显示了组织能力，不久就被保送到随营学校去学习。

7个月后，当他从随营学校毕业时，他所在的31师已被整编为红1军第1师，他被分配在军部经理处监护连担任排长。没过几天，红1军和红15军又整编为红4军，部队来了个大调整，他又被调到军部手枪营2连当排长。

排长当了好几个月，他才发现一个问题。排里好几个战士都是共产党员了，而他这个排长居然还是“党外人士”。天哪，那时候党员光荣得要死，在共产党的军队里担任指挥员竟然不是党员，那工作怎么开展呀?有许多事，党员们悄悄商量，根本不通知他。

他感到很恼火，于是找营教导员，要求入党。

教导员的答复有两条：

第一，你是中农成分，中农要用更长的时间考验。

第二，你政治上还不成熟，好打不平，爱提不同意见，需要改。

对第一条，他毫无办法，中农成分不是他挣的，也不是他想改变就能够改变的。对第二条，他也是毫无办法。俗话说，江山易改，秉性难移。从小到大都是一根肠子，直来直去，想改，但改不了。改了几天还会再犯，一犯就更厉害。

1930年4月，秦基伟光荣地加入中国共产党。

1931年，苏区大肃反。军长撤了，师长抓了，团长、政委抓了，三分之二以上的营连干部抓了，再往下，不偏不倚地该小排长们倒霉了。

秦基伟幸运地没被杀头。他被调整了工作，从1排长的位置上调成了2排长。

一天早晨，他正带着2排进行战术课目训练，正在兴头上，来了两个人，都挎着驳壳枪，同连里干部连招呼也没打，径直走到场地中间，问：“谁是2排长?”

尽管当时他非常害怕是保卫局抓人来了，但还是挺身而出，铿锵回答："我就是2排长。"

那两个人对视了一眼。他以为是要下他的枪，但没有。来人中的一个拍了拍他的肩膀说："走，跟我们到军部走一趟。"

到了军部才知道，是军长徐向前召见。军长先是在和他拉家常，上问父母，下问土地，再问理想，又问决心。

家常聊完了，军长说："行啦，你回去收拾一下，到手枪营2连当连长。"

他"啊"了一声，半天嘴巴没合拢。

直到徐向前又拍了拍他的肩膀，这才回过神来。

哎呀，我的个天啦，紧张了老半天，原来是升官呀。心里直怨那两个挎盒子枪的同志，干吗不早说呢，吓得我差点跟你们动家伙。

从红小鬼到大司令：秦基伟

## "这个岗老子不站了，老子的连队要打仗！"

zhegeganglaozibuzhanlelaozidelianduiyaodazhang

1931年9月，蒋介石在对中央苏区的第三次"围剿"失败后，着手筹划对鄂豫皖苏区的第三次"围剿"。但因九一八事变后，全国人民抗日反蒋斗争高涨，国民党内部矛盾加剧，致使这次"围剿"行动迟迟未能开始。

在此情况下，11月7日，中国工农红军成立了第四方面军。红四方面军为打乱国民党军的"围剿"部署，巩固和扩大苏区，决定以一部兵力牵制豫东南和皖西之敌，集中红4军主力7个团和黄安独立团发起黄安战役。

这时，秦基伟继续担任方面军总部手枪营2连连长。

11月10日夜，也就是红四方面军成立后的第四天，黄安战役的枪声打响了。

11月25日，方面军总指挥部前靠，进驻黄安城东南距城仅5公里的郭

受九地区,加强了火线指挥。

秦基伟和他的连队“心里急得冒火,手里痒得出汗。”外面拼命地打,里面拼命地吵。吵什么?要打呗!手枪营是总部首长身边的部队,人员全是从部队里左挑右选的,小伙子一个个健壮剽悍,一长一短两支枪,加上后背的一把明晃晃的大刀,红穗子平时一飘一飘的,牛气得很,看得兄弟部队老大哥心里酸溜溜的,可如今外面打得叮叮咣当,自己这伙人却白白净净地守在总部,就像恋窝的鸡,这算什么事呵!

还真有说俏皮话的,11师的部队换阵地,路过总部,就有人跟手枪营的同志哥说风凉话:“喂,仗都快打完了,你们啥时候露一手呵?别捂出了痱子!”

还有刻薄的,那就不是俏皮话了:同志哥呀,是骡子是马拉出去遛遛,怎么样?你们不敢上,把大刀借给我们使使怎么样?你看咱这把,刃口都卷了。”

当真扔来一把卷了口的刀,看得手枪营的小伙子满脸愧色,气不得,恼不得,也骂不得。

秦基伟却恼了,毕竟年轻气盛,一脚踹开营长的门:“这个岗老子不站了,老子的连队要打仗!”

营长正在补军装,瞟了他一眼,头也不抬地说:“好哇,你秦基伟英雄呵!把连队给我留下,你爱到哪里去到哪里去。”

他懵了,满脸狐疑地看看营长,营长仍然专心致志地补他的上装。娘哎,竟用麻线,针脚东扭西歪,难看极了。

“把枪也留下,打完这一仗,封你为秦大刀!”营长又说,依然没抬头。

一腔无名之火,被营长不紧不慢给灭了。留下连队,留下枪,他去干什么呢?真去要大刀倒也未尝不可,可是,真能一走了之吗?徐总指挥的岗谁站?

发牢骚可以,动真的不行!这点组织纪律观念他还是有的。

露一手的机会终于来了。

12月20日拂晓,国民党军集结其30师大部分和31师一部兵力,猛提一股虚劲，并组织“敢死队”向红军11师31团的嶂山阵地进行夜袭。由于该团5连前卫排警戒时疏忽，嶂山阵地被突破。国民党军爬上嶂山顶峰，直逼红11师指挥所。

天亮以后，国民党军又集中兵力，在强大炮火的掩护下，拼命向红军阵地攻击。双方反复白刃格斗，阵地几经易手。战斗进行至下午3点多钟，增援的国民党军已进至离黄安城仅十余里的地方，逼近红军打援部队固守的最后一个山头。

情况是十分严峻的。红军11师已经同敌人混战在一起，师长王树声把师直手枪队和通信队也组织起来，跟国民党军拼上了刺刀。

总部手枪营300多个精神焕发的战士被召集在总部大院门前。徐向前打出了最后的一张王牌：把手枪营拉出去。

一声令下，300多条汉子如箭离弦，拥向11师的格斗场。

黄安战役胜利后，为了给予北路敌人以有力打击，夺取商城，把鄂豫边和皖西根据地连接起来，红四方面军总部决定发起商潢战役。商潢战役自1月19日打响，红军集中4个师的兵力，对商城仍然采取围

☆红四方面军总指挥徐向前同志。

而不取的方针，诱敌援兵。另集中一部兵力，在商潢公路附近运动，寻机歼灭来援之敌。

敌果然被诱动。1月底，国民党军第2师、第12师、第75师、第76师4个师共17个团出动，沿商潢公路东进。

红四方面军主力连夜冒雪行军，集结于杜甫店地区，抢修工事，布好阵势，准备迎敌。红12师担任正面突击任务，红10师、红11师置于左侧，红73师置于右侧，担任两翼包抄任务。

手枪营经过黄安战役，略有伤亡，但建制完整。战后，兵员和武器都得到了很大补充。2连补充了10名新战士。

2月1日上午，战斗打响了。红军首先与敌军2师交火。敌2师装备精良，兵痞较多，战斗力很强，不断发起猛烈进攻，双方血战了数小时。

当天下午，红军第11师、12师从左侧迂回，抵刘寨包围了敌第2师和12师的两个指挥部，并抢占了傅流店渡口，切断了右路敌人的后路，迫敌军心动摇，全线慌乱，红军正面和左翼部队乘势对敌发起猛攻。敌军几万名官兵眼见大势不妙，哗地一下全线溃退。

徐向前挥师前进，红军追兵急如潮涌。

手枪营也拔营起寨，簇拥着总部，一路喊声连天，追将过去。

从红小鬼到大司令：秦基伟

## 电话？从没听说过

dianhuacongmeitingshuoguo

1932年，秦基伟跟着主力一路艰苦征战，从国民党的围追堵截中杀开一条血路，从湖北进入豫西。一路艰辛，一路熬煎。再往西南，又遇上个横卧在前进路上的大巴山。

翻越大巴山后，秦基伟成为中国工农红军第四方面军总部警卫团的团

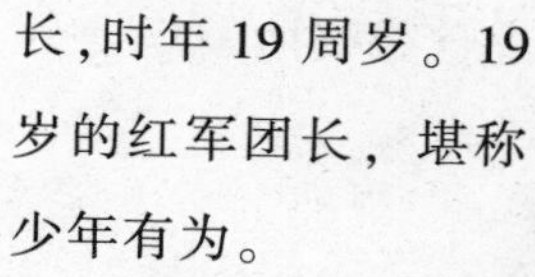

长，时年19周岁。19岁的红军团长，堪称少年有为。

第四方面军在川陕站稳脚跟后，打土豪，分田地，扩大生产，发展经济。根据地的面貌焕然一新，红军也得以在战争间隙养精蓄锐，扩充兵员。

☆1932年10月，红四方面军退出鄂皖根据地。12月，部队转移到四川、陕西边界地区，在地方党组织和人民群众支援下，建立了川陕根据地。图为通江县第一次工农兵代表大会会场一角。

1933年秋天一个阳光灿烂的上午，年轻的警卫团长秦基伟和他的警卫班正要策马去见方面军总供给部部长郑义斋。此时，他看见团部外面有几个战士在忙忙碌碌，扯根绳子这里拴一下，那里挂一下。这几个人好像是总部来的。那绳子一直扯到他住的那间屋子里。这时一个战士递给他一件东西，两头弯弯的，黑黑的，光光的，手榴弹般大小。

他莫名其妙，问："这是什么玩意儿？"

那个战士说："秦团长，你放到耳朵边上就知道了。"

他握住那东西，疑疑惑惑地用手掂了掂。那个战士又说："秦团长，这是电话，郑部长正在里面跟你说话哩。"

电话？他没听说过，更没见过。但又不敢马虎。总供给部郑部长要是真的在里面跟他说话，那可不是闹着玩的。

他瞟了那战士一眼，把那个两头弯的东西放到耳朵边上，听了一会儿，果然是郑义斋部长在里面说话。

音是听见了，话却没听清。他连听带猜，估摸出是让他带部队去执行一项任务。最后，郑部长还问："明白了吗？"

像往常一样，他胸脯一挺："明白了！"

其实是半明不白。

放下电话，他就喝令警卫员备马。

总部警卫团成立后，除了警卫工作以外，还要负责总部的一些勤杂事务，司、政、供各部门的首长都能调遣。尤其是供给部的事情多，总供给部部长郑义斋使用警卫团最频繁。在秦基伟的经历中，上级首长交代任务，从来都是面对面，说得细，听得清，弄不明白的还可以再问。这回却让他吃不准了。因电话里面杂音大，再加上郑部长一口河南腔，他根本就没有听清说的是什么。

为了圆满完成任务，秦基伟决定去当面领受任务。他带着警卫班策马飞奔30里路，没多大功夫就赶到方面军总部，找到了郑义斋。

郑义斋正在主持一个会议，见秦基伟等人大汗淋漓地闯进来，头上还冒着热气，不觉吃了一惊，诧异地问："咦，你咋又来了，不是让你去福阳坝吗？"

秦基伟气喘吁吁地回答："我得听你当面交代。"

郑义斋说："我在电话里跟你说得清清楚楚啊。"

秦基伟说："那里面乱哄哄的，我没听明白。"停了停又说："再说，我对那玩意儿也信不过。"

郑义斋听了，哈哈大笑，把眼泪都笑出来了。笑完之后，他对秦基伟说："那不是玩意儿，是电话。现在条件好了，团长都安了电话。以后下通知、报情况，大多要用电话，你要习惯。"

郑义斋那样一笑，秦基伟的心里可不是味儿了。他是农家子弟，从出生到参加红军，没进过大城市，也没见过洋玩意儿。这本来不是一件丢人的事，但如今自己已经是团长了，不能再像过去那样，只知道挥大刀片子喊冲锋。肩上的担子更重了，就必须学习。只有学习，才能适应新的职责，掌握新的指挥技术。不加强学习，闹笑话事小，贻误了战机纰漏可就捅大了。

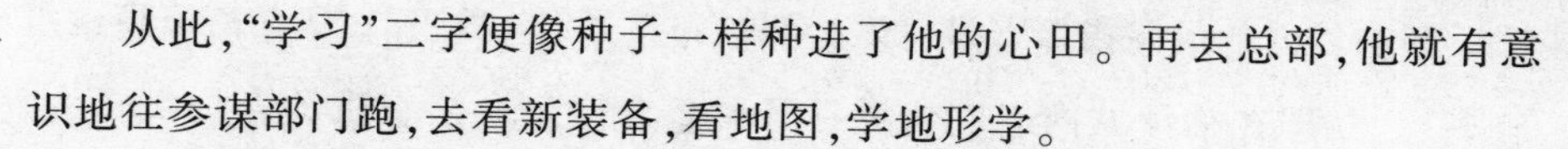

从此，“学习”二字便像种子一样种进了他的心田。再去总部，他就有意识地往参谋部门跑，去看新装备，看地图，学地形学。

以后，曾经有一位将军说过：“秦基伟这家伙，爱玩。当红军的时候玩命，当支队长爱玩迫击炮，当分区司令玩照相，当纵队司令玩汽车，当军长的时候玩无线电，上甘岭上玩喀秋莎。”



## 只要我秦基伟不死，临泽必在

zhiyaowoqinjiweibusilinzebizai

红四方面军在川陕根据地先后粉碎了敌人的数路围攻，基本上站稳了脚跟。1935年4月，为了策应中央红军北上，红四方面军放弃川陕根据地，踏上了漫长的征途。长征中，秦基伟先后担任过红四方面军补充师师长和梯队长。

1936年11月上旬，以红四方面军河西部队为主体，组成了西路军，准备向西北“打通国际路线”。然而，孤立无援、远离后方的西路军，遭到了西北马家军毁灭性的打击。

根据中央军委的统一部署，1937年元旦，徐向前指挥部队连克临泽、高台两城，就地筹粮休整。第5军军长董振堂率一部进驻高台，政委黄超率两个团驻临泽城外。方面军总供给部、直属队等勤杂部队驻临泽城内。方面军的意图是在这里创建甘北根据地。

然而，1月12日高台的失守，使得临泽顿失屏障，成了马家军进攻的直接目标。

1月21日，马家军以5个多团的兵力攻打临泽县城。

与马家军数万之众形成鲜明对比的是，驻守临泽城内的除了总部机关、直属部队以外，主要的战斗力量居然只有1个连。而且，此城也已被马家军围困多时，周围的红军部队都已先后撤离。

留在城内的最高指挥官是总供给部长郑义斋。大敌当前,郑义斋连想也没有多想,立即在临泽城内老庄为铺召开紧急会议。会议有机关各局负责人、妇女独立团团长李嫒泉和政治委员吴富莲、兵工厂厂长、警卫连干部和医院的院长、政委等人参加。蓬头垢面的红军干部们坐了满满一院子。会上,郑义斋庄重宣布:“总部主力正在转移,临泽城只剩下同志们领导的分队。总部命令我们,最少坚守3天,拖住敌人,掩护总部撤退。3天之后自行突围。”

对于与会者来说,这不啻是一声霹雷。除了1个警卫连,剩下的部队差不多都是妇弱病残,同十倍于己而且兵肥马壮的马家军抗衡,能坚持3天吗?

郑义斋当然知道大家的担忧。他说:“同志们知道,我老郑打仗不大在行。我现在指定一名同志担任这次守城指挥。这位同志当过连长、团长、师长,打过不少硬仗。从现在起,城内所有部队都要服从他的指挥!包括我本人在内!”

与会者纷纷抬起头来,目光里有些惊奇。郑部长临阵封将,想必这个人有些手段,但愿他能不负众望,指挥部队守住城池,并有能耐组织大家死里逃生。

几十双眼睛一起投向郑义斋,等待他点出守城之将。

“秦基伟!”郑义斋高声一喊。

“到!”秦基伟应声而起。

“我代表总部首长,任命你为临泽城守城总指挥!”郑义斋神色庄重,一字一顿地宣布道。

“是!”秦基伟也是一脸凛然浩气,郑重接受。

正式任命完毕,郑义斋的嗓门低了下来,目光湿润地说:“秦基伟同志,我把临泽城交给你了,供给部坛坛罐罐一大摊子,还有医院、妇女独立团,全交给你了!你有什么话说吗?”

“只要我秦基伟不死,临泽必在。如果突围,老秦殿后!同志们听我的指挥,就是我的好兄弟好姐妹。谁若自行主张,坏我大事,死路一条。大家向部队说明白了,我秦基伟打仗有两支枪,一挺机枪和一把手枪,机枪是打敌人的,这手枪嘛……”

说到这里,秦基伟略一沉吟,剑眉紧锁,手击桌面,勃然变色:“我的手枪是专打逃兵的!”

“大家听清楚了没有?”秦基伟双手卡腰,高声发问。

“听清楚了!”回答也是不含糊的。

秦基伟的动员就这么结束了。接下来,他部署了守城计划。

第二天拂晓,马家军的进攻开始了。一场血战,很快就染红了初升的太阳。马家军先用山炮猛轰城墙。几分钟后,城墙的胸部出现了几个豁口。攻城的士兵很快搭上梯子,挥着马刀往上冲。

守城红军奋起反击,把敌人第一轮冲击打退了。

马家军拼命地往上冲,红军拼命往下打。秦基伟抱一挺轻机枪,打一阵子换一个地方,一是为了全面督战,二是为了迷惑敌人,造成到处有机枪的假象。

这一仗,足足打了一个上午,马家军终于未能得手。

与临泽保卫战同时,城外也有几股红军队伍在敌人包围中作战,中午时分,一股红军部队杀出重围,报捷似的向临泽县城方向打了一阵枪。马家军不知就里,唯恐遭到红军内外夹击,丢下一大堆尸体,连忙收兵。

夜里,秦基伟把白天战斗的情况向郑义斋作了汇报。郑义斋很满意地说:“打得好。明天是关键的一天,要顶住。再没人增援,夜里就突围。”又说:“你不要老是抱着机关枪往前头冲。你一阵亡,临泽也就完了。”

秦基伟咧嘴一笑:“怕死者死,不怕死者不死!打仗这玩意儿就这么回事,你胆子一硬,子弹都绕着你飞!”

郑义斋板下脸说:“一派胡言!你要小心!你死了不要紧,丢了临泽城事大!”

秦基伟立正回答:“郑部长放心,我秦基伟不是豆渣做的。突围之前,我死不掉!”

第二天,马家军又组织了几次进攻,均未奏效。

第三天,战斗进入高潮。整个临泽城,在枪炮声和喊杀声中战栗。

数次攻城没有得手,马家军的指挥官恼羞成怒,组织了个督战队跟在攻城部队屁股后面,用冲锋枪督战。

就在这一天的战斗中,秦基伟第二次负伤。一颗子弹打在他的机枪上,又弹起来,削伤了他的4个手指头。他当时毫无察觉,虽然浑身都是血,却只顾抱着机关枪,哪里敌人最密集,就往哪里打。

打了几天之后,方面军总部来了指示,命令弃城突围。当天夜里,月黑风大,能见度和能听度都很差。三更时分,秦基伟登城瞭望,但见狂风呼啸,大雪漫卷,心中窃喜:真乃天助我也!

当即一个命令传下去,把所有骡马的蹄子绑上棉花,人员和辎重悄悄集中。留下1个班在北面故意弄出一点声响,造成北面突围的假象。待马家军的注意力集中到北面后,秦基伟大手一挥,部队像箭一样钻进苍茫夜色之中,一路疾进,神不知鬼不觉溜之大吉。待马家军发觉,部队已进至南沙滩间。秦基伟率1个班殿后,且战且退,与追敌周旋了一阵子,终于将敌人摆脱,赶到了倪家营子。参加了倪家营子战斗。



## 指挥“秦赖支队”战斗在太行山

zhihuiqinlazhiduizhandouzaitaihangshan

自1937年卢沟桥事变全面抗战爆发后,根据国共两党协议,红四方面军和陕北红军一部改编为国民革命军第八路军129师,于9月间从陕西东渡黄河,挺进华北前线对日作战。遵照党中央、毛主席关于放手发动群众,壮

大人民力量，大力开展华北敌后游击战争的指示，刘伯承师长和张浩政委决定派遣一批得力干部到太原以东地区，协助中共地下党组织发动群众，组建人民武装。当时正在教导团学习的秦基伟被派到山西省太谷县组织人民武装。

太谷是同蒲路上的一道要隘，是太原东南的屏障，太行山区的西北门户。

10月初，秦基伟马不停蹄地赶到太谷县城，当他看到各界人民坚决拥护共产党八路军的抗日主张，纷纷要求组织起来参战支前的热烈情景时，深受鼓舞，当即协助中共地下县委，利用同阎锡山政权的统战关系，以“山西牺牲救国同盟会”军事教官的公开身份，开办起游击战训练班，吸收各界爱国青年参加。不到一个月，这个训练班就发展到300多人。

秦基伟废寝忘食，以极高的热情，向大家讲述全民抗战必胜的道理，讲红军的传统，他还给训练班上军事课，亲自组织投弹、射击等基础训练。但不久太原告急，国民党军节节败退，太谷地区的国民党军政官员也纷纷南逃，呈现出一片兵荒马乱的景象。秦基伟随机应变，乘机打开县公安局的军火仓库，得到17支步枪，把训练班武装起来。

☆1937年11月太原失守后，八路军第129师奉命建立以太行山为依托的晋东南抗日根据地。图为129师向太行山进军情形。

经中共地下县委决定，公开打出“太谷抗日游击队”的旗号，由秦基伟任总指挥，县委书记侯维煜任政治委员。11月8日太原失陷后，秦基伟把队伍拉上了太行山。

11月 12 日,得知朱德总司令要率领八路军总部来到太行山榆社县的消息,秦基伟和全体游击队员欣喜若狂,并立即赶到榆社县峡口村和当地人民一起热烈欢迎朱总司令的到来。朱总司令见到太行山上已经建立起我们自己的这样一支抗日游击队,非常高兴,特意赠送给他们一批在平型关大捷中缴获的日军大衣和马刀,勉励他们扎根太行山,开展游击战。

为坚决执行朱总司令的指示,秦基伟把队伍拉上了太行之巅的和顺县石拐镇。在这里,他又见到了老首长徐向前,这是自西路军失败后他们第一次会面。历险重逢,分外喜悦。徐向前当时任 129 师副师长。11 月 27 日,徐向前把先后赶到这里的太谷、榆次和平定三支游击队召集到一起,向大家作了抗日形势和任务的报告,并决定把三支游击队合编成一个"独立支队",属 129 师和中共晋中特委领导,任命秦基伟为支队司令员,赖际发为政治委员,对外称"秦赖支队"。这便是 129 师在太行山上正式建立起来的第一支抗日游击武装。

秦赖支队成立时,只有 600 人百把条枪,除了有极少数红军战士和地下党员作骨干以外,绝大部分是刚入伍的各界青年,其中男女大学生和中学生就有一百多名,他们既不会行军打仗,又对军队的艰苦生活和严格的组织纪律很不习惯。一些工农干部嫌"学生兵"难带,"学生兵"也嫌工农干部没有文化。

当时秦基伟的文化水平也很低,又没有带"学生兵"的经验。但长期的斗争生活和革命任务的需要,使他深刻认识到没有文化是做不好革命工作的。他决心团结好这批知识分子,建设起一支有文化的队伍。

他以身作则,带动工农干部主动和"学生兵"交朋友,一面虚心地向"学生兵"学知识、学文化,发挥"学生兵"在开展部队文化活动和做群众宣传工作等方面的特长;一面耐心地向"学生兵"讲述红军的优良传统,手把手地教他们行军打仗的本领。课余时间,他还和"学生兵"一起唱歌、打球,处处同他们打成一片。

夜行军山路难走，干部就帮助“学生兵”扛枪或背背包；到了宿营地，又帮助他们烧烫脚水，并教给他们怎样治脚泡。执行战斗任务时，干部更是吃苦在先，冲锋在前，退却在后，带领“学生兵”经受锻炼，增长才干。

就这样，“秦赖支队”形成了工农干部与知识分子亲密团结的集体，在战斗中茁壮成长。许多“学生兵”都很快成长为部队建设和战斗的骨干。一些工农干部也甩掉了“大老粗”的帽子，自己能看书读报写家信了。秦基伟通过与知识分子的接触，更体会到掌握文化知识有多么的重要，从此他天天坚持记日记。在以后近20年的戎马生涯中他记日记从未中断过，这对不断提高他的文化水平起了十分有益的作用。

“秦赖支队”运用毛泽东的游击战术，实行“分兵以发动群众，集中以打击敌人”的方针，驰骋于正太路以南，同浦路以东的广大地区。他们灵活机动，神出鬼没，不断袭击敌人的据点，炸碉堡，破坏交通线，伏击前来“扫荡”的日伪军，保卫人民的生命财产。他们不断瓦解伪政权，镇压罪大恶极的汉奸，并组织文艺宣传队，用群众喜闻乐见的形式，大力开展群众工作。

几个月后，他们就在17个县内建立起拥有100多万人口的游击根据地，并协助这些地方的中共党组织建立起抗日民主政权。人民有了靠山，踊跃参加八路军，使“秦赖支队”像滚雪球似的迅速扩大，到1938年初，已发展到5000多人1000多支枪，不仅有了机关枪，而且有了迫击炮，威震晋中。

“秦赖支队”配合129师主力首先打败了敌人的六路进攻，接着又在4月配合主力粉碎了3万多日军分九路向晋东南进行的大规模“围剿”，取得重大胜利。反九路“围剿”后，成立了以倪志亮为司令员、黄镇为政治委员的晋冀豫军区，统一指挥游击兵团和地方武装。晋中为第一军分区，秦基伟任司令员，赖际发任政治委员，继续领导晋中军民坚持抗战。

1939年初，为适应斗争形势的发展，晋冀豫军区决定将“秦赖支队”和冀西游击队合编，由桂干生任司令员，秦基伟任副司令员，赖际发任政委。不久即进行辽(县)和(顺)战斗。日军从和顺分三路向辽县夹击。由于敌强我弱和指

挥有误,使这次战斗没能达到阻止敌人进犯的目的。

战后,在营以上干部总结会上,性情耿直的秦基伟作了自我检讨,并对军区的指挥失误提出批评意见。5月,支队领导班子进行调整,调秦基伟和桂干生去延安学习,到了军区,秦基伟却被留在司令部任作战科长。由于秦基伟具有实际作战经验又肯钻研和学习,工作得很好,不久便被提升为参谋处长。

1940年6月,太行形势大发展,晋冀豫军区撤销,成立了由129师参谋长李达兼任司令员的太行军区。为加强野战军的力量,迎接百团大战,成立了新编11旅,秦基伟被任命为副旅长。在百团大战中,秦基伟率部参加了平汉铁路的破击战。

百团大战后, 为了确保战略要地,129师首长决定将野战军分散到各分区,加强分区的骨干力量,更有利地发动群众打击敌人。为此,秦基伟受命带领2个团到一分区任司令员,打开新的斗争局面。

他领导一分区军民积极开展各种形式的反"封锁"、反"蚕食"斗争,奋力打破敌人的"囚笼政策"。他把根据地军民对敌斗争的重点从正面转到敌后去,把被动的正面顶牛转为主动地向敌后前进。敌人向山区进,他们就向平原进;敌人向游击区进,他们就向敌后进。他把部队化整为零,组成一支支精干的武工队,潜入敌后,建立起一块块隐蔽的根据地,发动和组织敌占区人民起来斗争,袭扰敌据点,镇压汉奸,并发动伪军家属做瓦解伪军的工作,搞得日寇惊恐万状,不得安生。

1942年是太行山上最艰苦的一年。一分区军民积极响应毛主席发出的"自己动手、丰衣足食"的号召,加紧开展大生产运动,努力做到自给自足。同时,他们坚持积极的对敌斗争方针,进一步把反"扫荡"、反"蚕食"和面向敌占区、面向交通线的三大斗争密切结合起来, 给敌人以更加沉重的打击。1943年,秦基伟兼任中共冀西地委书记,负责统一领导这个地区的党政军民全面工作。

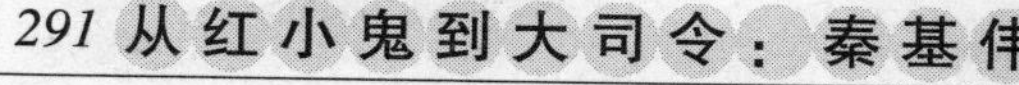


1945年8月20日，中央军委决定成立以刘伯承为司令员、邓小平为政治委员的晋冀鲁豫军区，辖太行、太岳、冀南、冀鲁四个军区，秦基伟任太行军区司令员。

从红小鬼到大司令：秦基伟

## 高唱“借东风”，陈毅拍着腿大喊：“好！”

gaochangjiedongfengchenyipaizhetuidahanhao

1947年7月底，中原军区9纵司令员秦基伟奉命率团以上干部前往宝丰县皂角树村，参加整党整军动员会。就在这次会议上，秦基伟第一次见到了时任中原军区第一副司令员的陈毅同志。会议当天吃午饭时，生性洒脱豪放的陈毅端了只大土碗，从这个桌子吃到那个桌子，每个人的名字、经历都被他问了个遍。这天，秦基伟和陈毅认识了。

吃了午饭，首长们各自休息。只有陈毅耐不住寂寞，拽着邓子恢下象棋，还把秦基伟拉过去当裁判。

这个裁判实在不好当。开局不到三分钟，秦基伟就暗暗叫苦了。陈毅爱悔棋，邓子恢偏偏又爱偷子，两个人边下边吵，不可开交。下到关键处，陈毅一不小心，马失前蹄，被邓子恢隔山一炮打个正着。陈毅大惊，失去这匹马，后方防卫将全线崩溃，于是

☆解放战争中的秦基伟。

双手并用,抢过那匹马,死死按在原地,口中大叫:“没放下,没放下,没放好嘛,格老子赖皮。”邓子恢绝不妥协,叫道:“秦基伟,你这个裁判怎么当的?落马对子,你怎么一言不发,分明是姑息养奸啦!”

陈毅略显理亏,但仍虚张声势:“我的马前蹄扬起,后蹄还没起步嘛,它是要拐弯的,你格老子硬是不讲道理!”

邓子恢不理这茬,“你的手分明已经拿开了,我一吃,你就抢,这算下啥子棋嘛!秦基伟你不主持公道,我就不下了。”

秦基伟只好苦笑,说:“这步棋我没看清楚!”

邓子恢厉声道:“你扯慌,毫无原则!”哪知陈毅也不领情,反而吼了一声:“秦基伟你滑头!”最后直到被吵醒的刘伯承出来圆场,两位才尽兴而去。

晚饭后,秦基伟正在整理自己的日记,陈毅摇摇摆摆地进来了,说:“咦,秦基伟,你认字不少嘛!”

秦基伟微微红了脸,“我没文化,难得很啊!”

陈毅说:“你可不像个文盲啊!”

秦基伟说:“我读过一年私塾。早知道要当纵队司令员,拼死我也得读个三五年。”

陈毅听了哈哈大笑:“话可不能这么说啊,说不定你真读了个三五年私塾,就当不上纵队司令员了,现在啊,还在老家摇头晃脑呢。”

正说着,邓子恢也跨进门来。

“陈仲弘,我到处找你,跑这里摆龙门阵了。走,杀一盘。”

陈毅连连摆手:“要不得要不得,你是艺低胆大,棋风霸道,不跟你下,你另请高明吧。我要来听听秦基伟唱一段京戏。”

秦基伟一怔,嗬,这个老总,初来乍到,情况倒是摸得很准,连我会唱京戏都知道了!心上这么说,嘴上却谦虚不迭:“啊呀呀,我那个土腔土调,别把首长吓跑了。”

陈毅手中的大蒲扇呼呼直摇:“啷个搞起的嘛秦基伟,叫你唱你就扯起喉咙唱嘛，有啥子了不起嘛。”秦基伟见老总认真要听，推辞不过，只好说：“既然陈司令员要听，我也就不怕献丑了。”于是，咳了两声，咿咿呀呀找准了音，便气壮山河地来了一嗓子二黄倒板——习天书，学兵法犹如反掌……

一句唱罢，陈毅拍着腿大喊：“好，硬是地道哇！”

秦基伟端起的架势还没放下，听老总叫好，微微一笑，移步前跨，走场一圈，接着唱起了回龙：

设坛台借东风相助周郎，
曹孟德占天时兵多将广，
领人马下江南兵扎在长江，
孙仲谋无决策难以抵挡……

一曲唱完，陈毅快活地叫道：“唱得好，词也好，呼风唤雨，火烧战船喽。昔日孙刘合璧貌合神离，尚且能烧曹操十万战船。今日中原、华东两大主力合成一个拳头，看他龟儿子蒋该死往哪里爬哟！”

从红小鬼到大司令：秦基伟

## 率领 15 军过长江

shuailingshiwujunguochangjiang

淮海战役结束后。9 纵奉命移驻河南周口地区，进行部队统编和渡江准备工作。

1949 年 1 月 14 日，9 纵的部队番号正式从“中原野战军第 9 纵队”改称为“中国人民解放军第二野战军第 15 军”。秦基伟由纵队司令员改称为军长。

在第二野战军 4 兵团的渡江作战中，秦基伟的第 15 军担任先遣军。

☆第15军军长秦基伟在江岸观察敌人江防。

他们从周口地区出发，历经20余天，连克英山、罗田、太湖、望江等城，于3月27日占领了老洲头一线江岸。控制了安徽太湖、望江沿江以北的滩头阵地，掩护兵团主力在沿江北岸展开。

为了突破长江防线，15军在江北进行紧张的水上练兵运动。以惊人的效率，在短时间内完成了渡江作战的一切准备工作。

4月21日，毛泽东、朱德向中国人民解放军发布渡江命令，伟大的渡江战役开始了。

15军的130团第3连，争得了渡江突击连的光荣任务。当听到渡江命令后，连指导员拿着上级授予的红旗，对全连战士和船工宣布：

"今天晚上，我们就要把这面红旗插到江南去！打过长江，是最光荣的任务，我们一定要百分之百地完成任务！"

战士们对着红旗宣誓：打过长江去！解放全中国！

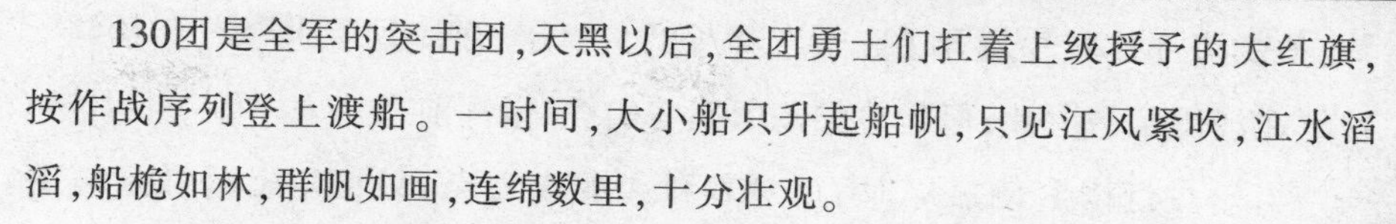



130团是全军的突击团，天黑以后，全团勇士们扛着上级授予的大红旗，按作战序列登上渡船。一时间，大小船只升起船帆，只见江风紧吹，江水滔滔，船桅如林，群帆如画，连绵数里，十分壮观。

晚19时30分，我军炮兵开始压制射击。23时，渡江开始。数百条战船，就像无数支利箭，射向南岸。各级指挥员的联络灯，红红绿绿在船尾前闪烁，与夜空中的繁星交相辉映。船队冲入江心，敌人阵地上飞起几颗照明弹，把江面照得通亮，接着，猛烈的炮火射来，江面上掀起冲天的水柱。

我军的炮兵对敌人火力进行摧毁性压制射击，霎时整个长江硝烟弥漫，在激烈的炮火中，江面上响起一片壮烈的口号声：

"真英雄真好汉，长江南岸见！"

"到达对岸就是胜利！"

秦基伟站在江边的一个土坎上，焦灼地注视着江面，一旁的参谋身背电台不断与江中部队联系。一会儿，电台内传来了44师师长向守志的声音："军长，突击分队已经到了江心，正在前进。"

秦基伟抓着电台话筒说："好！控制部队，快速前进！"

突击船队越接近敌岸，敌人的火力越猛。130团的团长李钟玄，脸部被弹片擦伤，血流满面，但仍是屹立的船头指挥作战。

3连2排是先锋船，船上高挂着"打过长江去"的大旗，登陆前被炮火击中，船失去了控制，在江面上直打转转。眼看着别的船超前了，随船指挥的淮海战役战斗英雄、连指导员周福祺急了，大呼一声：

"我们不能辜负全团对我们的信任，同志们，拼命赶啊！"

战士们操起铁锹，摘下钢盔，奋力划水，船又冲到最前面去了。

6连的任务是攻打灯塔。这个连38名勇士，分成三个班。船至江心时，敌人的炮弹飞来，一些战士负伤了。连长罗金印见状亲自掌舵，对全船战士遭："胜利就在今晚，只有前进，没有后退！"行进中，敌人一发炮弹在船尾爆

炸，他的头部被弹片划开了一道二指长的大口子，血流到脸上、颈上，袄领子被鲜血浸湿了一大片，但是他仍是紧握着船舵，指挥前进。

当船在灯塔右侧靠岸时，正对着敌人的火力点，只见六七处敌堡冒着火舌。

2班副班长高玉生第一个跳上岸，朝着一个地堡投去一颗手榴弹，其他战士趁着烟雾冲到其他地堡前，接连从枪眼里塞进两个炸药包，吓得剩余敌人逃出了地堡。

罗金印率领他的战士们，把胜利的旗帜插到了灯塔上。

15军的先锋团30分钟渡过长江，1小时占领滩头阵地。至22日凌晨3时，“打过长江去”、“解放全中国”的两面大旗胜利地插上了香山与黄山的主峰。

15军打过长江后，随即疾进浙赣线，直指武夷山麓，创造了昼夜连续追击逃敌1500里的战绩，解放了大片城镇。用秦基伟的话说，除了长征，就数打过长江后走的路最远了。10月，秦基伟率领15军参加广东战役。11月，又参加广西战役，真可以说是一口气跑了半个中国。

从红小鬼到大司令：秦基伟

## 开创了一个世界纪录

kaichuangleyigeshijiejilu

1950年冬，党中央、毛主席决定派遣中国人民志愿军进行抗美援朝保家卫国的消息传来，秦基伟的心立刻飞到了朝鲜战场，他主动请缨出征，获得中央军委批准，被任命为中国人民志愿军第3兵团第15军军长。

1951年3月，在祖国人民热烈欢送下，15军从安东(今丹东)雄赳赳跨过鸭绿江。

☆1950年10月19日，中国人民志愿军跨过鸭绿江，同朝鲜人民军一起抗击美国侵略者。

在第五次战役中，15军初次上阵，从4月20日到6月10日，连续奋战50个昼夜，首挫美3师、再创美2师，从“三八”线一直打到汉江北岸，大踏步前进，又大踏步后退，发扬了英勇顽强机动灵活的战斗作风，在运动中歼敌9400余名(其中全歼美2师38团)，并开创了群众性的打敌机运动，击落击伤美机40多架，出色地完成了作战任务。15军被荣记集体功一次，并受到志愿军彭德怀司令员的表扬。

五次战役后，中朝部队转为积极防御作战。1951年7月10日朝鲜停战谈判开始。从此，朝鲜战场上出现了边打边谈的持续局面。

为准备迎接新的作战任务，秦基伟领导部队大力加强阵地建设和创造新的战术手段，以对付美军的炮火和空中优势，阻击敌人进犯。经过5个月的边战斗边施工，筑起690多条坑道工事，使部队防御有了坚固可靠的依托，进攻有了良好的冲击出发地，把地面防御战转变成地下防御战。战士们自豪地把

它称为“地下长城”,编唱快板赞扬道:“坑道好,坑道棒,坚守坑道打胜仗;不怕飞机炸,不怕大炮轰,气死杜鲁门,消灭美国佬!”

依托这道“地下长城”,他们不断派出小分队袭击敌人,并广泛开展冷枪冷炮运动,“变阵地为靶场”,把敌人当作“活靶子”打。在九个月的防御作战中,他们共消灭敌人3.7万余名,打得敌人在阵地上“低下头来”,不敢为所欲为。

然而,美军欲取“铁三角”的侵略野心仍然不死。1952年10月中旬,正值美国大选和联合国大会前夕,白宫和五角大楼为改变他们在朝鲜战场和谈判桌上的被动困境,竟调集重兵发动了所谓“金化攻势”,妄图一举占领“铁三角”,突破中部防线。由秦基伟统一指挥的15军和12军一部,在友邻部队和朝鲜人民的大力支援下,浴血奋战43个昼夜,再次挫败敌人的猖狂进攻,取得了举世闻名的上甘岭大捷。

上甘岭本是一个小山村,位于金化城以北3公里,其西北不远的五圣山是朝鲜中部的门户和战略要地。上甘岭村的前后有两座小山头,南面的是597.9高地,北面的是537.7高地,都是15军第45师第135团防御阵地的突出部,可瞰制金化,控制南北交通。美军发起所谓“金化攻势”,就是企图先占领这两个高地,再取五圣山,在防线中央打开缺口。

“金化攻势”由美军第八集团军军长范佛里特亲自指挥。进攻前,“联合国军”以2个营兵力经过两天的炮兵准备后,于10月14日5时开始,以美军第7师和南朝鲜军第2师各一部共7个营的兵力,在105毫米以上口径火炮300余门、坦克30余辆、飞机40余架次的支援下,采取多路多波的方式,连续向597.9高地和537.7高地北山发动猛攻。敌人狂妄地叫嚷:“不让一个共军活在地平线上!”

我军背水一战。秦基伟深知这一仗打得好坏将会对朝鲜局势产生什么样的影响。面对优势敌人的凶猛进攻,他虎气横生,毅然向全军发出号召:这一仗只能打胜,不能打败。为了实现朝鲜的和平,就是咱15军拼光了也在所

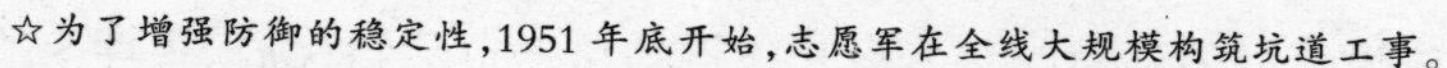
☆为了增强防御的稳定性，1951年底开始，志愿军在全线大规模构筑坑道工事。

不惜！

军指挥所就设在距火线不远的地方，这里也不断遭受敌机空袭。艰难的日日夜夜，他和战友们倾注全部意志、力量和智慧，同敌人决战。

为避开敌人锋芒，减少部队伤亡，秦基伟决意使用少数连队，坚守前沿阵地，进行阻击。战士们面对优势的敌人，发扬大无畏的英雄气概，同敌人展开英勇拼杀，反复争夺每一个阵地。危急时刻，不少战士奋不顾身，拉响手雷，冲入敌群，和敌人同归于尽，气贯长虹。10月19日，更出现了以自己的身躯堵住敌人的机枪射孔，为反击部队开辟前进道路的特级英雄黄继光，他的伟大献身精神，更加激励了整个部队，前仆后继，浴血奋战，胜利完成了战役第一阶段的阻击任务，第45师7天中歼敌7000余名。

从10月20日起,45师转入坚守坑道作战,利用“地下长城”,保存力量,拖住敌人,消耗敌人,争取时间,准备反击。

这是一场无比艰苦和顽强的坑道保卫战。当时,已占领了上甘岭两座山头表面阵地的敌人得意逞狂,他们用飞机炸、大炮轰、火焰攻、放毒气等种种毒辣手段,对坑道实施破坏、封锁和围攻,使我坚守坑道的部队日益陷于极端困难和艰苦的境地,没有饭吃,没有水喝,缺少弹药,缺乏医药,伤病员得不到治疗,烈士遗体得不到掩埋,更严重的是有的坑道已被敌人摧毁,形势极其险恶,是继续坚守坑道,或是弃守后退?

15军面临着严峻的考验。

在军指挥所里,秦基伟连续七天七夜几乎没合眼,和副军长周发田、参谋长张蕴钰等一起,悉心计算着敌我力量对比的变化,千方百计地加强前沿坑道兵力和物资补充,及时组织指导坑道内外的部队密切配合,采取各种有效手段,积极打击敌人。

10月21日,坚守597.9高地的某团8连在苦战中只剩下15个人,而且处于粮弹将尽的危急时刻。秦基伟得知这一危急情况后,当即决定把身边的军部警卫连拉上去,对敌人实施反击,并同8连的勇士们一起守住了坑道。战斗到24日,身居火线的45师师长崔建功亲自打电话向秦基伟军长报告前沿坑道部队的严重减员和处境恶劣的情况。秦基伟听后深感已坚持了五昼夜的坑道战,越来越激烈和残酷,困难越来越大,坚守的部队越来越难于忍受了。但是他的决心绝不动摇。他深情地向这位英勇善战的师长说:“老崔呀,你们的困难我知道。但守住坑道,拖住敌人,是全局胜利的关键。现在我们压倒一切的任务,就是要不惜任何代价争取胜利!”

崔建功用沙哑而坚定的声音回答说:“请军长放心。就是我们师打到只剩下100人,我当连长,也保证坚守到底!”

连夜,军党委发出紧急号召:“营无闲人,厩无闲马”,全军总动员,全力以赴,支援上甘岭。

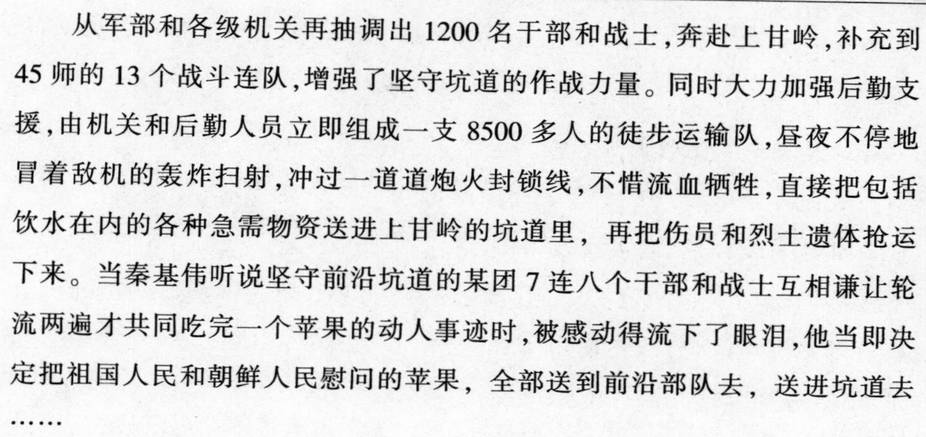

从军部和各级机关再抽调出1200名干部和战士，奔赴上甘岭，补充到45师的13个战斗连队，增强了坚守坑道的作战力量。同时大力加强后勤支援，由机关和后勤人员立即组成一支8500多人的徒步运输队，昼夜不停地冒着敌机的轰炸扫射，冲过一道道炮火封锁线，不惜流血牺牲，直接把包括饮水在内的各种急需物资送进上甘岭的坑道里，再把伤员和烈士遗体抢运下来。当秦基伟听说坚守前沿坑道的某团7连八个干部和战士互相谦让轮流两遍才共同吃完一个苹果的动人事迹时，被感动得流下了眼泪，他当即决定把祖国人民和朝鲜人民慰问的苹果，全部送到前沿部队去，送进坑道去……

“支援坑道，解放坑道，争取决战全胜”已成为全军的口号。该军所属第29师在师长张显扬指挥下，积极协同上甘岭方向作战，从地面上狠狠打击敌人。由向守志师长指挥的44师一面顽强地坚守上甘岭侧翼的西方山、斗流峰阵地，一面频频开展小部队出击，咬住了美军1个师。我参战炮兵部队也主动把敌人的火力吸引过来，宁愿自己作出牺牲，也要保护坑道战友的安全，并以准确的炮火，支援坑道部队向敌人进行反击。就这样，15军全军形成了坑道内外紧密团结、英勇奋战的整体，把美军范佛里特的主力死死地拖在上甘岭两个山头上，使敌如陷泥潭。

志愿军经过十昼夜艰苦卓绝的坑道保卫战，终于赢得了时间，作好了总反击的准备。志愿军总部和3兵团不仅向上甘岭前线增调了近百门大炮和充足的粮、弹物资，而且调遣12军副军长李德生率领两个步兵师配属15军，加强了总反击的力量。

10月30日，在秦基伟直接指挥下，总反击开始了。

志愿军强大炮群把成吨的钢铁砸向敌人，步兵指战员势如猛虎，首先对占领597.7高地之敌实施反击。连续七昼夜，同敌人展开反复的阵地争夺战，毙伤敌六千余名，至11月4日全部夺回了这个高地。

11月11日，秦基伟乘胜把反击的铁拳又砸向了537.7高地。他仅用三

个精锐的步兵连，在炮火掩护下，出敌不意，突然袭击，经过两小时拼搏，就全歼守敌 1 个营，恢复了该高地的全部表面阵地。虽然敌人不甘心失败，从第二天起每天都动用几十架次飞机进行轮番轰炸，并投入 6 个营的兵力不断进行反扑，但我军指战员越打越勇，经过 16 昼夜奋战，共击退敌人 130 多次进攻，又歼敌 1800 余名，终于全部收复和巩固了阵地，把敌人逐出了上甘岭。

整个战役，我军共歼敌 2.5 万余名，击落击伤敌机 274 架，击毁坦克 14 辆，大口径火炮 61 门。我军阵地屹立未动，创造了以坑道工事为主体的防御作战的光辉范例，被誉为“突不破的防线”。美国报纸惊呼：“这次战役实际上变成了朝鲜战争中的‘凡尔登’。”

上甘岭大捷，加速了美国侵略者在朝鲜的失败进程，打得骄横一时的美

☆在上甘岭战役中，坚守坑道 14 昼夜的某部八连指战员。

国代表再次在板门店谈桌旁低下头来。《人民日报》1952 年 12 月 18 日的社论指出：上甘岭战役的辉煌胜利，“对于全世界人民反对美国侵略，保卫世界和平的事业，无疑是一个巨大贡献。”

1953 年 6 月 16 日，毛泽东主席在中南海住所亲切接见了秦基伟军长。

在听取了秦基伟的汇报以后，毛主席十分高兴地说：“你们打的是一个铁老虎，是一个钢老虎。美国佬貌似强大，凭钢铁多，凭武器装备优势；我们凭指挥的智慧，凭战士的勇敢，凭正义的力量战胜了它。它又是一个纸老虎。上甘岭战役的胜利，是一个最好的证明。”

刘少奇握住秦基伟的手说：“上甘岭开创了一个世界纪录！”

周恩来也说：“你们打得很苦，很顽强，打得很出色。上甘岭战役，是朝鲜战争中又一次重要战役，是军事史上的奇观。”

从红小鬼到大司令：秦基伟

## 文化人中的没文化人，没文化人中的文化人

wenhuarenzhongdemeiwenhuaren
meiwenhuarenzhongdewenhuaren

抗美援朝回国后，秦基伟又回到了西南边疆。从 1953 年到 1967 年，他先后任云南军区副司令员、昆明军区副司令员和司令员等职。

云南不仅边境线长，斗争复杂，而且是多民族聚居的地区。秦基伟在云南工作期间，始终和军区党委一起坚决执行党中央、毛主席提出的“人民解放军既是战斗队，又是工作队、生产队”的指示，一面加强对敌斗争，不断打击匪特窜扰，严守千里边防线；一面认真遵照党的民族政策，大力开展民族工作，团结和依靠各族人民，共同建设和保卫边疆。

每年，军区都抽出成千名优秀干部和战士，组成若干个民族工作队，在

省委统一领导下，分工分片包干边沿一线的民族工作，从帮助各兄弟民族疏通关系，加强团结，到帮助他们发展生产，防疫治病，兴办学校，逐步改变他们贫困落后的面貌。

军政、军民关系日益亲密，建立起以军队为骨干，以群众为基础的人民防线，从而使长期受到各种纷扰的西南边防得以安宁和巩固。

六十年代初期，当美帝国主义在印度支那燃起侵略战火的时候，云南则成为我国人民支援越南和老挝邻邦抗美救国斗争的前哨基地，履行了光荣的国际主义义务。那时候，周恩来总理曾多次亲临云南视察，予以赞扬。

1964年初春，周恩来总理、陈毅副总理兼外长访问亚非14国。归国途经昆明时，受到云南省和昆明市党、政、军、民的隆重欢迎。

在欢迎招待会上，时任昆明军区司令员的秦基伟发表了即兴致辞。面对100多名满腹经纶的外交官，面对共和国总理和赫赫有名的元帅，这位50岁的少壮派中将面不改色心不跳，一欢迎，二祝贺，三感谢，四呼吁，层次分明，条理清楚，内容简洁而全面，其神态又是从容自信，声音洪亮而抑扬有致韵味盎然，妙语连珠，时有精彩之辞博得阵阵掌声。

周恩来总理频频点头，左手抱着右上臂愉快地拍打，在场的外交官们则颇感惊奇。还是陈老总干脆，碰杯的时候一掌拍在他的肩上，说："秦基伟，看不出你这嘴巴还硬是厉害，你在哪里学的这一手？"

秦基伟咧嘴一笑："我这嘴巴跟老总比差远了。要说学，还不是跟老总学的嘛！"

陈毅摇了摇硕大的脑袋，举起酒杯，哈哈大笑："你个秦基伟，狡猾狡猾的。我看你这个司令当球不长了！"

秦基伟不解其意，眨了眨眼睛问："老总，我可没惹你呀，平白无故就要撤我的职啊？我想不通呢。"

陈毅拍了拍肚皮，又把酒杯举起来，说："格老子，你娶了我们四川的漂

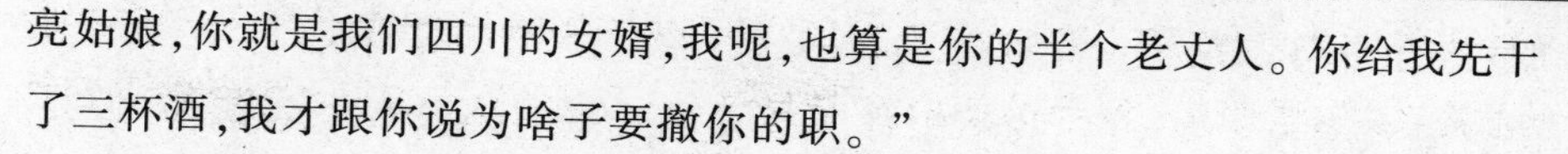


亮姑娘，你就是我们四川的女婿，我呢，也算是你的半个老丈人。你给我先干了三杯酒，我才跟你说为啥子要撤你的职。”

秦基伟狡黠地笑了笑说：“老总有雅兴，别说三杯，再加三杯，我也绝不后退。”

陈毅一把抓住秦基伟的胳膊，“此话当真？”

秦基伟说：“老总，我死都不怕，还怕喝酒吗？只要老总同意，我喝六杯，老总喝三杯。”

陈毅叫道：“好哇，好哇，秦基伟你仗着年轻，要将我的军呢。别人怕你，我不怕你！”说完，就把酒杯放在桌子上，吆喝服务员斟了六杯满酒，又大呼小叫：“总理，总理，你过来。秦基伟年轻气盛哟，敢跟我叫阵。你来当裁判，看我怎么调教他。”

周恩来端着酒杯，从敬酒的队伍中挣脱出来，微笑着踱到陈毅身边，说：“好嘛，敢摸老虎屁股嘛。秦基伟你不要怕，陈老总这只虎是个纸老虎。不过，你可要防止他要赖哟，他这个纸老虎可是一只狡猾的纸老虎，连总统的酒都敢赖。”

陈毅把眼瞪得老大，腮帮子也鼓了出来，嘟哝道：“总理你是啷个搞起的嘛，搅啥子浑水嘛。秦基伟，来，不要受他的影响，我们决斗开始，干！”

秦基伟端起酒杯，笑容可掬。他心里暗想，老总啊老总，我的好老总，你今天可是掐错头皮了。在喝酒这个问题上，我秦基伟是铁皮脑袋不怕打，你要是硬同我比个高低，你可就栽了。

60年代初，秦基伟一次可以喝一斤茅台，而且基本上没什么反应。

斗酒正式开始后，顿时形成了高潮。在那个场合，陈毅副总理兵多将广，外交官们又多是智多星，魔术杂技全都用上了，替陈老总遮掩了不少“战术动作”。秦基伟手下虽也有一帮部长参谋之类，可是一见陈老总瞪

眼，谁还敢靠前啊。尽管如此，喝到最后，陈老总还是坚持不住了，连叫暂停，“算喽算喽，秦基伟，我不跟你一般见识。喝酒你是喝不过我的，但是我不能眼看你犯错误，你不能再喝就算了，别放屁装在竹竿里——充棍喽。”

秦基伟说：“老总说停就停，只是想请老总说个明白，干啥子要端掉我的乌纱帽嘛。”

陈毅拍拍肚皮，神秘一笑：“这是最高机密了，明天说，明天说。”说完，转身走了，直到招待会结束，陈老总没有再同秦基伟单独说过话。

那一夜可苦了秦基伟，回到军区家里，左思右想不得要领。陈老总的话半真半假，不像是玩笑，又不像是实情。

直到第二天早晨秦基伟到宾馆陪同总理和陈老总吃完早点，陈老总把他叫到自己的房间，这才交底：“秦基伟同志，昨晚我跟总理商量了一下，决定暂时把你调出军队，给我当大使去。”秦基伟吃了一惊。定睛再看陈老总，脸上全然没了昨晚招待会上的嘻哈模样，严肃而又认真。显然这不是开玩笑。

“有些意外，是不是啊？”见秦基伟半响不语，陈毅站起来了，“我告诉你秦基伟，我手下缺人，缺得很呐。政治上可靠，脑子转得快，嘴巴子抹得光，腿杆子站得直，我就是要这样的。”

秦基伟问：“老总，已经决定了吗？”陈毅说：“我们不搞强制命令，给你半天时间考虑，下午回话。”

秦基伟略一沉吟，“没什么考虑的，老总认为我合适，我打起背包就出发，只是……”

陈毅扭过脸问：“只是啥子嘛？……我知道，你不是舍不得那顶司令的乌纱，就是怕没文化，跟洋人打交道吃亏，是不是啊？”

秦基伟笑了，说：“老总，我的心思都攥在你手里，我还有什么话说呢？坚决执行命令，保证完成任务。你下达命令，我马上回军区交代工作跟你

走。”

陈毅一屁股坐进沙发里，把肚皮拍得山响：“你看，你看，我姓陈的没有看错吧，我挑的人就有这么个干劲！”话锋一转，伸手招呼秦基伟：“坐下，坐下，你格老子急啥子嘛。实话告诉你哇，昨晚我跟总理说，总理对你也很欣赏嘞。总理说你是文化人中的没文化人，没文化人中的文化人，你看，这个评价不低吧？啊，这还只是我们的意向，还要向主席报告，向军委报告。你就等通知吧！”

秦基伟说：“老总放心，我是召之即去。”

后来，总政治部果然通知秦基伟，让他做好调动准备。只是因为在检查身体时发现秦基伟心脏有问题，不适应异国气候，才收回成命。

从红小鬼到大司令：秦基伟

## 阅兵总指挥

yuebingzongzhihui

1966年“文化大革命”开始后，一片乌云笼罩西南边陲。林彪、江青等出于篡党乱军的野心，煽起批判所谓“修正主义国防”的妖风，妄图毁我长城。他们的倒行逆施受到了秦基伟和广大指战员的坚决抵制，因而秦基伟便成了他们的眼中钉。

从1967年1月14日起，林彪、江青一伙纠集几万名“造反派”连续冲击昆明军区，狂叫“把贺龙的黑干将秦基伟揪出来，砸烂他的狗头！”一时黑云压城，恶浪翻滚，好端端的昆明军区被搞乱了，秦基伟的家被抄，人身安全也失去了保障。

在这危难时刻，周总理及时派来一架军用飞机，把秦基伟接到北京，保护起来。然而，林彪、江青一伙不肯罢手，在1968年初，他们一手策划了所谓“杨余傅事件”以后，更加肆无忌惮地迫害我军的将领们。秦基伟被“监护审

查”,失去自由。但他一直坚持不说、不写违心的话,态度“顽固”。

1969年10月,林彪发布所谓“第一号战备命令”,把一批高级将领分别押送到北京以外地区,秦基伟被送到湖南洞庭湖畔的一个部队农场监护劳动。

在蒙受屈辱的日子里,他深为我们党和国家的前途命运忧虑,但他同时也坚信我们党是伟大的,是能够战胜邪恶的。有时,他伫立田头,仰望着从长沙飞往北京的飞机,心里默念着:但愿毛主席、周总理有一天会派飞机接我们回去……

☆1981年6月,邓小平任中共中央军委主席,同年9月检阅在华北某地举行的军事演习并发表讲话。图为邓小平在北京军区司令员秦基伟等陪同下观看演习。

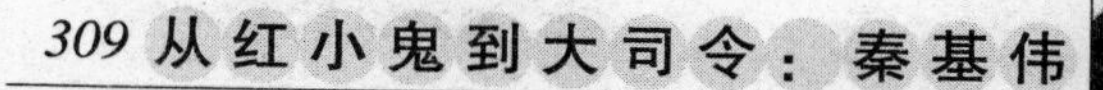



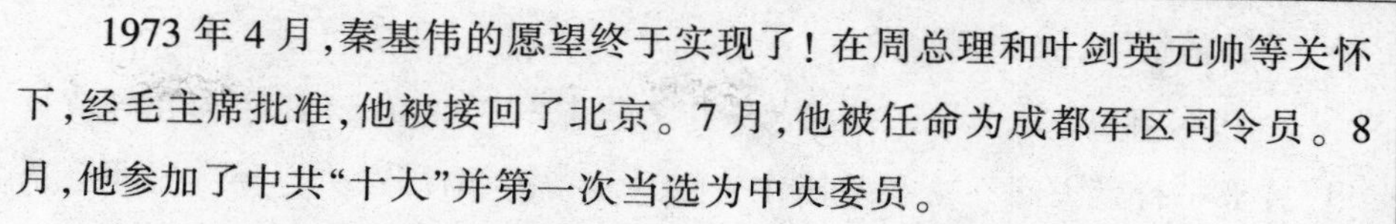

1973 年 4 月，秦基伟的愿望终于实现了！在周总理和叶剑英元帅等关怀下，经毛主席批准，他被接回了北京。7 月，他被任命为成都军区司令员。8 月，他参加了中共“十大”并第一次当选为中央委员。

1975 年邓小平复出主持中央日常工作，同祸国殃民的“四人帮”展开针锋相对的斗争。为加强处于重要战略地位的北京军区的领导，同年 10 月秦基伟被调任北京军区第二政委。长期担任一把手的秦基伟，一到这个新的工作环境就给自己立下了两条规矩：一不越权，二不失职。他在军区党委和司令员、政委的领导下，坚决贯彻执行中央军委和邓小平提出的“军队要整顿”的方针，通过狠抓各级领导班子的建设和大力进行部队的思想、组织全面整顿，进一步提高了广大指战员的革命觉悟，加强了组织纪律性，从而有力地抵制了“四人帮”反军乱军的罪恶行径。

1976 年 10 月粉碎“四人帮”以后，秦基伟受党中央和中央军委委托，率领工作组进驻老大难地区——河北省保定，在同刘子厚等同志的共同努力下，以半年时间解决了保定问题。

从 1977 年 9 月至 1987 年 11 月，秦基伟先后任北京军区第一政委、司令员、党委书记。在这期间，他作为北京军区的主要领导者，团结和带领军区党委“一班人”，以高度的革命事业心和责任感，坚决拥护和贯彻执行党的十一届三中全会的路线、方针和政策，破除迷信，解放思想，大力进行拨乱反正，平反冤假错案，清除“左”的思想影响，坚持用四项基本原则和党的改革开放政策教育部队，统一了广大指战员的思想和行动，使全区部队在思想上和政治上同党中央保持一致，从而完成了中央军委赋予的各项任务。

1981 年秋，北京军区受中央军委委托，成功地组织了著名的华北大演习。华北大演习以后，秦基伟提出要使部队的全面建设“更上一层楼”。为此，他一手抓军事院校的建设，加强干部的培养，一手抓部队教育训练改革。他坚持每年至少以四个月的时间深入部队做调查，直接听取广大指战员的呼

声，了解新情况，解决新问题。

1984年10月1日，在庆祝中华人民共和国成立35周年的光辉节日里，首都举行盛大阅兵。秦基伟作为阅兵总指挥，陪同中央军委主席邓小平检阅了向革命化、现代化和正规化迈进的人民解放军陆、海、空三军的强大阵容，展显了钢铁长城的崭新风貌。

# ★勇往直前:肖永银★

肖永银(1917–2002),河南省新县人。1930 年参加中国工农红军,同年加入中国共产主义青年团,1935 年转入中国共产党。土地革命战争时期,任红四方面军第 4 军 11 师 33 团司号长,第 30 军军部交通队排长,西路军总指挥部警卫连排长。参加了长征。抗日战争时期,任八路军 129 师随营学校连长,385 旅第 14 团营长,第 13 团副团长,第 769 团副团长,第 14 团团长,太行军区第八军分区副司令员。解放战争时期,任晋冀鲁豫军区第 6 纵队 18 旅旅长,中原野战军第 6 纵队副司令员。中华人民共和国成立后,任中国人民志愿军副军长,代军长,中国人民解放军军长,南京军区装甲兵司令员,南京军区参谋长、副司令员,成都军区副司令员,武汉军区副司令员。1955 年被授予少将军衔。是中国共产党第九次全国代表大会代表。

勇往直前：肖永银

## 13岁走上革命路

shisansuizoushanggeminglu

1917年6月的一天，肖永银出生在大别山南麓的湖北省黄安县紫云区肖家湾（现属河南省新县）一农民家里。粗通文墨的父亲肖治学望着屋外潇潇细雨，给孩子起名“雨生”；又因为生在寅时，大名就叫“肖永寅”。

5岁那年，母亲病逝，雨生和哥哥便与父亲相依为命，一起耕种着属于肖家祠堂的几亩祖田，夏种稻子冬种麦，风调雨顺时基本能够果腹。

几年后，肖家湾成立了红色政权组织——村委员会，父亲肖治学是村委员会委员，村委会开会时担任记录。那时，即使在黄安这样的“赤区”，共产党也是秘密活动。长雨生七岁的哥哥一只耳朵失聪，哥哥娶了嫂子后，家中唯一的一间土房腾给哥嫂住，雨生和父亲住在牛栏的一头。父亲常常深夜外出参加秘密会议，他睡醒一觉，突然不见了身边的父亲。但雨生也有自己的革命组织，村子成立了童子团，他担任童子团队长。雨生懂得严守组织秘密，父与子，童子团队长和红色村委员之间各自守着自己的秘密。

1930年春天的一个下午，雨生和父亲正在水田里插秧，这时，来了两个人，站在田埂上，大声喊着：

“肖治学！肖治学！……”

父亲抬起头，手搭凉篷望了一眼，便将手中的稻秧塞给儿子，赤着一双沾满泥浆的脚“吧唧吧唧”踩着田中的泥水朝来人走去。父亲刚走到田埂上，甚至没来得及穿鞋，就带着两腿泥巴随来人走了。

13岁的雨生并没有意识到灾祸的降临。平时，父亲也常常这样被人匆匆忙忙叫走开会。雨生连问也没有问父亲一声，甚至没有多看父亲一眼，他只略略直了直酸疼的腰，看见父亲夹在两个来人的中间拐进一条山道不见了，

就重新弯下腰去，插着父亲没有插完的那把秧苗……

父亲却从此再没有回来。

田头一别，遂成父子永诀！

在雨生的记忆中，父亲的脸上没有一丝惊慌，一丝意外，像往常参加任何一次秘密会议那样不声不响不言不语平平静静走的。恐怕连父亲本人也没有想到，他的生命会那么奇怪地结束，他会被自己亲爱的同志所杀害，他会成为一次党的“左”倾路线的受害者……

在父亲“失踪”的前后，村子里又接二连三地“失踪”了几个人。

肖家湾笼罩着一股肃杀的恐怖气氛。与国民党屠杀共产党的“白色恐怖”不一样，没有“戴镣长街行”的悲壮，没有英勇就义饮弹身亡的慷慨，殉难者们走也匆匆，去也草草，他们的亲人们甚至没有诀别的痛苦，没有生离死别的断肠之痛……

夜晚，雨生苦苦地等待着父亲归来。四壁泥巴剥蚀的牛栏里，昏黄的油灯摇摇曳曳……父亲一夜未归。

第二天，雨生像往常一样挟着课本去到肖家祠堂上学。走到祠堂门口，同学们全都不声不响地用眼瞪着他，见他走近，又都不声不响地向两边退。雨生感觉到一种异样，低垂着脑袋，仍旧往前走。但他进不去了。肖家祠堂大门槛上，一个身子横挡住了他。他抬起头，眼前是一张严肃得近乎冷酷的面孔：

“肖永寅，你被开除了。”

雨生两眼里忽地就冒出两汪眼泪。那时候，他还不懂得“株连”这个词。但他没有问。抬起破袖头抹一把泪，他的袖子被人拽了一把，他的泪眼里映出的是一张稚气的面孔，他们童子团团长：

“肖永寅，童子团不要你了。”

他还是没问。

他回到肖家湾村西头的家里，终日和牛做伴。清晨，赶着牛上山，看牛啃吃青草；傍晚，赶着牛回家。牛栏里，没有了和他相依为命的父亲。夜深人

静，他再也听不到父亲那熟悉的鼾声，只有牛的反刍声伴着他进入梦乡……

雨生赶着牛从村里走过，他昔日的同学和团友像看陌生人一样看他一眼。雨生第一次体验到了孤独的滋味。

他坐在山坡上，眼望着自家那一间破土房，终于知道父亲已经不再回来，泪水模糊了他的两眼。他不明白为什么会这样，他只知道父亲是好人，共产党是好人，好人里出了坏人，坏人“咬”了好人，作为好人的父亲不幸被“坏人”咬了……

孤独的雨生，决定离开这个没有了父亲的家，当兵去找共产党。他走了四里路，第二天，到了小集镇檀树岗，当时的红一军，后来的红四方面军招兵处。

“叫什么名字？”

“肖永寅。”

招兵处的红军战士笔误将“寅”写成“银”，从此，他的履历表上就成了“肖永银”。

13岁的雨生，从此走上了革命征程。

勇往直前：肖永银

## 小号长请命指挥战斗

xiaohaozhangqingmingzhihuizhandou

1935年春，为解中央红军之危，红四方面军放弃了建立2年之久的“川陕根据地”，紧急西进，但川军紧咬住屁股不放，33团奉命上了江油两边的大岗山，阻击了一个多星期，部队伤亡惨重，连营排长们伤的伤，亡的亡，眼看川军潮水一般往山上拔，团长两眼冒火，皱紧子眉头。

突然，一个稚嫩的声音在他身旁响起：“团长，你把部队交我，我给你打下去！”

团长一回头，小号长肖永银站在他面前，一双虎虎的眼睛望着他。团长一愣，这话说的胆大，出自一个号兵排长嘴里，因为到此时为止，他还没有领兵打过仗——当然，号吹得不错，可吹号能把敌人吹跑吗？

"团长，你让我打，打不下去，你杀我的头！"小号长一点不开玩笑，焦急地立下军令状再次请求道。

团长一听，眼睛倒亮了一下，平时他就很喜欢这个小鬼，这小鬼脑瓜子挺灵，说是个号长，其实，又是团长不挂名的文书和不挂名的参谋，论起用兵之道来，有时能让团长听得跷起大拇指。此时情况紧急，团长也顾不上多想："好吧，给你两个连，你给我打下去。"

"是！"小号长响亮地应了一声，立即指挥着两个连向敌人扑过去。

团长站在山头上观战，望远镜里，川军屁滚尿流丢盔弃甲地溃退了。肖永银飞身跃出战壕，指挥队伍赶着敌人下山，一口气撵到半山腰，敌人慌乱了，满山满岭地四下逃散。

"好哇，打得好！"团长兴奋地叫道。

突然，一颗冷枪打中了号长，肖永银歪歪身子，扑地趴倒在山坡上。

肖永银被抬了下来，团长俯身看去，号长苍白的圆脸上和瘦小的躯体上几乎没有了生命的迹象。团长默默地直起身子，卫生员告诉他：一颗子弹在号长的左肺上穿了个洞，从前胸穿透后背，直进直出，连弹头都没留下……

团长皱皱眉，骂了句："妈的，这小鬼，也太不要命了！"

江油一战后不久，部队转移到茂州，很快就要进入雪山草地了。这时，上级下了一道命令：所有团以下的重伤员就地安排在老乡家里。快要行动，队伍往前开，担架往后抬，当抬着肖永银的担架从团长身边经过时，团长叫了一声："停下！"

团长两手叉腰，绕着担架一连转了三圈，望着躺在担架上昏迷不醒的号兵排长，越看越舍不得。四军军长许世友走过来了，见团长这样，不由有点奇

☆红军走过的水草地。

怪，望一眼担架："谁呀？"

团长歪着脑袋盯着小鬼，嘴里嘟哝一句："这小鬼，让人舍不得哇！……"

许世友肥厚的巴掌往团长肩上一拍，爽朗地挥挥手："舍不得？舍不得你就抬上走嘛！——抬上，抬上！"

军长一句话，难题解决了，肖永银被抬上了雪山草地，踏上了漫漫长征路……

**勇往直前：肖永银**

## 连骗三次马家军

lianpiansancimajiajun

1936年11月上旬，以红四方面军河西部队为主体，组成了西路军，准备向西北"打通国际路线"。然而，孤立无援、远离后方的西路军，遭到了西北马家军毁灭性的打击。

盘踞在此多年的"四马"军队(马步芳、马步青、马鸿逵、马鸿宾)

对于侵入他们地盘的红军刻骨铭心的仇恨，相权之下，接受了蒋介石的改编，以绝对的给养优势和绝对的骑兵优势将西路军死死纠缠在河西走廊的蜂腰部永昌、山丹、凉州一带。

雪落纷纷，永昌城周围被马家军包围得严严实实。城内的中国工农红军第30军1个多师数次突围突不出去，被切断了与城外部队的联系，眼看原定的当天晚上突围与李先念在水磨头会合的计划无法实施，军长程世才心火上攻。

“叫肖永银！”

军长突然大吼一声，旁边的通信员吓了一跳，赶紧把警卫排长肖永银找来了。

“你去！带两个人，出城！给政委讲，我明天晚上突围。”

程世才挥挥手，脸上的焦躁缓和一点，那神情是，你鬼点子多，这城只有你出得去。

肖永银把毡帽子往头上一套，此帽有个形象的美称：狗钻笼子，满头满脑罩得严严实实，只露两只眼睛看路，一张嘴巴呼吸。驳壳枪和匕首往腰里一插，披挂停当，三人骑马出城，没等他们走出十步，守门士兵“轰隆”一声把城门关上了。他们回头望一眼，城回不去了，断了后路，只能依靠机智和孤胆，冲出重围，才有可能生还……

肖永银沙哑地咳了一声，露在外面的两只眼睛狼眼般发着幽光，他低声叮嘱左右：“你两个人不准说话，我叫你打枪再打枪。”

出城不远，迎头碰上一队敌骑兵。双方人马越骑越近，借着月光，对方剽悍的身形，胡子茬茬的大脸，也都看得清清楚楚，两个战士紧张起来，不由把手插向腰间。肖永银狠狠瞪他们一眼，夹一下马肚，迎上前去。他心里清楚，此种境遇下，绝对得奉行“和为贵”，一旦发生火并，且不说他们三人不是这队马家骑兵的对手；一声枪响，就可能陷他们于蝗虫般的马阵中，马蹄踩也把他们踩成肉酱。“得沉住气，沉住气，”他心里命令自己，“肖永银呐，这会

儿要你的不是勇敢，而是要滑头，骗过敌人！”

两匹马头接近的一刹那，对方开口了：“干什么的?！”

“放游动哨的。”肖永银灵机一动，心想，你放游动哨，我也放游动哨。游动哨嘛，游游动动，想来不致引起对方怀疑。

果然，对方语气缓和了：“有事没有事儿？”

“没有事。”

说话间，过去了，马肚子蹭着马肚子。马们不分敌我，还相互间喷个响鼻，以示问候。

闯过一关，他们的胆也壮了起来。再策马走不多远，到了一个村口，黑暗中，哨兵一横枪，挡住他们去路，扯着调门喊：“谁——呀？干什么的？”

肖永银压低嗓门，故作神秘地带点教训的口吻说：“刚才不是说过了？你小声点，城墙能听见，打冷枪。”

哨兵倒被他“训”得有点懵懵懂懂，大概暗自后悔自己的莽撞，嘴里哼哼哈哈，缩回身去。

等到了又一个村口时，他们已经相当自信而有点大模大样大摇大摆了。猛听到一阵拉枪栓的声音，接着呼啦一声，窜出两个哨兵，不等对方开口，肖永银先猛打一个哈欠，有理气长地说一声：

“送信的，送宋家庄，给马旅长送信！”

哨兵一听“马旅长”，以为亲兵，不敢挡道，恭恭敬敬垂下双臂，以注目礼相送。

连闯三关后，东方欲晓，三人马不停蹄的跑到山口，树丛动了一下，一声喝问：“你是哪里呀？”

肖永银一听这大别山的乡音，绷紧的神经一下松弛了，翻身下马：“警卫排的，找政委。”

李先念几乎一宿未眠，披衣在屋子里踱步。本来约定的会合，随着窗纸

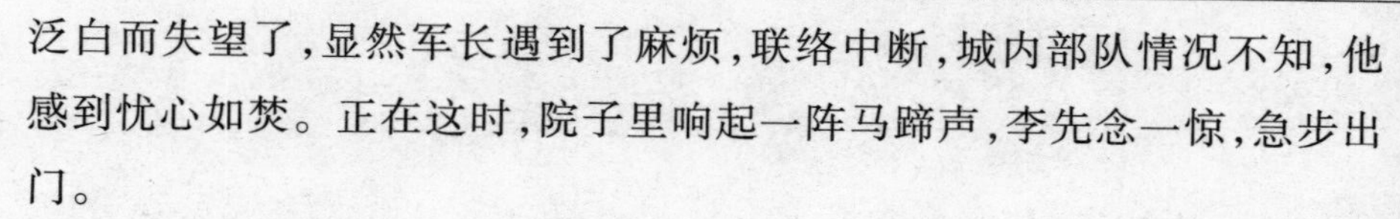

泛白而失望了，显然军长遇到了麻烦，联络中断，城内部队情况不知，他感到忧心如焚。正在这时，院子里响起一阵马蹄声，李先念一惊，急步出门。

“报告政委，军长今晚突围。”

肖永银扔下马缰，一把扯下“狗钻笼子”。

李先念看一眼警卫排长，扑哧一声笑了：20岁的小伙儿长了一嘴白胡子。三个人被政委的笑弄得莫名其妙，相互看一眼，也都乐了。原来，一路急奔，呼出的热气在嘴上结成了冰棱帘子，猛一看，像嘴唇上长了几寸长的白胡子。二个人抱成一团，你抓我一把，我抓你一把，“胡子”被消灭后，政委安排他们吃了一顿，又美美睡一觉。当天晚上，军长率部突围出来，与李先念会合。

勇往直前：肖永银

## 大杨庄战斗意外地抢到“新娘”

dayangzhuangzhandouyiwaideqiangdaoxinniang

抗日战争爆发时，肖永银任385旅14团1营营长。

1938年冬的一天，一支日军大队出来扫荡了，队伍行进在一马平川的冀南大平原上。天黑时开进了石家庄以南宁晋县大杨庄。由于头天晚上，385旅14团2营对这支日军偷袭了一番，搅得鬼子一夜没睡好觉。鬼子以为今晚可以睡个安稳觉了，谁知这夜过得更惨。

今天晚上，是385旅14团1营奉命继续偷袭这支日军。

1营长肖永银召来了他的4个连长，先用一番话吊吊他们的胃口：

“虽说是让我们偷袭，偷偷摸摸袭击一下搞不出多大名堂也没什么，软任务嘛，一般化的完成，谁也不会怪罪我们。不过……我觉得搞不出名堂，就没多大意思。”

☆在河北宁晋大陆村战斗中缴获的敌人山炮。

连长们一听，知道营长话中有话，急了，连声催促："营长，你别跟我们弯弯绕！你想怎么打？想打个漂亮的袭击战？搞出个大名堂？——你说呀，咱干！"

肖永银一下正色道：

"鬼子欺负咱们装备不行，以为我们不敢惹他们，只敢蹭蹭皮毛不敢伤筋动骨，我想狠狠整他一家伙！你们看，"他拣了根树枝，在地上划拉出一道线，"他们是从京广路过来，由西向东去，那么肯定头向东，尾向西。咱组织一个突击队，你们从各连给我挑最勇敢的兵，由2连长带着，从村西偷袭，摸敌人屁股！2连大队人马紧随突击队，与此同时，1连从村北袭击，3连4连做二梯队。明白了吗？"

他扔掉手里的土坷垃，看看自己在地上摆的阵容，很自信地笑

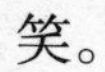



笑。

突击队 12 名战士一字排开站在营长面前，一律地一把大刀，一支汉阳造，八个手榴弹。一律地脱掉鞋袜，赤足。一律地左臂扎一条白毛巾。营长知道对这样的兵无需多说，只简单交代一句：

“你们尽量隐蔽，尽量摸得近些，摸着了就大刀猛砍手榴弹猛炸，好——出发！”营长挥挥手。

午夜时分，突击队战士悄然飘进大杨庄。

他们意外地摸进了日军的炮兵阵地，农民的一个场院中间，架着一门大炮，一个日本兵歪着头，抱着枪，坐在炮架上打瞌睡。突击队员上去，抬手一刀，日本兵连哼也没哼就做了刀下鬼。后边部队赶快上去一个排，拉的拉，拖的拖，拽的拽，推的推，蚂蚁搬泰山一般，七手八脚地拖炮。

不料，刚巧这门炮的炮膛里装着一发顶膛炮弹，一个战士无意中拽了一下火绳，“轰隆”一声巨响，炸了个惊天动地！

这一下不得了了，死人也会被震得惊起。最先反应过来的是场院边上那排民房里睡的一个日军排，懵懂着一张睡脸仓促上阵了，可是不等他们跑出房门，突击队一阵手榴弹猛炸，炸得也就差不多了，剩下的缩回房内。战士们把场院里的干草堆在房子四周，点把火烧着了……

这边手榴弹一炸，火光一起，村内的大队日军就明白了祸端起于村西，随即当然也就想到了那门大炮，嗷嗷叫着往村西冲。双方一个拖炮，一个抢炮，情形就像抢新娘。可是，这位“钢铁新娘”实在笨重得要命，平时连炮筒炮架轮子牵引装置等得四五匹高头大马的骡子才拖得动，这会儿，越急越拖不动，几十个小伙子累得呼哧呼哧直喘粗气，它却半天挪一步……

“报告营长，我们抢了一门大炮！”通信员跑来说。

肖永银一听大喜，好哇，抢了门炮！“告诉你们连长，赶快把它拖出来！”

“连长说炮拖不动，敌人抢得很厉害……”

“拖不动也得拖！”意外地捞着个大炮，怎么也不能让敌人再抢回去，随

即，肖永银改变原来的作战计划，他立即命令主力3连从村西投入。“敌人一定反攻得很厉害，你们连的任务是掩护2连，让2连把炮平平安安拖出来！死堵敌人！明白了吗？”

“是！”3连从交通沟一跃而出，迂回到村西突进。

这一着极为奏效，在激烈的巷战中，“钢铁新娘”摇摇摆摆出了村。

失炮日军恼羞成怒，立即出动大部队四处找炮。冀南大平原山炮无处藏身，于是就展开了一场接力赛，大炮交团，团派人护炮接着往后拖，旅再交师，一直拖到太行山里去了。追炮日军看看到了巍巍太行山，不敢追了，这才望“山”兴叹，悻悻而去。

炮进太行山。129师副师长徐向前绕炮转了几圈，回头招呼勇士们，拍照留念。炮身上写上一行大字 “八路军在大杨庄战斗缴获日本之山炮”。

勇往直前：肖永银

## 七天七夜扼守狮脑山

qitianqiyeeshoushinaoshan

1940年夏秋，日本帝国主义施行“囚笼政策”，企图摧毁华北各抗日根据地，巩固其占领区。为争取华北战局更有利的发展，八路军总部决心向华北日军占领的交通线和据点，发动大规模进攻战役。8月8日，八路军总司令朱德、副总司令彭德怀等下达了《战役行动命令》，调集了105个团的兵力，准备发起进攻。这就是著名的“百团大战”。

在太行山脉中，狮脑山是一个要命的位置。尽管是座不起眼的小山头，但因其地形险要，“百团大战”的打击目标正太铁路正从它北麓穿过，而且它又居高临下俯瞰着正太线日军的核心地点阳泉，因此，这座形状像一头卧狮脑袋的山头就有了非同小可的战略意义。扼守住它，几万破路大军才能安

然无恙地烧枕木、拆铁轨尽情破坏日军称之为“钢铁封锁线”的那条生命线。

如此，129师385旅14团同阳泉日军片山旅团为争夺狮脑山展开了激烈的战斗。

8月23日，日军在飞机的支援下，并使用化学武器，不断向狮脑山猛攻。

14团阻击部队英勇奋战，坚守6昼夜。

第7天黎明降临了。

1营2营及团部奉命撤退，3营继续扼守，但3营长已经负

☆山西阳泉狮脑山战斗中我军的机枪阵地。

伤，旅长陈锡联命令：“1营长留下，指挥3营完成任务。”

日本人警觉得很，当发现八路军在调整部署时，不失时机

地凑了一个团的兵力分两路往山上攻,1营长肖永银一看情况吃紧，忙命令1营留下个排,3排战士就跑出队列,呼啦啦往山上跑。

然而,已经晚了。狮脑山制高点小庙已丢,3营9连被打了下来。与此同时,右翼日军也从屁股后面摸上了山头,肖永银急令3排:“给我顶住,打下去!”

肖永银随即调来本营留下的三挺机枪,亲自指挥机枪朝小庙猛扫。这番恶战!一个多小时,9连就往上冲了20次,直到第21次冲锋,才将小庙夺回手。

傍晚时,他们突然觉得四周的山峰静得蹊跷,一支日军出其不意地从他们身后的山头摸了上来,肖永银急忙指挥队伍打了下去。到这时,他明白了,四周所有部队都撤退了,只留下他们……

没有人命令他们撤退,大概是疏忽了,或者,把他们忘记了?他感到很恼火,只有自己撤自己了。他留下3排守山口,指挥其他部队有秩序地撤退。3排在第二天拂晓又和追击的日军激战一个多小时,最后也安全撤离。

路过八路军前方指挥所,肖永银被叫进去汇报。彭德怀、刘伯承、邓小平、陈锡联等正在开会,肖永银进门敬个礼,马上气冲冲说道:“狮脑山我放弃了——要杀头杀我的!为什么左右部队撤退不告诉我?这简直是在开玩笑!——这是打仗,不是演戏,差一点全军覆没了!……”

谁能想到一个下级军官在最高统帅部会如此“放肆”?屋里的人全都默默地用目光瞄准了这个矮小精悍的1营长。但1营长火发得有道理,连脾气火暴的八路军副总司令彭德怀也赞许地点点头。

刘伯承走了过来,很关切地问:“部队都下来了吗?”

“下来了,”1营长盛怒之后,火气小了,向师长报告说,“没有丢下一个伤员,也没有丢一支枪,全部安全转移了。”

刘伯承很欣慰:“好,下来就好。你吃饭了吗?我让警卫员给你搞点吃的……”

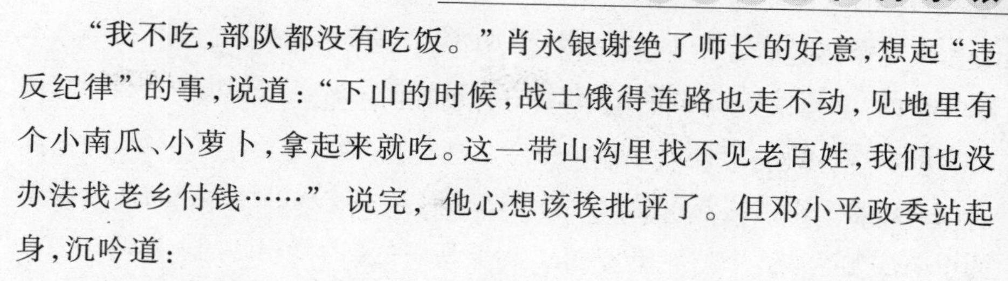

“我不吃，部队都没有吃饭。”肖永银谢绝了师长的好意，想起“违反纪律”的事，说道：“下山的时候，战士饿得连路也走不动，见地里有个小南瓜、小萝卜，拿起来就吃。这一带山沟里找不见老百姓，我们也没办法找老乡付钱……” 说完，他心想该挨批评了。但邓小平政委站起身，沉吟道：

“战士们饿极了，吃个小南瓜也难免。以后由我们师部派人到这一带找老乡赔偿，你赶快带部队下去休息吧！”

邓政委语气温和，肖永银只觉得鼻头一酸，想哭，七天七夜扼守狮脑山，到这会儿才真正地松弛了……



## 临危不乱，大将风度

linweibuluandajiangfengdu

1942年夏，在延安的中共中央突然失去和太行山的八路军总部的联系。八路军总部虽说是共产党领导下的抗日武装力量的统帅部和首脑机关，指挥着广阔战场上的千军万马，但它本身却几乎没有一兵一卒。相反，它还拖着一个庞大的尾巴。除总部机关——总司令部、总政治部、总后勤部以外，还有携带着各类物资、上千匹牲口的各类后勤人员。同时，一起行动的还有北方局党校、新华社记者、银行干部等等。这一万多人马，全部由非战斗人员组成，平时行动起来尚且困难，更何况面对日军几个师团、一两万兵力的围攻？

总部直属队1万多人马拥挤在崎岖的山道上。

日军的铁桶合击圈已经收拢，正以梳篦队形向南爻铺一带压缩，步步进逼。负责掩护总部转移的385旅769团和13团已经和敌人接火，枪炮大作。

肖永银此时担任13团的副团长。在护送总部机关出敌警戒线后，肖永银又返回合围圈，要把总部所余的几百人带出去。这里面有几十个新华社记者和冀南银行的“财神爷”们。

当肖永银带着这些人躲在一个山凹处时，才发现已经落进日军合围圈的中心。无论从哪个方向望去，东西南北所有的山头和山沟里，都蠕动着一大片黑色的人头和蝗虫样密集的队伍。前边的一道山梁上，放出去警戒的一个连和日军接火，敌人拼命往上攻，子弹“嗖嗖”地四处飞溅。

记者们傻眼了，一个个苦着个脸，面面相觑。肖永银走到记者们中间给沮丧的记者们打气：“你们别怕，我保证把你们都带出去，好好地交给总部。”

话虽这么说，但他心里并不那么轻松。总部交给他的这几百人，全部是宝贝疙瘩，八路军中各方面的专业人才，有一个落到敌人手里，都无法向总部交代。怎么办呢？他思忖着，上到山梁上，用望远镜四处观察。

他发现山梁下不远处的一个村子里有一部日军正在听军训话。日本军官训完了话，集合起队伍雄赳赳往西边开。

肖永银一看暗喜，机会来了。不是有猫捉尾巴的游戏吗？猫怎样兜圈子，却始终捉不住自己的尾巴。这个游戏尽管很危险，如同火中取栗，但还是值得一玩。因为，这或许是钻出合击圈的唯一的办法。他把地图往石头上一铺，对政治部主任曾庆梅说：

“你带这个连，下去后跟着敌人走，隔上个三里四里路。你走到这条河沟，就向南走。我带剩下的人殿后。赶快出发！”

就在政治部主任曾庆梅带着队伍，跟着往下撤的时候，这时出现了一个情况。

同样被堵在包围圈里的冀南银行几十个人，慌里慌张跑了一阵后，发现自己不幸掉了队，正一筹莫展时，突然遇见政治部主任带领的队伍，便缠着主任：“首长，带上我们吧。”主任被他们缠得不耐烦了。“你们看你们看，我

们这尾巴已经够大了吧？——你们自己搞吧，不要跟我们。”

“财神爷”们并不死心，坐在路边等救星。等等天就黑透了，肖永银带着后卫队伍刚走到这里，呼啦一下就被这几十个男男女女包围住了。女同志们抹着眼泪，哭哭啼啼地央求着：

“首长，我们想跟你们走……”

“好吧好吧，一起走一起走。”副团长痛痛快快地挥挥手，并且叮咛道：

“你们跟着团旗走，旗走你走，再不要掉队。休息就休息，开饭，见饭就吃，到这会儿了，谁也顾不上多照顾你们，你们也就别客气！”

半夜，这支斑斑杂杂的队伍到了一个村，人走得又饿又乏，肖永银下令：“休息四个钟头，搞饭吃！”饭做好了，小米干饭一筐一筐抬到集合场，大家拿起缸子碗，舀起来就吃，饭少人多，有人吃上了，有人还一口没吃。这时，派出去摸情况的侦察员回来了。报告说，有一股敌人马上接近这里。肖永银揉揉发红的两眼，看看天色将明，不敢迟滞。

“走！天亮前必须赶到南边的那个大山里，不然脑袋搬家。”

刚抬来的几筐小米干饭还散发着诱人的香味，有人舍不得，伸手去抓，抓起来就往嘴里糊。肖永银生气了，眼一瞪：“要命还是要嘴？”人们一看“首长”凶起来了，不敢恋饭，拔腿就跑。

队伍钻到南边的山里了，宿营了。

经历了这一番惊险后，这一支杂七杂八的队伍倒似乎受到了一次锻炼，变得井然有序了，“首长”令出必行，让走就走，让睡就睡。七天七夜后，他们钻出了合击圈，来到林县以北时，肖永银知道很快就要与他的“杂牌军”分手了，疲倦地对他们笑笑：“你们快锻炼成个合格的兵了。”

“杂牌”部下们竟然有点恋恋不舍，一位新华社记者扶扶眼镜：“肖副团长，太行山里的这七天七夜，我们将终生不忘。我们知道了，什么叫我们军队，什么叫我军的指挥员，临危不乱，谈笑风生，大将风度啊……”

勇往直前：肖永银

## 大杨湖战斗中铤而走险

dayanghuzhandouzhongtingerzouxian

1946年9月5日。

大杨湖。鲁西南的一个只有60来户人家的小村庄，因村外有一湖而得名；大杨湖的南面，有一个小小杨湖村，因有一个较小的湖泊而得名。大小杨湖之间，相隔四五百米。大杨湖位于山东定陶西南，距马庄仅一千多米。

此时，国民党整3师的精锐59团进至大杨湖村。赵锡田特意用59团"护帅"，将整3师的统帅部设在其身后不远的大集镇。拔掉大杨湖，敌主帅暴露，为了护帅，赵锡田必然调整部署，两军对阵中仓促调整，就意味着其完全丧失了战场的主动。

☆大杨湖战斗中我军的机枪阵地。

因此，6纵司令员王近山决定拔掉大杨湖。并把这个任务交给

了18旅旅长肖永银，并把17旅49团交他指挥。

当夜将近子夜时分，肖永银走出设在马庄一间民房里的旅指挥所，看着部队从面前开进。

“旅长，我占领了几个房子，敌人反攻得很厉害！”52团团长于振河在电话里大叫。

肖永银听出52团团长语调里失去了平时的沉稳，知道他这会儿被敌人攻得头皮发麻了，他得帮助他的主力团团长解决难题——52团能否站住脚，巩固前沿，关系可太重大了！他对着话筒大叫：

“第一，马上拿个连去攻它！……”

“哎呀，攻不动！”

“攻不动也得攻！你攻它，它就不攻你了。第二，你赶快把房子打些枪眼。第三，你把所有的好人都收进去打。打败了，杀头！”

旅长重重地掷下话筒。52团团长明白，旅长釜底抽薪了，他必须背水一战了。团长此时反而头脑异常冷静和清晰了，他知道旅长喊“杀头”，并不是吓唬吓唬他，真要战败了，全旅将不存在……团长破釜沉舟了。52团拼死抵挡着敌人急浪似的冲击。

“旅长，我们团攻不动了！”49团团长告急。

肖永银知道，这个团拼得没有后劲了，刀不快了。“好，我把53团2营给你。”

这个营是全旅唯一的后备力量，轻易不能抛出手。此“子”一出，他手里就没有队伍了，再发生紧急情况，当旅长的也拿不出一兵一卒了。49团团长明白旅长是亏血本增援他，咬咬嘴唇，和2营合为一股强力，又是几度拼杀后，勉力打上了村东南角。

54团开始进展顺利，从敌人屁股后边打进去了，占领了几座已成一片废墟的院子，战士在院落四周与扑来的敌人激战。正在此时，在他们的屁股后面。整3师指挥部出动大股援兵，援兵在5辆坦克的掩护下扑向54团，两面

夹攻，企图以此扭转大杨湖的局势。大杨湖困敌心有灵犀，一见来了援兵，顿时阳气回升，抖擞精神，拼命进攻，攻势变得空前凌厉。炮弹急雨般落在几座院落，战况极为惨烈。

在敌两面夹攻下，54团渐渐力不能支。团长卢彦山和政委李少清相互看了一眼，彼此明白，最后的时刻到来了。电话线打断了，他们已无法向旅长最后告别……突然，通信员惊喜地大叫：

"团长，通了！通了！"

团长缓缓接过话筒，声音悲壮而滞重："我是卢彦山，请告诉旅长，外面的来了，里面的也出来了，夹击我们。我要出战了。请旅长派500副担架……"

49团团长一字不漏地复述了卢团长的话，肖永银握着话筒的手沁出了冷汗，如果半小时以内不给它援兵，它就完了！……54团被搞掉，大杨湖就输掉了，仗，也就打败了！

——兵在哪里?!

他两眼紧盯着地图，突然，一拳击在紧挨着大杨湖的小杨湖。小杨湖村外围，有53团的2个营，原来部署，这2个营必须像钉子一样钉牢在那里，警戒小杨湖的敌人，和54团形成背靠背的态势，保护54团的屁股，但小杨湖的敌人没出来，整个战场上，只有这2个营暂无战事。

但这两个营却又是万万动不得的，一旦小杨湖敌人出来，全旅将陷于腹背受敌！然而，他只有冒险动用这2个营了——战场上从来没有万无一失的抉择，战机稍纵即逝，片刻的犹豫迟疑，或许会永远丧失挽救战局的最后一线希望，战士就会无辜流血，成百上千地血染疆场。到了这种时候，化险为夷与铤而走险，转败为胜与全军覆没，险值几乎相等——他必须铤而走险了！

他一把抓起话筒，命令53团团长："你赶快把屁股掉过来，从54团右翼投入战斗。快！限你十分钟打响！"

然后，他向王近山报告说：“54团情况危急，我把53团两个营拉上去了。”

王近山一听，跌足大叫：“哎呀，怎么把那个部队抽了呢？敌人出来怎么办？……”

稍后，王近山又说：“好吧，我再给你两个团。”

不大工夫，尤太忠率46团和47团赶到，肖永银迎出旅指挥所，对尤太忠道：

“47团从52团的右翼进入战斗。46团从49团的左翼进入战斗。快！”

两团立即开进。大杨湖战局稍缓。

就在这时，刘伯承来到6纵指挥所。刘伯承一跨进房门，脱口就问：“大杨湖怎么样了？”

“18旅肖永银在指挥，”王近山赶紧回答，刘伯承点点头。两人一起伏身看地图，王近山指着地图继续说，“刚刚接到肖永银的报告：54团在村西南角攻占了一角阵地，52团由村北攻入，49团由村东南角突破敌人防御。全都立住脚了！……

刘伯承拿起望远镜，朝大杨湖方向望去。

大杨湖村火光冲天，杀得半边夜空都在燃烧。

此时，整个大杨湖战场，一共投入了6个团。然而，6个团的力量仍旧不足以啃下大杨湖。东方欲晓。敌东西两路大军正在兼程前进，步步进逼，如不速决速胜，天亮以后，很可能陷入重围，到那时，抽腿拔脚都走不脱了……

肖永银急了，再次向纵队请求援兵：“再给一个团！不然，我力量不够！”

王近山没有迟疑：“好，我再给你一个团！”

肖永银在屋里转了几个圈。心急如火，等不及，出来站在门口。抬眼看看天，天已经泛出瓦蓝色。蓦地，村道上响起了一阵急促的脚步声，眨眼就看见有队伍开过来，他心里高兴：好哇，援兵到了！

“老尤，你上前去，发两颗信号弹，总攻！”

☆在大杨湖战斗中被我俘虏的敌整编第三师中将师长赵锡田。

天麻麻亮时，大杨湖村上空，升起了两发红色信号弹，当信号弹拖曳着两条弧形的红光刚刚消逝在瓦蓝色的天幕上时，大杨湖村瞬时犹如翻江倒海一般，四面八方一齐攻。十几分钟后，枪声寥落了。

听筒里响起刘伯承的声音："情况怎么样？"

"基本搞掉了，剩下少数敌人钻在房子里顽抗，正在零星搜索……"

肖永银话音刚落，只听刘伯承兴奋的说道："那么，我就下命追击！"

刘伯承一令既出，四个纵队全部出击，赶整3师三百里，追击中歼敌4个半旅，中将师长赵锡田被生擒。

勇往直前：肖永银

## 8点钟执行"拂晓接敌"任务

badianzhongzhixingfuxiaojiedirenwu

1947年10月下旬，刘邓大军进入大别山后两个月。蒋介石急调整编40师和52师82旅从红安进至广济，又从九江调青年军203师进蕲春、黄梅一带，企图要将刘邓大军在长江北岸的湖沼地，一举歼灭。善用"口袋阵"的刘伯承自然不愿放弃这天赐良机，在广济附近地形险要的高山铺地区再布"口袋"。

就在这天黎明时分，1纵布阵初成，大军隐伏于公路两侧

的群山中……

18旅奉命尾其东进，去系布袋口。

走着走着，前边窜出一股敌人，大约有一个排。52团1营长武效贤说："旅长，到嘴的肥肉不吃太可惜，咱不如顺手牵羊把它吃掉吧？"

肖永银看看李震，李震说："只要不耽误打高山铺，吃就吃吧。"

"好，政委让吃就吃。我们原地休息一会儿，你派个连，把它打下来。"

武效贤很高兴："是，旅长！"

不料，这股来历不明的敌人特别精明，自知不能死拼硬打，赶紧就近占了个山头，并且利用现成的工事拼命抵抗起来。天很快黑下来，2连居然攻不上去，自己还伤了几个人。武效贤生气了，大骂2连长。

1连指导员张增华建议说："营长，我们在这边山头上放几颗照明弹，架几挺机枪扫射。"武效贤不耐烦地打断他："谁问你啦？让你多嘴！"1连长常锁柱见自己的指导员碰了钉子，火了，一下蹦起来："营长，有气别拿好人身上撒！打不下来，让我们1连去打！……"

旅长和政委坐在山坡上，李震皱皱眉："老肖，算了吧，还是赶路要紧。"

"好，"肖永银揿灭烟头，拍拍屁股上的土："别打了别打了，还是赶快赶路吧。"

路上发生了件不愉快的插曲。更糟糕的是，部队隐蔽在大山里，和纵队失去了联系。天亮了，部队刚刚宿营，警卫员从老乡家里借了块门板，马褡子往上一搁，旅长身子刚靠上去，纵队通信员来了，"肖李：命令你们拂晓接敌，协同友邻消灭敌人。杜义德。"

肖永银看完条子，再看看表，时针已指向八点。"拂晓"，早被时间老人赶过去了几个小时。此时，发脾气骂爹骂娘也没用了，敌人就要从"布袋口"溜之大吉了！肖永银"忽"地跳起身，对李震道：

"时间来不及了！按部就班的不行了！我们俩一人带个团，往前靠！"

53团被野司调走了，两人分别带52团、54团朝高山铺跑步前进。匆忙

之间，连马都没顾上带，旅长身边只跟着几个警卫员参谋。他们刚刚爬上一道山梁，正准备翻过前面的那条二三百米宽的大沟上到对面山头上去——翻过那座山，就是高山铺了。可是突然，先头部队被从山上打了下来，后头的也掉头往回跑。

“下来的是谁的？是不是你们的？”肖永银很生气地问54团团长。“是我们的一个班……”“怎么那么糟糕！”

他埋怨一句，举起望远镜朝那座山头望。敌人上来了，越上越多，他默默数着，大约有五六百人。这股敌人非常神气，一律的汤姆士冲锋枪，头上钢盔锃亮，尽管是抢占山头，但方阵不乱。“哦，战斗力很强，这是谁的部队？他们要干什么？”正思索间，十里后的山沟里腾起一片烟尘，敌人大部队来了，人山人海，跑得乌烟瘴气，再看看，队伍乱糟糟的，像一大群“跑反的”。这下他明白了，放下望远镜，问团长说：“看清楚了没有？”

“看清楚了。”

旅长手一指：“占领这个山头的，五六百人，是敢死队！要在我们这里打开缺口，向黄岗方向突围！”“明白了！”“你敢不敢这个？”他用于比划比划，意即“拼刺刀”。卢团长瞪大了眼睛：“敢！”

“好！出击！部队统统出击！”

左翼54团，右翼52团，一下子都甩了出去。布袋口及时系住了。他抓住话筒，大声向纵队报告：

“杜政委吗？我是肖永银。敌人突围了，我把部队放出去了。”

“放出去了？好！你看见17旅了没有？”

17旅应该从18旅右翼投入，在独山方向，大概也因为和纵队失去了联系，这时没有赶到。肖永银用望远镜看了一会儿，看不见。他焦急地对杜义德喊道：

“那边没有我们的队伍。我现在没时间跟你讲，半小时以后向你报告！”说完，“啪”地扔下话筒，扭头就往外跑。

半小时以后，杜义德听到肖永银高兴的声音：“政委哇，你这会儿有什么

脾气就朝我发，仗打完了呆会儿我去见你！”

杜义德笑道：“总算补救及时。你来，我请你喝一杯。”

肖永银咂咂嘴，笑了。

勇往直前：肖永银

## 将活的康泽送中央

jianghuodekangzesongzhongyang

1948年6月，豫东战役后，中原野战军决定集中所部第6纵队和中原军区所属桐柏、陕南军区部队主力共14个团，由桐柏军区司令员王宏坤统一指挥，发起襄樊战役，夺取川陕鄂三省要冲襄阳、樊城。

第6纵队及陕南桐柏军区共6个旅于1948年7月2日兵临襄阳和樊城。这时，国民党军只留第15“绥靖”区司令员康泽率3个旅担任守备。康泽渐感体力不济，遂调已遭重创的164旅放弃相隔着一条汉水的樊城，撤进襄阳城中，企图凭险固守。

7日开始襄樊外围作战，首先攻取襄阳城。晚上，18旅来到

☆中原野战军一部及桐柏军区部队，于1948年7月2月至16日，举行了襄（阳）樊（城）战役。此役，歼敌2.1万余人，活捉了敌第十五“绥靖”区司令官、控制了汉水中段地区。下图为在襄樊战役前，桐柏军区司令员王宠坤作战斗动员报告。

襄阳城东南的文壁峰下。

部署完战斗任务，旅长肖永银站在坡上，对团长们说："我就在这里！你们要找我的时候，就来这里找我！"

部队牵着骡马驮着炮从文壁峰下过。突然，文壁峰上落下一发炮弹，在不远处炸响，弹皮四溅，削了一个战士的耳朵。战士摸一把，满手的血，却还在笑："什么东西把我打了？你看看。"战友们也和他开玩笑，有的说是石子打的，有的说是瓦片割的，神态轻松活泼，倒像是在进行一次愉快的郊游。

肖永银笑了，用目光爱抚着他的可爱的兵们。

是夜，绕过文壁峰的18旅，以风卷残云之势，迅速扫清了东关河套地区几十个村庄的守敌，进逼东关。三日后，18旅紧随17旅从襄阳城西门突进城内。

巷战开始了，54团报告说："旅长，我们已接近康泽司令部！"

"好哇好哇！"肖永银一听，放下话筒就朝54团跑去。一进团部："现在怎么样？"团长郝祖耀报告说："敌人烧汽车了。"

康泽司令部所在的城东南角杨家祠堂门口一片火海，滚滚烟柱冲天而起，宛如一条条黑色巨龙舔焰几丈冲向天际。康泽死党——司令部特务营以及宪兵队数百人，依托坚固工事及周围几百座民房拼死抵抗，54团和陕南、桐柏部分部队被胶着在这里，很难向前推进。

肖永银放下望远镜，大怒道：

"他妈的，死反到底！到这个时候，连汽车都烧！现在停止进攻，围起来，先搞点饭吃。把后边部队调上来，把炸药、大炮、重火器调上来，准备准备打，给他毁灭性的打击！——房子不要了！人不要了！统统炸平！"

于是，康泽的末日伴随着这天黄昏的到来而降临了。

战斗结束，暮色四合时分，肖永银再次一步跨进54团团部。

"康泽呢？"

团长郝祖耀有点支支吾吾："我抓到了郭勋祺……"

"我问的是康泽！"

团长不敢对视旅长那一对射出逼人目光的眼睛，低下了头：

“没有……”

“没有康泽?!”旅长啪地一拍桌子，“不收兵！部队赶快搜索，死了，把尸体抬给我看；活着，捉来给我！我死要见尸活要见人！……如果跑了，从哪儿跑的？跑到哪儿去了？——弄清楚！”

大规模的搜索行动持续了两三个小时，梳篦一样把襄阳城的旮旮旯旯梳理了一遍，“活的”康泽没有找见；死尸堆里扒拉了一遍，“死的”康泽也没有找见。郝团长急得团团转，最后灵机一动：如果能找见康泽的勤务兵，就能顺藤摸瓜知道康泽的下落。一般说来，勤务兵左右不离他的司令官，康泽是死是活，最后的“目击者”，或者说，最后的“知情者”，一定是他的勤务兵……

非常幸运，到俘虏营里一查，找见了康泽的“贴身侍卫”，一个满脸稚气眉清目秀的十七八岁的小伙子。康泽勤务兵紧张地喉咙发紧，使劲咽着唾液：“康司令官……可能钻了地道。”

哦？有地道？怪不得到处找不见，原来转入“地下活动”了？团长兴奋了，和颜悦色道：“那你能不能带我们到地道去找找？”

勤务兵苦着个脸，答应了。

一行人押着勤务兵很快找到地道口。一进洞口，手电筒往前一打，光圈刚刚罩住洞里面黑糊糊的一团人，勤务兵就像突然撞上了吊死鬼，失声地尖叫一声，掉头就往回跑。紧跟在他后边的2营教导员一看他失

☆被我军俘虏的国民党中央委员、第十五“绥靖”区中将司令官、特务头子康泽。

常的举动,立刻明白了:康泽就在里面!

康泽头部负伤,污血染红了他的半个面颊。洞里的其他几个人,大约是康泽亲兵,有的刚刚死去,身上还有余温;活着的,也已经半死不活,瘫靠在洞壁上,痛苦地扭曲着身体,正在去摸阎王爷的鼻子……任何反抗都不可能,国民党特务头目康泽在几束手电筒的光束中缓缓站起了身……

立刻,康泽被押送到18旅旅部。

——"活捉康泽"的消息立刻报告了纵队和野司。几个小时以后,刚刚睡熟的肖永银被电报员推醒了:"旅长,野司转来中央电报!"

肖永银赶紧接过来一看:"将活的康泽送中央"。

电文只有八个字,但意思很清楚:中央要的是"活的康泽"。特意在康泽大名前冠之以限定词"活的",这就是说,中央非常关注着康泽死活,其中透露着这样的信息,死了的康泽意思就不大,活的康泽才具有"价值连城"的意义。肖永银拿着电报琢磨起来,越琢磨就越是担心,当初抓康泽的时候只是想着不能让他跑了,倒没有多想康泽的死活问题,现在康泽跑是跑不掉了,可万一自杀了呢?

天刚蒙蒙亮,他抹一把脸就跑去看康泽。

康泽被关在旅部附近的一间民房里,看守他的保卫干部特别优待他,用门板搭了个铺,铺上铺了层稻草。18旅旅长进去时,康泽正歪睡在他的"床"上。

"康先生,昨晚上怎么样啊?还安宁吗?精神也还好吧?"

康泽坐了起来。头上缠着绷带,脸色略显苍白。他并没有听出这位共军军官晨起问候的特殊目的,听到对方关切的询问,他转过身去,把背上的伤敞露出来,带着一副忧心忡忡的样子,操着浓重的四川口音问:"你看啊,我是不是要残废呀?"

一听这话,肖永银放心了,宽慰他说:"康先生,你安静些,冷静些,这不过是弹皮擦了点伤,你这是外伤,不要紧的,我给你叫人换换药。"

过了一会儿,他又进来,对康泽说:"医生马上就来,你等着换药吧。没

事儿。”

康泽很感激地点点头。

回到旅部，他抓起电话向王近山报告说：

“康泽不会自杀！”

“你怎么知道？”

“他担心残废嘛，他舍不得死。”

吃过午饭，他又跑去找康泽“聊天”。

他说：“康先生，你们杀了我们多少人呐！当然，你不会拿枪拿刀，但你用笔杀人，笔一勾，成百上千的人就完了。”

康泽低垂着眼睛，没有吭声。可是当肖永银谈到蒋介石发动内战反动透顶时，康泽扶扶眼镜，突然神情激动地为他的“委员长”抗辩说：

“先生，不要太武断吧，蒋先生就是有点不民主。”

一辆马车赶到了门口，车上铺了些草，又放了床被子。肖永银站起身，面带微笑，客客气气为康泽“送行”：

“康先生，要把你送上级去。我得对你的安全负责，我相信你不会跑了，但人心隔肚皮，也不敢打保票。因此，为你安全起见，先委屈一些。”

说完，几个战士上来给康泽戴上手铐脚镣，被子往上一蒙，马车启动了。康泽从此开始了他漫长的囚徒生涯。

勇往直前：肖永银

## 撞到了敌人枪口上

zhuangdaoledirenqiangkoushang

1949年11月的一天，暮色时分，肖永银和李震来到了綦江码头。肖永银了解到胡宗南已经由陕入川，沿洛山岷江一线布防，并进驻重庆市，而只有白沙渡以西至江津一线仍旧由川军防守……

☆我军在重庆白市驿飞机场缴获的部分弹药。

两人当即发报——“肖李致王并兵团野司：据悉，胡宗南已在重庆市布防，因此，我把35师调西边白沙渡、36师由江津渡江……”

川军果然不堪一击。当夜，部队顺利渡江后，李德生师向白市驿，邢荣杰师向来风仪齐头并进，攻击前进。第二天，尤太忠作为二梯队随军部也过了江。就在这天上午，发生了一件意想不到的事情，12军军指挥部险些遭遇不测。

一行人走在重庆郊外的田埂上。肖副军长走路快，甩开大步走在最前边，李副政委紧跟在他身后不远，首长的后面，跟着一个警卫排和司令部、政治部的一些工作人员。警卫战士全部长短两种武器，一律地挂着卡宾枪，腰间还插着快慢机驳壳枪，遇到紧急情况，就凭这些百里挑一的精悍小伙儿和他们手中最优良的武器，也能够抵挡一阵子，更何况，工作人员还扛着一部电台，随时可呼叫大部队来解围。

走着走着，突然，一声拉枪栓声，随着一声喝令：“你是谁?！”

肖永银一抬头，相距咫尺，只有十来米的距离，一只枪口正对着他，连树荫下敌哨兵的眉毛眼睛都看得清清楚楚，简直鼻子对鼻子眼对眼顶头碰面撞到了敌人枪口下！

空气一下子凝固了。警卫战士全吓愣了，一个个瞪大眼睛，呆若木鸡。

这时，谁也不敢动一动。两位军首长的性命一下悬于对方的食指上，只要一勾，一梭子子弹过来，一切就都结束了。并且，敌人的大部队也许就在附近——不远处，有一道山梁，一开枪，敌人就会发觉，蜂拥而至，能不能冲出重围，几乎只有万分之一的希望……

每个人的心都一下子提到了嗓子眼。

接下来发生的事情也非常出乎人的意料。在猛一抬头看见枪口正对着自己的一刹那，肖永银猛地浑身一震，血往上涌，激怒的雄狮一般，手往前一指，厉声喝道："你给我缴枪！"

将军威风凛凛，声若裂帛，雷霆般的震怒里，似含有千钧之力，恢宏的气魄和神威一下子把敌兵吓糊涂了，端着枪的手哆嗦起来，目瞪口呆，动弹不得。警卫员趁机上去，缴了他的枪。

"你还有什么部队？"

敌兵仍旧哆嗦个不停："那边……那边山梁上，我们团长……长在那边……"

"啊?！叫你们团长缴枪！"

声音震得敌兵又猛一哆嗦——这是让假设在附近的敌人听的，让其吓破胆，不敢近前。话音一落，他转过头，挤个眼，意思：赶快走！

转过弯，一行人疾步如飞地走着，走出一段路，碰上尤太忠带着 34 师部队来了，险情解除，大家不由松一口气。

李震笑道："你嗓门真大！人家说关云长长板坡一声吼，喝退敌人 10 万兵。你这声吼，气魄真大，把人胆都吓破了！……"

肖永银余怒未消："妈了X，我们两个在这里当了俘虏，真成了笑话！——警卫排解散！遇到敌人不像老虎一样扑?!"

当晚到35师师部。胡宗南的部队占领白市驿机场，35师打得很苦，如果硬攻，要付出很大代价。

"你不要打了，"肖永银对李德生说，"弄个团把它看住。明天你变二梯队，出青木关，我们全军出击壁山。"

壁山在重庆以西，相距不过百里，占领壁山，等于双腿夹住重庆的脖子。

这天下午，肖永银和尤太忠刚从山上下来，34师侦察连拦住了一辆从成都开往重庆的长途公共汽车，两人急忙上前。

"你们从壁山来，壁山有没有敌人？"

"有。"老乡纷纷回答。

"有多少？"

"不知道，满街睡的都是人。"

"老乡你把这汽车给我们用用。"转身，肖副军长命令说："把汽车倒过来，侦察兵装上，部队跑步跟上！"

壁山算是"智取"。公共汽车装上侦察连，朝壁山冲，后边部队跟着跑。车进壁山，侦察连一下汽车，端着冲锋枪满街地扫，敌人正在睡觉，刚清醒过来准备抵抗，大部队赶到了……

肖永银进了壁山城。

在军指挥部，副军长微微一笑，对他的三位师长说；"今晚上谁也不要睡觉，你们想打哪个就打哪个，哪里有敌人就打到哪里，找着就打。"

三个师铺开一张大网，在壁山周围横扫一气，追赶着敌人屁股打，有的部队追敌几十里，赶到铜梁、温泉一带。壁山失守，重庆和白市驿之敌呆不住了，沿嘉陵江往成都跑。

重庆不战而降。

☆庆祝西南解放的游行队伍，通过重庆市区中心。

第二天天亮，重庆市民们惊讶地发现他们的城市成了一座不设防的空城。有人清醒过来，跑到重庆广播电台大声喊叫：

“敌人都跑了！请解放军同志赶快进城！”

广播声四处回荡，重庆附近的友邻部队迅速开进城，接管了这座西南名城。蒋介石的“陪都梦”随之破灭。

勇往直前：肖永银

## 保护受难将军的孩子

baohushounanjiangjundehaizi

1967 年盛夏的一天，南京军区装甲兵司令肖永银接到 27 军军长尤太忠的一个电话：

“老肖，你好啊？……你到我们这里玩玩吧？我们这里蛮不错

哟！”

27军驻军太湖边上的无锡。江南小城，鱼米之乡，当然不错。但是，在当时中国政局的“非常时期”，一位军长绝不会有闲情逸致请一位装甲司令“玩玩”，而一个装甲司令也不会有闲情逸致去游山逛水。前18旅旅长非常熟悉他的老战友前16旅旅长尤太忠，电话里不好说，两人彼此意会，心照不宣，寒暄几句后，肖永银痛痛快决接受了尤太忠的“盛情邀请”。

果然，一到无锡，尤太忠一见他就说：

“许司令找你！”

许世友劈头就说：“抓部队！把部队稳住！”

肖永银告诉他，坦克师稳如磐石，许世友粗黑的眉头稍微舒展了一些，但眉心明显郁结着忧愁。肖永银耐心等待着，知道他“秘密召见”，必然有“特殊使命”。东拉西扯一阵后，许世友像是漫不经心地说道：

“陶勇的孩子到处流浪呀，怎么办？你们是不是把他们收起来呀？”

尤太忠和肖永银两人会意地相互看了一眼。本来，一个大军区司令员安排收留上几个孩子算得了什么？但当时许世友已自身难保，更何况上海虽是南京军区辖区却在张春桥、王洪文的严密控制下，陶勇虽死，却“罪恶滔天”，罪株九族，谁敢收留“罪臣”之后就是引火烧身。许世友想慰九泉之下的陶勇，又怕装甲兵司令为难，话没直说，婉转暗示。

肖永银和尤太忠像当年并肩攻城略地一样，相当严肃认真地商量起来。

肖永银说：“上海离你们近，是不是你派人去把他们收起来？”

“我收可以，”尤太忠沉吟道：“只是担心我们27军不够稳……”

“你收下来，转给我，我来安排。”

肖永银回到南京，很快，东海舰队司令的三个遗孤由尤太忠秘密转送给他。孩子们从大到小排成一排站在他面前，衣衫褴褛，面色蜡黄，最小的才十三岁，天真无邪地吮着一根黑炭样的手指。肖永银鼻子一酸，摸着陶勇幼子的头说：“当兵吧……”

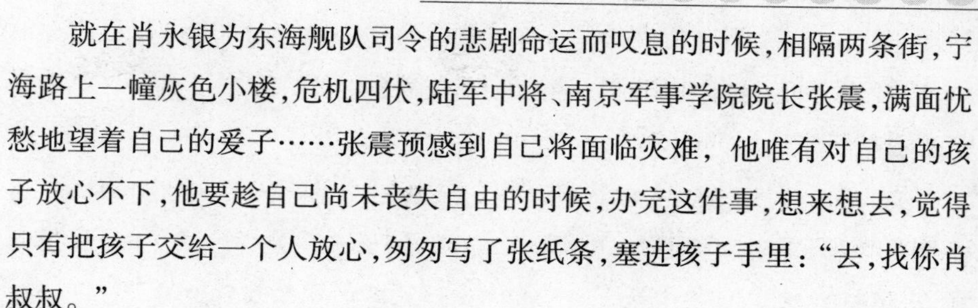



就在肖永银为东海舰队司令的悲剧命运而叹息的时候，相隔两条街，宁海路上一幢灰色小楼，危机四伏，陆军中将、南京军事学院院长张震，满面忧愁地望着自己的爱子……张震预感到自己将面临灾难，他唯有对自己的孩子放心不下，他要趁自己尚未丧失自由的时候，办完这件事，想来想去，觉得只有把孩子交给一个人放心，匆匆写了张纸条，塞进孩子手里："去，找你肖叔叔。"

深夜，北京路上肖宅，有人轻轻叩门。

一个孩子惴惴地挤进来。

"海宁要当兵。张震。"

肖永银看完用铅笔写的潦潦草草的纸条，再看看孩子，愣了半天。看来张震已经快不自由了，连自己的孩子也保护不了……他心里一沉，莫不是院长"托孤"？怕自己有个三长两短，儿子失去庇护？……他能够理解张震此时此刻的心情，他是以深厚的父爱，把儿子送到自己这里来的。

他想了想，说："海宁，明天晚上，还是这个时候，你来。"

第二天深夜，海宁悄悄推开虚掩的房门，来到肖永银面前。肖永银把一封准备好的信交给孩子，叮嘱道：

"你拿着我的信，今晚就走。悄悄地走。不管谁问你，你就说去串连。你去杭州报名。记住，你爸爸是个大树，树大招风，对谁也不要说出他的名字！"

海宁瘦小的身影终于在夜幕中消失了……

海宁也是十三岁。

由陶勇、张震的孩子开始，各地被"打倒"的军队干部，很快便获悉了在当时"红色恐怖"之中有这么一块净土，于是从神州大地的四面八方送来了自己已力不能保的爱子娇儿，大劫难中所造成的"战争孤儿"，纷纷投奔而来。

肖永银无法拒绝这些昔日战场上的"战神"们的后代，下了一道命令："男的，只要是军队上、地方上干部的子弟，家庭不行的，就收起来。"南京军

区装甲兵的营房，倏忽间变出了一个“娃娃兵营”，大的十六七岁，小的十三四岁，爬高上低，你打我闹，像一群猢狲般活泼可爱，仿佛忘记了百里或千里之外的父母亲人们的劫难……

有一天，肖永银去到兵营里看望孩子们，在一条小水沟，几个“小鬼”嬉闹着捉螃蟹，抹得满脸泥巴，溅得浑身精湿，陶勇的小儿子摸着了一只，扬起脏污的小脸，极幸福极开心地咧开嘴巴像烂漫的山花般粲然地笑着……

肖永银看着，心头掠过一丝涩涩的微甜。

然而，风云突变。

尽管收容是在极秘密的情况下进行的，南京造反派们仍旧嗅到了蛛丝马迹，通过内线情报传递，弄清了“狗崽子们”的藏身之地，几个造反派组织准备联合行动，攻打南京军区装甲兵军营。

兵营里的“娃娃兵们”闻惊而起，摩拳擦掌跃跃欲试，自制棍棒剑戟等诸般兵器，准备与来犯者拼个你死我活鱼死网破！

一场“大战”在即。

肖永银眉头紧锁。他必须制止这场流血。他是受他们父辈之托保护这些孩子们的。他必须对得起此时或许已经魂归大海的东海舰队司令……

他打算连夜秘密把孩子们送过江去，在长江以北，有一片荒野山地，是装甲兵的训练基地，对外属军事禁地，一旦转移到那里，孩子们也就进入了安全之境。

“给我两条船，夜晚用一下。”他进了军区作战部，开门见山地说。

对方怪异地看着他：“船么？一条也不能给！非军事目的不能随便动用。”

装甲司令火了，一拍桌子：“我渡长江时，百万雄师就是坐木船来的嘛！不给船，我照样能过江去！”

当夜，云高月淡，浩渺的江面上，飘着两叶小舟，孩子们像当年他们的父辈一样，奋力划桨。当年，他们的父亲们，就是划着小木船，冲破了国民党的

长江防线，为共和国打下了半壁江山；当年万船齐发万炮齐鸣的雄伟壮观已经烟消云散，然而，当他们驾着小木船，横渡同一条江时，他们却体味到了另一种悲壮……

第二天，造反派们意外顺利地长驱直入，然而兵营里已经没有了一个小孩子……

造反派恼羞成怒，一状告到国务院总理周恩来。

几天以后，一个长途打到了南京军区。

“我是总理办公室。根据革命群众反映，你们南京军区装甲兵收了几百名黑兵，各地牛鬼蛇神走资派子弟都跑到你们装甲兵窝藏了起来。请你们查一下，有无此事？”

军区主要负责人面面相觑，谁也不敢就此问题做出“是”与“否”的回答。有人忿忿地说：“找肖永银来！祸是他惹的，兵是他招的，解铃还需系铃人嘛！”

肖永银应召而来。听了总理办公室的电话内容，他却轻松地笑笑：

“总理问嘛，如实报告情况！我签名！如果总理找我去，当着群众的面，发脾气，甚至打我两耳光，我没意见！总理那么忙，我不应该给总理找麻烦！可是，如果我们两个人，门一关，我就要说：‘总理啊，这是后代哟！’……”

在场的人听到这番话，不由得很伤感。

电报如实地向总理报告了“招兵买马”的情况。电文拟完，肖永银提笔签名：南京军区装甲兵司令肖永银。

周总理似乎默许了装甲司令的“招兵买马”，此后再未过问此事。

然而，事情并未就此结束。造反派的“强攻”刚刚平息，紧接着，他又“腹背受敌”。

一天，在军区司令部里．一位副司令员脸上带着不冷不热不阴不阳的表情给他扔下一句话：

“我到了北京，上级问我收了多少兵，我说不知道！”

炮兵司令扯装甲司令的袖子，大惑不解：“他这是什么意思？”

肖永银心里明白，副司令员反对这件事，他微微一笑，话里有话地对蒙在鼓里的炮兵司令大声说道：“他的意思就是那么个意思！”

炮兵司令摇摇头，不知道他们打的什么哑谜。

有些人却没有打哑谜的耐心，干脆单刀直入，且抓住要害：

“不像样子！收的兵不够格，弄几百小孩子，干脆办‘儿童团’得了！”

中华人民共和国《兵役法》规定，年满十八岁的公民才有资格与义务应征入伍。南京军区的某些领导就此事发电报上告，总参谋部副总长亲自过问此事。总参谋部来电：你们装甲兵招了多少新兵？查查。够格的留下，不够格的清退回去……

“肖司令，我看事情难办呐，”参谋长满面愁容，“即使我们想留，怕也不能全留下。真可惜，这些娃娃有的是太小了……”

“娃娃嘛，总会长大。我们这么大的装甲兵，养几百个娃娃算什么？过几年就是一条六尺男儿。要当兵并不是反革命，红军时代得一个兵不易呢！……不能清退回去，退回去，他们好多家已经没有了。”

“可怎么办呢？”参谋长拍拍桌上的总参电报。

肖永银一字字，一行行，翻来覆去，看了半天。“嗨，有了！你来看，核心是不是这几个字？”他用手点着“够格”“不够格”，“我们全都合格，不就完了！”

装甲兵很快起草了一个报告：共招新兵多少名，经过半年的严格训练，考试及格多少名，在此期间，共发展党员多少名，团员多少名，多少名经过训练已补充部队。多少名还在继续训练……报告有鼻子有眼，完整详尽，无懈可击。

果然，总参谋部在接到这份报告以后，再没有“继续追查”。

# 主要参考书目

《中国军事百科全书》,军事科学出版社 1997 年版。

《中国人民解放军将帅名录》,解放军出版社 1987 年版。

《解放军将领传》,解放军出版社 1992 年版。

刘培一主编:《上将风云录》,中国大百科全书出版社 2000 年版。

王晓建主编:《开国上将》,中国社会出版社 2005 年版。

刘培一主编:《中将风云录》,中国大百科全书出版社 1997 年版。

刘培一主编:《少将风云录》,中国大百科全书出版社 1997 年版。

中共党史人物研究会编:《中共党史人物传》,陕西人民出版社 1986 年版。

《中国人民解放军战史》,军事科学出版社 1987 年版。

张军斌等编:《第二野战军》,中共党史出版社 1996 年版。

李原著:《只唯实——阎红彦上将往事追踪》,云南人民出版社 2003 年版。

《怀念阎红彦》,四川人民出版社 2000 年版。

谌虹颖著:《百战将星——王近山》,解放军文艺出版社 1997 年版。

《一代战将——回忆王近山》,军事科学出版社 1992 年版。

郭伟成著:《百战将星杜义德——走过世纪长河的英雄》解放军出版社 2001 年版。

冷梦著:《百战将星——肖永银》,解放军文艺出版社 1991 年版。